不关风月 著

谁人识得春风面

——探寻中国古代四大美人之美

SHUIRENSHIDECHUNFENGMIAN

天津教育出版社

TIANJIN EDUCATION PRESS

图书在版编目（CIP）数据

谁人识得春风面：探寻中国古代四大美人之美 / 不
关风月著. -- 天津：天津教育出版社，2011.5
　　ISBN 978-7-5309-6401-9

　　Ⅰ．①谁… Ⅱ．①不… Ⅲ．①女性－人物研究－中国
－古代 Ⅳ．①K828.5

中国版本图书馆CIP数据核字(2011)第032555号

谁人识得春风面：探寻中国古代四大美人之美

出 版 人	胡振泰
作 　 者	不关风月
选题策划	常 浩
责任编辑	强 华
装帧设计	郭亚非
出版发行	天津教育出版社

天津市和平区西康路 35 号　邮政编码：300051
http://www.tjeph.com.cn

经 　 销	新华书店
印 　 刷	天津金彩美术印刷有限公司
版 　 次	2011 年 5 月第 1 版
印 　 次	2011 年 5 月第 1 次印刷
规 　 格	16 开(787×1092 毫米)
字 　 数	240 千字
印 　 张	15.5
定 　 价	29.80 元

目 录

谁人识得春风面
探寻中国古代四大美人之美

引　子

　　我在某天失去对时间的概念,手上不知为何有一张画像,画像上是一个女人,一个纸上的美人,她肯定不认识我,我是因为在感受中被牵引,而来到这里的。

　　走在人群熙熙攘攘的街上,而有着陌生人的感觉。我与那些行走的人们衣着不同,他们都有奇怪的眼神,但是因为惊奇而有的冲动,却让我丝毫也不在意。

　　按捺住急切的心情,脸上装出镇静的样子,但是怎样开口向人问路?而这样的问题,仿佛筑起了无形的障碍,因为我确实硬着头皮,张口问他们,但都摇摇头,就好像听不懂我说的话,一个,两个……

　　这种情况,让人慢慢变得焦虑起来。

　　忽然,人群乱了起来,有了嘈杂和惊叫之声,他们纷纷奔逃起来,一下子挤在一边,马蹄声如疾风骤雨,火光在烟雾中出现,那是不远处的城楼被点燃。

　　还有好像似近又远的,奇异巍峨的宫殿,也有火光冲天而起,人群突然爆发出了尖叫,分明是一队身着闪亮铠甲的士兵冲了过来,他们明晃晃的刀光在眼前划过……这样的情境如果重复,会让那种焦虑变得难以平息。

　　在恍然中苏醒过来后,仍然会有所感觉。

　　然后走在今天的大街上,在车流与人群中,在声音和汗味杂混中,发现有一张美女的面孔,像一阵微风掠过,让周围的一切都平静下来。一种似曾相识的感觉,让人迷惑……

是的,假如我或者是你,手中持有一张画像,是在唐朝,走在长安城70~150米宽的大街上,走在那些戴幞头纱帽和着圆领袍衫的男人,和上穿短襦或衫,下着长裙,佩披帛的女人们所组成的人群中,他们在浅红、淡赭和浅绿的缤纷之色和他们所拥有的自由、丰满和华美的气象中,有哪位女子,会与画中的相像呢?

如果是在开元盛世,要想见那位至今仍然有人说起的古代四大美人之一的杨贵妃,肯定是不可能的。因为那宏伟的大明宫,无法走近。

可是,为什么会有这种愿望,来到这遥远的唐朝,只是因为有这个传说中在她所在的时代是最美的人吗?

可以肯定地说,就是在唐朝,贵妃也决不是人人都能见的,除了李白和安禄山,他们由于特殊的原因,曾经出入过禁宫,就再难有什么大明宫以外的人,可以真正地靠近这位当时的天下第一美人,有幸一睹芳容。

然而,值得奇怪的是,当时的人们几乎是不容置疑地认为,杨贵妃的美貌无人可比,他们并没有可能亲眼目睹过这位美人如何"姿质丰艳"。

另一位唐朝的大诗人白居易,肯定也没有见过杨贵妃,他当过的最大的官是太子少傅,但是在晚年,那时贵妃已被缢死于马嵬坡多年,可他却写下了千古名篇《长恨歌》,和最早对贵妃天下绝无仅有的美貌做出最有权威的肯定的李白一样,白居易对贵妃那"回眸一笑百媚生,六宫粉黛无颜色"的美的评价,成为了后人的选美依据。但是,无论怎样想象,贵妃的面容是难以被具体描绘出来的。那么,我们对于这位没有见过的绝代美人,又为何怀有如此神圣的崇拜呢?

对这样的问题,被固定的思路似乎是我们应该寻找依据,因为杨贵妃确有其人。她是人不是神,应该有人的面容,那种将所有女人的美加在一起的效果,会是怎样的呢?这无疑激起我们最大的好奇,所以,我们或许会真的到唐朝去,最大的心愿,应该莫过于能见到杨贵妃。

这个愿望是很难实现的,但是,我们可以去想象。所以,我假设自己到了唐朝,却没有机会见到想见的杨贵妃,因为我不是高力士转世,当然也不敢假设自己的前身是李白,因此,就是真到了唐朝也没有用。

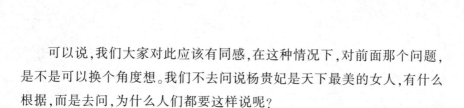

可以说，我们大家对此应该有同感，在这种情况下，对前面那个问题，是不是可以换个角度想。我们不去问说杨贵妃是天下最美的女人，有什么根据，而是去问，为什么人们都要这样说呢？

这样去问的根据是，无论是唐朝的人们，还是今天的我们，是先有了这样的认识结论后，再去想，杨贵妃究竟有多美？我们连她的面都没有见过。

但是，也许我们没有想过，对于由我们的认识形成的结论，这个结论产生的认识过程本身是值得研究的，这是哲学中的认识论，而关于美的认识，则是审美哲学的问题。

看来，这样的问题早有人研究过，并因此形成了沉积深厚的理论。

灰色的理论，实际上始终是伴随着生命这颗常青之树的，所以理论不是和实际相脱离的东西，它也并不只是枯燥的逻辑演衍，为理论开启入口和出口的。往往是偶然性，是那些历史中的故事，其情节上的曲折和离奇，在点醒出意料之外发现的可能，犹如美洲新大陆对于哥伦布的行海图一样。

或许我们到春秋战国时的越国和吴国，当然，也是为了寻找一位传说中的美人——那位因为美而要被沉江的西施姑娘。她的美倾覆了吴国，她后来也许真的随范蠡泛五湖而去，可见也是很难找到的。我们现在说到美人，就会以西施来比喻，她确是一位两千年前的美人，我们怎么到现在还把她时常挂在嘴边？

或者去东汉末年将要开始的三国时代，去到那时的洛阳。这时的故事，有人人都知晓的《三国演义》，元末明初的罗贯中把这本编撰的小说，写得出神入化，以致书中的故事，都被后来的人们当成了真事。三国中的英雄和智谋，都是让人敬仰的，但我们是去找美女，那位让三国第一英雄吕布，和天下第一恶人董卓奈何不得，在其美色的诱惑下自相残杀，具有现代电影中美女特工素质和伎俩的貂蝉。她的美艳胜过刀枪，也胜过十八路诸侯的本领，力挽天下危局。

不过，要见貂蝉，先要想好，她原先在司徒王允家为歌伎，关在深闺见不得，司徒大人养着她，是有预谋的，恐怕不会轻易示人。貂蝉后来又有吕布和董卓轮流把守，在三国，我们以什么样的面目和理由才见得到，实在难以敌挡方天画戟，实在是天大的难事。

除此以外，不知道还有没有足够的说服力，拉上我们一起去西汉，比貂蝉的时代要早许多，那位为汉民族利益牺牲自己的美女王昭君。她被选在掖庭时，三年都见不到皇帝一面，我们又如何见得到？而后来的和亲之路如此遥远，塞外万里荒沙，"北风雁急浮云秋，万里独见黄河流"，可见要见美人，难！

下面言归正传的东西，并非是一篇探险寻美的故事，而是纪实性的文字，有一部分照录的古文，读起来有些吃力，但为了保持原貌，也是为某种说法而提供证据，却也并非考古，只是已经有众多如此题材，本人只是从审美的角度，拓展新的视野，并以此素材，力求在理论上有所突破的同时，争取所记述的故事体现出在真实状态中的曲折和生动。事实上，这些也可以被称为故事的东西，的确有许多隐秘，需要我们的好奇心去发现，并认真地思考。其实，我们顺从于轻松的阅读，但偶尔又未偿不需要做一些深入的思考……

第一篇

智性思维杂多的统一：画不出的西施

【他们隐藏在时间的帏幕后】

不知是谁给中国古往今来的美女做了个排名，让公元纪年前那个遥远的古越国姑娘西施，排名第一。"百度"中有关于西施的词条搜索，将其直接等同于"美女"的代名词。这样的事，并没有人去细想，似乎是一种公认，人云亦云，但要是反过来看，就会发现，有些事情也许并不那么想当然，并且还有些值得奇怪。

此类制造古代美女排名榜的好事者们，究竟是些什么样的人呢？他们隐藏在时间的帏幕后面，以什么样的评选标准，怀着什么样的目的，给了我们这样一个结论？他们与创造"上帝"的人一样，让我们去为自己的崇拜寻找理由，由此让我们联想起世界上很多事，好像都有雷同的本末倒置，需要把原因和结果颠覆过来看，而我们倒是从不怀疑。

【东施效颦的坏名声】

自从西施在传说中的两千多年前出世以来，天下美女不论有多美，却难以超越西施之美。如同文圣孔子、武圣关公一样，西施为天下美女中魁首，无人可比，而对于这种情况要是持怀疑态度，就会落得个"东施效颦"之名。

这是一种很可怕的，会缠住一个人不放的坏名声。须知东施其实也是个美女，和西施同出于浙江诸暨苎萝村（今诸暨市城南苎萝村），因为欲与西施比美，比下来却发现西施之美在于时常会紧蹙娥眉，"颦"即"皱眉"的意思，就仿效起来，结果就被村里人嘲笑起来，并被称为"丑女"，这可是一起无法平反的冤案。

此事语出《庄子·天运》："故西施病心而颦其里，其里之丑人见而美

之,归亦捧心而颦其里。其里之富人见之,坚闭门而不出;贫人见之,挈妻子而去之走。"成玄英疏:"西施,越之美女也,貌极妍丽。既病心痛,颦眉苦之。而端正之人,体多宜便,因其颦瘦,更益其美,是以闾里见之,弥加爱重。邻里丑人见而学之,不病强颦,倍增其丑。"①

此学问先生将"因其颦瘦",作为"更益其美"的原因,并与"端正之人"的道德修养相关联,并不足以说明此事的原委。

【奇怪的"富人见之,坚闭门而不出"】

庄子为圣人,评说美女不是其本行,其言说本身,恐怕还有他意:所谓"富人见之,坚闭门而不出",何故? 是恐怕东施效颦另有他意,即富人见之,怕会生同情之心,因为这里所谓效颦,是假装因病而心痛的样子,所以不得不防,怕自己的钱财因为同情而被骗走,否则没有必要说"富人见之"这样的话。富人们"坚闭门而不出"的举动所表现的"坚决",足见"效颦"效果所生之威力;而贫人见之,挈妻子而去,又为何故? 也就是贫人以行为表明,不会因为这个美女装病博得同情而不要自己的妻子,可见东施不但不丑,其行为威力之外的诱惑力巨大,因此其肯定是美女。上述富人和贫人对其不买账的举动,皆因为她"伪装"背后的目的不明。

当然,东施如此举动,仔细想想,是有些令人不解:一个美女效仿西施心口痛的样子在街上走,皱起眉头好像又不是真的,似笑非笑,谁人不怕?

当然,事情有如此说,却也并不一定是真的。但依这样的方式,我们仍然可以有进一步的分析。

【以瘦为美的"异象"】

东施的行为所隐含的,是有关于以性的诱惑力所进行的展示(只是方式有些不太对)。在当时的父系社会的夫权制约束中,女性作为性的被统治者,是必然的,而东施行为本身所反映的与正统和道德观念相悖的,女乐或女伎等社会存在问题,与有关于美的观念,有很大的认识空间。

仅以"因其颦瘦"之"瘦"而论(须知西施之"瘦",也只是很难搞清依据的所谓"公论"),与苎萝村的社会生活中应有审美标准应当有异(这里可以引用劳动者的审美观之种种说法,来予以证明之)。美女西施与其同

---

① 唐成玄英:《庄子疏》。

村之好友郑旦，同被越王勾践献给吴王夫差，其为越国人氏，当属无疑。但越国的情况，据《吴越春秋·越王余外传》：无余始封时，"人民山居""乃复随陵陆而耕种，或逐禽而给食，无余质朴，不设宫室之饰，从民所居。"无余为越国首封的王君，其时社会生活较为原始，但水稻栽培却发展得很早。近年在浙江余姚河姆渡发现了距今七千多年前的人工栽培水稻，便是佐证。①

公元前469年，越王勾践即位。《吴越春秋》中记载勾践所言，越国"乃偏狭之邦，蛮夷之民"。② 越地"地广人稀，饭稻羹鱼，或水耕而水薅，果隋蠃蛤，不待贾而足"。③ 而其祖先，系"禹之苗裔，而是后帝少鹿之庶子也"。④ "少康恐禹祭之绝祀，乃封其遮子于越，号曰无余。"⑤

越国到无壬时，越族才开始从部落酋长制向君主制转化，"因共封立，以承越君之后，自后稍有臣臣之义，号曰无壬。"⑥而其耕种的"鸟田"，如王充于《论衡》中说："鸟有食萍，土蹶草尽，若耕地状，壤靡泥易，人随种之。"⑦《水经注》对此说道："有鸟来，为之耘。春拔草根，秋啄其秽。"⑧可见其生产力之低下。

越人在勾践之前有一千六百多年，生活在会稽山区，过着徙居生活。《史记》上说的"断发文身，披草莱而邑焉""越人性脆而愚"⑨是其长期落后的社会经济生活以及因此形成的思想封闭所决定的。在这样的生活条件和生活环境中，西施之"瘦"被以为美，是一种甚为特异的现象。

一种似乎人所未见的，应该说是空前绝后的美（试想那苎萝村人，所见一脸病态，身体瘦弱的西施，所具有的不同于本村姑娘的一种特异之美，该如何惊叹？），真让后人引以为憾。因为对于西施究竟长什么样，现在的人们是无从得见，这是永远的谜。

而在古代有那样多的有名或无名的画家，却很少发现他们去画西施，

---

① 白寿彝主编：《中国通史》第三卷（上古时代）上册，上海人民出版社，1994年版，第419页。
② 汉赵晔：《吴越春秋》，(元)徐天祜、苗麓点校，江苏古籍出版社，1999年版。
③ 汉司马迁：《史记》。
④ 同上。
⑤ 汉赵晔：《吴越春秋》，(元)徐天祜、苗麓点校，江苏古籍出版社，1999年版。
⑥ 同上。
⑦ 《〈论衡〉注释》，中华书局，1979年版。
⑧ 同上。
⑨ 俞纪东：《〈越绝书〉全译》，贵州人民出版社，1996年版。

这同样也是一个奇怪的现象。

【无人画西施】

两晋南北朝大画家顾恺之，画有《洛神赋图》。赋为曹植所作，其序曰："古人有言，斯水之神，名曰宓妃。"《淮南子》记载，伏羲氏之女洛神嫁于河伯为妻，但河伯不贤，与水族女神私通，洛神与后羿情深，河伯与后羿大战于天庭，天帝震怒，将洛神贬落凡间。洛神转世后，为美女甄宓。曹操攻下邺城之后，将甄宓一家接入司空府，曹子建与曹丕两人同时钟情甄宓，因而有《三国演义》之"曹丕乘乱纳甄氏"的故事。是不是后来也有这个原因，发生了"兄逼弟曹植赋诗"，曹子建七步成诗，曰："煮豆燃豆萁，豆在釜中泣：本是同根生，相煎何太急？"而"曹丕闻之潸然泪下"，因而成就其才高八斗之名。

曹子建在《洛神赋》对洛神的描绘为："其形也，翩若惊鸿，婉若游龙。""仿佛兮若轻云之蔽月，飘飖兮若流风之回雪。"这是从其体态身形上以主观想象所附会的创造。至于洛神究竟长什么样，其赋曰："肩若削成，腰如约素；延颈秀项，皓质呈露；芳泽无加，铅华弗御。云髻峨峨，修眉联娟；丹唇外朗，皓齿内鲜，明眸善睐，靥辅承权。"以诗之具象，可谓灿烂之极致，但其以比兴之墨，让我们于此也仅能有一种相对概念化的隐约印象。而西施比此时早了五六百年。

大约是在西施之后三四百年，才有顾恺之的画作《洛神赋》，其画功体现给所画人物点睛。如其本人所说："四体妍蚩本之关于妙处，传神写照，正在阿堵（"阿堵"：指眼睛）。"后人评价其画为："意存笔先，画尽意在。"其以形写神之笔法，只可意会，其实很难以凡人之眼光，得见具体的洛神美容。

【模样相似的仕女】

这种情况在后来的中国画中成为传统。对美女描绘尤为典型的仕女画中，对仕女的面容、身形描绘得具体，就模样本身而言，没有大的不同，粗看起来，好像都长得一样。有关于此，中国画的理论认为，"师造化"者，不是对物象的真实再现，而是"得心源"。

五代时期荆浩《笔法记》中所论之"图真"，继顾恺之的"传神论"，以"似"而得"真"，体现自然美之本质，即"画者，华也，但贵似得真"。

而宋以后的画家，更是依循这一传统，远离形似。北宋晁补之画论《鸡肋集》之《跋李道易画鱼图》中有述："然偿试遗物以观物，物常不有瘦其状……大小惟意，而不在形。"

元代黄公望之《富春山居图》，则是对草篆笔法中写、中锋、明锋、尖笔、秃笔夹用，长短干笔皴擦与湿笔披麻等尽情发挥所成。

清代石涛在《画语录》的《山川章》中有论："得乾坤之理者，山川之质也。得笔墨之法者，山川之饰也。"笔墨之法，以其自身的体现，去描绘"山川之饰"，与山川原来的真实之形，并不相同，而其目的在于体现"乾坤之理"。

主流画派及相关理论如此，其旁技，中国画中人物画之"美女画"，最早的有唐代周昉《挥扇仕女图》、张萱的《虢国夫人游春图》，是仕女画的典型作品，也同样体现了写意而重于形似的思想。仕女画以美女为主题，最早始于战国，唐张彦远《历代名画记》载："敬君者，善画，齐王妃，九重台，召敬君画之，敬君不得归，思其妻，乃画妻对之，齐王知其妻美，与钱百万，纳其妻。"①

这个故事有两点引人注意：其一是，敬君画齐王妃，有真人在面前却难以成画，因而被留置"久不得归"，却于思妻之念中，画妻"对之"，这两个被画的人物不可能一样，但敬君因有"思念"之情的作用，画不了王妃，但画妻却很容易，可见美人画于古代起源时，就不在乎真实的人物原貌究竟怎样；其二是，由于敬君画得好，齐王以钱百万而夺良家女子，是一种社会现实状况的写照。这对于我们下面的讨论是有用的。

仕女画的正式名称始见于北宋。最初的记载见于《宣和画谱》②中黄居寀《写真仕女图》和徐崇嗣《采花仕女图》。而楚时《凤夔人物帛画》③是目前为止发现的年代最早的一张仕女画，其仅具有原始仕女画的雏形。但从与此几乎同时代人画家毛延寿作品，其画工精妙，已近成熟的情况看，历史记载与现有的发现，并不相吻合。

---

① 张彦远（618～907），字爱宾，蒲州猗氏（今山西省猗县）人。中唐时期曾任仆射、祠部员外郎，大理卿。著有《法书要录》《彩笺诗集》《历代名画记》。

② 《宣和画谱》是北宋宣和（公元1119～1125年）间由官方主持编撰的宫廷所藏绘画作品的著作，全书二十卷，著录宋徽宗时所藏魏晋以来历代绘画作品，共计画家231人，作品6396件。

③ 公元1972～1974年湖南省长沙市马王堆1、3号汉墓出土帛画共5幅。其中1号墓1幅，即为《凤夔人物帛画》，创作时间为汉文帝时期。

东晋《西京杂记》[①]"画工弃布"中记录：毛延寿"杜陵（今陕西西安）人。画人形，好丑老少，必得其真，元帝后宫既多，不得常见，乃使画工图其形，案图召幸之。诸宫人皆贿画工，独王嫱不肯，遂不得见。后匈奴入朝，求美人为阏氏，上案图以昭君行。及去召见，貌为后宫第一，帝悔之，而名籍已定，乃穷案其事，画工毛延寿等皆同日弃市。"皇帝按图召幸，画工之作应为其宫人的原貌再现，否则会被弃市（腰斩）。毛延寿画作并无传世，难见其真，与后来重其神似而轻其形似的主流画派的主张，并不一定相同。故事中"王嫱"即为王昭君，同为中国古代四大美人之一，我们将另立篇而论。而这里所说的是，也可能中国古代仕女画所发展过程中写实的宫女画，属另一流派。

【写意的画·绘画史中的资料】

写意而追求神似的古代仕女画，其意象之无穷，是主要的追求，问题是，这些不同的写意仕女画作，从写实的角度去看，其仕女们的脸，如顾恺之名作《洛神赋》中的描绘，似乎均为椭圆形，眉几乎都画成蛾眉或成八字眉，有的还在两眉间点上"花子"（后来的唐代仕女画），从这些几乎被忽视的面部刻化上，很难与真人对号入座，被画人物之间也难以区别。所不同的往往是从人物的整体形象上看，与其所处的环境和画中所附题记等一起构成某种意境来表达，对人物观察后可以体会到其不同。

汉和魏晋时的仕女画，造型都比较稳重，全身直立稍有动态，腰以下借助于飘带的风势，表现人物的动态。如顾恺之《女史箴图》，以其特有的柔软、细密流畅的春蚕吐丝般的笔墨，于人物面部表情以外刻画出轻薄的丝织品，或麻织品衣料线条，被抽象为具有独立意义的存在。

唐代画家在顾恺之的春蚕吐丝细线基础上，创造了"游丝描"和"钱线描"，以及结合这两种笔法的"琴弦描"，用漆墨的细线，刻画妇女丰满的面部，其对眉和唇的刻画细腻，并用细线表现服饰的光洁，以浓淡墨表现服装的质感和衣纹的折叠。

周昉的《簪花仕女图》，以浓墨线勾深色衣，而纱罗之类衣带，则用淡墨线勾出，表现纱薄而透明的质感。其《调琴啜茗图》，对两位听琴和调

① 《旧唐书·经籍志上》："《西京杂记》一卷，葛洪撰。"《新唐书·艺文志》："葛洪《西京杂记》二卷。"

琴仕女的面部表情刻化，生动入微，但两位仕女的模样，却似乎被省略，而难以辨别她们的长相有什么明显的区别。

五代时期顾闳中代表作《韩熙载夜宴图》，用线描表现出的刚柔、厚薄、粗细不同的质感，包括仕女穿戴的罗纱和绸子，韩熙及宾客穿着质地较粗的麻质衣服，人物的发髻及须眉等。其中所描绘的歌伎虽然丰腴而有细腻的肌肤，但缺少唐代宫女臃懒的体态。

宋代王居正《纺车图》中的女性，有衣裤迭经补缀的老妇，面容憔悴动作迟缓。明代文徵明《湘君湘夫人图》，以朱砂白粉为主调的浅彩设色，表现出女神温柔娟秀的美感。

唐寅《孟蜀宫妓图》，俗称《四美图》，所描绘的是五代前蜀后主王衍的后宫故事。其画中仕女体态匀称优美，削肩狭背，柳眉樱唇，衣纹作琴弦描，冠服纹饰描画尤见精工，细致入微，由此可见"以形写神"，"感情移入"之法，并不重视其具体人物的个性形象的真实。

以上情况，可见之于相关中国古代仕女画的任何一部古人或今人所作画史画论。但是我们从中，既看不见有名家对第一美女西施进行描绘的古代画作，更不可能实现通过这些绘画去看见美女西施究竟长什么样的愿望。近代或现代倒是有若干关于西施的绘画，但若忽略有关"以形写神"的理论，这些绘画在具体关于个体真实的形象刻画上，同样不能让我们有如上述的满足。

【惊世骇俗之美】

事实上，任何有关西施的绘画，都难以让我们的审美得到的满足，更不用说中国画本身，重神似而不重形似的表现手法，让我们寄托于古人身上的希望，往往会归于落空。

我们试想，两千多年前的苎萝村中那个瘦弱而有心口痛病态的年轻女子西施，她惊世骇俗之美，与这个村子中普通人们的面貌的常态相比较，肯定是一种异象。其被誉为天下第一美女，却不仅为世人所公认，就是不做凡人之梦的，梦蝶之庄周，也对西施之美予以认同，这似乎让人有些诧异，并因此去想，这西施之美，肯定是真的。但是，奇怪的是，从西施同时代，到后来的两千多年间，天下竟少有人去画西施，这似乎不合乎逻辑。

一位只停留在故事传闻中的美女，后世之人其实并没有得见其真面目,便认她做了美的第一把交椅,这是为何?

第一节　内在世界的僭越:西施之美的附会

【因为美,而要沉江】

有关西施的历史资料,或传闻故事,会被明显注意到的是,对西施于吴国灭亡之后的命运结局如何的议论和猜测。

其一是"沉江说"。根据来自于《墨子·亲士》篇中说:"是故比干之殪,其抗也;孟贲之杀,其勇也;西施之沈,其美也;吴越之裂,其事也。"这段话的意思,是说西施因为其美,而被沉江,"沈"古语通"沉"。

墨子,生卒年代约为公元前 468～前 376 年,稍晚于吴越争霸(大约为公元前 469～公元前 475 年)的时代。墨子为鲁国人,即今天的山西省腾州市木石镇,是其出生地。墨子是开创百家争鸣的古代思想史黄金时代的最重要的思想家之一,以这样的身份,其言应不会有假。其隐于此段短语中的含意,倒也让人有不寒而栗之感,但于思想而论,却似另有他意,只是没有展开。

与此持相同观点的,有东汉赵晔,在其所著《吴越春秋·逸篇》中说:"越浮西施于江,令随鸱夷而终。""鸱"为鸱鹰,即猫头鹰,但"鸱夷"则指皮制的口袋。也就是说,越王勾践雪耻灭掉吴国后,竟用皮制的口袋,把西施沉于江中。

其二是东汉的袁康,在《越绝书》中说:"西施亡吴国后,复归范蠡,同泛五湖而去。"明代胡应麟的《少室山房笔丛》,也有类似说法,认为西施原是范蠡的情人或妻子,吴国灭亡后,范蠡带着西施隐居起来。明代的陈耀文《正杨》卷二《西施》,也引用《越绝书》认为西施后来跟随范蠡隐居起来。此说大概与《史记·越王勾践世家》中记载有关。其记载:范蠡确在吴国灭亡后,因深知"越王为人长颈鸟喙,可与共患难,不可与共乐""飞鸟尽,良弓藏;狡兔死,走狗烹"之理,遂归隐于五湖,离开了越国。

其三是一种民间传说:吴王自刎而死时,吴人迁怒于西施,群起而攻之,将其用锦缎缠裹,沉于扬子江。有《东坡异物志》记载:"扬子江有美

人鱼，又称西施鱼，一日数易其色，肉细味美，妇人食之，可增媚态，据云系西施沉江后变化而成。"对一种鱼，附之于故事，并无可信性。只是李商隐《景阳井》诗句："景阳宫井剩堪悲，不尽龙鸾誓死期。肠断吴王宫外水，浊泥犹得葬西施。"其中"景阳宫井"和"吴王宫外水"均指西施可能死于吴地，而"不尽龙鸾誓死期"中"龙鸾"即龙与凤，有宋代张戒《岁寒堂诗活》(卷上)引此诗，并评曰："此诗非痛恨张丽华，乃讥陈后主也。其为世鉴戒，岂不至深至切？"可以说是对此诗为有他意的揭示，但在此，"不尽龙鸾誓死期"之语，仅从字面上而论，与传说中西施因感吴王恩宠，于吴国灭亡之时自刎而亡的说法，有一定的关系。

其四是《东周列国志》中记载："勾践班师回越，携西施心归。越夫人潜使人引出，负以大石，沉于江中，曰：'此亡国之物，留之何为？'"西施被作为亡国之物的象征，被勾践夫人缚石沉江，手段不可谓不残忍，且起因在这个故事中，其实也并不能看出勾践夫人的所为是出于国家利益考虑，其中因女人的嫉妒心理作祟，不无关系。

除了上面这些说法外，还有一些体现善良愿望的传说，如说西施后来回到故里，于江边浣纱时，不幸坠江而亡等。

从以上情况可以看出，自古至今，西施的最后结局被关注，并引来杂议纷争，是因为西施的结局之所以被看重，在于西施这个人物，具有重要性。而这种重要性的体现，仅只是因为她长得美吗？

【"可怕"的西施之美】

墨子说："西施之沈，其美也。"是说物有其极致，就会带来它的灭亡。这种物极必反的观点，是中国古代以老子为代表的一种哲学思想，与我们这里的所说，并不是一个意思。

墨子说西施之"美"，其实并未被作为一个概念予以承认，且并未对美及审美问题，有过多的涉及。而我们在这里要说的是，如前面所引用的那些有关于西施杂说议论，至少有一点是共同的：即认为西施与吴国灭亡，是有必然的相关性的，而西施之美，是这种相关性的具体表现。那么，这些几乎是异口同声所说的，可怕的西施之美，究竟是怎样的一种美？

这个问题，其实是很难说清的。以有关"沉鱼落雁"之美来比喻，其中"沉鱼"之说，即确指西施的美貌，很形象，但也很笼统。李白有

诗《咏苎萝山》：

> 西施越溪女，出自苎萝山。
> 秀色掩今古，荷花羞玉颜。
> 浣纱弄碧水，自与清波闲。
> 皓齿信难开，沉吟碧云间。
> 勾践征绝艳，扬蛾入吴关。
> 提携馆娃宫，杳渺讵可攀。
> 一破夫差园，千秋竟不还。

这里描写的是那种自然天成的美，其自身是完美的，并不存在与国家之间必然的因果关系。"勾践征绝艳"，起之于计谋，色可倾国，却是古已有之的认识。

在西施所处的那个时代以前，更早的远古时代，就已有这种先例。如《越绝内经九术·第十四》中，申胥谏，反对吴王收受越国所进献的美女西施，其所作列举为："胥闻贤士，邦之宝也；美女，邦之咎也。夏之于妹喜，殷之于妲己，周之于褒姒。"这其中妹喜、妲己和褒姒之类的美女，都是祸国的先例，从而被作为一种等同于攻城掠地的战争之术。

《越绝内经九术·第十四》云："昔者越王勾践问大夫种曰：'吾欲伐吴，奈何能有功乎？'大夫种对曰：'伐吴有九术。'王曰：'何谓九术？'对曰：'……四曰遗之美好，以为劳其志……。'"这似乎是很可以被理解的具有规律性的东西，且无论如何去具体实施，单就其有关于性的诱惑力，在其应有的范围内，以"美好"而"劳其志"，并非只是一种似乎具有女性视角的假设，这种以"术"而论的说法，在这里实际上是被视为具有普适性的通常之理。

【美所代表的完整】

以西施之美的力量，也同样被视为与战争中其他策略相同功用的取胜之道。在这里，需要进一步认清的是：有关于美所代表的完整，与同样表现对性的诱惑力的内在感受不同，是在于"美"所具有的概括性。正是这种概括性，在主观和客观两个不同的世界中，带来了混乱，以内在世界的僭越，颠覆了人们以自己的力量所建立的国家，那个活生生外在的客观

世界,也就是人们所说的"倾国倾城"的结果,而这说法,似乎是不可想象和很难被接受的。

不能以现在的眼光,去对这种因审美而感知的内在世界的存在,完全有可能去颠覆客观世界,做种种与其悲剧性结局不同的假设。我们只能对这个结局本身,所引起的后世人们对此说的解读,进行必要的认识。

而这种认识的结果似乎是:以个人内在世界的存在与众人之关系所必然形成的对个性的悖反,即因此形成的国家而言,西施之美实际上在后人的演衍中,已成为一种个性的存在而被发现的最大可能性。

西施之美是通过暗示而有关"代表性"的最完整的表达。

显然,对于女性之美的感受和认知,并不仅仅局限于性,而应该是性意识的升华。但这只是一方面。另一方面,西施之美被赋予概括性,即在于对女性存在所开启的,对内在世界的认识之洞口,坠入自我的陷阱,而这种可能性的最大表现正是,夫差作为君主,对于国家的存在失去感知,对于国家作为客观存在的根据,已失去认识,这也许并不是全部的真实,却是我们从历史中读出的真实。

也许我们会认为,这是一种对父系社会的反叛,但更确切地说,这是进步本身所带来的认识:女人相对男人而言的存在,不仅仅是性。女性于性的表现的美,它的概括性,尤其于西施而言,视赋予群体存在的有关于性的特征之"美",所具有的无可争议性,与具体存在的外在世界,而于社会存在的最高表现形式国家而言,应该是平等的。

也正因为这种平等性所带来的替换,会让人们陷于迷茫,并错误地试图以内在世界取代外在客观世界,这只能导致幻想的破灭,如同西施被沉入江底的最终的结局。

虽然精神的存在,即内在的存在无可否认,但我们似乎总是对此有所忽略,从而让美的存在失去依据,将"美"沉入江底,如李商隐叹惜的"浊泥犹得葬西施",但并不能因此而否认她的存在和继续存在,后世人们的赞美让西施之美重现于我们可能的想象之中,那个内在世界只是因为人们的存在,而必然存在。

无论是顾恺之的《洛神赋》,还是周昉的《簪花仕女图》,仇英的《金谷园图》,以及唐寅的《秋风纨扇图》,画中美女们椭圆形的脸和蛾眉、八字眉,那种程式化的几乎如同千人一面的形象,是一种明显的有意忽略,让美的定义在此有不谋而合的让人惊叹之处。

虽然于此我仍然想问，西施的倾国之貌，究竟是何模样呢？她被赋予的美，不仅仅是对男人世界的征服，而且是一种破坏性力量，它摧毁了外在世界，那个由各种社会关系所构成的国家，似乎独立于个人的精神世界而存在，但被表现为集权时，如吴国之于吴王夫差，它所代表的存在被认为是外在的，但吴王夫差以其个性所显示的存在，虽然可以被掩盖，但并不可以被省略，这恰恰就是吴国灭亡的悲剧结局的原因，这里体现的正是这样一种悖反。

我们可以反过来从吴王夫差的角度来印证：西施之美的概括性，对吴王夫差而言，显然并不在于对性的追求，而是在于这种美的概括性本身，征服她，和被她所征服，都意味着于美的概括性本身而言，就是被包容后，而难以摆脱。

【对审美快感的最大强调】

西施的美，毁灭了吴国，这是当时的人们尤其是吴国人的认识。历史对这二者的因果关系，似乎也给予了认同，虽然这二者之间并没有逻辑上的必然联系。这其中存在许多误读，但是后世的人们，很愿意这样认为，这种认识本身，我们却可以从审美的需要方面去理解：正因为有这样的认识，使审美的快感，①得到了最大强调，这也就是西施被评价为古代中国第一美女的原因。

国破会致家亡，国家的重要性不言而喻。当然越国灭吴，最根本的原因是越王勾践，能够卧薪尝胆，励精图治，在谋臣文种、范蠡的辅佐下，制定"十年生聚，十年教训"战略，发展农牧生产，奖励生育。

《吴越春秋》记载，勾践回国后，听从范蠡"据四达之地""处平易之都"的建议，迁居平原，并利用沼泽遍地的山西平原上的山丘，建设大城和小城，将都城从平阳迁移，且在尚未开发的山丘上进行农牧业开发。以计然之策，"省赋敛，劝农桑，饥馑在问，或水或塘，因熟积以备四方。"（《越绝书》）减少税收，开展多种经营，兴修水利，修筑塘堤，如修建了富中大塘等粮食生产基地。

在山阴大城周围等山丘种麻、采葛和饲养家禽等，在会稽山下目鱼池等处发展渔业，于海边的朱余制盐，南林木客山采伐成木。在锡山烧炭并

①　［德］恩斯特·卡西尔：《人论》，甘阳译，上海译文出版社，2003 年版，第 251 页。

采锡，并在姑中山等地采铜。为促进经济发展，增强武力，勾践采取了鼓励生育的政策，"令壮者无取老妇，令老者无取壮妻，女子十七不嫁，其父母有罪，丈夫二十不娶，其父母有罪。"①

以上措施，致越伐吴前，军队总数已有五万人。② 这在当时是可以与春秋大国相比攀的一个数字。很显然，灭吴国的力量来自于越国重新崛起后的实力，但这些情况，对于有关西施的传说而言，并无影响。

北宋状元诗人郑獬有诗云："千重越甲夜围城，战罢君王醉不知；若论破吴功第一，黄金且合酬西施。"③明代西施祠也有楹联云："越锦何须衣义士，黄金祇合铸娇姿。"勾践自己也曾言："亡吴之功，西施当属也。"

【勾践的阴谋】

西施的行为被以建功而论，可见在当时是确有预谋的。西施被选送吴王夫差，与在此前勾践将其寻觅到宫中，让人教习歌舞，授之以宫廷礼仪，且面授机宜的政治任务有关。

然而，这样的做法，虽以"美人计"命名，但其成功与否的几率，或者说，这个任务完成最终标志，即便吴国为亡，仅凭西施施展媚术，迷惑吴王，其行为的可操作性及其效果，实际上是很难以想象的。我们不能从结果去反推，在此之前西施的行为，是怎样将吴国一步步导向灭亡。仅凭一人之力，去完成一个似乎是不可能完成的任务，让其一去吴国十七年，就是越王勾践，或文种范蠡，恐怕也不敢相信，西施会真的有这样大的作用，而一直对其有所指望。

然而，吴国毕竟灭亡了，到是此时反过来想到了西施，这应该是合理的质疑。

这个所谓的计策或阴谋，似乎将一切可能性，都建立在"信任"的基础之上。这不仅需要对西施会完成任务的信任：（理由是）其为越女，会忠诚于越国，并为越国而效力，而更可疑的是（也更难以让人相信），勾践和文种范蠡会相信西施的美貌，是致吴国于死地的祸水，当然，西施的美

① 来可弘：《国语·直解》，复旦大学出版社，2000年版。

② 兰新让：《关于古代越国霸业兴衰的经济分析》《绍兴文理学院学报》，2005年第4期。

③ 郑獬（公元1022～1072年），字毅夫，一作义夫。北宋安州安陆（今属湖北）人，仁宗皇祐五年（公元1053年）进士第一，为皇祐癸巳科状元。神宗初，拜为翰林学士，著有《郧溪集》五十卷，《宋史·艺文志》传于世。

貌是真实的。

然而对吴王夫差产生足够的迷惑，这才使他们所信无疑，并且是所希望的。

【这个被幻想的故事】

仔细去想，会发现这种对于西施美貌的作用的相信，将一国之大计寄托于此，是十分荒唐的。

因为吴王荒淫好色，而投其所好选送美女，让其对越国的复仇之心放松警惕，以及让其对被释放回国的越王勾践的臣服予以认可，应该是这种做法的动机。但因此而说，由于这样的做法，会导致夫差杀伍子胥，并最终因有西施而不理政事，松弛武备，最后让越国在经济实力及武力上后来居上，其间的因果关系，被如此简单化，只有一种可能，那就是想象。

想象之被当是事实，虽然有最终吴国灭亡的结果，却并不具有说服力。

然而，正是因为有这样的想象，对于我们而言，才有了可以被关注的东西，就是对于西施之美，或者更为确切地说，是对于这种美本身所具有的破坏力的相信，这个被幻想的故事的基础，才凸显于面前。

这是很令人惊异的事。

我们可以去想，西施本人也许仅被当作一种载体。对像她一样的许多的"她们"的身份，历史上其实并无过多记载。

【西施是一个姓名不十分清楚的女子】

西施名夷光，春秋时越国人，今浙江诸暨苎萝村人。明代陈士元在《名疑》卷三[①]中说："越以美女西施、郑旦同进于吴。"《拾遗记》云："越以美女二人贡吴，一名夷光，一名修明。或云：'夷光即西施，修明即郑旦也。'夷光一作移光。"此处历史上就有多人提出质疑，怀疑夷光为另一异

---

① 陈士元，字心叔，号养吾，小名孟卿，一号江汉潜夫，又称环中愚叟，湖北应城西乡陈岭人。生于明正德十一年(1516 年)，嘉靖二十三年(1544 年)中进士，二十四年(1545 年)任滦州知州，万历二十五年(1597 年)卒。陈士元一生著述甚多，《名疑》四卷，上自三皇，下迄元代，博采史传及百家杂说，凡古人姓名异字与更名更字与同姓同名者，皆记萃之。

质美女，而并非西施。但仅于这种情况，即可见西施其实是一个真实姓名都不十分清楚的女子。

西施被进贡于吴国，与同时进献于吴王的奇珍宝器之物，有相同的属性。这种"共性"，可以认为是人与物（人被等同于物）之珍贵的品质和美形，具有相同的真实性，可以被确定和信任的，而这种信任仅只是在于：以博得吴王的欢心为目的。

但是，有关于西施的故事中，将其所拥有的奇异之美，作为摧毁吴王夫差意志的武器，而被假设具有这样的作用，就远远不止于以被动而博得吴王欢心的那种"物"之美的含意本身了。

【美并非独立的存在】

这种被描述为"惊心动魄"之美的存在，如晋王嘉《拾遗记》卷三中所言："越又有美女二人，一名夷光，二名修明，以贡于吴。吴处心椒华之房……二人当轩并坐，理镜靓妆于珠幌之内，窃窥者莫不动心惊魄，谓之神人。"①显然并不仅仅局限于美独立的存在。

虽然这也许是一种实际情况的反映，即美的感受对性的升华，如《管子·小称》说："毛嫱西施，天下之美人也。"《庄子·齐物论》说："毛嫱、丽姬，人之所美也；鱼见之深入，鸟见之高飞，麋鹿见之决骤，四者孰知天下之正色哉。""决"于此通"快"，"骤"为"马奔跑"，而在此以"天下之正色"的最高评语，让西施形象所具有的代表性和概括性，其完整本身，似并非为个人所可能安全拥有，因此对西施之美，只能惊叹之为"神人也"。

这种表述在庄周之论，是为寻找一种比附，即对于美的类的概括，以毛嫱、西施为代表，本身即是一种以归纳而形成的概念。对此，可能的理解是，比如现在有人说，古往今来，天下没有可与西施比美的女子，这句话的问题出在哪里？

首先，与西施比美，这在实际生活中是不可能的，这不是说西施是古代的人，而是在于，"西施"实际上不是她自己，这个被我们常常说起的西施，只是一个代名词，那个真实存在过的西施，其实是另外一个人。

其次，这个说法本身，如果离开前面的意思，其意在表明西施最美的

①　《古今逸史精编·西京杂记等八种》，熊光宪选辑点校，重庆出版社，2002 年版，第 166 页。

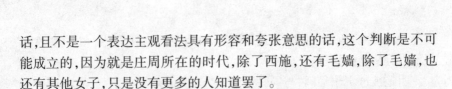

话,且不是一个表达主观看法具有形容和夸张意思的话,这个判断是不可能成立的,因为就是庄周所在的时代,除了西施,还有毛嫱,除了毛嫱,也还有其他女子,只是没有更多的人知道罢了。

正因为如此,审美感受和美的存在之间,使内在世界的存在被显示出来,这应该是问题的引出。

【"色"之成为"美"】

如前所说,西施的美摧毁了吴王的意志,使其沉溺于情色而不能自拔,应该并非仅仅是性的诱惑,"色"之意味,是性的表面存在。而"色"之成为"美",则是一种升华。对于美的倾注,同样应来自于其应有的审美感受,即内在世界的存在,因为审美判断而显示出来,正是美使我们之间能够通过内在世界而被拉近,以观念的统一而被统一,性爱本身所必然要求的平等性本身,说明了这一点,正是基于此。

是西施的绝色之美,颠覆了吴王江山,才会这样让人深信不疑。

【早熟的中国古代思想】

中国古代思想的早熟,在古代绘画及其理论中,有很直接的表现。仅从那些似乎难辨你我,大都很近似的圆形或椭圆形的脸,蛾眉或八字眉,几乎同样迷离的眼神,口小而圆,峨峨髻鬟的发髻,匀称的体态,削肩狭背,她们模样的近似性,让我们很难判断形式上的美究竟应该如何,才是完满的,更不用说把这些有可能是对真人进行描绘的仕女画中的女子排列后,从中评选出哪一幅画中的女子为最美。

这些画的品读另在它处:让我们只能从那些细腻婉转的线条,所表现的肌肤和衣装的轻柔,还有遒劲婉转中的轻重缓急,与深浅不同的墨韵一起,让晕染的周围事物形成了意念,她们在我们的寻找中出现。

是魏晋时的细线,让身着轻薄的丝织品或麻织品衣料,有了清晰的质感,在风势中,飘逸衣带让一切都有了动态。

那些肥硕的造型,在盛唐张萱以朱色晕染耳根为特色的画中女子,行走于被点簇笔法所画就的亭台、树木、花鸟和宫苑之中:周昉的《簪花仕女图》中,发髻上簪有杜丹花、红花、荷花、海棠花和芍药花,如画中那五个宫女,鬟上斜插"玉簪步摇",有黛色的短眉,斜领,大袖上衣及曳地大幅长裙纱罩,晕染的薄纱有多种色调,和图案所表现出的精美一起,成为流传

至今的经典。

　　而五代的美人们,由胖变瘦,脸也由圆形逐渐变成椭圆形,下颏开始变尖,被那些曾经是唐代的细紧流利线描加以顿挫所表现,在"战笔描"和"折芦描"(所谓金错刀笔法)中,于"和色"中有色彩的统一,与那个动乱时代的气氛,似乎并不相称,如那幅《韩熙载夜宴图》中的桌和床,在极深的墨色中被表现,反衬出她们衣带的艳,在夜宴中,装饰出一时的奢侈和空虚。

　　后来的宋代,在多种变化线描中,开始着色与白描相结合的"浅绛"(敷着色),她们如苏汉臣仕女画中的女子,被《画鉴》①评论为:"能得其闺阁之态,不在施朱付粉,镂金佩玉,以饰为工。"

　　在时间的流逝中,因线条和笔墨晕染的变化,她们的形体有了改变,但在写意中,却一直都没有变。

【她们的美在"意念"中】

　　在"意念"中,她们的美成就了古代中国的审美观念。

　　那些美,可以通过线条或墨色的深浅被表现出来,却仿佛并不能被完全看清楚,这很奇怪:画明明可以置于眼前,却让观者只有一种得见之于孔隙间的发现,不会有全部和完整的得到。这是让人费解的,并因此而有不断的探求,也许正是因为这样,才有了西施。

　　虽然《史记》并没有提到西施的名字,但"勾践乃以美女宝器令种间献吴太宰嚭。嚭受,乃见大夫种于吴王"。(《史记·越王勾践世家》)这是历史的事实。

　　或许其中美女之一,被其贯以西施之名。但让人有所质疑和争论不休的是,这个叫西施的女子,被赋予了关于国家兴亡的重任。

　　这个任务完成的可能性,建立在了个人之力的基础之上,似乎是难以想象。

　　是勾践相信,还是后世的人们相信,都是难以说清的。

　　任务最终得以完成,吴国灭亡,越国兴起,似乎证明了这种相信是有根据的,于是因为合理解释的需要,而被衍生出各种不同版本的故事。然而问题是,后世的人们为什么去相信,吴国的灭亡是西施的作用?

———————————————————

①　元汤垕《画鉴》,强调"形似为末节","自出新意",主张写意为本。

也许我们难以去追问，勾践和出主意的大夫文种、范蠡是否真的相信，这个计策是会成功的，但是我们可以探讨，后来的人们形成这种观点的原因。

而事实上，从上古时代，夏有妹喜而灭亡，姐己是商纣引来的祸水，美女褒姒是周幽王的妻子，这个难得一笑的美女，让那个被美色弄昏了头的国王去以烽火为戏，拿国家的安危和军队的忠心开玩笑，这个美人倒是笑了，但她的笑声是有些恐怖的，结果是被戏弄前来勤王的士兵们，早无信心和兴趣再去拥戴这个昏君，周朝庞大的皇宫和城墙，在这诡谲的一笑中坍塌了。

【这样的故事充满了诡谲】

这样的故事在某些情节的巧合上，其实也充满了诡谲。

夏、商、周三代是为孔子所称道的圣贤之王统治的时代。其对周礼的推崇，充满了对先王之道统治下社会的理想化复归的希望，与此理性追求相背离的是，这种在孔子理想中的制度，它的牢固性和含乎于人的理性追求的合理性，仅仅因为女人干扰，或者说是她们的过失，就会轻易地被摧毁，那么，先王之治被以遵循"天道"而为，所受到的质疑是当然的。至少可以说，这种制度即使再合理，却怎么会出现如夏桀、商纣和周幽王这样的昏君呢？

不同于妹喜、姐己和褒姒的是，美女西施之行为并非来自于那个被假设的"天意"的显现，前面几位美女的祸国之所为，被后世的人们解释成是"天意"所化身人间的妖孽，来有意颠覆王国的。而西施的形象则完全没有这样的假设：这个苎萝村中普通的浣纱女，生在吴越相争的时代，而这两个国家的争霸，并没有关于正义和非正义的讨论，其起于部落兼并式的争霸，双方都可以被肯定为一种国家争取生存空间的合乎于历史发展的行为，只不过如越王勾践之忍辱负重、卧薪尝胆之举的励志作用，对后世有于政治之外的教益作用，除此之外，这种于春秋战国时代的诸侯国的争霸之战，可以被历史所留下的仅仅是那些故事的神奇。

【智性思维外化的感性形象】

西施与勾践的阴谋发生关系，出自于具有真实性的政治需要，由此成为人的智性思维的感性形象代表，她是因为这个颠覆吴国计划的派遣，前

去完成以美色迷惑吴王的任务。而她要完成这个任务，只能在其作为人的自我意识觉醒后，以及为完成这个任务必需具有的政治参与者在相应阶层中地位被确定后，才有可能。

西施是古代社会第一位被共同认可的真正意义上的人间美女，是人的美的代表和象征，而后世人们颂歌不断的真正原因，也许正在于此。

那么，西施之作为，她色诱吴王，吴王却似乎不可理解地上当中计，由丧其志，而乱其政，还杀了其国家栋梁伍子胥，西施的倾国之貌，无人可比，被以无可辩驳的事实作注，这个注解同样也是无可辩驳的，但是，她这样做，是代表了当时人们的意志吗？

"春秋无义战"。吴越争霸，她代表了越国人民的意志，却为吴人所痛恨，这是她作为人的美的代表和象征之"天下之正色"，其形式与内容之间的难以吻合的地方，同时也是这个美的形象本身，在其因此引起的两千多年来不断的谈论中走红而长久不衰，使其于美女排名榜之花中魁首地位不可动摇的原因。

【西子蒙不洁】

其实，就是在当时，也不可能人人都见过西施。这里有一则语录，《孟子·离娄下》："西子蒙不洁，则人皆掩鼻而过之；虽有恶人，斋戒沐浴则可以祀上帝。"对这段话，研究西施的人们多有引用。因为是孟老夫子所说的，很像是一件实际发生的事，即有可能是后来西施回到越国后，人们对她实施了污辱，把脏东西泼到她身上，"则人皆掩鼻而过之"，这是令人目不忍睹的景象。怎么会这样呢？

孟老夫子所说的，多是危言耸听。但是，只要仔细一点就会发现，亚圣的这段话，其实只是一个比喻，是假设，即这个比喻，是把西施作为美丽纯洁之人的代表，与"恶人"相对，其语意是说，就是像西施这样美丽纯洁的女子，如果她身上沾染了污秽之物，别人也会掩着鼻子过去，而一个丑陋的恶人，如果他斋戒沐浴，也同样有资格祭祖先和祭上帝。

当然，如果是这样的话，我们似乎不能因此得到有关西施的具体情况，却可以发现，至少在距西施生活的时期不久的孟子，也已经把西施作为美女的代名词了，可见有关古代美女排名榜，有圣人参与，因此并不是我们作为现代人的发明。

然而,此段话却有一个叫孙奭给了一段疏注①:"西施,越之美女也,越王勾践以之献吴王夫差,大幸之。每入市,人愿见者,先输金钱一文。"这里所说的是另一件事,也就是古人也有秀美女的做法,如同现在的"模特儿大赛"或"选美比赛",但是,要参观的,要"先输钱一文",才得见西施一面,有所谓"掩鼻而过"和"输钱以观","二事均属西施"(钱锺书《谈艺录》)。

不过,对于历史,我们似乎不应该太粗心,孙奭疏注中所说的吴人参观美女西施的情况,除了说明西施的美以外,这种以西施的美"卖钱"的做法,其表明的含意是多重的。

一方面,有吴王作为胜利者对其相当于战利品的炫耀,因为吴王应该看不上这种小钱,但他至少是允许这样做,要知道,西施为夫差所"大幸之",身份中应有的尊贵,是不言而喻的,但其"入市"被围观,却被乘机以其美"卖钱",当然也可能是吴王一时的嬉戏之举,但显然与合之于其应有身份的礼制不符,因此只能说明西施其实并不具备应有的身份;另一方面,这种让人参观的做法,是有辱其人格的,并不同于我们上面所说的,是一种可等同于现代的"选美大会"的情况。因此,我们似可以认为,西施虽为吴王所宠幸,但也仅与原来越王将其与奇珍宝器一起送与吴王时的待遇一样,其身份价值与"物"同。这种情况,与她要完成的政治任务,是不相称的。

【永远地想象不尽】

有关西施的故事延续至今,应该已成为一种文化。有报道称,西施故里的中国西施文化研究会,并不想推出西施的标准像,而该类文章认为"这倒很有道理",因为这样可以让关于"西施长得究竟怎样"的猜想,如同不解之谜一样,"让中国人永远想象不尽",就算是"画家水平再高",西施的形象固定下来,大家一看,也就会说:"哦,不过是这样,还是无胜于有。"

看来某些被看成是似乎有点深奥的道理,却会于平常之中显露出来。

---

① 孙奭(公元962~1033年)北宋经学家、教育家,字宗古,博州博平(今山东茌平博平镇人)。宋太宗时,以《九经》及第,后任大理评事,国子监直讲,是阮刻十三经注疏中《孟子注疏》(赵岐注,孙奭疏)完成者。

但是，我们仍然回到前面的说法，也就是，并非西施之美真的颠覆了吴国，这只不过是一种偶然，西施因为这种偶然，才有了"名声"。有诗为证：

> 宰嚭亡吴国，西施陷恶名；
> 浣纱春水急，似有不平声。
> ——唐崔道融《西施滩》

　　事情往往有两面。正因为西施与吴国灭亡的偶然性联系，成就了天下第一美人的名号，这似乎与通常认识中的因果关系正好相反。然而，几千年来古人和今人，好像有些不约而同地，要隐去西施真面目，使之成为悬念，对此以相关的审美理论去解释，也是要花一番功夫的。

　　事实上，西施之美的诱惑应该是确有其事，吴王也可能真的是因为西施之色诱而被迷住心窍，杀伍子胥就是西施的主意，事情如果真是这样，对西施之美的认识，就不应该会有现在我们所共同认识的结论，即女性之美于性本身的升华，是对于审美观念形成的内在世界的揭示，这种揭示所反映出来的，内在世界对外在客观世界在某种意义上的排斥，如同会让我们暂时陷入幻想一样，以美而给我们愉悦，会让我们暂时"抛掉的是感情的难以忍受的压力和压制"。[1]

【女性要求独立的宣言】

　　而这种状况，在某种意义上，很难说不是一种女性要求独立的主张，对父系社会规制的国家主义的悖反？其意义的蕴含，在完整性上以出自于"阴谋"，即智性思维的主张为表现形式，通过美与内在世界的统一（吴王因此而与所有的人一样，无法抗拒西施之美），否定了外在世界的客观存在这种力量，不同于其他在此以前有关于来自于"天意"表现的"有神论"，西施之美的征服，是一种有关于人的自身尊严的第一次惊世骇俗的宣言。

---

　　[1]　[德]恩斯特·卡西尔：《人论》，甘阳译，上海译文出版社，2003年版，第235页。此处是对亚里士多德的"卡塔西斯说（theory of katharsis）"即"净化"说的某些理解。

第二节　意义内在于形式：西施之美于战争之外的言说

【吴越的世怨】

吴越争霸前后近百年时间。公元前544年，吴伐越时，出于偶然的情况，一个战俘刺死了吴王余祭，这是一件很意外的事，但吴越两国因此形成了明显的对立。

公元前510年，吴攻楚，为解后顾之忧，攻越，占领檇李（今浙江嘉兴南）。在此之前，公元前515年，越曾乘吴攻楚之时，乘机侵入吴境，"吴使别兵击越"，楚因有秦国帮忙，致使"吴师败"，因此吴国吸取教训，其欲霸中原，需先征服楚国，但攻楚，必先攻越。公元前496年，吴王盖闾亲率大军伐越，双方战于檇李。"越使死士挑战，三行造吴师，呼，自到。吴师观之，越因伐吴，败之姑苏。"（《史记·吴太伯世家》）

这真是战争史上的奇观：越王勾践指挥敢死之士，排成三行，冲到吴军阵前，大呼后自己挥剑抹脖子，乘吴军士兵看得胆战心惊、目瞪口呆的时候，越军发起冲锋，大败吴军于姑苏城外。

这次战役，还让吴王阖闾伤了手指，但此处小伤，却莫名其妙地要了他的命，临死前立太子夫差为王，并留下遗言："尔而忘勾践杀汝父乎？"夫差后来命宫中仆从，早晚三呼此言，其对曰："不敢忘。"从此铭记的是勾践仍为其杀父仇人，这倒是有些像氏族部落间的战争结下的世怨。

两年后，即公元前498年，勾践因闻夫差"以大夫伯嚭为太宰，习战射，常以报越为志"，不听大夫范蠡劝告，以水军攻吴，战于夫椒（今江苏太湖中洞庭山），吴以精兵追击，越军大败，越王勾践率余部5000人被困于会稽山上，使大夫文种请降，并"请委国为臣妾"。

勾践愿为吴王之臣，其妻原为吴王之妾，可见自乞其辱之大也。吴王夫差想接受投降，但大夫伍子胥不同意，并劝谏曰："今不灭越，后必悔之。"但未被采纳，因此而有后来的勾践夫妇为吴王"驾车养马"，执役三年，赢得夫差信任后，始得获释回国，"卧薪尝胆"之成语典故皆因此而生。

【战争的语言】

战争的语言就是征服。对于国家而言，战争则意味着实力，即经济的和军事的实力，而不是选一两个美女使"美人计"，就能解决的。然而，"勾践乃以美女宝器"献与吴王，是一个阴谋，但是不是后来写书的人编造成的"阴谋"，还很难说。

这个阴谋被认为是经过深思熟虑的，且来自于大夫文种所献破吴之"九术"。"夫九术者，汤文得之以王，桓穆得之以霸。"其"术"之第四即谓："遗美女以惑其心而乱其谋。"（《吴越春秋》）以此作为战争的策略，应必有具体的措施，并应有实际的可预期结果。

国家发展经济且具有一定的实力的基础上，使用武力的"硬功"，和以"美女宝器"进行意志瓦解的"软功，"从一般的角度看，确实可作为进攻的必要战策。但仔细分辨，却发现还是有些问题。

我们不能从任何资料上查到关于以"美女"为进攻对方之"利器"的必要措施，具体对这个关于西施的故事而言，看起来只是勾践及文种、范蠡这些大夫谋臣们，一相情愿式地希望吴王"玩物丧志"（"美女"似乎与"宝器"一样，被视为"物"。），但这种仅只局限于希望的战策，无任何确定性可以把握，也就谈不上预期性，以此而论，也就很难被称之为一种实战中可使用的战策。

但是，值得奇怪的是，虽然我们难以发现有关实施"美人计"的具体措施，却会发现，后世人们对此计的看重，远远超乎于一般评估值之上。

【"美人计"于西施而言，只是荒唐的假设】

吴国灭亡，且吴王杀了伍子胥，主要是西施之美的作用，至于越王勾践对自己的这种做法，是不是这样认为，是被忽略的。其大臣文种和范蠡，是否认真地当作一个计划来实施，还是仅仅完成了送美女的工作，将其和宝器一并送给吴王之后，就没有再做什么，这些情况，同样是被视忽略的。

显然，美女如果和宝器一样，仅只作为"物"，是不能完成什么计划的，但是，以成败论英雄作为一种似乎难以辩驳的事实，被用来反证在当初，勾践的阴谋是处心积虑的，显然尚欠缺必要的中间过程的证据。

对此，也许会有另一种解释，也就是"美女必定是祸水"的定论，在无形中得出了上述结论。即不论西施怎样去做，也不管她做什么还是不做

什么，吴王以及整个吴国，必定要受其祸害，因此，勾践只要把西施送给吴王就够了。

吴国因有西施进入馆娃宫，则必定覆灭。这种轻言兴亡之论，显然与历史真实的面目，相去甚远。

对此种观点进行的反驳，有王安石，其诗《宰嚭》(《王安石集》卷三十四·律诗·七言绝句)：

> 谋臣本自系安危，赋妾何能作祸基。
> 但愿君王诛宰嚭；不愁宫里有西施。

此诗的用语对西施身份有所蔑视。王安石在北宋熙宁二年(公元1069年)，官至参知政事。熙宁三年起，两度任同中门下平章事，位及于百官之上，其诗也是由己及彼，从政治角度认识问题。除去其对天下第一美女西施轻言"贱妾"的不恭之语外，很可以看出，有关"美人计"于西施而言，也仅只是有些荒唐的假设。

然而，对于相关资料及故事传闻，郑重其事地对此事的若干片断、多种零乱的情节，进行添枝加叶式的扩大化补充和附会，所以表达的西施之美，如何成为利器而锐不可当，潜于其后的情绪以及对获得的审美情感的不能割舍和不容亵渎，以此形成趋同之主流，作为历史的定论，从而让我们不得不反过来，对此现象予以审视。

【越女剑的神秘和对西施故事的补充】

《吴越春秋》中有这样一段看起来带有神话传说性质，有些令人匪夷所思的传奇：

> 其时越王又问相国范蠡曰："孤有报复之谋，水战则乘舟，陆行则乘舆，舆舟之利，顿于兵弩。今子为寡人谋事，莫不谬者乎？"范蠡对曰："臣闻古之圣人，莫不习战用兵，然行阵、队伍、军鼓之事，吉凶决在其工。今闻越有处女，出于南林，国人称善。愿王请之，立可见。"越王乃使聘之，问以剑戟之术。

越王问剑戟之术于隐居在南林之越女，不能不说有奇异。自夏、商父

系制国家建立，兵车战术之事，难有女子出现，这一有悖于时代背景之事，仅出自于"传说"，还是确有其事，难以说清。

处女将北见于王，道逢一翁，自称"袁公"。问于处女曰："吾闻子善剑，愿一见之。"女曰："妾不敢多所隐，惟公试之。"于是袁公即杖箖箊（竹名）竹，竹枝上颉桥（颉：马向上飞。桥：树名，即竹枝飞上树）。末堕地，女即捷末。袁公则飞上树，变为白猿。遂别去。

此处女子的轻捷腾跃，犹如武侠片中已克服地心引力之武功，可见其确有出处。金庸先生因此有一篇小说名曰《越女剑》，即取材于此。

于是勾践问剑于此女子，"女曰：'妾生深林之中，长于无人之野，无道不习，不达诸侯，窃好击剑之道，诵之不休。妾非受于人也，而忽自有之。'"并且进一步讲述其剑道："凡手战之道，内实精神，外示安仪，见之似好妇，夺之似惧虎，布形候气，与神俱往，杳之若日，偏如腾兔，追形逐影，光若仿佛，呼吸往来，不及法禁，纵横逆顺，直复不闻。斯道者，一人当百，百人当万。王欲试之，其验即见。"于此处，可考证其应为最早的武侠小说。

越国有此女子出现，"越王即加女号，号曰'越女'"。乃命五板之堕（"堕"应作"队"）高（高：人名）习之教军士，当世莫胜越女之剑。"《剑侠传》（明人伪托之作，有人考证为明王世贞编撰）中也有类似传说："袁公即挽林杪之竹似桔槔，末折也，女接其末。公操其本而刺女。女因举杖击之，公即上树，化为白猿。"（桔槔：井上打水用具。）

这似乎是一种偶然的巧合：越王可谓自有天佑，但其使出的灭吴着数，文斗武攻，皆有女子为其出力。"越女"应当只是一种概念化的称呼，不可能由越王赐号为"越女"，这无疑也是伪托之作。当然，有关西施的故事，不比此处"越女"之传说的虚幻玄迷。其真实性，经由如管子、庄周等诸子之言，又有百姓中口口相传的故事，更有现存西子故乡的若干历史"遗址"可考，于我们的审美之感性而言，却不是无可触及的虚妄之说，只是这些故事"真实"的表象下，有许多隐藏的意义。

天下之奇绝之人之事，也许真为越王所独有，但剑戟之武术，如何会为一个隐于深山，未经战阵的女子所习得，缺少合理性。

"越女剑"的故事，似乎让人意外地从这个传说形成的本身，发现了某种看似巧合的背景:越女之剑,其实是对西施故事的一种补充:女子或可以使剑,隐于南林,也能天下无敌;而西施虽出于苎萝村,浣纱于江边,却有天下无人能比之美色,男人与此相比,相形见绌。

除了"卧薪尝胆"的越王,他的形象本身所象征的于战争而言的"理由"和"精神",以及文种、范蠡等大臣们所表现的那个"智性思维"外,越国的士兵和将军,以及那些社会经济生活中的普通人中的男人们,全部在这场本应以男人为主角的战争中,面目不清,这是何故呢?

【管仲不知道后来的西施】

《管子·小称》中言:"毛嫱西施,天下之美人也。"但管仲生卒年代约为公元前716～公元前645年。管仲的著作,收入《国语·齐语》和《汉书·艺文志》,《管子》共二十四卷八十五篇,今有七十六篇。白寿彝主编《中国通史》中,对管仲的生卒时间也表述为:"生年不详,卒于公元前645年。"[①]而吴越争霸时间,越王勾践继位时间为公元前494年,至公元前473年,越军攻进吴都,吴国灭亡,前后二十一年。西施出现于此期间。很显然,管仲时,并不可知后来西施。当然,有关《管子》一书,争议很多,后人以为是伪托之作,但有学者结合"管种辅佐齐恒公"的身世情况,结合《管子》一书的内容,仍认为从整体上讲,《管子》应为管仲所作。

《汉书·艺文志》考证引晋傅玄说:"管子之书,半是后之好事者所加。"唐玄宗时,孔颖达认为其轻重篇是后人所加。宋苏辙认为,该书多由韩非之言,非管子之正;叶适认为,书为战国末期法家之作品。[②]

然而仅就西施之名而言,后人伪托《管子》所言,其意又何在?虽然看起来管仲不知有后来的西施,所指也可能是当时的另一美人,但是,也有可能是后人好事,而把西施之名加入,与毛嫱并列,以增加读者兴趣或直观感受,因为西施似乎在其后不久,已成为"美人"的代名词,而并非我现在才这样去做。

---

① 白寿彝主编,《中国通史》第三卷下册,上海人民出版社,1994年版,第1058页。
② 苏辙(公元1439～1112年),字子由,嘉祐二年(公元1057年)与其兄苏轼同登进士科,唐宋八大家之一。叶适(公元1150～1233年),南宋哲学家、文学家,字正则,号水心,著有《水心先生文集》二十九卷,《别集》十六卷,又有《习学记言》五十卷等。

在此，我们仍于偶然之中发现了两位相距年代并不长的智者能臣管仲和范蠡，与西施的故事有关。先看一下管仲于《管子》中，在什么情况下提到西施的。

管子曰："身不善之患，毋患人莫己知。……民之观也察矣，不可遁逃以为不善……故先王畏民。操名从人，无不强也。操名去人，无不弱也。有天子诸侯，民皆操名而去之，则捐其地而走矣。故先王畏民。在于身者庸为利，耳与目为利。圣人得利而托焉，故民重而名遂。我亦托焉。圣人托可好，我托可恶。我托可恶，以来美名，又可得乎！我托可恶，爱且不能为我能也。毛嫱西施，天下之美人也，盛怨气于面，不能以为可好。我且恶面，而盛怨气焉。怨气见于面，恶言出于口，去恶充以求美名，又可得乎？"

此处引文略见其长，仍并非其意之全貌，暂且如此。以此所论，"先王畏民"，畏名之"耳和目"，而耳和目，如观人时看其面相，像西施一样的美人，其面有怨，人亦不会说她好，"面"与"名"这样相似，即虽为利之事，也要在面上表现好的表情来。这是典型的政治家心得。

管仲的主要思想在于其注重经济，讲究从实际出发，其言："国多财则远者来，地辟举则民留处，仓廪实而知礼节，衣食足而知荣辱。"管仲相齐恒公四十年，史称"其为政也，善因祸而为福，转败而为功"。以此，似与越王勾践的情况相同。

【"商圣"范蠡】

而越之重臣范蠡，也是一位实用主义政治家，是"士"的典型代表，其于勾践穷途之际，献"卑辞厚礼，乞吴存越"，议和后"人待期时，忍其辱，乘其败……""持满而不溢，则于天同道""扶危定倾，谦卑事之，则与人同道，人可动之"（《吴越春秋》）。其既能治国用兵，又能齐家保身，是罕见的智士，司马迁在《史记》中概括其平生，"与时逐而不责于人"。

管仲与范蠡二人的共同之点，均在于从实际出发，重视经济发展。范蠡本人也因为"三散三聚"其财的从商奇迹，而被尊为"商圣"，其名与西施相关联，不能不说这其中所包含的意义，是需要进一步释明的。

【老子的"反美学"之论】

一般而论，除去君王，贤者是不可与美女相关联的，这尤其反映于老子的"反美学"之言论。《老子》十三章言："五色令人目盲，五音令人耳聋，五味令人口爽。""是以圣人为腹不为目，故去彼取此。""天下皆知美之为美，斯恶矣。"这当然是其走向极端的辩证法逻辑演绎的结论，其中有关于对五色五音认识的合理成分："视久则眩，听繁则惑。"但其纯理性主义的趋向是肯定的。不过，老子的理论不同于后来宋明理学"存天理，去人欲"的主张，让所有的读书人都不敢轻言"美"。由此形成的国人观念，似乎是只有重名求利的商人，才会有对"美"的追求，因为"利"和"名"，多是来自于对感官的满足，与"美"来自于感性的认识，似有相通之处，将美人与宝器并列，从这样的角度看，可以说就是这种被认同的共性的体现。

富国才能强兵，而富则在于以经济发展、商业繁荣为基础和标志，也就是说，兴国在于增强其经济实力，国家的实体存在是以其实力为内涵的。但将此与倾国倾城之美相联系，人们往往鉴于历史都会说，君王如被美色所诱，国家就会有难，而这种观点的背后，似乎在将"美"与"利"的属性归同于一，但同时又将这二者对立起来。越王送美女西施于吴国，是自取其"利"。发展农业、种植业、兴修水利，操练士卒，在这些富国强兵的做法上，范蠡和管仲不谋而合，以其政治上的"实用主义"，成就了越国战胜吴国而成其霸业的基础，范蠡所出之力，与西施所立之功，会被认为在属性上是相同的，以武力去消灭敌人的肉体，与以美去摧毁敌人的意志，二者的作用相互补充。

【美对肉体生命的僭越】

美是那朵奇异之花，而武力是她身上长满的刺，有人在趋近于她，是被她的绚丽奇幻所迷惑，被她身上的刺所伤，而仍然不觉醒，直至这刺洞穿了他的咽喉，刺穿了他的心脏，让他流血已尽，他在忘却疼痛中走向死亡，但他却认为在精神世界中，他幻想的美的全部完整属于自己，因此肉体的存在与否并不重要。

这种迷幻状态的存在和持续，从来都被人们所质疑，但同时又难以否认其可能性，人们在现实和幻想的世界中交替存在，就像白天的人间烟火与晚上的梦中灵魂缥缈，就连庄周的智慧也分辨不清，是他梦见了蝴蝶，还是蝴蝶梦见了庄周，因此，吴王遇见西施以为进入了梦中，后世的人们

以他们自己的经验,去推测吴王为什么不从梦游中醒来,并不是没有道理的。

是的,人的肉体生命和被视为国家的肉体生命的社会存在,外在于人的精神世界,而这个外在的精神世界的存在,它的完满所带来的可能的僭越,就是有可能把白天当做晚上来过,以便做梦。这会在朦胧中淹没白天的真实吗? 忽略客观的外在,毁灭做这样的梦的肉体生命,对吴王而言,那就是他自己和吴国。

因为美实施了对肉体生命的僭越,这种僭越就是更替,同战争一样,只不过是一种对旧有的割舍,虽然这种割舍充满了痛苦,但美以她柔软婉转的语言,将我们企图去以恻隐之心关注的一切都隐去。

后来的人们很想看清那一幕,就只能从结果去寻找原因。而美将一切隐去,只留下她自己。

形式内在于感性,美是形式,但它本身却是看不见的,它作为形式,内存于感性认识。也就是说,是后来的人们的感性认识创造了西施。

美的意义,这个我们所追寻的在精神世界中才可能完满的东西,她有什么用,或者是有什么意义,是会被不断追问的。可以清楚的是,这个意义,是她的内在的东西。

【内在的东西如果被放大】

这个内在如果被放大,就会有不正常的事出现。所以千百年来,人们对此充满恐惧,女人的美如果被认为无法抗拒,就是这样的事可能发生的象征:外在的世界会被摈弃,历史上出家当和尚的皇帝不少,并不都是为了女人,但与精神世界的被放大,是相关联的。

肉体生命的存在,在精神虚幻的笼罩下是速朽的,似乎只有美,她是人间的创造者,不同于天上的神,具有非人间的力量,但他们都是难以被改变和更替的,并因此而有人的永久存在。

这也许就是人们对待历史的态度,对于消失的人和事,只有那些文字的闪烁其词,和我们于想象中的描绘。

【天下都知道的美】

老子说:"天下皆知美之为美,斯恶已;皆知善之为善,斯不善。"(《老子》第二章)这样有些让人醒瞌睡的反话,是什么意思?

"斯"可解为"就",即天下人都知道什么是美,(就知道什么是)恶了,这只是一种译法。来自于此句以下"故有无相生,难易相成"的说法,对此可以理解的是:与"无"和"有"之间的关系一样,美与丑(恶)也是相互对立,并因为这种对立而相生相克的。

但事实上,此处也可解为,天下都知什么是美的,那(它)就不是美,而是"恶"。这同样也可以用"曲则全,枉则直,洼则盈,敝则新,少则行,多则惑"(《老子》第二十二章)的物极必反的辩证法思想去解释。

天下人皆知的"美",会变成"恶",如果舍弃有关于道的变化规律等内容,仅从感性认识的角度上去看,"天下皆知"的"美"即为满,因此而成为一种极限,因而也就失去了以原有属性存在的界线,这与美应为以有限而表现无限的现代美学思想相同。

西施之美可否谓天下皆知? 这个说法可以被假设,但此处的"知",却并不同于有所耳闻,或有共同的议论。"知",为一种有直接感性认识的"知道",也就是说,对于西施之美,天下人皆有耳闻,人云亦云,并非为知。因此我们可以说,如果缺少感性认识的完整,对西施之美,就不能认为是"知",那么,因此受质疑和异议是必然的。

西施之"美",那些生杀予夺、国家兴亡之事,都被掩盖在她的身后,她作为美的象征,只是一种伪托之作。

第三节　审美对象的世界:美终止了智性的寻找

【馆娃日落歌吹深】

自越王勾践命选美女宝器,献与吴王时起,至吴国因"红颜祸水",西施乱吴,致其灭亡之时止,前后大概有二十年的时间。

这段时间于历史长河而言,不过瞬间的过往烟云,但对于一位年轻女子,从初始之二八少女,到已久为他人妇,足以使之戚戚地怨忧,花容月貌难久驻。

而西施似乎于馆娃宫中的日子并无恨意,对吴王的宠幸有加,似乎也渐渐心领神会,可能只感其真心实意,日久生情,这些都并不奇怪。

只是让与此有关的所谓勾践的阴谋,显出矛盾:若西施肩负灭吴才可

兴越之重任，具体实施这样一个需要漫长时间才能完成的计划，且以声色为诱饵，吴王就是一时上钩，但如何能保持得住其会对西施有经久不衰的兴趣？这样的"美人计"，难免让人怀疑。

当然不能否认西施之美，为这个计谋一开始所发挥的作用：吴王得西施、郑旦，耗费国家财力，大兴土木，于灵岩山上建馆娃宫。

《吴越春秋》载："阖闾城西，有山号砚石，上有馆娃宫。"砚石山即如今灵岩山。馆娃宫规模宏大，宫内"铜勾玉槛，饰以珠玉"。刘禹锡有诗曰："宫馆贮娇娃，当时意太夸；艳倾吴国尽，笑入楚王家。"范成大《吴郡志》卷八有言："馆娃宫，《吴越春秋》《吴地记》皆云阖闾城西有山，号砚石山。山在吴县西三十里，上有馆娃宫，又《方言》曰：'吴有馆娃宫，今灵岩寺即其地也。'"

有李白诗《白纻辞三首》（白纻辞，《文苑英华》作白纻歌①，系乐府古题），其二曰：

> 馆娃日落歌吹深，月寒江清夜沉沉。
> 美人一笑千黄金，垂罗舞縠扬哀音。
> 郢中白雪且莫吟，子夜吴歌动君心。
> 动君心，冀君赏。愿作天池双鸳鸯，
> 一朝飞去青云上。

此诗并非太白上乘之作，但所谓"动君心，冀君赏。愿作天池双鸳鸯，一朝飞去青云上"之句，让我们想起前面说过的，西施近二十年为取悦于吴王的工作，若无情系，恐难以维持如此之久。

从另一方而说，吴王大兴土木，表其心诚，春风秋月几度，西施作为被勾践选送吴国的上贡之"器"，其实是最为锋利的"暗器"。当初良家女子，在入吴宫前与范蠡有情，这是另一个故事，与此主故事之间，被作为铺垫，这是很有必要的。试想，若无此二人之关系，难以想象西施作为致吴

① 白纻歌，《乐府古题要解》卷上："《白纻歌》古辞盛称舞者之美，宜及芳时为乐。其誉白纻曰：'质如轻云色如银，制以为袍余作巾，袍以光躯巾拂尘。'"《太平御览》《舆地纪胜》俱云："白纻山在当涂县东五里，按《寰宇记》名楚山。桓温领妓游山，奏乐女子为白纻歌，固名。"桓温，（公元312~373年），字元子，谯国龙亢，即今安徽省怀远县龙亢镇人，东晋大司马。娶晋明帝之女南康长公主为妻，长期执掌东晋政权，其三次北伐，于史有名。

王于死地的暗器，是难以为勾践所把握的。但是，西施和吴王日久生情，亦为后人难以否认李太白此诗即有此意。

【响屧舞之影动】

灵岩山坐落于苏州城西太湖之滨。山多奇石，临太湖三万六千顷，多少烟波浩渺中。吴王以西施为神人，建馆娃宫，又修响屧廊，而此廊，是吴王充分发挥创性思维想出来的(也许是其一班臣子中有人想出来的)，即在地以上凿一个大坑，把数以百计的大缸放进坑里，在上面铺上木板，当然还有装饰铺垫。这样做，是因为那位名叫西施的美女，其为南国女儿，好穿木屧起舞，因此而有响屧之声，不绝于耳。吴王把这种源于美而有的声音，不仅于想象中放大，还体现在了现实中。

范成大《吴郡志·古迹》中有："响屧廊，在灵岩山寺。相传吴王令西施辈步屧，廊虚而响，故名。今寺中以圆照塔前小斜廊为之，白乐天亦名'鸣屧廊'。"近代有俞锷①《无题》诗之十："望夫梦化点头石，倩女魂飞响屧廊。"宋王禹偁②有诗《响屧廊》，单说这响屧廊与让人引发的与此相关的历史事件的联想："廊坏空留响屧名，为因西女绕廊行。可怜伍相终尸谏，谁记当时曳屧声。"

所谓"美人步屧，泠泠有声"至今已沉入历史，并无回声。然响屧声起时，有响屧舞之影动，这在李太白《白纻辞三首》其三中，似有所见：

> 吴刀剪绮终彝衣，明妆丽服夺春晖。
> 扬眉转袖若雪飞，倾城独立世所稀。
> 激楚结风醉忘归，高堂月落烛已微。
> 王钗挂缨君莫违。

诗中之美，是一种幻象。字与词让我们在把它们连成一幅画时，却发现它是变化的，因此还有想象的空间。

此诗有严羽①评本曰："王钗挂缨今莫违，暗用绝缨事，又不可作此粘滞看。"而所谓绝缨典故源于刘向《说苑·复恩》："楚庄王宴群臣，命美人行酒，日暮，酒酣烛灭。有引美人衣者。美人援绝其冠缨，以告王，命上火，欲得绝缨人。王不从，令群臣尽绝其缨而上火，尽欢而罢。后三年，晋与楚战，有楚将奋死赴敌，卒胜晋军。王问之，始知即前之绝缨者，后遂用作宽厚待人之典。"

楚庄王的宫女被人在烛灭时暗中调戏，而美人却把那个人帽子上缨络扯下，要大王查处，大王却命在座众人把帽缨都摘下，再点亮烛火，因此而有当初"绝缨"之人，后来肯为国家用命。但以"绝缨"一事而论，却指男女聚会中不拘形迹的行为。此处太白所言"王钗挂缨君莫违"，其语在于形容女子其有"主动性"的献媚之态，似跃然于纸上。

【昨日今夕，如此相似】

不仅是馆娃宫和响履廊，其附属设施及配套娱乐设施，还有玩花池、玩月池、吴王井；琴台有采香径和锦帆径，打猎用的长洲苑以及养鱼的鱼城；养鸭的鸭城，养鸡的鸡陂和造酒的酒城。

春天的采香径，香之缥缈清幽，与佳人之冷清绝俗之艳媚，相映成趣，意味无穷。有迎春花"金英翠萼带春寒，黄色花中有几般"（白居易《玩迎春花赠杨郎中》），此花名另有"金腰带"，那是后来灭吴后，西施与范蠡泛舟五湖，恰逢迎春花盛开，范君折下一枝，为西施围在腰间，因此而有了"金腰带"之称。

还有早春二月桃之夭夭，桃花之面与佳人柳叶之眉，有"桃花脸薄难藏泪，柳叶眉长易觉愁"（韩偓《复偶见三绝》）。此番情景，吴似有觉察，却又轻放过去，西施会恍然惊觉，再去复归于欢颜，似更愿意被看成"轻薄桃花逐水流"。而那洁白如雪的梨花，"冷艳全欺雪，余香乍入衣。春风且莫定，吹向玉阶飞"（丘为《左掖梨花》），可以言表心境，但昨日今夕，如此相似，又有这样多不同。

只去日无多，却看看又是夏天，洞庭的南湾，十多里长，两面环山，那个方圆几丈的白石池子，是吴王命人凿，西施于此泉中沐浴，吴王为其插花理妆，因而有名为香水溪，比之于苎萝村前的若耶溪，少些清澈和宁静

① 严羽，生卒年不详，南宋诗论家、诗人，字丹丘，一字仪卿，一生未出仕，著有《沧浪诗话》等。

中的潺潺有致，淙淙有声，多了些烟脂花粉的迷离和杂色缤纷。"玩花池"中，有四色莲花盛开，时有异象之感。而在荷花荡中采莲，曾是西施在故乡时爱做的事，当时也许真是"五月西施采，人看隘若耶"（李白《子夜四时歌》）。

如果是秋天到了，吴王会牵着西施的手，一起攀登灵岩山，看奇石，观秋叶，有桂花的云外天香，"桂花吹断夜中香"，让"人与花心各自香"（宋朱淑真《秋夜牵情》），还是有别的什么，难以说清。在山下的向北之处，有"玩月池"，西施于此临水照影，"水中捞月"，恐怕只是心境不同时的举止罢了。还有"琴台"，吴歌楚丝，弹的是那一曲，明明暗暗，浑浑浅浅，"锦瑟无端五十弦"，"心事怕人猜破，拆花背插云鬟"（江开《清平乐》）。只一声云霄之缥缈，如雁行以和鸣，倏隐倏显……

【名山神木】

馆娃宫和姑苏台一样，是以越国进贡的木材兴建的。《吴越春秋》载：勾践用文种九术之第二，"种曰：'吴王好起宫室，用工不辍。王选名山神材，奉而献之。'越王乃使木工三千余人入山伐木，一年，师无所幸。作士思归，皆有怨望之心，而歌木客之吟。一夜天生神木一双，大二十围，长五十寻。阳为文梓，阴为楩楠，巧工施校，制以规绳，雕治圆转，刻削磨砻，分以丹青，错画文章，婴以白璧，镂以黄金，状类龙蛇，文彩生光"，并使大夫种献之于吴王，吴王大悦，但伍子胥看出其中端倪，"王勿受也。昔者，桀起灵台，纣起鹿台，阴阳不和，寒暑不时，五谷不熟，天与其灾，民虚国变，遂取灭亡。大王受之，必为越王所戮"。

这样的话，真可说大胆和危言耸听，吴王不听，下令兴建姑苏之台，"三年聚材，五年乃成，高见二百里。行路之人，道死巷哭，不绝嗟叹之声：民疲士苦，人不聊生"。

可见工程如此浩大，所造成的后果是如此严重，越国献神木之举所起的作用，不言而喻，与美人计一样，作为颠覆吴国之阴谋，是成功的，伍子胥之大不恭之言，吴王当然听不进去，且为其事后惹来杀身之祸，埋下了种子。

【伍子胥被杀】

有关伍子胥被杀一事，后人多附会为西施乱吴最显著的成效，但相关史籍，并没有把这二者联系起来。勾践"乃使相者国中得苎萝山鬻薪之

女,曰西施、郑旦"。"鬻"乃卖之意,即卖薪之女西施、郑旦,大概是在街上卖薪时而被相者发现的,对选招而来的西施、郑旦,"饰以罗縠,教以容步,习于土城,临于都巷。三年学服而献于吴"(《吴越春秋》)。

三年的培训如仅只是"饰以罗縠,教以容步"(罗:一种丝织品。縠,树名,树皮可以造纸。陆机《毛诗草木鸟兽虫鱼疏》:"今江南人绩其皮以为布,又捣以为纸,谓之縠皮。"可见"罗縠"应为当时的一种华贵的衣服。而"容步"应该是一种宫中特有的女子行走之步伐、身姿、面容表情等综合的仪容姿态),显得煞费苦心。

这三年的培训期,应有关于西施、郑旦完成"任务"之必要技术内容。当然,也可以反过来看,也许培训不涉及具体"任务"内容,西施入吴宫近二十年,这样做,才是最安全的。如果是这样,那么勾践对西施之美的杀伤力,是充满信心的。

【可质疑的文种和范蠡的信心】

而文种范蠡等人,也是有信心的,但这样的信心的根据,不得而知,这就让人未免易生质疑。

如前一节所说,古已有之"美人计",在西施之前,"肉体政治"本身,以"性诱惑"而毁敌人的意志,是以"妖术"为外衣的,未脱离宗教的范畴。而被渲染的西施之美,"美"非为"媚",体现了对宗教的摆脱后,审美对象与审美感性的融合。

"美"的存在以内在于感性认识的存在,并被认识,但其征服力被夸大本身,即是这种认识初始觉醒的体现。即使"外在的事物还原到具有心灵性事物,因而仅外在的现象符合心灵,即为心灵的表现"。[1]

以此而论,我们更愿意相信西施、郑旦被培训,仅是限于一般礼仪。如罗隐[2]《西施》诗中所言:

> 国家兴亡自有时,吴人何苦怨西施。
> 西施若解倾吴国,越国亡来又是谁?

---

[1]　[德]黑格尔著:《美学》第一卷,商务印书馆,1982年版,第201页。

[2]　罗隐(公元833～910年),字昭康,新城(今浙江富阳市新登镇)人。唐代诗人,于唐末五代诗名籍甚。

西施并不知悉其颠覆吴国的使命，但世人皆以其肩负重任为共识，这也许真是一种妄加之附会，使西子蒙冤。

但西施的作为，在客观上，被认为与颠覆吴国有关的依据，除其之"色"，客观上真的迷惑了吴王，使其神志迷乱，耗尽吴国财力，以取悦于西施，与其自身行为，并无确切的因果关系外，伍子胥被杀，又究竟是怎样一回事？为何后人要说西施其实是有心乱吴，并非不了解颠覆吴国的目的。

伍子胥同样也是一位现今家喻户晓的人物，其为吴王所杀，也许吴王确实神志不清，那么，西施因此总是难脱干系。

【精细周密的阴谋】

吴王所为，无异于自断手臂。

历史的记载，他之所以要这样做，是太宰伯嚭挑拨离间造成的。《史记·伍子胥传》中载："太宰嚭既数受越赂，其爱信越殊甚，日夜为言于吴王。"伯嚭这样的行为，白天晚上都在进谗言，旁观者清，吴王却被蒙在鼓里。

具体涉及吴国在伐齐国问题上，伍子胥与吴王有重大分歧。伍子胥对此的看法是："夫越，腹心之病，今信其浮辞诈伪而贪齐。破齐，譬犹石田，无所用之。"这是很有战略眼光的认识。吴国邻国为楚与越，伐齐并无意义，"譬犹石田，无所用之"。但越国仍是"腹心之病"。但是吴王信用伯嚭之计，对伍子胥所谏，并不听从，却"使子胥于齐"。

但伍子胥此时做错一件事，即将其子带到齐国交给鲍牧。

"子胥临行，谓其子曰：'吾数谏王，王不用，吾今见吴之亡矣。汝与吴俱亡，无益也。'乃属其子于齐鲍牧。"这显然是为吴王日后对其有所怀疑，提供了自己制造的证据。

当然，直接的导火线是吴王不听伍子胥之言，偏要伐齐。《史记·越王勾践世家第十一》载：伍子胥视勾践为"心服之疾"，吴王伐齐，其谏反对，后吴王于居二年，伐齐，"败之艾陵，虏齐高、国以归"。吴伐齐，结果是一个胜仗，伍子胥却对吴王说："王毋喜"，这种话在一般情况下，顶多就是不该扫吴王的兴，但由于在此以前，伍子胥极力反对伐齐，于是"王怒"，而此时，伍子胥还不依不饶，"子胥欲自杀，王闻而止之"。

想不到如此智臣，竟然意气用事，以自杀相威胁，真是有点乱了套，除其性直刚强外，还有居功自傲的一面，看来也并非是吴王一个人神志不清的问题。

这样的情况，被阴谋者勾践知道，吴国君主不合，有大夫文种献计，"臣观吴王政骄矣，请试偿之贷粟，以卜其事"。于是有，"请贷，吴王欲与，子胥谏勿与，王遂与之，越仍私喜。子胥言曰：'王不听谏，后三年吴世，墟乎！'""墟"即废墟也，即断言三年后吴国将变成废墟。此言真可谓太难让人耳顺了。

而在此时，吴王对伍子胥的态度是：你伍子胥说不能借粮给越，我偏要给，由此事可见一斑。本来"吴王欲与"是一种犹豫，但伍子胥一反对，吴王就供给越国了，伍子胥此时地位已完全动摇。

当然，最终导致其杀身之祸的仍是其将子"托于鲍氏"。吴王听伯嚭之言后，"王乃大怒，曰：'伍员果欺寡人'役反，使人赐子胥属镂剑以自杀"。

关于此事，《吴越春秋》的记载，与此相近，但在细节上却有不同之处。对于越向吴借粟，越国的借口是"水旱不调"，"人民饥乏"，伍子胥不同意，吴王却以"恩义往来，其德昭昭"为由，"与越万石"，可见不是小数目。以此而致吴国国力空虚，只是一个原因。

但是越国第二年即"复还斗斛之数"，吴王因此而"得越粟长太息谓太宰嚭曰：'越地肥沃，其种甚嘉，可留使吾民植之'"。但是，在"吴种越粟"后，却发生"粟种杀而无生者，吴民大饥"。即越国之种，在吴国却长不出稻谷来，这其中也许是阴谋构成的一个部分，有可能是这些种子被处理过，可见计划之精细周密。

【西施的影子】

然而，于这一切之中，我们会隐约想起些什么，是的，这就是西施，西施的影子。一切都似乎在以若有似无的影子飘移的形式出现。

首先是伍子胥对越国奉献美女宝器一事，极力反对，并且将此事视为与吴国之存亡相关，"今不灭越，后必悔之，勾践贤君，种、蠡良臣，若反国，将为乱。"《史记·越王勾践世家第十一》此言并无有关吴王收了越国所献美女宝器，与其国家存亡之间的关系中，因与果之前后转承的逻辑梳理，除了明确为因此而会表示认可越国的臣服外，别无其他。

　　且由此可以发现，伍子胥自此，与伯嚭二人之间，意见第一次相左，并发生了冲突。自然美女宝器是由伯嚭收受后献于吴王的，这首先就代表了伯嚭的态度，因此，其意见是："越以服为臣，若将赦之，此国之利也。"伯嚭当然无话可说，为什么收了美女宝器，接受了越国臣服的要求，就是于吴国有利。他只说结果必定是这样，而不论原因，因此，有关于原因的思考，实际上是留给了吴王自己去解决。

　　《吴越春秋》于此事之记载大体也与《史记》相同。只是勾践派去献美女的人是范蠡，其拜见吴王曰："越王勾践窃有二遗女，越国洿下困迫，不敢稽留，谨使臣蠡献之。大王不以鄙陋寝容，愿纳以供箕帚之用。"而"吴王大悦，曰：'越贡二女，乃勾践之尽忠于吴之证也'"。

　　但有伍子胥谏曰："不可，王勿受也。臣闻五色令人目盲，五音令人耳聋。昔桀易汤而灭，纣易文王而亡，大王受之，后必有殃。"并论证"臣闻贤士国之宝，美女国之咎：夏亡以妹喜，殷亡以妲己，周亡以褒姒"。而"吴王不听，遂受其女"。

　　此段并无记载有伯嚭的进言，但文种在此之前即说"宰嚭佞以曳心"。而在此之前，"夫差复北伐齐，越王闻之，率众以朝于吴，而以重宝厚献太宰嚭"。

　　由此可见伯嚭甘做越国之内应，似乎确凿无疑，伍子胥反对吴王纳越国进献之二女，自然与西施、郑旦有关，这种关联性，与伍子胥将她们二人比做妹喜、妲己和褒姒，话说得这样重，就好像西施美色，看来伍子胥不仅有所耳闻，且已有所见，如果真是这样，其中当然有许多我们不知道的细节。

　　以此种情况，西施若依灭吴之计而行，必有所为，因此如有机会，在吴王前不会说伍子胥坏话，也似乎是肯定的。

【吴王的怪梦】

　　《吴越春秋》有一段吴王因寝于姑苏台，而夜梦让伯嚭和王孙骆问卜解梦的故事：

　　"吴王果兴九郡之兵，将与齐战，道出婿门，固过姑婿之台（即姑苏台），忽昼寐于姑婿之台而得梦。"

　　那个梦是怎样的呢？"梦入章明宫，见两鬲蒸而不炊；两黑犬嗥以南，嗥以北；两锸殖吾宫墙；流水汤汤，越吾宫堂；后房鼓震簸簸有锻工；前园

横生梧桐。"（皾同"鼓"；箧：箱子一类东西。）

　　伯嚭对此解释："美哉！王之兴师伐齐也。臣闻：章者，德锵锵也；明者，破敌声闻，功朗明也。两鬲蒸而不炊者，大王圣德，气有余也。两黑犬嗥以南、嗥以北者，四夷己服，朝诸侯也。两鋘殖宫墙者，农夫就成，田夫耕也。汤汤越宫堂者，邻国贡献，财有余也。后房箧箧鼓震有锻工者，宫女悦乐，琴瑟和也。前园横生梧桐者，乐府皾声也。"

　　吴王因此大悦，但仍放心不下，召王孙骆问之，王孙骆却以"臣鄙浅于道，不能博大"而推却，举荐"东掖门亭长长城公弟公孙圣"，公孙圣被请到此之后，伏地而泣，长久不起，其妻在一旁问之，公孙仰天长叹，后来去见吴王，言此梦之大不祥，吴王听后勃然大怒，"顾力士名番，以铁鎚击杀之。"这确实是有点夸张，吴王怒便怒了，何苦用这种残忍的手段，杀了公孙圣。

　　这当然是自古已有之的有关亡国之先兆的若干说法之雷同，但吴王伐齐前，"昼寐于姑婿台"，大白天却似睡非睡，有"宫女悦乐"，"琴瑟和也"，"乐府鼓声"之欢谣，是不会有假，但于此处，亦隐约可见西施之身影，可见与此有关的坏影响，已为民间所纷纷言道。

　　还有就是越王以消耗吴国财力之计，献神木于吴国，吴王因此大兴工木，筑姑苏台，修馆娃宫，皆于灵岩山之上。伍子胥对此是极力反对的，并言："王勿受也。昔者，桀起灵台，纣起鹿台，阴阳不和，寒暑不时，五谷不熟，天与其灾，民虚国变，遂取灭亡。大王受之，必为越王所戮。"而吴王对此不屑一顾，"三年聚林，五年乃成"之姑苏台，"高见二百里"。此举亦隐约可见西施的身影，可见于此的影响，亦为民间所纷纷言道。

　　这种情况会产生一种认识，即若隐若显的历史本身是以理性的梳理为本原的，有关来自于感性认识的不确定性，会被回避，因此，司马迁之《史记》，只字未提西施，可见对于"美人计"本身，是难以归于理性而被认识的。

【政治的演衍】

　　越国献美女于吴王，伍子胥亦可谓智士，不顾欲毁吴王之心爱之"物"的风险，犯颜直谏，本为忠心耿耿，但这样做的后果，会有不利的一面，应为其所预料，但事实却并非如此，这是很值得玩味的。

　　吴国因有伍子胥这样的股肱之臣而崛起于春秋，其深通谋略，仅从其

对吴国的心腹之患越国的威协，以及对越王勾践的真面目的认识，"越王勾践食不重味，衣不重采，吊死问疾，且欲有所用其众，此人不死，必为吴患。"（《史记·吴太伯世家第一》）反过来，不会看不清吴王的用心及好恶，这当然也许可解为自古忠臣贤士一种常见的下场，即算得准别人，算不准自己，但于此处，也许不能以此局限来说明问题：即我们除了发现伯嚭这个主要的吴国之祸的根源外，并不能因此仅指责于此一人。

吴王本身是最大的失败缘由。而更应该扩展开的形式认识是，伯嚭所代表的有关于为臣之道，投君王之所好的作为，并非其一人这样做，而是一种思维倾向所代表的方向。即政治本身成为一种权术的同意语时，它的原有的真意被忽略，而其自身的存在被作为一种原初之本进行演衍，这无疑是一种变异。

忠臣贤士之所为，于此种演衍所变化出的错综复杂的关系网中难以挣脱而出，因此而陷于孤立。

其实并不是他们的正确主张，导致了不好的结局，而是他们的行为不能合乎于政治权术的要求。

伯嚭也许并非不懂伍子胥对越国的担心是一种真知灼见，但于私利而言，因受越国贿赂，而不顾事实，在吴王面前极力掩饰真相，正和他为吴王所解的那个不祥之梦一样，把这个梦说成是大吉大利。他这样做，无非在于投吴王之所好。然而，说到这里，有一个问题会让我们怀疑：吴王原来应为英明之主，否则伍子胥、孙武，还有孔子的七十二弟子之一的子贡，不会前来相助。

【夫差确有不合常理的行为】

吴王之穷兵黩武，却也卓有成效。吴伐楚，胜多负少，又兴师伐齐，也有好几次获胜。以"春秋无义战"而论，吴国频繁发动战争，在某种意义上，促进了国家的武备。

然而，值得奇怪的是，在对越王勾践的态度上，吴王夫差的行为，确有不合常理之处。

要知道，是越国致其父阖庐因伤而亡，夫差与勾践有杀父之仇，宫中侍者三年之中每日于宫中大声斥问："尔而忘勾践杀汝父乎？"对曰："不敢。"

虽勾践以异常卑恭之举，不惜亲口去尝夫差的粪便："越王明日谓太

宰嚭曰：'囚臣欲一见问疾。'太宰嚭即入言于吴王，王召而见之。适遇吴王之便，太宰嚭奉溲恶以出逢户中。越国因辞，'请尝大王之溲'，以决吉凶，即以手取其便与恶而尝之。"（《吴越春秋》）

如此不同于常人之举止，吴王并无窥见。包括后来的一系列"献媚"之举，吴王也丝毫没有觉察。

对伍子胥这样一位最重要的大臣，吴王觉得越来越难以赏识，以致从心存芥蒂开始，发展为惮忌和厌恶，最后竟然到了不除之而不快的结局，其前后的所作所为，只能以利令智昏、色迷心窍而论。

于此，我们可以找到有关智性思维与"美"的冲突，只不过矛盾之中的西施，隐于暗处，历史中的真相，也同样藏在了幕后。有一首诗，对于这二者的冲突，有很好的表达：

> 丈夫只于把吴钩，能斩万人头。
> 如何铁石，打作心肺，却为花柔。
> 尝观项籍并刘季，一怒世人愁。
> 只因撞着，虞姬戚氏，豪杰都休。
>
> ——宋卓田[①]《眼儿媚》

没有史料依据说，是西施进谗言，导致了夫差杀伍子胥。但西施之努力，显然在于有一种无形的力量。吴王好像真的被胜利冲昏了头脑，其恣意淫乐，导致其自毁身家性命和国家前途，对此，是有公论的，但若问，吴王何以会如此，要是换个人做王，又会如何？

这个问题并不好回答，只能说，也许这是人的本性中的弱点，也就是所谓人的本性，与"美"于"性"的升华，让性本身相对而言，仅表现为一种生理的本能，不可能在"性"以外形成影响力。西施之美，人皆可以感受之，因此就不可能被认识为是"性"变相和衍化，即将美等同于"色诱"来认识。

当然，西施之"美"也许真的是被勾践用来颠覆吴国的，但即便是这样，这种"利用"本身，即是对美的内在世界客观存在于意志之外的隐性

---

①　卓田，公元 1203 年前后在世，生卒年不祥，字稼翁，号西山，约宋宁宗嘉泰中前后人，存《花庵词兰》三首。

感悟。虽然不好因此说勾践做得很文雅、很有档次,而并非"色诱"。

伍子胥被吴王"赐予属镂之剑"赐死,其言:"树吾墓之以梓,令可为器。抉吾眼置之于吴东门,以观越之灭吴也。"(《史记·吴太伯世家》)如此可以被想象的恐怖之举,是有失谋臣水准的,不可能也没有必要。

吴王当然不干,"吴王闻之大怒,乃取子胥尸,盛以鸱夷革,浮之江中。吴人怜之,为玄祠于江山,因命曰胥山"(《史记·伍子胥列传》)。

让人有一种莫名之联想的是:司马迁在《史记·货殖列传》中,有关于另一智士范蠡的记载,有说法:"(范蠡)乃乘扁舟浮于江湖,变名易姓,适齐为鸱夷子皮,之陶为朱公。"范蠡以鸱夷子皮为其绰号,与包裹伍子胥尸体附物,为有同一名称之物。

另有《越绝书》说:"吴亡后,西施复归范蠡,同泛五湖而去。"也就是说,西施随"鸱夷子皮"一起,同归隐于江湖河海,这其中的宿命似为一种结论:即智性与"美",复归于一,让人不胜唏嘘。

第四节　矛盾冲突的消除:西施之美的理想性

【战争破坏了一切】

唐代诗人王维,有《西施咏》一首:

> 艳色天下重,西施宁久微。
> 朝为越溪女,暮作吴宫妃。
> 赋日岂殊众,贵来方悟稀。
> 邀人傅脂粉,不自著罗衣。
> 君宠益娇态,君怜无是非。
> 当时浣纱伴,莫得同车归。
> 持谢邻家子,效颦安可希。

与西施同去吴国的郑旦没有同车而归,而当初的越溪女,如此回归,与贫贱之时有什么不同呢?

这是一个难以回答的问题。西施最终回到故里,是其结局的一种说

法,我们同样对此也不可能有明确的答案。

如果这个说法是真的,那应当是一个人生轮回:苎萝山下,浣纱溪边,西施素衣飘飘,清澈无波的水中,倒影着她摇曳的身姿,"艳色天下重",是指后来天下皆知之美,还是她原来藏在这不为尽人所知的乡村,原来已有的存在?

应该说,原先她未被搅扰的静穆和自身完满,是一种理想之美。只是后来,战争破坏了一切,也损坏了这种天然的单纯和统一。

越王勾践"卧薪尝胆"是为复仇,然而这是一个励志的故事。但"复仇"本身,却并无更深的其他意义。

当初越王、范蠡入吴为臣,"吴王起入宫中,越王、范蠡趋入石室。越王服犊鼻,着樵头,夫人衣无缘之裳,施左关之襦。夫斫莝养马,妻给水、除粪、洒扫。三年不愠怒,面无恨色。吴王登远台望见越王及夫人、范蠡坐于马粪之旁,君臣之礼存,夫妇之仪具。王顾谓太宰嚭曰:'彼越王者,一节之人;范蠡,一介之士,虽在穷厄之地,不失君臣之礼。寡人伤之。'"(《吴越春秋》)

以此引起吴王有恻隐之心,让他放松警惕,遂放其归越,越王的表现,实际上是一种埋藏更深的复杂的心理表现,其表现越为卑躬,则越发表明其志尚存,可惜吴王没有看出。

【吴王有吴钩】

越王自吴归越,有百姓拜之于道,因而对范蠡说,"将以何德化以报国人?"言及于此,可见其"复仇"之心的内涵,在其从吴国刚回来后,就有了变化,变成了兴国以霸业,而企求东山再起的图谋。至此以后,必言及于战争。

而战争所借用的武力,是一种破坏和毁灭的力量。从"性"的取向上而论,战争是男性的阳刚所追求的。女性与之相对应,不同的是,女性的力量,在于其所蕴含的生育繁衍,二者在某种意义上,是对立的。

吴王夫差放虎归山,是因为被勾践的假象所迷惑。但从另一方面看,是因为吴王有充分的自信。其好战而崇尚武力,与其后来为西施之美所迷惑,有某种必然的联系。

夫差年轻气盛,孔武有力,不屑于玩弄阴谋,释放勾践,表现了他性格中宽宏大度的一面。这个在某种意义上体现了两个男人之间斗智斗勇的故事,最终因吴王少智而败北,也有让人叹惜之处。

吴王也许真的从心里看不起越王,并不怕他反。

吴王有吴钩。"吴作钩者甚众。而有人贪王之重赏也,杀其二子,以血釁金,遂成二钩,献于阖闾,诣宫门而求赏。王曰:'为钩者众而子独求赏,何以异于众夫子之钩乎?'作钩者曰:'吾之作钩也,贪而杀二子,釁成二钩。'王乃举众钩以示之:'何者是也?'王钩甚多,形体相类,不知其所在。于是钩师向钩而呼二子之名:'吴鸿,扈稽,我在于此,王不知汝之神也。'声绝于口,两钩俱飞着父之胸。吴王大惊,曰:'嗟乎!寡人诚负于子。'乃赏百金。遂服而不离身。"(《吴越春秋》)

吴钩是一种弯形的刀,似剑而曲。后世有唐代诗人李贺《南园十三首·其五》,"男儿何不带吴钩,收取关山五十州。请君暂上凌烟阁,若个书生万户侯。"宋代辛弃疾《水龙吟·登建康赏心亭》:"把吴钩看了,栏杆拍遍,无人会,登临意。"

【干将作剑,来自五山之铁精】

吴钩是吴王祖上就有的,除此,吴王夫差有莫耶之剑,与干将同为天下名剑:有吴人干将,"与欧冶子同师","莫耶,干将之妻也"。"干将作剑,来五山之铁精,六合之金英。候天伺地,阴阳同光,百神临观,天气下降"。因为"而金铁之精不销沦流,于是干将不知其由"。

而其妻莫耶曰:"'子以善为剑闻于王,使子作剑,三月不成,其有意乎?'干将曰:'吾不知其理也。'莫耶曰:'夫神物之化,须人而成,今夫子作剑,得无得其人而后成乎?'干将曰:'昔吾师作冶,金铁之类不销,夫妻俱入冶炉中,然后成物。至今后世,即山作冶,麻绖葌服,然后敢铸金于山。今吾作剑不变化者,其若斯耶?'莫耶曰:'师知烁身以成物,吾何难哉!'"于是干将妻乃断发剪爪,投城炉中,"使童女童男三百人鼓橐装炭,金铁乃儒。遂以成剑,阳曰干将,阴曰莫耶。"而"干将匿其阳,出其阴而献之。阖闾甚重"。这同样也是吴王祖上传下来的。

然而,屈庐之矛步光之剑以及二十套祖传铠甲,皆为越王所献的越国宝物。还有其父阖闾"复使子婿、屈盖余、烛佣习术战骑射御之巧",于征战中,已经成熟。

【壮士要离】

吴王除此以外，还有壮士勇夫，就像要离，也是阖闾时的人，生得身材矮小，仅五尺余，腰围一束，形容虽丑，却有万夫不当之勇，且为智谋之士。《吴越春秋·阖闾内传》记载："要离曾折辱壮士椒丘訢，但后者却在最后甘愿认要离之勇其之上。"

这椒丘訢曾为齐王使于吴，"过淮津，欲饮马于津。津吏曰：'水中有神，见马即出，以害其马。君勿饮也。'訢曰：'壮士所当，何神敢干？'乃使从者饮马于津，水神果取其马，马没。椒丘訢大怒，袒裼持剑入水，求神决战，连日乃出，眇其一目。"椒丘訢竟敢与河神决斗，瞎了一只眼，可见其气吞如虎之勇。

但是，有一次，要离因友人之丧席而与其对座，椒丘诉不仅轻傲于大夫，言辞不逊，对要离，也是盛气凌人，"时要离乃挫訢曰：'吾闻勇士之斗也，与日战不移表，与神鬼战者不旋踵，与人战者不达声。生往死还，不受其辱。今子与神斗于水，亡马失御，又受眇目之病，形残名勇，勇士所耻。不即丧命于敌而恋其生，犹傲色于我哉！'于是椒丘訢卒于诘责，恨怒并发，暝即往攻要离。"也就是椒丘訢当时并未发作，而到了晚上才去偷袭要离。

要离算准椒丘訢于夜要来袭，告诉其妻，"慎无闭吾门"。

到了晚上，"至夜，椒丘訢果往。见其门不闭，登其堂不关，入其室不守，放发僵卧，无所惧。訢乃手剑而捽要离，曰：'子有当死之过者三，子知之乎？'离曰：'不知。'訢曰：'子辱我于大家之众，一死也；归不关闭，二死也；卧不守御，三死也。子有三死之过，欲无得怨。'要离曰：'吾无三死之过，子有三不肖之愧，子知之乎？'訢曰：'不知。'要离曰：'吾辱子于千人之众，子无敢报，一不肖也；入门不咳，登堂无声，二不肖也；前拔子剑，手挫捽吾头，乃敢大言，三不肖也。子有三不肖而威于我，岂不鄙哉？'"于是椒丘訢投剑而叹曰："吾之勇也，人莫敢眦占者，离乃加吾之上，此天下壮士也。"

由此可见要离智勇双全。但是吴王阖闾见过要离，听了前面故事，仍然有些怀疑，召见要离时，"心非子婿进此人"。

【英雄庆忌】

要离因为吴王这样的态度，就干了一件惊人的事，他去刺杀当时比他

名声更大的英雄庆忌:

"要离即进曰:'大王患庆忌乎?臣能杀之。'王曰:'庆忌之勇,世所闻也。筋骨果劲,万人莫当。走追奔兽,手接飞鸟,骨腾肉飞,拊膝数百里。吾尝追之于江,驷马驰不及,射之闇接,矢不可中。今子之力不如也。'要离曰:'王有意焉,臣能杀之。'王曰:'庆忌明智之人,归穷于诸侯,不下诸侯之士。'要离曰:'臣闻安其妻子之乐,不尽事君之义,非忠也;怀家室之爱,而不除君之患者,非义也。臣诈以负罪出奔,愿王戮臣妻子,断臣右手,庆忌必信臣矣。'王曰:'诺。'要离乃诈得罪出奔,吴王乃取其妻子,焚弃于市。要离乃奔诸侯而行怨言,以无罪闻于天下。遂如卫,求见庆忌。见曰:'阖闾无道,王子所知。今戮吾妻子,焚之于市,无罪见诛。吴国之事,吾知其情,愿因王子之勇,阖闾可得也。何不与我东之于吴?'"然而在途中,于"渡江于中流"时,因"要离力微,坐与上风,因风势以矛钩其冠,顺风而刺庆忌,庆忌顾而挥之,三捽其头于水中,乃加于膝上,'嘻嘻哉!天下之勇士也!乃敢加兵刃于我。'左右欲杀之,庆忌止之,曰:'此是天下勇士。岂可一日而杀天下勇士二人哉?'乃诫左右曰:'可令还吴,以旌其忠。'于是庆忌死"。杀了庆忌后,要离渡至江陵,却"憨然不行。从者曰:'君何不行?'要离曰:'杀吾妻子,以事吾君,非仁也;为新君而杀故君之子,非义也。重其死,不贵无义。今吾贪生弃行,非义也。夫人有三恶以立于世,吾何面目以视天下之士?'言讫遂投身于江,未绝,从者出之。要离曰:'吾宁能不死乎?'从者曰:'君且勿死,以俟爵禄。'要离乃自断手足,伏剑而死"。

这真是一个惊心动魄的英雄故事,不过,发生在夫差之父阖闾在位时候,其本人即位后,许多事都没有太大的改变。

因有伍子胥和孙武等兵家相助,击楚伐齐,消灭越国,这些攻伐之事,充分证明武功之力于吴国而言,是强大的,即使放勾践和范蠡回国,他们如果真的想反,又能如何?

【范蠡复进善射者陈音】

越王勾践将灭国之耻深埋于心中,把在吴国所受的羞辱和痛苦,也藏于似无恨色的表情之后,依文种、范蠡之计,从头做起,让越国从废墟上重新崛起。

以武功之力而论,除有越女剑之术,教习军士,还有范蠡复进善射者

陈音：

"音，楚人也。越王请音而问曰：'孤闻子善射，道何所生？'音曰：'臣楚之鄙人，尝步于射术，未能悉知其道。'越王曰：'然愿子一二其辞。'音曰：'臣闻弩生于弓，弓生于弹，弹起古之孝子。'越王曰：'孝子弹者奈何？'音曰：'古者人民朴质，饥食鸟兽，渴饮雾露，死则裹以白茅，投于中野。孝子不忍见父母为禽兽所食，故作弹以守之，绝鸟兽之害。故歌曰：断竹，续竹，飞土，逐害之谓也。'"（《吴越春秋》）

于是，越王"乃使陈音教士习射于北郊之外，三月，军士皆能用弓弩之巧"。（同上）弓弩能射杀敌人于百步之处，是吴国所未曾料想到的新式武器，以及由此带来的新式战法，而这些都表明，这已非勾践个人与夫差之较量。

【越王"焚宫试兵"】

越王曾会军列士，"而大诫众而誓之曰：'寡人闻古之贤君，不患其众不足，而患其志行之少耻也。今夫差衣水犀甲者十有三万人，不患其志行之少耻也，而患其众之不足。今寡人将助天威，吾不欲匹夫之小勇也，吾欲士卒进则思赏，退则避刑。'"（《吴越春秋》）

而在此时，越国已有兵力为："习流三千人，俊士四万，君子六千，诸御千人。"（同上）越王把名剑赐夷之甲，步光之剑，无庐之矛送给吴王，却有比此更为强劲有力的武器，还有更盛之士气。而越人自古"锐兵敢死"已是传统。

还有越国的水军，比之于吴国，是有优势的。所谓"习流三千人"，仅为水军之一部。《越绝书·记地传》载，"勾践伐吴，霸关东，从琅琊起观台。台周七里，以望东海，死士八千人，戈船三百艘。"戈船即为战船。该书又载："徙琅琊，仅楼船卒二千八百人，伐松柏以为桴。"可见"楼船"之大。

越国水军还设有军港和训练营地。《越绝书·记地传》载："防坞者，越所以遏吴军也，去县四十里。""浙江南路西城者，范蠡敦兵地也。其陵固可守，故谓之固陵。所以然者，以大舡军所置也。""防坞"在今绍兴，"固陵"在今萧山。

以越人"以船为车，以楫为马"之利，在军队规定的战死、胜敌、降敌等不同的赏罚面前，还有以严酷训练士兵的办法，《韩非子·内储说上》

中有称为"焚宫试兵"的方法，即以"人之救火者，死，比之死敌之赏；救火而不死者，比胜敌之赏；不救火者，比降敌之罪"。

于是有勾践纵火焚烧自己的宫殿，结果有"身体涂泥，披上湿衣前来救内者，左三千人，右三千人，蹈火而死者数百人"。即所谓"越王好勇，而民轻死"。还有"勾践烧台而击鼓，士兵就冲向燃烧的台中；临江而击鼓，将士就扑入江中；临死战而击鼓，士卒则断头剖腹而奋然不顾"。[①]

除此以外，对士兵还采取了优抚政策。《吴越春秋·勾践阴谋外传》载，勾践采纳曳庸和苦成主张，在出师伐吴前，宣布五种人可以留下或不去："有父母耆老而无昆弟者"，"有兄弟四五人皆在此者……择子之所欲归者一人"，"有眩瞀之疾者"，"筋力不足以胜甲兵"，"志行不足以听命者。"（《国语·吴语》差十九），因此，其令发军中，"军士闻之，莫不怀心乐死，人致其命。"（《吴越春秋·勾践阴谋外传》）

因而越国如《史记·货殖列传》所言："修之十年，国富厚赂战士，士赴矢石，如渴得饮，遂报强吴，观兵中国，称号五霸。"

在此武力张扬，势如奔火的气象之中，因吴越争霸而激化的国家之间的矛盾，是难以消除的。吴王却沉迷于西施的美色之中，是自恃武力强大，高枕无忧，还是历史之手，把他拉入个人生死和国家兴亡轮回的命运之中，这个被以"命运"所称谓的，让人难以把握的奇特规律，是这样难以摆脱，于西施的作为，似乎并无关系。

【她的迷离之色，笼罩于灵岩山】

我们的确很难从历史资料中发现西施有干预朝政以及对吴王杀伍子胥的行为，有什么具体的言语和行为。这也许真的是勾践所计算好的阴谋，他仅只把西施和郑旦二位美人献给吴王，就可以相信他的阴谋就能得逞。这种假设看起来不太可能，因为越灭吴，是从经济和军事等各方面做了充分的准备，才获得成功，本节中前面的列举，很清楚地表明了这一点。

西施之美是于馆娃宫中被人欣赏的存在。除了存在本身外，再无其他。

这让我们会有一种鲜明的比照：一面是剑与火，而另一面则是风花雪

---

① 陈辛，邹旭光：《兵农合一，全民皆兵——越国军事制度初探》，载《南京农业大学学报（社会科学版）》，2007 年第 7 期。

月,似在无声无息中,以千丝万缕的缠绕,让吴王不能解脱。

美在吴王眼中,是一种可以化为有形东西被他藏在馆娃宫。占有西施,即占有了天下的美,但是,这绝世之美,并非凝然不动的客观,在感性的知觉中,她为吴王所有,但同时她也要反过来占有吴王,进而占有吴国。

这无疑是美于无形中令人麻痹的扩张:她的迷离之色,笼罩于灵岩山,笼罩于吴王眼前能看见的一切景象,这分明有一种异样,一种不祥之兆,吴国人抬头看灵岩山,看见了这一切,但只有吴王自己浑然不觉。

对于争霸中的吴越两国,或吴王与越王两个男人而言,这是不公平的,但是,吴王真的是被美色所打跨的吗?

【对拥有而言,双方永远是平等的】

美的存在,让吴王沉湎,不能自拔,这需要一种选择,而吴王并没有去选择,他没有这种选择的意识,因而他犯了天大的错误。然而,是否真的存在这样选择的必然? 吴国与西施,对这二者的拥有,对于一个君王,难道还有什么疑问呢?

这应该不是错误。是因为吴王的眼光有问题,一是他看不清自己的目标,二是他看不清勾践,他眼里只有西施。而越王看得很清,他的目的很明确,就是要战胜吴国,以报灭国之仇,这并非因为他没有西施。

吴王对西施空前的狂热,成为他惟一可专注的事,但他没有像后来的范蠡一样,带着西施归隐于五湖,他身后有吴国,这是不同之处。他只以为自己拥有权力,就拥有了一切,但反过来,这一切却会抛弃他,这是因为美的力量,“她”要拥有吴王,并让他和他的一切相分离,为让他最后的被一切所抛弃,做好了充分的准备。

对拥有而言,永远是平等的。吴王用心于他的拥有,反过来,则必然要被他的拥有所征服和吞噬。

美是残酷的,这很难以理解,但却往往被现实所证明。因为对于拥有而言,永远是相对的。吴王用心于他的拥有,那么,他必然为对方所拥有。这不是征服,而仅只是一种平等的对待,不需要提供任何外力,只用心于此,就可以拥有。

【西施其实什么也没有做】

“心”是一种很难说清的概念,它是看不见的,但却无时无刻不在指挥着它主人的行动。这个所谓的"主人",其实是它的奴仆。

人们并不知道西施干了什么,正因为如此,她的作用被夸大,但其实从某种角度上讲,她的作用也许真的很大。

那是因为她的美。她的作用是好是坏,需要人们评说,那么,她的美,是好是坏? 这更说不清楚,原因是在于,美是无利害关系的存在,对于美,没有一把关于好坏的尺子。

西施什么也没有做,是因为她的美对于吴国的灭亡,这个坏的结果,于外在关系上并没有联系,但却被后人赋予了本来没有的意义。

但如果去仔细寻思,我们会发现,这个美其实也不属于西施,从苎萝山下的若耶溪边浣纱的少女,到吴王藏娇的馆娃宫宠幸的女乐,二十年光阴,西施会变老,那个曾经属她的美,也在悄悄地,一点一点地离她而去,她拥有什么呢?

西施拥有她的"心"。这心中盛满的应当是"爱"。存于吴王宫中,君王的宠爱,也许开始并不会让她用心去领受,但时光荏苒,一点一滴地浸入,吴王以国家利益被弃于不顾之"重",去加深加重,那针对西施自我封闭的脆弱之壳的穿透。在这个壳内,也许真的包藏有天大的秘密,但"爱"的穿透、积蓄,如于白石子池中的沐浴,让她难以回避地被"爱"的感受,抚摸于全身,浸入皮肤,直到内心。

那个被包藏的秘密,是会被稀释、溶解的。

【这是一种交换】

这是一种交换。越王于阴谋之始,已经计算好了,他以此为一种交易而非交换,这交易的结果就是,双方各自为自己的所得计价,吴王认为他的所得与所失,是物有所值? 恐怕对于所得是认可的,但对于所失,却没有仔细掂量,但结果是难以改变的,因为交易似乎已经完成。

吴王变得无心于战,这种情况,对于曾经好战而穷兵黩武的他,几乎是不可能的,但情况真的就是这样:

"二十年,越王兴师伐吴。吴与越战于檇李,吴师大败,军散死者不可胜计。越追破吴,吴王困急,使王孙骆稽首请成,如越之来也。"(《吴越春秋·夫差内传》)这一幕是历史的重演,但双方交换了位置,战争的胜负双方的位置交换,来自于勾践的交易,吴王是上当的一方,而勾践则是以阴谋而获利的一方。

双方议和，但"请成，七反"，议和不成。"二十三年十月，越王复伐吴。吴国困不战，士卒分散，城门不守，遂屠吴。"越王"屠吴"，可见其残忍，战胜者的面目，永远都是狰狞的。

吴王率群臣仓皇奔逃，"昼驰夜走，三日三夕，达于秦余杭山，胸中愁忧，目视茫茫，行步猖狂，腹馁口饥，顾得生稻而食之，伏地而饮水。"如此狼狈，穷途末路不过如此。后至秦余杭山，"越兵至，三围吴。"吴王被勾践以"六过"之罪在，逼其伏剑自杀（同上）。

然而，于此吴国灭亡时，并无所见有关西施和郑旦的下落。

吴王最后逃命时，也许是从一场大梦中醒来，舍西施而走，终于发现，任何拥有的东西，最终都会失去。对精神世界的追求，并不能替代客观世界的存在。

现实是这样残酷，吴王曾经忽视了越王之降伏的诚意和卑躬，其实是在假象后面包藏了祸心的。他放过了彻底灭掉越国的大好时机，如越王使文种最后逼其自杀时有关"六过"中最大的过错，"昔天以越赐吴，吴不肯受"。但越以西施献之，吴王却笑纳，而西施之美是不可占有的，却只能为"她"所征服。

于将亡之时，吴王的痛惜，是失吴国，还是失去了西施？

【西施不知何处去】

西施是否跟随越王的征讨大军一起回到了越国？同样没有记载。

只是有一种传说，勾践夫人视西施为亡国之物，将其缚石而沉江，越王勾践于此之态，未可所知。这当然是一种恩将仇报似的做法，但也许是一种可能，因为历史没有记载西施归国后，又被越王所占有。

于此，还有另一种说法，是西施后来随范蠡"泛五湖而去"。这个结局，符合范蠡对越王处理功臣的态度和做法的认识，所谓"飞鸟尽，良弓藏，狡兔死，走狗烹"的结论，是一种明智，越王"为人长颈鸟喙，可与共患难，不可与共乐"的认识，是谋臣必须具备的知己知彼本事，用于自己身上，是范蠡过人之处。他是先悄然走后，将有此言的书信留给文种，文种见此，有半信半疑之心，他并没有走，却"称病不朝"，越王果然没有放过他，命人向其传去旨意："越王乃赐种剑曰：'子教寡人伐吴七术，寡人用其三而败吴，其四在子，子为我从先王试之。'种遂自杀。"（《史记·越王勾践世家》）吴越争霸，因此画上句号。春秋二雄之争，就此平息，冲突的

矛盾得到解决,西施不知可处去,而西施之美,却在历史中留了下来。

美在完成她对冲突的平息后,复归于自身的完整和平静。

【西子之美如西湖,让人恍惚】

在很久以后,那个浣纱的女子,仿佛还会如期而至,一如她过去的模样,她似乎并不会老,历史过去了两千多年,人们的这种看法,是耐人寻味的:

那位苎萝山下的女子西施,带着她的香魂,早已化为清风而去,但她的美,却仿佛就在我们面前。

我们想起这个故事,也许会从身边走过的某一位女子的身上,找到其隐约而显的身影,这种恍惚如梦的感觉,正如苏轼《饮湖上初晴后雨》中诗句:

> 水光潋滟晴方好,山色空濛雨亦奇。
> 欲把西湖比西子,浓妆淡抹总相宜。

这首诗正看是一首描写西湖景色之美的上乘佳作,被后人所称道和传诵。但是,"欲把西湖比西子",如果反过来看呢? 可以说西子之美如西湖一样,则无疑会让我们有所惊觉:西施仍然还在。

雨后初晴的空濛,似一种白日梦般让人恍惚。

水光之潋滟,点亮了周围的一切,她是那样让感觉被明显地触动,却又仿佛在若有似无中闪耀,一切都像是在近处,却又于若即若离中飘逸而去,此时有浓妆艳抹中的奇异,又有于平常的淡淡写意中显露于细致之处的不同寻常,渺渺西湖,她的眼波如此这般地放大我们被感觉的意境,于无限之中成为理想。

【她自身,却是静止的】

这种比喻,被我们联系到很多有关女子之美的想象中,并不会感觉过分,是因为春秋以血和剑所进行的生命之间的搏杀,他们之间斗争,需要一种调和,历史的规律不可能于这种无休止的战争,将所有的生命都被毁灭,于是有关死亡所对应的生命存在,成为必然。

美被歌颂和敬畏,连鱼儿见了都会沉入水中,但她自身,却是静止的,

在完成了征服的越王眼中，范蠡把他的功劳留了下来，西施也把她之美留了下来，因此，他可以要么让那个叫西施的女人离去，让她随范蠡离去，或者真的把她沉江了，这两种结果，对他来说并不重要。他只要美的真实离去，他不想重蹈复辙，冲突已经解决，他要的是现实而不是理想。

如果留下西施的美，却不可接触，不可占有，和不可改变，那么，留下来，又有什么用呢？

这当然是一种有关于西施和她的美之间的认识混乱，现实与理想的交错，内在世界和外在客观存在之间因不同而有的存在，让对生与死的判断或决择，在概念被混淆后，变得如此让人易于迷失和混乱不堪。

越王的做法让很多人心惊胆战，会因此视其为心胸狭窄的小人，但如果细读历史，就会发现，如此之举，在勾践之前或之后，并不只是他一个才这样做，那也就不能仅用其个人如何做全面的解释，这其中无疑隐含着的一种规律，让我们关于西施之所以被尊为天下第一美女的讨论，时时会有触及其坚硬之处的感觉。

第五节　自我认识的显现：西施之美是自我启蒙之始

【与诸子并起几乎是同一时期发生的事】

春秋是一个让后世的人们匪夷所思的时代：诸子百家的兴起，所开始的伟大思想的启蒙，与逐鹿中原，群雄并起的战乱，似乎并不相适应。

有对此时战争频繁出现进行研究的结论是："由于旧的秩序已经瓦解而新的秩序尚未建立，缺乏解决争端与保持和谐关系的统一标准，生活于其间的人们因此陷入了迷惑之中，连续不断的战斗是惟一被证实的生存之道，因此大都坚持战争的正当性。"[1]

但是，有关诸子思想的产生，却是一个很复杂的历史问题。有关旧的秩序的瓦解，所留出的空间，确实是新思想出现的社会根源之一，而这一时期列强纷争形成的无政府状态，"使政治和社会问题格外突出和迫

---

[1]　许倬云：《中国古代社会史论——春秋战国时期的社会流动》，广西师范大学出版社，2006 年版。

切",因此对"社会性和政治性的人的考察",形成了一种"压倒一切的人道主义"和"社会性的"思路,虽然其关注的是社会而非个人,①但毕竟人作为自为的主体,应当是被肯定的。

我们这里所论的西施,以及吴越争霸,实际上是与诸子并起几乎是同一时期发生的事。胡适考证说,惟有孔子的生卒年,"是我们所晓得的",即公元前 551 年至公元前 541 年。② 郭沫若认为,中国社会古代的发展,至"周室东迁以后,中国的社会才由奴隶逐渐转入了真正的封建制",而到了"春秋的五伯,战国的七雄,要那些才是真正的诸侯"。③

不论有关"封建"的概念,于其时的中国社会状态是否符合,但至少可以说的是,吴越争霸时的春秋,社会除官僚阶层外,具有一定人身自由的市民阶层,以及广大农民,被作为社会关系中可以独立存在的个体,是可被确认的,虽然宗法社会是以"家族"为单位构成,但家族中的个人,作为相对自由的个体,是被认可的,否则孔子所说"里仁为美",有关于"里仁",就是对于一个人如何处在仁的境界,以此而相关于个人的主观能动性,就难以有具体的针对性。

【"美"是形式,"善"是内容】

《论语·八佾》中说:"子谓《韶》,尽美矣,又尽善也。谓《武》尽美矣,未尽善也。"并谈到孔子听《韶》乐时的感受是"余音绕梁,三月不知肉味"。美与善之相辅相成,"美"是形式,"善"是内容,美善统一是一种人生本体境界,即人的社会性本质决定了其应有超越生理欲望需要的精神需要,这必然涉及人的自我解放。

与此相近,老子所言"美与恶,其相去何若"(《老子》第三章)也认为美与恶其实相差并不远,然而这应取决于人的把握。

《庄子》在谈到"美"时,已有了现代审美意识,"生而美者,人与之鉴,不告则不知其美于人也"(《庄子·则阳》)。即美的自我主体的意识觉醒,并将"美"的概念,扩充为万物之理,"判天地之美,析万物之理,察古人之全,寡能被于天地之美,称神明之容"(《庄子·天下》)。

---

① [美]费正清:《中国:传统与变迁》,张沛译,世界知识出版社,2002 年版,第 46 页。
② 胡适:《中国古代哲学史》,安徽人民出版社,2006 年版,第 29 页。
③ 郭沫若:《中国古代社会研究》,中国华侨出版社,2008 年版,第 17 页。

【子贡的挑拨离间】

《吴越春秋》中记载了孔子及其弟子与此时春秋征伐者们所发生的一些关系。"十三年，齐大夫陈成恒欲弑简公，阴惮高、国、鲍、晏，故前兴兵伐鲁。鲁君忧之，孔子患之，召门人而谓之曰：'诸侯有相伐者，丘常耻之。夫鲁，父母之国也，丘墓在焉。今齐将伐之，子无意一出耶？'子路辞出，孔子止之；子张、子石请行，孔子弗许；子贡辞出，孔子遣之。"也就是说，鲁国临于危难，其为父母之国，孔子言自己已老，看诸弟子中有谁能够出去救助国难。

子路等人请行，但被孔子制止，只准许子贡前去。

于是，子贡前去齐国游说，劝说齐王不要伐鲁，但使用却是"祸水东引"之法，即劝说齐王伐吴而不要伐鲁，并言，鲁国"其城薄以卑，其池狭以浅，其君愚而不仁，大臣无用，士恶甲兵，不可与战"。如果征伐，不如伐吴，"君不若伐吴。夫吴，城厚而崇，池广以深，甲坚士选，器饱弩劲，又使明大夫守之，此易邦也"。

子贡正话反说，所谓吴国是"易伐之邦"，而鲁国是"难伐之国"的话，激怒了齐王成恒，于是，子贡进一步说明其中的道理是，"臣闻君三封而三不成者，大臣有所不听者也。今君又欲破鲁以广齐，隳鲁以自尊，而君功不与焉"。即伐鲁明易实难是在于君王于此并不见得能有名声，而吴国是强敌，伐吴不胜，则会"人民外死，大臣内空，是君上无疆敌之臣，下无黔首之士，孤主制齐者，君也"。所谓"孤主制齐"之政治权术，齐王听来，倒是欣然接受，但既言伐鲁，现又决定伐吴，齐王想"大臣将有疑我之心"。

于是，子贡又去见吴王，曰："今万乘之齐，而私千乘之鲁，而与吴争疆，臣窃为君恐焉。且夫救鲁，显名也；伐齐，大利也，义存亡鲁，害暴齐而威强晋，则王不疑也。"

这是一种无中生有的挑拨离间，吴王倒是没有这样想，而是担心越国有"必将有报我之心。子待我伐越而听子"。子贡却连忙阻止吴王的这种想法，说："主以伐越而不听臣，齐亦已私鲁矣。且畏小越而恶疆齐，不勇也；见小利而忘大害，不智也。"且子贡自告奋勇，去越国，在见越王，出师以助吴攻齐，吴王大悦。

子贡大去越国，在见越王，劝说其出兵相助，"今吴王有伐齐晋之志，君无爱重器以喜其心，无恶卑辞以尽其礼。而伐齐，齐必战，不胜，君之福也；彼战而胜，必以其兵临晋。骑士锐兵弊乎齐，重宝、车骑、羽毛尽乎晋，则君制其余矣。"即吴国伐齐，胜与不胜，均可以给越王留下其发展的空间。并分折了"夫子婿为人精诚、中廉"，而"太宰嚭为人智而愚，疆而弱，""善为诡诈以事其君"，"是残国伤君之佞臣"等情况，于是越王又是大悦，并送于金百镒，宝剑一，良马二，子贡不受。

而子贡再返回吴国，对吴王说："越王大恐"，而"其志甚恐，将使使者来谢于王"。

后来越王果然使使者，并将"以奉前王所藏甲二十领，屈卢之矛，步光之剑"等，献于吴王，以表其惶恐不敢反之意，吴王此番再大悦，乃召子贡曰："越使果来，请出士卒三千，其君从之，与寡人伐齐。可乎？"对吴王要求越国出兵，子贡不赞成，"见定公曰：'臣闻虑不预定，不可以应卒；兵不预办，不可以胜敌。今吴齐将战，战而不胜，越乱之必矣；与战而胜，必以其兵临晋，君为之奈何？'定公曰：'何以待之？'子贡曰：'修兵伏卒以待之。'晋君许之。"

可见孔夫子弟子的计谋，实在险恶。最后，子贡完成纵横游说各国之任务，返回鲁国，"吴王果兴九郡之兵，将与齐战"（《吴越春秋·夫差内传》）。

由此所见，于各诸候国乱世兴兵，百姓死之丧乱之际，孔夫子的弟子子贡，把矛头指向了吴国，玩各国君主于股掌之中，没想到圣人教出来的学生，玩起这套骗人的把戏来，是这样轻车熟路，这样不顾仁德，用心险恶，但于大的方面讲，是为了救鲁国国民，好像并无可指责的地方，只是反过来看，诸侯争霸本身也确实无道义可讲。

【人的主体意识的觉醒】

由此也可见夫子之道，于实际相结合时发挥出的力量。对此，可以有其他更多的说法，但于此，我们想说的是，这种以言道论理而指挥和操纵武力的情况本身，其实从另一方面，反映出有关于人的主体意识存在的觉醒。

各国君王被子贡的游说而屈服于"理"，所反映出的人从其理，就是君王，也无例外，这个"道理"的意义和作用，被充突出起来，而并不是意在表现子贡的合纵之术，以及三寸不烂之舌的作用，而这个显然独立存在

的"道理"，需要有人说出来，即如子贡之游说，更需要人们理解。

虽然这个故事是说，子贡在对相关君主们的游说，其对象不是普通的人，但君主在这个说理的过程中被征服，不仅让子贡蜕去了其"夫子"外衣的神秘性，而且把其放在了一种普遍存在的个体代表的位置上。

【那一抹未带血的幽香】

武力运用在于"合理"，其存在，也应是"道"与"理"的一种外在形式，与可兵不血刃而倾国之人西施之美相与联系，会发现这二者的相通之处，即"美"作为"理"的形式，可以所谓"里仁为美"来表达。对"美"认识，实际上是企图对"美"作为外在形式背后的内存的东西，也就是被孔子称之为"仁"的东西进行认识。

假如我们回到那个遥远年代，就会发现，那是一种让人眼花缭乱的现实，刀光剑影，血花乱飞与文质彬彬，大智彰显的文明与野蛮的混战交错，更有美人之红艳清歌，妖艳与靡弱，却独有西施的丰姿摇曳，天然所成之绝色，却分明有一抹未带血的幽香，如千年后仍在若耶溪水边，可否已涤尽那国色天香中的异味，还以清净之透明无物。

【兵家孙武】

兵家孙武，也在此时之吴国。在到吴国之前，孙武已著有兵法十三篇《孙子兵法》。《史记·孙武列传》中记载，"孙子武者，齐人也。以兵法见于吴王阖庐。"而此次见面，吴王却让孙武演衍了一个训练宫女为士卒的故事。吴王起初提出这个主意，也许带有戏谑之意，因为这种做法，是有些荒唐的，不料孙吴并不理会吴王是否在开玩笑，却十分认真地做起了这件事。"阖庐曰：'子之十三篇，吾尽观之矣，可以小试勒兵乎？'对曰：'可。'阖庐曰：'可试以妇人乎？'曰：'可。'于是许之，出宫中美女，得百八十人。孙子分为二队，以王之宠姬二人各为队长，皆令持戟。"然而美人们皆为嬉笑，以美人为武，此事肯定是吴王突发奇想，将宫中美人与训练有素士兵，这二者结合在一起，也成了天下的奇事。

不在于美人是否真的能被训练成为拿起武器的士兵，事实上，从古到今，女子成为战士者，也不乏其人。问题在于，美人之"美"的观赏性，并不可能被直接转化为进攻他人，致人性命的武器。这样的事，似乎后来的西施做到了，但直接的发明者，吴王阖庐应算一个。

把一群着脂粉、锦团花簇的女子集合在一起,本身就是一片眼花缭乱的景象。很难想象兵家孙武,会如何开始这一场闹剧,又如何结束。但我们的武圣为了证明他的理论,硬着头皮开始了:

"令之曰:'汝知而心与左右手背乎?'妇人曰:'知之。'孙子曰:'前视心;左,视左手;右,视右手;后即视背。'妇人:'诺。'约束既布,乃设铁钺,即三令五申之。于是鼓之右,妇人大笑。"这是很令人尴尬的局面。但是,孔武并不为所动,"孙子曰:'约束不明,申令不熟,将之罪也。'复三令五申而鼓之左,妇人复大笑。"

这应该是让人很有些恼怒的,然而孔武在两次三令五申后,依循其必然的逻辑,去规范那些难以规矩的言行,"孙子曰:'约束不明,申令不熟,将之罪也;既已明而不如法者,吏士之罪也。'乃欲斩左右队长。"三令五申之约束两次,应该明确,当然不明的是不遵约束的后果,是要杀头的,美人们的确不知道孔武真的会怎样做。

"吴王从台上观,见且斩爱姬,大骇。趣使使下令曰:'寡人已知将军能用兵矣。寡人非此二姬,食不甘味,愿勿斩也。'孙子曰:'臣既已受命为将,将在军,君命有所不受。'遂斩队长二人以徇。"这确实是骇人之举,吴王大骇,玩笑变成了真的事情,是有些恐怖,杀的又是爱姬,舍此会"食不甘味",可见美人的用处,于行武之事,并不相干。

但兵圣孙武,目中并无美人之色,只有兵法的规矩,在规矩之内的士卒,都是一样的,无男女老少之分,也无强弱之别,用兵当如行棋之子,好战之吴国,如果然能依孙武之法而治,西施之美又会有什么作用呢?

也许失误正于此。纵然有如孔子之说,或其他诸子都确认"美"之于理性,并无排斥,"里仁为美"的体现如周之《韶》乐之美,孔子闻之,"三月不知肉味",可见依周礼视之程序而有的"礼乐",是对程序的一种形式体现,如孙武训练美人为士兵。与之相同的是,程序之形式上的"美",并不关乎于组成它个体,美人们人人如花之颜,从整体上看,并没有意义。

这场吴王随意导演的戏,所出现的非其所料之结果,虽有孙武报告:"兵既整齐,王可试下观之。唯王所欲用之,虽赴水火犹可也。"吴王却再也看不下去,"将军罢休就舍,寡人不愿下观"。

但是,吴王还是起用了孙武。"卒以为将",而孙武果然在领兵后,"西破强楚,入郢,北威齐晋",使吴国"显名诸侯,孙子与有力焉"。《史记》于此无多笔墨,以言孙武非但能著作兵书,也是实战之将材,只是有关

于"美女"与战争结缘，被其褪净红颜，成为把握铁钺之士卒，与后来吴国的命运，似有偶然的联系：吴王阖庐，夫差之父，好战又好色，这是一对矛盾，而美人之色却似乎总与古代战争相伴随，且二者之间的逻辑关系是，以武力的取胜去赢得美人的倾心，但西施的出现，却与此不相符，吴王夫差既已得到美人西施，又要战争何用呢？但舍弃武力，却使他失去了江山，但江山既失，美人又有何用呢？

　　当然，吴王夫差其实并没有得到孙武的帮助。《史记》没有提到孙武最后的归宿，史家大都是说其最后归隐于野。而《孙子兵法》出现于此时，并非偶然。

　　战争的频繁，充斥于社会生活的多半空间，于是孙武有言："孙子曰：'兵者，国之大事，死生之地，存亡之道，不可不察也。'"只是吴王夫差，没有这样想，他也许没有指过孙武，或者是为王时，孙武已经离开吴国，当然，他还有伍子胥，后来吴王夫差把他杀了，所以吴国失去栋梁，与之形成交易的是，吴王夫差得到了西施，但他们二者之间的象征意味竟完全相反，即关于国家的存与亡。

【伍子胥惨痛而离奇的经历】

　　伍子胥的个人经历不但曲折离奇，而且十分惨痛。

　　其父伍奢，是楚平王时的太傅，其遭遇和后来伍子胥的遭遇，几乎是相同的。

　　伍奢得罪了只是少傅的费无忌。费无忌原受楚圣王旨意，为其太子建，"取妇于秦"，却见"秦女好"，又私下对楚平王说及此事，因此"平王遂自取秦女绝幸之"。但费无忌又怕将来平王死后，太子即位，会不利于他，于是遇有机会，便言及太子的"短处"，平王于是就让太子守边城。但费无忌并不放心，又进一步向平王进谗言："太子以秦女子故，不能无怨望，愿王少自备也。"平王因有此言，便召伍奢问之，而伍奢却直言相谏："王独奈何以谗贼小臣疏骨肉之亲乎？"不料因此触怒平王，囚伍奢，而派人前去杀太子，但被派去的"城父司马奋扬"，却使人告太子，太子于是投奔了宋国，此事暂告一段落。但费无忌似乎是伍奢的天敌，对平王进言，说："伍奢有二子，皆贤，不诛为楚忧。"

　　于是，年轻的伍子胥祸从天降，其兄伍尚被抓，而"伍子胥贯弓执矢向使者，使者不敢进"。伍子胥于是逃亡宋国，去追随太子建。但宋国因有华氏之乱,二人又投奔于郑国,郑国对二人颇为善待。

但是,太子建不料却与晋国有了联系,晋顷公求太子建做内应,以灭郑,但事情被告发,"郑定公与子产胜诛杀太子建",太子建有儿子名胜,伍子胥与胜俱奔吴。

但到了昭关这个地方守军和地方客知道后,要抓他们,二人只好"独身不走,几不得脱"。来到江边,有一渔父,"知伍胥之急,乃渡伍胥。"伍子胥很感激,便解下随身佩剑相送,并言:"此剑值百金,以与父。"渔父却说,楚国已有告示,抓住伍子胥,"赐粟五万石,且进宫至爵。""岂图百金邪?"没有收取,但渔父在伍子胥离开后却投江自尽。

而后来伍子胥后"未至吴而疾,止中道,乞食"(以上均见《史记·伍子胥列传》)。

此段经历,《吴越春秋》中有近似的记载:渔父渡伍子胥于"千寻之津",伍子胥解剑相送,渔父不受,伍子胥问及渔父姓名,渔父却言:"今日凶凶,西贼相逢,吾所谓渡楚贼也。西贼相得,得形于默,何用姓氏为?"而伍子胥得渡之上岸,"顾视渔者已覆船自沉于江水之中矣。子胥默然,遂行至吴"。

不过,《吴越春秋》另有一段有些令人费解的故事:伍子胥于中途生病,而"乞食溧阳",遇一女子,"击绵于濑水之上,筥中有饭"。伍子胥上前乞食,"曰:'夫人可得一餐乎?'女子曰:'妾独与母居,叁十未嫁,饭不可得。'"

女子的回答似有些唐突,但仔细想来,是伍子胥不会说话,他称女子为夫人,与其身份不符,但他没有想这么多,又再次说,"夫人赈穷途少饭,亦何嫌哉?"女子无奈,"女子知非恒人,遂许之,发其箪筥,饭其壶浆,长跪而与之。子胥再餐而止"。

如此描写,可见女子的好心与其贤良。而伍子胥得食后,临走时,又对女子说:"掩夫人之壶浆,无令其露。"女子听罢,叹曰:"'嗟乎!妾独与母居叁十年,自守贞明,不愿从适,何宜馈饭而与丈夫?越亏礼仪,妾不忍也。子行矣。'"于是有"子胥行,反顾,女子已自投于濑水矣"。

这真是一个奇怪而又怵目惊心的一段故事,这女子竟因伍子胥于亡命的慌乱之中,不慎多次称其为"夫人","越亏礼仪",自投江水,虽可见所谓贞节烈女受伦理道德约束之深,但于此,却有异样的感受。

伍子胥后来的死,也是惨烈的(如前面所记述的)。

其性情忠义刚烈，夫差仅因为他直言相谏，就不加深思地杀了他，也太随意而为了。

这是一种不正常的现象，夫差视伍子胥的忠言为妄说，君臣之间的矛盾，缺少具体明确的历史记载，很多情况，我们只能去推测，隐藏的曲折和惊险，甚至有让人难以理解的诡谲：

吴王的行为举动，并不合于常理，这种情况的背后，似有一只无形的手在操纵，而伍子胥既为明智之士，在此种情况下，仍不顾自身利益与吴王发生冲突，他是为一种似已看到结局的对弈而言出无忌，并为试图摆脱快要到来的厄运而发狂，他陷入了以自利的角度去看的迷局，而难以自拔。

【"天下之正色"】

这个战争频繁的乱世，充满血腥，到处流传着的离奇的故事，一片纷乱与刀光剑影之后的平静，是那样的短暂，在平静过后，又会有突变风云，骤然兴起，倾国倾城之事就在眼前，而寻常百姓，人归何处，生何所依？

但这又是一个伟大思想孕育、诞生的时代。诸子跨越于他们时代的思想光芒，并没有去刺破与他们思想并不相称的社会黑幕，他们在谈论政治的时候，似乎都小心地避开了有关于女人的话题，而这种状况，就更像有意让勾践的阴谋得以酝酿、发育和壮大。这是很值得让人去玩味的。

庄子说，西施之美，是"天下之正色"，但并没有在此话题以外，引出其他的东西。诸子们都没有把吴国的灭亡，去与一个女人的美相关联。这一点不同于荷马史中的海伦，她被明确认为是带来战争的祸水，是雅典娜给人类布下的迷局。在西施以前的桀之妹喜，纣之妲己，周幽王之褒姒，均被公认为是乱国的妖女。她们在传说中，并被认为不是人。

而对于西施，她并没有受到与其同时代的诸子们的直接指责，这是很奇怪的。除了伍子胥对勾践的阴谋有具体的反对外，并无其他贤者能人，对此有进一步的言及。很难想象，天下之大，竟会如此以沉默去隐藏一个阴谋，除非吴王真的是无道暴虐之君，但从历史的记载上，我们并没有发现这一点。

【她第一次被准确地表述为"人"】

西施第一次被准确地表述为"人"，在于对她身世的明确，即为苎萝

山若耶之溪边的一个寻常百姓家的浣纱女,不同于如褒姒,与龙漦(注:"龙所吐沫,龙之精气也")所化之玄鼋(来自天上的黑色大鳖)有关,连《史记》这样明白的正史,也记载了此事,"漦化为玄鼋,以入王后宫。后宫之童妾既龀而遭之,既笄而孕,无夫而生子,惧而弃之。"这个被抛弃的婴儿,被一对以卖桑弓弧(桑弓弧,桑木做的弓)和箕箙(竹箭的一种)的夫妇收养。被怀疑与一个莫名其妙流传起来的谣言有关:"檿(一种与桑木相为类似的落叶乔木)弧箕服。"被周宣王派兵去抓,后来他们逃到褒国,在途中捡到了这个正在啼哭的婴儿。后来"褒人有罪,请入童妾所弃女子者于王以赎罪"(《史记·周本纪》)。

这当然也许是史家尊重历史,包括历史之"神话故事"的一种态度,并不代表司马迁本人是相信的,但西施之美之所以被称为第一,并不仅仅因为是其在时间上最早被人们认识到,而是在于这种对于"人"的自我发现,所蕴含的意义,即为"天下之正色",是"人"而不是妖的定义的起始。

吴王夫差的迷惑,被想象为西施之美所发挥的作用,来自于勾践的设计,但值得奇怪的是,有关于西施入吴后之所作所为,即与"阴谋"有关的乱吴之事,并无所见。吴王夫差仅仅只是因为修了馆娃宫,便坠入荒淫,也难以被充分证明,看来仅只是因为拥有西施之"美"本身,便足以倾国,这其中的含意,与指责吴王无道,并不完全相同。

我们可以从西施的不同结局的传说中(前面已有介绍),发现对此的难以归结和把握不定,这是历史的思考于此的踌躇。

西子于越国,是为国献身之举,但为吴王所恩宠,于贞节观而言,毕竟难成正统。而于吴国,则有陷吴王于迷乱之祸国行为,难以称善。这种矛盾的存在,就很难形成逻辑上统一的固定认识。

事实上,不仅是西施会被春秋之乱世置于如此之境界,圣人孔子的弟子子贡,其为救鲁国,而劝齐改伐吴国,又怂恿吴国先下手,并且让越国主动请缨出兵,再又向晋王献计,设伏兵以防吴,其行为对于除鲁国以外的其他诸国之利益而言,是一种损害。这种损人利己的做法,很难想象是夫子之弟子所为,与"仁"之倡导,相之甚远。

孙武仅从用兵之道而言的攻伐,同样也很难分清"道"与"非道",在言论与实际的行为中,难以表现出其思想境界的那种必然的平衡和谐状况中的统一。

伍子胥被齐国追杀,于亡命奔吴之途中,遇江边渔父,渔父渡其过江

后，自沉船于江中，以及乞之食于农妇时，三次未改口称其为"夫人"，农妇虽一再声言其与母同居，叁十而未嫁，并不为其所领会，这样的故事情节，会让我们对伍子胥的君子操行表示出一定程度的质疑，于此可以衍生出多种话题。

由此可见，诸子及贤能之士，其实均于实际行为中，很难平衡其观点与实际做法之间的差距，这种矛盾和冲突，同样也是难以统一的认识去框架的。

因此，我们发现了这二者之间的统一性：作为"善"的道德规范，与"美"对作为感性认识的完整概括，它们被共同作为那种均以"内在性"被体现的理想，但与具体的行为结果，是不可能去等同的。

【以"自我"认识开始的宣言】

这种对自我的主体性存在的揭示，是以"自我"的认识开始的。

西施之美只存在于我们的理想之中，因此在被假设中达到以后，便不再有其他的任何第一次的开始。然而，这种开始，没有结局，是因为有关于"美"的理想状态，不会消失，乃是因为人对自我的认识，是以这个群体的永续存在为前提的。

因此，在苏轼那里，西湖之美可比西子，而西子却仿佛于此番美景之中隐约出现：她并不是一个曾经的那个叫西施的女子，她其实是否真的叫西施，也是不得而知的，她只是于几千年前的那个历史的瞬间存在过的，一个普通的女子。

我们如果发现"美"的存在后去想，她的模样，是不是有点像西施呢？那个遥远的古代有女子，似略有所见。当然，在此之后，我们仍会去寻找，并在寻找中完成我们自认的完满答案。

那个也许是叫西施的女子，我们无缘得见，却又似曾相识。美人不知何处去？这是我们似乎很自然的疑问，而对此的解答，却只是一幅千年都未曾尽善美人面的画。

第二篇

那些利害攸关的事：貂蝉艳美形象的隐秘

【一个惊心的感觉，于瞬间掠过】

> ……
>
> 原是昭阳宫里人。
>
> 惊鸿宛转掌中身，
>
> 只疑飞过洞庭春。

这是描写貂蝉之美的《三国演义》中的诗头句，我们可以很随便地就读了过去。因为以诗而论，其本身并不出色，无非是古典小说中常见的，以诗来为书中所描写的故事情节增添"色彩"的一种做法。但是，出于某种愿望，也就是那种看了半天三国，对书中的美人，比如貂蝉，长什么样还没有看清楚，出于对自己和聊友们负责任的态度，而要弄个明白的话，那就先看两三行，如引于此处之断句。但是，如果仍然不求甚解的话，肯定还是什么也没有看出，于是埋怨古人写诗云山雾罩，好像什么具体的东西都没有写，比起80后90后的美女作家们，可称之为"肉感"或"骨感"的笔力，以写貂蝉而论，罗贯中们确实过时，但是，还是等一下，再看一遍，读书万遍，其意自见。

慢慢地，会有所发现（为什么要这样做呢，因为想看见貂蝉嘛），那么，这三个短句，的确开始有些不一样了……除第一句点明其"身"世之外，后两句读着读着，竟会让人有些进入迷离的幻象之中的感觉。

所谓"惊鸿宛转"，也可以去慢慢想，但想着想着，一个艳美的形象会隐隐约约地出现，忽然，会有一个惊心的感觉，于瞬间掠过。

什么样的情景，显现出来，却又闪烁不定，是貂蝉吗？有袅娜的动态，

正缠绵于无限……而"掌中身"之玲珑轻捷，所以才会有"只疑飞过洞庭春"之幻境犹在。

【悟性与心机，足以让人惊叹】

这样去读书，还是有些问题。在诗之外，看看《三国演义》的真实场景中，貂蝉是怎样出场的？

先是董卓乱政，且有号称"马中赤兔，人中吕布"的，三国时代第一勇将吕布助纣为虐。前有刘、关、张三英战吕布尚奈何不得，后有"卓留宴"中的残暴：

将"招安降卒数百人"，"或断其手足，或凿其眼睛，或割其舌，或以大锅煮之。哀号之声震天，百官战慄失箸，卓饮食谈笑自若"。

且"又一日，卓于省台大会百官，列坐两行。酒至数巡，吕布径入，向卓耳边言不数句，卓笑曰：'原来如此。'命吕布于筵上揪司空张温下堂。百官失色。不多时，侍从将一红盘，托张温头入献。百官魂不附体"。

如此云云，如见魔鬼当道，惨不忍睹。于是，后有司徒王允，"寻思今日席间之事，坐不安席"，而于"至夜深月明，策杖步入后园，立于荼蘼架侧，仰天垂泪"。而正在此时，"忽间有人在牡丹亭畔，长吁短叹"。王允因此而"潜步窥之"，却原来是其自家"府中歌伎貂蝉也"。

如此看来，貂蝉的第一次亮相，并无特别之处。其中除介绍了貂蝉的身世外，仅以"色技俱佳"予以概括。尔后，司徒王允定下连环计，貂蝉愿为大义献身，"妾许大人万死不辞，望即献妾与彼。妾自有道理"。不仅豪爽慷慨，而一句"妾自有道理"，可谓其悟性与心机，足以让人惊叹：此女子真非等闲之辈也。

【审美感受的冲击力】

而对于貂蝉的第二次亮相，《三国演义》的描写，在将我们的注意力引至此关键人物后，逐渐加强了对其美色的渲染，但刻画得出奇地简约："少顷，二青衣引貂蝉艳妆而出。布惊问何人。允曰：'小女貂蝉也。'"仅只一句"布惊问何人"，足见其惊艳。因为吕布非等闲之辈。《三国演义》第一次描写吕布出场，即可略有所见："时李儒见丁原背后一人，生得器宇轩昂，威风凛凛，手执方天画戟，怒目而视。"董卓初见吕布时，对于"顶束发金冠，披百花战袍，擐唐猊铠甲，系狮蛮宝带，纵马挺戟"之丁原义儿，叹曰:"吾观吕布非常人也。"

当然,依连环计,司徒王允一女二嫁,自然有貂蝉的第三次出场。《三国演义》于此处的描写,却是从所谓朦胧之美开始的,即先以声色情影开始,"允教放下帘栊,笙簧缭绕,簇捧貂蝉于帘外"。因而有"惊鸿宛转掌中身,只疑飞过洞庭春"之太虚缥缈的幻境产生。而董卓一句:"真神仙中人也"这慨叹足见其既乱京城,虽有"造民间少年美女八百人实其中"之淫乐,也难及此天界仙女的美貌。

可以注意到此番有关貂蝉绝尘之美的描写,与董卓凶残、淫邪、粗鄙丑陋的形象之间,形成的巨大反差,对审美感受所产生的冲击力。

虽然有使貂蝉形象更为异常艳美的反衬之作用,然而,这种对比的另一更重要作用是:这个使我们审美固有的无利害性感受被破坏的,是因为丑的存在,其力量的强大,以我们被屈服的感受,表现了美与真的关系,即与真实世界利害攸关的事,被凸显出来,是真,而不仅仅是善,成为被关注的东西,它是美的形式所必然具有的内容。

虽然为国家前途,舍生取义,是为了善的体现("仁,人心也;义,人路也。"《孟子·告子上》)。但正是那些利害攸关的事,在这里提醒我们:要有真,才会感觉到美。

第一节 诗比历史更真实:貂蝉的亮相出场

【一幅静止的画动了起来】

我们都很想知道貂蝉究竟长什么样,因为她有绝代之美,但非常遗憾,那时没有照相术,我们只能借助于古人的生花之笔,而罗贯中是以诗来给我们的这种需要提供服务的,这些诗出现在那一幕紧张的戏的开头,或中间或结尾:

这是一幕让人提心掉胆的离间之戏——

　　　　一点樱桃启缝唇,两行碎玉喷《阳春》;
　　　　丁香舌吐衔钢剑,女斩奸邪乱国臣。

　　这是《三国演义》里对貂蝉之美的第二首赞词。不同的是，其描写显然是一幅正面的特写，但若再定睛仔细去看，却发现她的脸（整首诗都集中于脸部特写）会慢慢变得不那么清晰起来……

　　首先是她的唇，"一点樱桃"的艳红从不远到更近，然后变得深红起来，点缀在如玉样光洁的脸上的，原来是美人之唇……这里的点缀不独具有装饰性的意味，深红本身即表明的肉质感，让其变得真实而充满诱惑。鲍照《芜城赋》曰："东都妙姬，南国丽人。蕙心纨质，玉貌绛唇。"这是在董卓的视线中看到的。唇与性的关联性，可能引起的联想，被巧妙地置于诗的意境中。

　　尔后，是一个从无声到有声的渐进："两行碎玉"，即"丹唇外朗，皓齿内鲜"（曹植《洛神赋》），意在由外而内的验明过程。因为对牙齿之洁白如玉代表的健康年轻，所表现的好感和重视，是一种很明显的与性相关的表露。

　　而此后出现的《阳春》曲，让这一幅画面动了起来：虽是奇幻之美容，却有近在咫尺的真实。

　　当然，后两句似与此时的董卓视线中的审美无关，是来自于后来的观者的心声。"丁香舌"，是有关味的触觉被美化后，再去暗示舌的轻动之间性的意识，但猛然之间，怎么会感觉到竟有钢剑忽然刺入？这种变化，非电影蒙太奇难以做到。

　　于此，并不在于品读此诗之好坏，而是我们试图去看清这位传说中的中国古代四大美女之一的貂蝉姑娘究竟长得什么样，才弄得这样认真，然而，这种愿望，似乎只能依靠如此这般的诗的描写来满足，不料却被带进了一个似近又远，且又于温柔之梦的迷离之中，但在骤变之中，铿锵之声伴有刀光剑影，飞血四溅而惊心动魄，实则比美国电影《谍中谍》更为紧张，扣人心弦。

【只有董卓以为是真，这很奇怪】

　　这其中似兼有一种怪异：不仅是诗的描写只给了我们有关于美女间谍的那张巧小的红唇（巧小本身似更趋近于对年轻纯洁女性的象征），和两行如玉的皓牙，还有一曲缭绕于耳的笙簧伴奏……至丁香之舌，吐出的如莺啼燕歌般婉转之音，却又这样模糊，并不能得出完整清晰的印象。而骤然之间会有刀光剑影突现其间，只是那似乎是这一幕场内场外皆知是戏的惟一看客和主角董卓，以为是真。这很奇怪，但又并不觉得于情理之外,这是为什么呢?

须知卓仍"健侠"。《后汉书·董卓列传》中有记载:

> 董卓字仲颖,陇西临洮人也。性粗猛有谋。少尝游羌中,尽与豪帅相结。后归耕于野,诸豪帅有来从之者,卓为杀耕牛,与共宴乐,豪帅感其意,归,相敛得杂畜千馀头以遣之,由是以健侠知名。为州兵马掾,常徼守塞下。卓膂力过人,双带两鞬,左右驰射,为羌胡所畏。

"性粗猛有谋",足见其人被世人评价和经史家鉴定,均为不傻。非但如此,其因有"诸豪帅有来从之者",竟将耕牛杀了,"与共宴乐",因而"豪帅感其意,归"。并且"相敛得杂畜千馀头以遣之",于是卓便以"健侠"而知名,其"膂力过人,双带两鞬,左右驰射,为羌胡所畏"。

然台上台下皆知其已中计,其人仍浑然不觉,如此忘乎所以? 对,问题正在于此。也就是忘记了"所以",也就是一切,包括忘记稍微想一下,司徒王允所怀何意,竟主动将此如天仙般的美女献与自己? 也许这是其屈服于己的表现,但事情是不是很突然,有没有蹊跷之处? 这个貌若天仙的年轻女子,她为何会如此献媚,其不俗之身并不必然会因为卓大人权倾朝野,横行一方,而转化为趋炎附势之仰慕,如此,应非为不俗?

【可疑之处】

这也许是小说《三国演义》的一个疏漏,但也并非完全如此,因为卓大人之狂妄,在此前已有铺垫,忘乎所以也在情理之中。但是,我们在这里却从另一个角度来看,也就是如此这般认定为真,因为董卓确为吕布所杀,而吕布之所以杀董卓,有史为证,也确实是因为一个女人,《三国志·魏书·吕布传》载:

> 卓性刚而偏,忿不思难,尝小失意,拔手戟掷布。布拳捷避之,为卓顾谢,卓意亦解。由是阴怨卓。卓常使布守中阁,布与卓侍婢私通,恐事发觉,心不自安。先是,司徒王允以布州里壮健,厚结纳之。后布诣允,陈卓几见杀状。时允与仆射士孙瑞密谋诛卓,因以告布,使为内应。布曰:"奈如父子何!"允曰:"君自姓吕,本非骨肉。今忧死不暇,何谓父子?"布遂许之,手刃刺卓。

　　以上记载有关于吕布杀董卓的原因，一是因为董卓"性刚而偏"，因为小事，即拨手戟掷之；二是"布与卓侍婢私通"，其"心自不安"，而向司徒王允说，"几见杀状"，且"忧死不暇"。虽然此段史料记载，也有可疑之处：即二人"誓为父子"，卓对布"甚爱信之"，为什么会因为小事而拨手戟掷向吕布？而这件或这样类似的几件小事是什么事呢？

　　有一点似乎与小说《三国演义》中的描绘是相通的：即卓与布二人，确实因为一个女人而结怨。当然，由此我们可以看出《三国演义》作者罗贯中，在艺术化此一情节后，所塑造的貂蝉形象的过程。但是，无论读小说还是读历史，都会有同样的问题：即无论是"卓侍婢"，还是司徒王允府中歌伎，以此一女子，究竟有何能，能使吕布杀了董卓？

　　似乎惟一的结论是：此女子定为非常人也。

【后人的添加附会，成就了绝色】

　　对于一个女子，其非常之处，在于能使两个男人为其因争风吃醋而引发生杀之事，是不是惟一的原因，只能是此女子容貌非凡？

　　这样去假设，也许并没有错，否则还有其他什么原因呢？也许事实正是如此。

　　但是，另一方面的问题是，若仅以容貌本身，恐难以全面。如董卓之"淫乐纵恣"并不会仅以貌取人。纵然国色天香，以其一人之下，万人之上，身为相国，"封郿侯，赞拜不名，剑履上殿"的淫威，并不必然会放在眼里，其中隐含的机关在于，由司徒王允献貂蝉之举所代表的屈服，正是此时董卓欲降百官所需要的。试想，如果貂蝉为一平常百姓人家之女子，也许早就在祸乱中被"与甲兵为婢妾"，即使是宫女甚至公主，也免不了被其及兵将"奸乱"。

　　如《三国志·魏书·董二袁刘传》，董卓"适值帝室大乱"，其"尝遣军到阳城。时适二月社，民各在其社下，悉就断其男子头，驾其牛车，载其妇女财物，以所断头系车辕轴，连轸而还洛，云攻贼大获，称万岁。入开阳城门，焚烧其头，以妇女与甲兵为婢妾。至于奸乱宫人公主。其凶逆如此"。如此残暴淫乱近乎于兽类者，对于绝色艳丽的貂蝉，因其高绝人尘之美而表示心悦诚服，似乎很难以想象（与其心境人品相关联）。

　　于此处，我们似乎可以说，是这种在刀尖上跳舞的惊险，让艺术之美，因人之作为（后人所为），所添加的附会，而成就了其难以超越的绝色。

【对美的完整性的不断补充】

貂蝉的不同寻常，来自于事件本身的不比平常，从而免除了在有关于如后人可能的选美中被沦为平庸。虽然我们可以发现，董卓对此之叹服，仅作为陪衬，即通过其口赞曰"真神仙人也"，作为一种艺术手法，用以描绘貂蝉之美，可以是一种事实，但也可能是随口的敷衍之说，如前所说，董卓所言，本身并不合乎于其人物性格。但他这样说了，还有一个重要的原因是：司徒王允的降服之举。

关于王允，《后汉书·王允传》载，其出身官宦世家，"世仕州郡为冠盖"。何进掌权之后，任从事中郎和河南尹，"大将军何进欲谋宦官，召允谋事，请为从事中郎转河南尹"。献帝即位时，"拜太仆，再迁守尚书令。初平元年，代杨彪为司徒"。在"董卓留洛阳"时，王允得到董卓的重用。董卓对于"朝政大小，悉委之于允"。然而，其另外怀有心机，表面上却做得让董卓看不出来，"允矫情屈意，每相承附，卓亦推心，不生乖疑"。

也许因为是正史，并没有王允献自己府上的歌伎貂蝉的情节，后来其通过吕布刺杀董卓，似乎也与献歌伎使连环计之事无关。更为让人疑议的是，在董卓当政时，王允却仕途亨通，"二年（初平二年），卓还长安，录入关之功，封允为温侯，食邑五千户。固让不受侯，受二千户。"也就是在此之前，王允已有心要除掉董卓，"允见卓祸毒方深，篡逆已兆，密与司隶校尉黄琬，尚书郑泰等共谋之。密上杨瓒，士孙瑞将兵出武关道，以讨袁术为名，实欲分路征卓，而后拨天子还洛阳"。而此举已引起董卓怀疑，"卓疑而留之，允乃引内瑞为仆射，瓒为尚书"。

由此看来，董卓虽为枭雄，却也不得不行走于密布机关的官场之中，而王允身为司徒尚书令，其表面顺从之下，心怀杀机，卓虽疑之，却并未设防。

问题的关键在于，要杀董卓，非王允心智不够，而在于该此事有一最大障碍，也就是其子吕布的存在。"卓以布为骑都尉，誓为父子，甚爱信之。稍迁至中郎将，封都亭侯。卓自知凶恣，每怀猜畏，行止常以布自卫。"（《后汉书·吕布传》）

吕布为三国第一好汉，有其成为董卓的护卫，谁都杀不了他，因此，比吕布更厉害的，只有貂蝉之美了，这正是前面所说的："丁香舌吐衔钢剑，

要斩奸邪乱国臣。"

　　当然，这仍然是《三国演义》为塑造貂蝉形象的合理过渡。对于吕布的转变，有关其"而私于傅婢情通"（《后汉书·吕布传》），"布与卓侍婢私通"（《三国志·魏书·吕布传》），作为过渡情节而言，尚嫌不足（当然，吕布虽勇，却为小人，自然会因小事而翻脸不认其干爹）。然而，艺术化的历史，让吕布所显示的作用，体现的却是艺术（诗）比历史更真？

　　如果以这样的认识去了解历史，貂蝉之美，就会因为体现了真，而成为一种会被后来的寻"美"者们以不断的附会，实现对其完整性的补充。

　　这些附会包括，我们所能理解的如《三国演义》之艺术对历史的附会以及后世人们对此进行认识后的附会，这些看起来似乎仅只是想象中的塑造，不断地完善着这种艺术的抽象，貂蝉形象在这一过程中被不断地丰富，满足了我们对美的希望，而有关对完美的追求，是不会被停止和放弃的。

　　因此，貂蝉的存在和她的美，就变得这样不容否定，正如我们前面所说的，有关对貂蝉形象的具体描写，艺术的体现是不会以具体的数字或尺寸进行照相式的刻画，而只用间接的比拟，以留有的空白，以有限来体现无限，正像貂蝉其人，在历史上查无实在的出处一样，给我们的想象留下了空间。

第二节　美因残缺的存在：貂蝉身世之谜中关羽的出现

【京剧《凤仪亭》】

　　有关貂蝉的故事，很让人莫名其妙的是，此美女不独因为离间董卓、吕布二人，而成为心智颇高的艳女之最，而且在断续的史料和民间艺术、传说中，与三国的著名英雄关羽相关联。

　　有野史记载，貂蝉本姓霍，无名，山西人，与名将关羽为同乡。自幼人才出众、聪敏过人，因而被选入汉宫，任管理宫中头饰、冠冕的女官，故称"貂蝉"官。因遭十常侍之乱，避难出宫，为司徒王允收留，并认为义女。其离间董卓、吕布后，被吕布纳为妾，吕布死后，貂蝉被曹操带回许昌，作为侍女留在丞相府中。

关羽屯山约三事暂时降曹之后，曹操为了笼络关羽之心，特赐美女十人，貂蝉便是其中一位，当关羽听到貂蝉报出姓名之后，感其胆识，撩髯称了声"好"之后，闭目不言挥手令去，貂蝉听后，明白关羽全其名节之意，回房后遂自尽而亡——这是互联网上有热衷于此的网页帖子中的一段，所谓"野史"，实无出处，多是拼凑得来，如上面这段故事，来自于京剧《凤仪亭》。

【貂蝉确有其人】

当然，还有学者的专门考证。如学者孟繁仁考证貂蝉确有其人，"姓任，小字红昌，出生于并州（今山西太原）郡九原县木耳村。15 岁时被选入宫中，执掌朝臣戴的貂蝉冠，从此更名貂蝉"。"王允利用董卓、吕布好色，遂使貂蝉施'连环计'，使吕布杀了董卓，之后，貂蝉为吕布之妾。白门楼吕布殒命，曹操重演'连环计'于桃园兄弟，遂赐貂蝉于关羽。貂蝉为不祸及桃园兄弟，'引颈祈斩'，被关羽保护出逃，当了尼姑。曹操得知后，抓捕貂蝉，貂蝉毅然扑剑身亡"。

对上述情况似有所印证的是，山西忻州东南三公里处，确有元杂剧《锦云堂暗定连环计》里，有关貂蝉身世的介绍："貂蝉对王允说：'您孩儿又是这里人，是忻州木耳村人氏，任昂之女，小字红昌。因汉灵帝刷选宫女，将您孩儿取入宫中，掌貂蝉冠来，因此唤做貂蝉。"

只是现在元杂剧《锦云堂暗定连环计》剧本，并无所见，上述情况，却被人传递般地引用。然而，"三国时并无忻州，当时忻州一带属太原郡阳曲县"，"忻州地方文献，也没发现有关貂蝉的记载"[1]。然而，不知是因为有了木芝村，还是木芝村本身确有真实的历史来历，该村确实存在。因该村早年盛产木耳，故名木耳村，后因村中槐树下发现一株千年灵芝，遂改名木芝村。

【貂蝉出生，村里的桃杏就不开花了】

村中传闻，在貂蝉出生的三年后，村里的桃杏就不开花了，至今桃杏林依然难以成活，与貂蝉有羞花之貌有关。村中有已成废墟的过街牌楼，

---

① 万安世：《回眸一笑百媚生——另一种视角的历史透视、鉴赏美女文化》，新华出版社，2009 年版，第 59～60 页。

前殿、后殿、王允街、貂蝉戏台和貂蝉墓，其墓冢现已夷为平地。现在的旅游景点叫貂蝉陵园，占地 4000 平方米，四周围是红底黄瓦波浪式龙形围墙，门檐上悬"貂蝉陵园"横匾，两侧有"闭月羞花堪为中国骄傲，忍辱步险实令须眉仰止"金文对联。陵区北际内建拜月亭和凤仪亭，台前有貂蝉像碑。南院建仿古建筑 20 间，辟为"貂蝉塑馆"，反映貂蝉"不惜万金躯，何惧险象生"惊天动地的一生。与此相互印证的，有山西定襄县东南中零村，传说中为吕布故里。有"霍情泉"，"智擒赤兔马"，"歪脖子树"等民间传说，都与吕布有关，所以民谚有"忻州没好女，定襄没好男"之说。

此外，还有源于《三国志平话》，貂蝉向王允介绍自己："贱妾本姓任，家长是吕布，自临洮关相失，至今不曾见面。"传说其故里为甘肃临洮。陕西米脂说，认为貂蝉家在米脂。陕北民谣："米脂的婆姨绥德的汉。"康熙二十年《米脂县志·舆地第一·古迹》中载："貂蝉洞，在（米脂）城西艾蒿湾（今艾好湾），亦俗传也。"

【貂蝉的戏曲中，与关羽相关联】

与野史不同的，有关貂蝉的戏曲中，与关羽相关联，竟成为一种不被奇怪的现象。如昆剧《斩貂》中，细述吕布在白门楼被曹操捉住斩首，其妻被张飞转送给了关羽，但关羽顾其名节，乘夜传唤貂蝉入帐，斩其于灯下。

元杂剧《关公月下斩貂蝉》，与此大同小异，只是多了曹操欲以美色迷惑关羽，遣貂蝉前去引诱关羽而被其杀死的情节。明剧《关公与貂蝉》，剧中貂蝉向关羽述说内心冤屈，述其施展美人计为汉室除害的经历，赢得关羽的爱慕，但关羽决计为复兴汉室而献身，貂蝉只好怀着满腔柔情自刎，以死来验证自己的情操。

另外，有关貂蝉善终的多种传说中，有说关羽不恋女色，护送貂蝉回到其故乡木耳村，而貂蝉至此之后，终身守节未嫁，终于成其贞烈，被乡人建庙祭奠。近有新闻称，成都北郊居民，68 岁的老人曾兴发称于 1971 年拾得一块古碑，其铭文略为："貂蝉，王允歌伎也，是因董卓猖獗，为国损躯……随炎帝入蜀，葬于华阳县外北上洞横村黄土地……"，这里"炎帝"疑为"关帝"的讹记。此种证明，是以有关貂蝉乃关羽之妾，随其入蜀的传说为基础的。

以上稗官野史和戏说杂谈，在民间口口相传让历史在时间拉上的一

层又一层的帷幕后,那些演衍其中的故事情节,变得迷离。也许我们现在很难有暇沉浸于其中,但要是偶尔定神于某种思考,就会发现,人们为什么会凭想象,去续补某段似真似假的遥远的故事呢?尽管它前后矛盾,漏洞百出,如中国三国演义学会理事,某教授称,从社会学与民俗学的角度看,人证也是一种证据,历史上应有貂蝉其人的存在,以貂蝉墓碑在成都出现作为物证,则显然不是捏造,而有关貂蝉是暮年入川,还是死后葬于蜀的说,可能性均是存在的。①

《三国演义》是罗贯中根据"据正义,采小说"的原则创作的,但无可否认的是,貂蝉实乃一虚构的艺术形象。

有关罗贯中吸收了杂剧和《平活》等戏曲野史的情节主干是实,其创作与历史事实取得了逻辑上的一致。但现有的疑议是:历史事实本身就存在着进一步认识的必要。

值得我们开启一种新的认识方向的某种启发是,貂蝉形象为什么会在后来的野史戏曲,以及民间传说中,与武圣关羽相联系?而这种联系,对我们所接受的有关貂蝉形象的艺术之美,会造成什么样的影响呢?

【关羽有义勇,与貂蝉舍身救国,确有相同之处。】

首先,有关貂蝉究竟是被关羽斩于月下,还是被关羽救出,出家为尼,守节垂暮于村落的相关野史戏曲或传说,是相互矛盾的和难以经得起推敲的。当然,我们这里不是去考证它们,而是凭此会发现,以关公为护兄嫂,千里走单骑之美名,源自于其忠勇而有德的行为体现,且"忠"和"勇",皆为德目。

所谓德义之勇,是以德义为基础的。"仁者必有勇"(《论语·宪问》)"见义不为,无勇也"(《论语·为政》)。

《中庸》把智、仁、勇称为"三达德"。而忠信,则是守仁行义之基础。"君子义以为质,礼以行之,孙以出之,信以成之,君子哉!"(《论语·卫灵公》)。"君子有大道,必忠信以得之,骄泰以失之。"(《大学》)。由此可见,以忠而守仁,以能而仗义之关羽,可谓以其行为,成为体现传统道德观的典范,故为武圣。

---

① 万安世:《回眸一笑百媚生——另一种视角的历史透视、鉴赏美女文化》,新华出版社,2009年版,第63页。

关于这一点，上述野史戏曲、传说，并没有改变对关羽的传统认识，因此在与貂蝉这个艺术形象之美的联系上，却显得矛盾起来，这似乎是可以理解的。

貂蝉以千金之躯，救国于难，以致"汉朝累世簪缨辈，不及貂蝉一妇人"。但毕竟貂蝉为女子。从华夏父系氏族社会确立至周代宗法礼会的形成，有《周易·系辞上》："天尊地卑"和"乾道成男，坤道成女"，《列子·天瑞》："男女之别，男尊女卑，故以男为贵"，形成了男女不同社会地位之"男尊女卑"观念。

西汉董仲舒《春秋繁露》"大道贵阳而贱阴"的阳尊阴卑理论，曰："天数右阳而不右阴"，并因此形成的社会伦理等级制度，确立了君权、父权、夫权的统治地位，其应为这一思想的集大成者，被沿袭了几千年。

因此，以关羽之武勇，更皆有如毛宗岗评《三国演义》中的三绝，更将关羽列为"义绝"之英雄，是千百年来人们所推崇的道德模范，与其为报曹操"礼之甚厚"之思，在袁绍遣河北名将颜良来攻时，即"绍遣大将军颜良攻东郡太守刘延于白马，曹公使张辽及关羽为先锋击之。羽望见良麾盖，策马刺良于万众之中，斩其首还，绍诸将莫能当者，遂解白马国"（《三国志·蜀书·关张马黄赵传》）。其置个人生死于度外，刺颜良于万众之中，义勇之举，与貂蝉舍身以救国难的巾帼英雄之情怀，确有相同之处。

但貂蝉毕竟为女儿之身，仅以"男尊女卑"之传统，更兼有贞节观念中的污点，实难与武圣人比肩。

【关羽被认为不光彩的行为】

将此二人联系在一起的，源自于正史《三国志·蜀书·关羽传》裴注所引《蜀记》中，一段来历不名，有些让人疑惑的记载："曹公与刘备围吕布于下邳，关羽启公，布使秦宜禄求救，乞娶其妻，公许之。临破，又屡启于公，公疑其有异色，先遣迎看，因自留之，羽心不自安。"又言："联邦魏氏春秋所说无异也。"说是无出处，却有《魏氏春秋》中也有这样的说法。

另有《献帝传》和《华阳国志》等记有同一内容："（秦宜禄）为吕布使诣袁术，术妻以汉室宋女。其前妻杜氏留下邳。布之被国，关羽屡请于太祖（曹操），求以杜氏为妻，太祖疑其有色，及城陷，太祖见之，乃自纳之。"[1]但此处说的是关羽乞娶的是秦宜禄之妻，显然不是传说中所说的吕布之妻，更不可能是貂蝉。

然而，此处记载，即为正史，则无疑为许多野史戏曲及传说，提供了依据。首先就是传说关羽纳貂蝉为妾之说。问题不在于此，而在于关羽欲占他人之妻的行为，实在有悖于人伦常理，并且，武圣人脸上贴的金，也会因此而被破坏。当然，也有后来者试图掩饰这一瑕疵，并引证《三国演义》中"曹丕乘乱纳甄氏"的故事。

甄氏原是袁绍二儿子袁熙妻室，曹操攻破邺城，曹丕随军开入，先跑到袁家，将甄氏据为己有，此事正史《三国志·魏书·文昭甄氏皇后传》裴注转引《魏书》中即有记载，甄氏死后被追封为皇后。此外，刘备平定益州后娶了同宗刘瑁的寡妇吴氏，而孙权不仅仅娶了陆尚的寡妻徐夫人，而且论亲戚关系，这徐夫人还是他的表侄女。

依此可知，这种娶人妇为妻的行为在当时的社会生活中并不忌讳。但是，并不忌讳实不能等同于被认可，甚至等同于被推崇的行为，虽然自宋以后，关羽名声才日渐显赫，而且这一时代有名的，以至影响后世的宋明理学，"遏人欲而存天理"，有关"一女不事二夫"的伦理道德观，对此是不能接受的。

明郑以伟《舟中读〈华阳国志〉》诗曰："百万军中刺将时，不如一剑斩妖姬。何缘更恋俘来妇，陈寿常璩志总私。"此怨及陈寿和常璩存有私怨偏见。中华书局四部备要本《三国志》之《蜀志》开卷，有清乾隆皇帝的一道上谕，亦持相同观点："关帝在当时，力扶炎汉，志节凛然，乃史书所谥，并非嘉名。陈寿于蜀汉有嫌，所撰《三国志》，多有私见，遂不为之论定，岂得谓公？"由此而有元、明杂剧《关公月下斩貂蝉》，以及清代戏剧舞台上流行的《斩貂》。

这种情况也许是事实。东汉末年的三国时代自上而下娶他人之妻的做法，以风气而论，似乎隐略可见原始社会群婚或母系社会一妻多夫之制

---

① 明胡应麟：《少室山房笔丛》卷四十一，《庄岳委姿》云："斩貂蝉事不经见，自是委巷之满。然《（关）羽传》注称：'羽欲娶（吕）布妻，启曹公，公疑布妻有殊色，因自留之。'则非全无所自也。"另有《献帝传》和《华阳国志》，有同一内容，可见与《三国志·蜀书·关羽传》所引注《蜀记》中所记，有较大出入。

之遗痕。后世对关羽被认为不光彩的行为的可能，而去责怪《三国志》之作者存有私怨偏见，都不能有很充分的说服力。

且不论"妇人贞洁，从一而终也。夫子制义，从妇凶也"（《易传·象下》）"忠臣不事二群，贞女不更二夫"（《史记·田卓传》）的贞节观念，于先秦时代已有，并因此而体现出严格的父系社会婚姻制度，虽然反过来，让男子从一而终，会导致凶事，但因此所强调的是夫权的绝对地位。

至西汉，先有董仲舒的三纲论："君臣父子夫妇之义，皆与诸阴阳之道。君为阳，臣为阴；父为阳，子为阴；夫为阳，妻为阴。"①后有《白虎通义》，将乾坤哲学作为夫妇关系的理论基础。其中应该注意阳者惟一的父子礼会观念的潜在。而且，从实行情况来看，如汉宣帝曾下诏，规定对不贞不节之妇，死后儿女可以不服丧，而表奖励贞节妇已成为常例。

"妇人不养舅姑，不奉祭祀，不下慈子，是自绝也。故圣人不为制服，明子无出母之义。"②

"元初六年二月，诏顺贞妇有节义谷十斛，甄表门间，旌显厥行。"③

在民间，有《后汉书》所记载的，有一叫荀采的女子，17岁嫁给了阴氏。19岁替阴氏产下一儿，后阴氏不久死去。但"采时尚年少，常虑为家逼，自防御甚固"。后同乡郭姓丧妻，其父荀爽要将她嫁给郭姓，其不为所动，胸前揣把利刀，荀爽派人抢其刀，将荀采掠至郭家，荀采觉父命难逃，在即将成婚之时，"既入室而掩护，权令侍人避之，以粉书扉上曰：'尸还阴。''阴'字未及成，惧有来者，遂以衣带自缢。"④

当然，如上述故事中，荀采之父似并无"一女不更二夫"之贞节观，如前面所说中，有关曹丕将袁绍之子的夫人甄氏据为己有，刘备娶侄辈刘琩的寡妇吴氏，孙权娶陆尚的寡妻徐氏，官家百姓似视此并不以为耻，但仔细分析，会很明显地发现有关对贞节的推崇，与社会生活的实际情况之间，所存在的距离，乃是在于正统的儒学之道德观，要求人们遵从社会生活的一般道德规范，有所谓"好"和"一般"的评价使然。

也就是说，自董仲舒三纲之说提出后，"罢黜百家，独尊儒术"成为国

① 《春秋繁露·基义》。
② 《汉书·宣帝纪》。
③ 《后汉书·安帝本纪》。
④ 《楚昭贞姜位》，见《列女传》卷四。

家所确立的政治和社会行为规范,但自上而下的贯彻,以及广大基层社会群体与之天然的距离,所反映的自上而下的观念的渐趋淡化,是一个必然的过程。"一女不更二夫"的贞节操守,并没有被作为"一般"的社会伦理行为规范而被遵从。

似乎由此我们可以发现武圣关羽是那个"好"的道德典型,而貂蝉的行为,并没有与被遵行的社会"一般"的伦理规范发生明显的对抗,(即社会实际生活中,一女嫁二夫的事,也是常有发生的,且其以身侍奉董卓这样的恶人,又再嫁吕布这样的小人,其行为上的"污点",因出自于救国于难的大义,而被宽容并被掩饰,但以此,似难与武圣关羽相提并论。

然而,关羽也有不光彩的过去,其竟然曾经"乞娶"他人之妻,这并不是指关羽身为男人,不能再娶第二个女人(父系社会一夫多妻制,有其历史的延续过程),而是指如娶"他人之妻",会导致对"一女不事二夫"的伦理规范的破坏。

【戏曲中,关羽为何又要斩貂蝉】

这段历史上的污点,虽为后世道学家甚至皇帝诏书明确为史家出于私怨偏见之所为,不足为信,但我们发现,也许正因为关羽有这段带有污点的历史,与貂蝉手段并非合乎道德,但其目的终为大义之举,形成了一种在道德观念上的地位平等。

既然如此,为何后世戏曲中,关羽又要斩貂蝉呢？或者是,关羽将其送回原籍老家,让其独自守节而终老一生等。以关羽与貂蝉并没有结成夫妻为多数的戏曲结局,就即便是关于关羽纳貂蝉为妾的某种少数的说法,也没有再去演衍这二人有关相亲相爱的故事。

显然,这样的爱情戏如果有的话,恐难为观众所接受,这种情况的出现,显然来自于人们对某一典型人物的感性认识,以"概念的外化"的完成,必然导致的终结。即关羽或貂蝉的形象,在其被体现为伦理道德中的"义"和"勇"的概念时,通过具体的故事情节,或为艺术化的创造,或为相当程度上的历史事实,它们对这个道德概念的形象化体现,都将因概念之外化的完成而终结。

因此,我们不可能在此之外,留有可能的空间,去继续这种对已经完善了的东西弥补,如这样做,无异于画蛇添足。

在此我们是不是可以说,难道是被艺术化了的道德概念,也就是这个

有关"义"或"勇"的道德概念，被外化于感性事物，完成了对貂蝉之美的最终描绘，以至于我们难以在此之外，对这种达到最高境界之美，再难添上任何多余的一笔？如果是这样的话，上面我们所引述的后世人们所创作的戏曲故事，口口相传的传说，都可以从反面证明了这一点？

也许事实正是这样。例如维纳斯的断臂，不断地有人去尝试修补，但都不能被接受，而越是不被接收，反而促使更多的人去尝试。也就是说，维纳斯的那只断臂所留下的想象空间，其实是假的，虽然它在我们的视觉里是真的。

正如有关于关羽和貂蝉，他们的形象在道德概念上污点的存在，其实是假的，尽管我们可以从历史资料中证明，这样的"污点"确实存在，且相对于那个时代的道德完善而言，这样的污点存在，已明显造成了一种断臂似的残缺，但正因为如此，才体现了貂蝉形象的美。

【道德上的残缺，证明了其个性化的完整】

这是一个很值得奇怪的结论。

对此，我们可以引用一下美学上的理论。如黑格尔说："形式的美一般说来并不是我们所说的理想，因为理想还要有内容（意蕴）方面的个性，因而也就还要有形式方面的个性。""例如在形式上是一副完全均匀的美的面孔，而在实行上却是可以很干燥无味，没有表现力。"[1]

当然，我们还可以引用一些更为具体细致，建立在一定科学试验基础上的美学理论，如将格式塔心理学应用于视觉艺术的阿恩海姆之说（格式塔译为"完形"。而格式塔心理学所说的形，是经由知觉活动组成的经验中的整体）。"物体的外部与其内部是互为暗示，相互统一的。这种统一性使知觉超出了物体投射到视网膜上的形象，使人的意识不再局限于物体的表面。它们或是被看成这种事物的容器或外壳，或是透过它看到其内部，使内部看上去似乎是外部的继续"。[2]

这些理论也许比较费解，但其中的意见是明白的：即关于"美"，作为可被感知的外在客观存在，必然包括它的"外部"和"内部"，那种"完全均匀的美的面孔"（也许翻译有些问题，这里或许可解为"不动的"，匀称的

---

①　［德］黑格尔：《美学》第一卷，商务印书馆，1979年版，第221页。

②　［美］鲁道夫·阿恩海姆：《视觉思维》，光明日报出版社，1987年版，第151页。

美的面孔），显然只是外壳（外部），它可以是一张标准尺寸的画，或是一张毫无生气的照片，但它是不能构成美的。因为它还必须有内部，也就是它要"活"起来，而任何"活"的东西，却是个别的。

我们的审美必须完成这种通过外部或内部的认识过程，才能得到满足。正因为如此，那些可能促使这种外部和内部的统一所形成的物的存在的"暗示"，是至关重要的。

当然，这些理论与我们在这里要说的貂蝉之美，在感觉上或许会有生硬之感，干扰了我们在一个单纯的历史空间去为理想而进行的静思，但是，科学是应该相通的，道理也应该是一样的。我们因此而有所启发的是，前面有关于貂蝉之美的结论，即应当是道德概念因为其个性化的存在，表现为概念的外化，才使"美"被证明是完善的，也就是说，貂蝉之美，正因为其道德上的残缺（于贞节观念而有的"污点"），证明了其个性化的完整，即内部的存在使其有了生命力。

而这种证明，就是我们前面所引述的种种试图对其形象进行"弥补"的可能性的失去，即那些戏曲、故事和传说，均难以在《三国演义》的故事终结后，再为这个形象添加任何超越其上的"弥补"，正因为如此，罗贯中《三国演义》中的貂蝉形象的描绘，是不容改动的，而这种不可改动本身，即表明她是最美的。

【如果没有这个"画蛇添足"的故事】

对此，我们需要反过来看，或许会更清楚一点：如果没有我们上面所说的，直至今天还在演衍的种种戏曲故事、传说，还有专家考证等，貂蝉在历史上是不是真有其人？

甚至有新闻报道：成都郊区发现了貂蝉墓，如此等等。似乎有些让人惊奇不断，又似乎有些让人感到荒唐，最重要的是，于"美感"而言，貂蝉与关羽故意的"画蛇添足"之说等，所表现出的粗浅、流俗和难以接受，如果都不存在，我们仍然会觉得貂蝉是"古代第一艳女"吗？[①]

这也许会被解释为"舆论"的作用，但如果没有人说，古代美女貂蝉也早就被封杀了。而这种情况，会让我们想到问题的另一面，也就是，我们不禁要问，为什么会有这种"舆论"呢？从古至今，也许还会有人说，貂

---

① 纪连海：《叹说四大美人》，辽宁人民出版社，2009 年版，第166 页。

蝉为救国难而从大义，值得"舆论"，但仔细研究这些"舆论"的内容，会发现矛盾、错漏、编造等等，而将关羽与貂蝉相关联，则在不经意间，也就是我们没有去留意的时侯，透露了其中的缘故：

没有这个"画蛇添足"的故事，或类似的东西，我们并不会认为貂蝉是"古代第一艳女"。

对此，我们再引一段美学理论"现在包含着过去"。知觉会对被掩盖着的，或者是残缺的部分，进行"补足"，如"被隧道断成两截的火车，被看成是一个运动中连续的整体，完全是由知觉自身的本领造成的"。①

【貂蝉之美存在的"内部"】

事情正是这样。有关貂蝉下落的多种版本，是人们于想象中对历史的补足，然而这种补足，如前所述，对于貂蝉之美而言，则是一种于事无补的多余，但也正是这种多余，让我们发现了貂蝉之美存在的"内部"，并因此而与如前引的若干对其美的"外部"形象描绘相联系，从而构成其存在的统一性。

但这个"内部"存在显示的貂蝉之美，并非她自身的艳美胜过其他女人，而仅仅是道德概念的外化。

是因为她的个性化的存在，其献身于拯救国难的义举，但在道德概念上所留有的"污点"，这个对"内部"存在的暗示，让我们找到了对此进行认知的途径。也就是关羽斩貂蝉之所以难以被接受和认可，恰恰证明了貂蝉之美的形象塑造，已近完善。

正是这位娇小而艳美绝伦的女子，其"丁香舌"吐出的莺啼燕的悦耳之声，却原来是一柄锐利无比的钢剑；她犹如一枝在风中袅娜而动的新花般的身姿，带来一缕异香，让那个在当时充满诡谲气氛的半明半暗的画堂，刹时竟有如春天般明媚温暖（"好花风袅一枝新，画堂春暖不胜春"），但仔细再往下看，却会于惊心动魄中发现，这竟然是一部刀光剑影交错，锵锵之声刺耳的血腥之戏的荒诞意味十足的开幕。

其惊人之处在于，貂蝉之美竟与如此重大的利害之事攸关，其中既有欲示张扬又似被遮掩中的暧昧情色，又有可能发生的骤变前可怖的宁静，这其中全部的注意力都被集中于一点：

---

① ［德］黑格尔：《美学》第一卷，商务印书馆，1979 年版，第 141～150 页。

　　一个绝色女子惊世骇俗之举的内心世界,被某些我们不可能看见的细节,在后来的描述中留下了缺口,正因为如此,我们才可以看见紧张、复杂而又充满诱惑力的美,在以概念外化而被个性体现时,是多么生动、丰盈和完善。

第三节　心灵中理想的美:貂蝉形象的象征性

【在战乱和天灾中颤栗的时代】

　　一个在战乱和天灾中颤栗的时代,大瘟疫的流行,饥饿和动乱……

　　属火的赤德之汉朝,有黄巾军大起义。"苍天已死,黄天当立;岁在甲子,天下大吉。"这是钜鹿人张角提出的口号。

　　"钜鹿张角奉事黄老,以妖术教授,号'太平道'。""角分遣弟子周行四方,转相诳诱,十余年间,徒众数十万。""角遂置三十六方;方,犹将军也,大方万余人,小方六七千。""二月,角自称天公将军。"而"二时俱起","旬月之间,天下响应,京师震动。"(《资治通鉴》卷五十八)。

　　自公元182年,"二月,大疫","夏,四月,旱";公元183年,"夏,大旱"(《资治通鉴》卷五十八)也就是在这一年,张角率三十六方之众(数十万人)起义。中平元年(公元184年),十月,张角病死后,"皇甫与张角弟梁战于广宗","大破之,斩梁,获三万,赴河死者五万许。"(《资治通鉴》卷五十八)。张角被剖棺戮尸,张宝也随即兵败于曲阳而阵亡,十余万黄巾军士兵被杀,真可谓血雨腥风。

　　而公元204年至公元219年,长江以北出现大瘟疫(流行性出血热),死亡人数约两千万,这在当时,全国人口约五六千万的情况下,可以称之为是一场空前的浩劫。《后汉书·献帝纪》载:"兴平元年(公元194年),是时谷一斛五十万,豆麦一斛二十万,人相食啖,白骨委积。"饿殍遍野,人相啖食,白骨堆积,可见情形之恐怖。如曹操那首著名的《蒿里行》中所描写的:"铠甲生虮虱,万姓以死亡。白骨露于野,千里无鸡鸣。生民百遗一,念之断人肠。"

【外戚宦官专权】

此外,东汉政权外戚宦官专权的情况十分严重,导致多次宫廷政变中的相互残杀。章和二年(公元88年)和帝即位,其为新君时尚年幼,母后窦皇后临朝。永元三年(公元91年),窦皇后之兄窦宪征匈奴,大胜还朝,和帝与宦官郑众合谋诛宪《后汉书·宦官列传·郑众》:"时窦太后秉政,后兄大将军宪等并窃威权,……众首谋诛之。"窦宪死亡,郑众以功迁大长秋,自是常参与政事。宦官弄权,至此开始。

建康元年(公元144年)八月,顺帝崩。其在位时,以皇后兄梁冀为大将军辅政。皇后与梁冀立两岁皇子刘炳为帝,是为冲帝。永嘉元年(公元145年)正月,冲帝崩,而如此之事情发生,前后不到几个月的时间。皇太后梁氏与大将军梁冀又立八岁的建平侯刘缵为帝,是为质帝。因其年幼,口无遮拦,在一次上朝时说梁冀:"此为跋扈将军也。"于本初元年(公元146年),梁冀毒死质帝,另立十五岁的蠡吾侯刘志为帝,是为桓帝。延熹二年(公元159年),梁太后死,桓帝与宦官单超、徐璜、具瑗、左悺、唐衡五人合谋诛梁冀。这五个宦官因此而被封侯,人称"五侯","自是权归宦官,朝廷日乱。"单超封侯后不久死去,百姓对所余四人称之为"左回天,具独坐,徐卧虎,唐两堕"。可见其权倾一时。

建宁元年(公元168年)春正月,解渎亭侯刘宏被立为帝,是为灵帝,年十二岁,窦太后临朝。太后之父窦武,与太傅陈蕃共辅朝政,并欲铲除宦官集团。但事有意外,建宁元年九月,中常侍曹节矫诏诛杀太傅陈蕃、大将军窦武,并诛其族,皇太后窦氏被幽禁于南宫。于是宦官继续专权。

曹节死亡后,灵帝又以张让、赵忠等"十常侍"专政。"是时中常侍赵忠、张让、夏恽、郭胜、段珪、宋典等皆封侯。"皇帝对此情况不以为耻,或者认为是什么不好的事,当然,也许是无可奈何,而经常挂在嘴边的话是:"'张常侍是我公,赵常侍是我母。'由是宦官无所惮畏,并起第宅,拟则宫室。"(《资治通鉴》卷五十八)

灵帝崩,皇子刘辩即位,年十七岁,是为少帝。灵帝皇后何氏为皇太后,临朝听政,太后之兄大将军何进与太傅袁隗,共辅朝政。何进欲灭宦官集团,却被骗入宫中杀掉。何进被杀,袁绍与何进部下发动兵变,冲入皇宫,"绍遂闭北宫门,勒兵捕宦者,无少长皆杀之。或有无须而误死者,至自发露然后得免,死者二千余人。"(《后汉书·何进传》)

【董卓之乱】

当然，最为严重的是董卓之乱。董卓是何进欲铲除宦官集团而召进京的，但"卓未至，进败"。董卓入洛阳，"纵放兵士，突其庐舍，淫略妇女，剽虏资物，谓之'搜牢'。又奸乱公主，一如既往略宫人，虐刑滥罚，睚眦必死，群僚内外莫能自固"（《后汉书·董卓传》）。

初平元年二月，其"乃徒天子都长安，焚烧洛阳宫室，悉发掘陵墓，取宝物"。其时，"法令苛酷，爱憎淫刑，更相被诬，冤死者数千，百姓嗷嗷，道路以目。""货轻而物贵，谷一斛至数十万。自是后钱货不行。"

以上情况仍不能让我们对东汉末年社会的政治经济状况有全面的了解，在此介绍一些这方面的情况：东汉时期，累世公卿家族，把持着从中央到地方的政权。这些门阀大族，是朝廷的贵族，又是地方豪强，占有大量的田地人口，形成自成一体的田庄。

《后汉书·窦融传》记载："窦氏一公、两侯、三公主，食二千石，相与并时。自祖及孙，官府邸第相望京邑，奴婢以千数。"当时"马、窦、邓、梁"四大家族中的邓氏，也是如此。

《后汉书·邓禹传》："邓氏自中兴后，累世宠贵，凡侯者二十九人，公二人，大将军以下十三人，中二千石十四人，列校二十二人，州牧、郡守四十八人，其余侍中将、大夫、郎、谒者不可胜数，东京莫与为比。"

中常侍苏康、管霸等"用事于内，遂固天下良田美业，山林湖泽"。东汉后期，灵帝与宦官更是公开卖官，由于所得金钱贮存于西园，史称"西园卖官"。

中常侍侯览，家在山阳；小黄门段珪，家在济阳，两人都在济北境内兴立田业，"仆从宾客，侵犯百姓，劫掠行旅。"（《后汉书·宦者列传·侯览》）侯览"贪侈奢纵，前后请夺人宅三百八十一所，田百一十八顷"。（同前）。

宦官张让，赵忠等人皆为中常侍，封侯贵宠，"父兄子弟布列州郡，所在贪残，为人蠹害。"（《后汉书·宦者列传·张让传》）。

【汉代经济的发展】

当然，话说回来，汉代的政治制度和经济发展，形成了"天下国家"的体制。其察举制度与文官制度相辅而行，从而形成了专业的官僚阶层，因此文官政府对于皇权有互利共生的一面，又有对抗的一面，二者之间既有

一定的紧张关系，又有一定的相互依存的关系。

而其人多地少的精耕农业的发展，包括一牛挽犁的短辕犁和铁犁畜耕技术，得到普遍推广（《陕北东汉画像选集》，文物出版社，1959 年版），畜养禽畜，以农舍作为手工业产品的主要产地，通过市集交换集散所构成的经济交换体系以及相应的道路网络，形成庞大的市场网。①

东汉时期，因庄园的规模和数量的迅速增长，东汉政权不得不与豪强势力相妥协。

《后汉书·刘隆传》载：“河南帝城，多近臣，南阳帝乡，多近亲，田宅逾制。”其“田宅逾制”，已是公认的事实。仲长统在《昌言·理乱》中说：“豪人之室，连栋数百，膏田满野，奴婢千群，徒附万计，固于四方，废居积贮，满于都城。”

豪强地主控制下的田庄不计其数。东汉前期，实行“柔道”方针，在施政中，“务用安静，解王莽之繁密，还汉世之轻法”。经过光、明、章三代四十余年的粗安岁月，由于精兵简政，减轻赋役，生产发展，社会经济得到发展。

这从人口的增加上可以略有所见：《后汉书·郡五国》注引《帝王世纪》，光武中元二年（公元 57 年），全国有户 4 279 634（户），人口 21 007 820（人）；明帝永平十八年（公元 75 年），有户 5 860 573（户），人口 34 125 021（人）；章帝章和二年（公元 85 年），有户 7 645 734（户），人口 43 356 367（人）；至和帝元兴元年（公元 105 年），有户 9 237 112（户），人口达 5 356 229（人）。

【东汉末期，根株朽烂】

东汉末期，不仅宦官专政，“戎事不息”，还有长期的战争，大瘟疫的流行，据《晋书·地理志》，在桓帝永寿年间，全国有户 10 677 960（户），人口 56 486 856（人）；但至质帝本初元年（公元 146 年），减至户 9 348 227（户），人口 47 566 722（人）；此为东汉最后一次人口统计。而在三国归晋的公元 280 年，在籍人口数量竟锐减为 780 万人。按照人口学家的分析，汉末永寿到中平以及赤壁之战后三国鼎立，人口保持了相对的稳定。换

---

① 许倬云：《万古江河——中国历史文化的转折与发展》，上海文艺出版社，2006 年版，第 75~86 页。

而言之,在灵帝中平及献帝建安短短数十年间,人口减少了85%。

是什么原因导致人口减少近5千万?除去战争的原因,主要是瘟疫流行。

在东汉末年短短三十年间,史有记载的全国性大瘟疫共十二次。桓帝时大疫三次,灵帝时大疫五次,献帝建安年间疫病流行更甚,以致造成十室九空的空前劫难。其中尤以灵帝(公元168~188年)时的公元171年、173年、179年、182年、188年等几次瘟疫流行的规模最大。

建安七子中的徐干、陈琳等人以及曹操的首席谋士郭嘉,都是死于瘟疫。

汉灵帝中平六年(公元184年),黄巾军起义爆发,持续十年,东汉皇朝受到了巨大的冲击,因此而名存实亡,天下分崩。因兵祸不断,灾疫接踵,人口锐减。

人烟稠密的中原地区,也是"白骨蔽平野"(王粲,《七哀诗》)。"名都空而不居,百里绝而无民者不可胜数"(仲长统《昌言·理乱》)。"四民流移,托身他乡,携白首于山野,弃稚子于沟壑"(《三国志·陶谦传》注引《吴书》)。

董卓徙洛阳人口百万余到长安,"步骑驱蹙,更相蹈藉,饥饿寇掠,积尸盈路"(《资治通鉴》卷五十九)。

关东联军攻讨董卓时,"众数十万,皆集荥阳及河内,诸将不能相一,纵兵钞掠,民人死者且半"(《三国志·司马朗传》)。

曹操在攻徐州陶谦时,"坑杀男女数万口于泗水,水为不流。又引军从泗南攻取虑、睢陵、夏丘诸县,皆屠之,鸡犬相尽,墟邑无复行人"(《后汉书·陶谦传》)。人民因大量流徙而死亡,户口为之减少,史载:"是时天下户口减耗,十载一在。"(《三国志·魏志·张绣传》)"长乱之后,人民至少,比汉文景之时,不过一大郡"(《三国志·陈群传》)。

曹操与吕布相持时,军队"乏食,(程)昱略其本县,供三日粮"(《三国志·程昱传》注引《世说新语》),袁绍、袁术军队无粮,"以桑椹、蒲嬴充饥。"(《三国志·魏志·武帝纪》注引《魏书》),刘备"军在广陵,饥饿困败,更士大小自相啖食"(《三国志·蜀志·先主传》注引《英雄传》)。

以上情况可以看出,东汉末期,根株朽烂,其覆灭已是必然。后有诸葛亮对此叹曰:"未尝不叹息痛恨于桓、灵也。"(诸葛亮《出师表》)

【一位似乎来历不明的绝色女子】

现在我们要言归正传，插入下面的一段。

也就是于此时，我们会发现，谈论起一种生长在树上的小小的昆虫，会是多么地不合时宜："蝉，无巢无穴，黍稷不享，不食污秽之物，高洁不群。"

但它却被借用于宫中之玉器的名字："蝉是古玉中十分常见的器形，并以打孔区分它们的用途，如头上打孔的为佩蝉；腹上打孔的为貂蝉；不打孔的专门为陪葬而制作的是晗蝉……"①。

这种借用有一连串可被意会的暗示：因为一位似乎来历不明的绝色女子，也叫了"貂蝉"，这显然是被人命名的，就像后世都有的歌伎一样，要取个艺名。

战火过后的积尸盈野，于天地昏暗中，枝枯叶落，有一只爬在干枯树枝上的蝉，"无巢无穴，黍稷不食"。然而天无甘露，它也就只是象征地存在。

但是她其质如玉，偏只选于"腹上打孔"，是那种命定的与宫中之事隐约相关的绝佳之色，但却来自于田野，"高洁不群"，过了若干个朝代，很久以后的人们，怎么去还原历史的那幕真实呢？

遇有异族入侵，后又被蒙古征服的中原汉族，便时常想到他们祖先的血脉，最容易先想到的就是祖先中的英雄，如吕布，当然此人在人品上是小人，不比关大爷。关公之青龙偃月刀，又名"冷艳锯"，八十二斤，有道是"酒尚温时斩华雄"，于万众之中取上将首级，如探囊取物一般。

当然，有英雄必有美人，只可惜关公在《三国演义》一出场，年纪应该并不很大，就被尊称"关公"。千里走单骑，忠心护兄嫂，是为忠义楷模之武圣，可是没有美人相映衬，仍不能解此困结，于是，元人便编出这许多的杂剧。

【"女色"是可以成为反证其美德的道具】

因为"女色"是可以成为反证其美德的道具。《关大王月夜斩貂蝉》，见于《今乐考证》等书著录，作者无考。究其由来，"斩貂"之事于史无据，也不见于元代话本《三国志平话》。明代祁彪佳《远山堂剧品》导有四折

———————

① 《王敬之说古玉》，海潮摄影艺术出版社，2004年版。

北杂剧《斩貂蝉》，列入"具品"，并引《庄岳委谈》："《斩貂蝉》不经见。自是委巷之谈。"明代王世贞曾作《见有演〈关侯斩貂蝉〉传奇者，感而有述诗》，诗中写貂蝉"一朝事势异，改服媚其仇。心心托汉寿，语语厌温侯"。不料关大爷则闻言大怒，"忿激义鹘拳，眦裂丹凤眼"，最终使貂蝉"孤魂残舞衣，腥血溅吴钩"。

如此狗尾续貂之事，竟有众多的同类型翻版，且有一定的历史之"连续性"：明代传奇《连环计》故事情节中，将"斩貂"情节糅入其中。作者为王济，吕天成《曲品》将其列入"妙品"，所道的是，董卓死后，貂蝉改妆逃到王允府中，王允让吕布与其结为夫妻，后曹操擒吕布，貂蝉自然也顺带其中。

也许正是像传说中的那样，曹操为拉拢关羽，将貂蝉送给他，貂蝉向关羽献媚，却没想到被关大爷斩之。清代刊行的戏曲选集《缀白裘》中，有短剧《斩貂》。戏中关羽有言："我想权臣篡位，即董卓父子；妖女丧夫，即貂蝉也。"因此而提剑斥之："骂一声貂蝉女无义不良"，道一声"俺关公今夜里斩了他万世扬名"。

如此之作，显然不是出自于英雄配美女之意，而是为了反衬关大爷不近女色之"显烈"，但却对貂蝉同为"烈女"之义举，一笔抹杀。对此，李调元《剧话》卷下引《升庵外集》语："元人有关《关公斩貂蝉》剧，事尤悠谬。"清代毛宗岗言："最恨今人讹传'关公斩貂蝉'之事。"并认为："貂蝉无可斩之罪，而有可嘉之绩。"

【奇异的一抹艳红】

当然，还有人对关公之行为做过分析，认为不可能有斩貂之事发生：武樗瘿于所编《三国剧论》中《论斩貂蝉》一文中有言"若关公者，熟读《春秋》者也。西子奉勾践命，志在沼吴，与貂蝉奉司徒命，志在死卓、布父子，同一辙也。关公不责西施，而乃月下斩貂蝉，余敢谓关公圣人，必不为此杀风景事"。（周剑云主编《菊部丛刊》）各有所论，在相关问题上，不仅在于"斩貂"的故事情节各不相同，而且所做议论的"论点"又不尽相同，结论也有不同。

然而，值得注意的是，似乎直至今天，关羽好像也脱不了与貂蝉的关系。如近代粤剧有《关公月下释貂蝉》的剧目上演，民间有关羽拒色故事流传：曹操白门楼擒吕布后，将貂蝉赐给关公，意在迷惑于他，不料关羽拒

绝，曹操欲处斩貂蝉，貂蝉闻之悲怆，关羽斥责其"一女二嫁"之事，貂蝉辩白，关羽遂动恻隐之心，助其逃生，送其于前山净慈庵，削发为尼，关羽因此赚得个不近美色的真英雄之名。

还有新编川剧《貂蝉之死》，其故事情节为：刘、关、张随曹操攻吕布，曹操水淹下邳，貂蝉为救城中百姓，遣秦宜禄送书于素有倾慕的关公，请其禀告曹操退水。关公因貂蝉有此爱民之心，而生有爱慕之意。后秦宜禄与侯成、宋宪缚吕布而降，曹操缢杀吕布后，送貂蝉给关公，以笼络之。关公果与貂蝉成婚，貂蝉为其歌《倾心曲》。刘备恐关公迷恋貂蝉，遂以送礼之名，提醒其"扶汉兴刘"之大义，关公遂遣走貂蝉，貂蝉突遭此变，深感绝望，在向关公述其衷肠后拔剑自刎。

如此种种。那种不合谐的东西，似乎在我们的查找中，有些层出不穷。且将这些现象背后的表述放在一边，仅只是从形式上来看，各种零碎的片断，附会、猜测、歪曲，甚至是咒语般的东西，它们各自带有不同的色彩，来自遥远的时代，或者就在离我们不远处的那些民间，那些带有神秘色彩的传闻，让我们只要有心去贴近，就可以感到它们所带有的田野气息。

如果把这些现象凑在一起，就会挤压甚至肢解了我们原来心目中的那个有关于美的脆弱的形象：她本来就是易变的和敏感的，捉摸不定，在我们以某种词汇：纯真的、善良的、晓大义和富于心智的等等，去试图固定她的形象的时候，她却如此轻易地就消失在历史的苍茫之中，只留下奇异的一抹艳红，她是难以被表达清楚的，更难以完整去界定。

【人们怎么会去长久地传说呢？】

面对如此之景象，现在被假设的是：我们如果去看那些上面所说的戏，看演员如何表演，会有什么样的感觉呢？要是不可能的话，只好在书的纸页上看完有关于此的描写——

这些其实并非深刻的故事，其情节复杂地交织在一起，可以被证明的是，它们确实破坏了我们原先的感觉，也就是原先对许多有关于此的事，在不甚了解时，破坏了对貂蝉形象的美的感受。

但是，如果我们要是再问一句：有关貂蝉的形象，这种美感，在原先是真实存在的吗？就会发现，有些事情，好像并不是那么想当然的。

对这个问题的提出，也许会有人不以为然，如同对貂蝉其人是否存在的讨论一样。

一位几千年来被人们口口相传中的绝代美女，虽然我们没有见过，但是人人都这样说，会有什么问题呢？如果不是这样，人们怎么会去长久地传说呢？这样回答的意思就是，虽然我们没有见过貂蝉究竟长什么样，但我们认为她是最美的。

这当然是思维逻辑的循环所造成的，它在重述自己，不会有什么新东西。

不过，对这样的回答可以被审视的是，对大众而言，至少是因为《三国演义》中罗贯中的描绘，让人们感到，貂蝉的美是真的，如同这本古代小说中的人物，因为流传，都被我们当成了真人一样。

那么，我们还有什么话说，这样一个被人们所熟悉得不能再熟悉的故事中的人物，虽然是美女，似乎也不值得反复去说，是的，也许再离奇的故事，也难以经受得住重复的考验，但是，细节完全可以避免这种情况，但仅限于我们不是亲生经历的听别人说的故事，如今至少已有两个以上版本的《三国演义》，但2010年安徽电视台的新版《三国演义》，收视率不低，正应了这句话，故事我们都知道，但是细节却是不一样的。

【那只明显不合于时宜的微物】

因此，我们现在可以从貂蝉的名字开始：

这是一个艺名。而其真名，元代《三国志平话》卷上称："本姓任，小字貂蝉，家长是吕布，自临洮府相失，至今不曾见面。"这首先就很奇特，"家长"也就是丈夫，貂蝉的丈夫是吕布，这怎么可能呢，但这本书上确实是这样说的，只不过，遗憾的是，这本被很多人转引的书，也已经佚失。清代焦循对此还有论述，其在《剧说》引《知新录》中言："元曲有吕布，貂蝉及夺戟争斗事……元曲所云必有据。"

对于这样的问题，我们只好再去查对那些有关于此的资料：貂蝉成为王允府中歌伎，自宫中流散而被收养，但在入宫前，则为乡间农家女儿。这些情况，许多材料中倒是大体一致的。

然而，有些情况，我们却只能去假设：无论是她出生于今山西（并州）九原县木耳村，还是甘肃临洮、陕西的米脂，其来自于田间乡舍则不会错。让我们不禁会想象一幕景象——于细柳高飞之处，却是满目荒芜中零落的枯枝间，有"一入凄凉耳，如闻断续弦"（唐刘禹锡《答白刑部闻新蝉》）

的蝉鸣。那只来历不明，且又明显不合时宜的微物，天旱时已无甘露，更无数叶蔽身，如口语之叫声"知了，知了"，竟知何事？如此"多含断绝声"，真是"历乱起秋声，参差搅人虑"（隋卢思道《和阳纳言含听鸣蝉》）。

如司徒王允于自家后更漏三下，夜月正圆，花影婆娑的朦胧光影之中，听见的那一声啼哭，来得不是时候，正搅了心中之事，却于牡丹亭旁，发现是自家所养歌伎貂蝉，这样一次偶然中的相见，却导出了后世所叹喟的"连环计"之惊心动魄，事出巧合，却并非不合理。

【职业女谍和古人之隐讳】

貂蝉若确曾为宫中执掌朝臣所戴的貂蝉冠之"官"，自宫中流数后，为王司徒所收留，倒有几分可解：因为在王允全盘托出离间董卓、吕布二人之"连环计"后，貂蝉一句"妾许大人万死不辞，望即献妾与彼，妾自有道理"。如此言语，出自于貂蝉之口，虽有些始料不及，但反过来想，貂蝉因此显出心智和心机的成熟和老道，必然在后面隐藏了其中不同寻常的经历，因为这种情况，与其原来出自于乡间农家女的情况，显得很不协调。

此女所暗藏的天资，还有知识（对"连环计"的尽知，不用解释）和胆略（这真是让人惊叹，应当是第二个没有想到）以及必备的技能（是如何无师自通的呢？后面应该还有很多不为人所知的故事，由此我们想到古人之隐讳）。

貂蝉不仅美貌绝伦，而且心智情商，应皆高出常人，虽然有许多让人费解之处，但于非常动乱之时，天有异象，自有异常之人和异常之事出现，那一声凄凉嘶鸣的"知了"，竟知何事？

显然，如上所述有关在此之前的铺垫，是很难让我们去理解这个人物形象的内在真实的，也就是我们难以被这些有关于此的解释说服。

貂蝉竟如此熟练地实际操作连环计的整个过程，并作为主角，超越于通常意义之上的演员。在董卓和吕布二位当世魔头和三国第一好汉之间周旋，实际作为等同于没有感情的杀人机器，去不断变脸，稍有不慎，露出半点破绽的话，便会召来杀身之祸无疑，更会让王司徒大计落空，且完全会导致更大的杀戮和血腥之事发生，后果不堪设想，真可谓处处性命攸关，步步惊心动魄，但貂蝉竟能于笙簧缭绕，把盏言欢之际，不露半点缝隙，甚至亲身于床笫间，曲意逢迎，让那董卓，"自纳貂蝉后，为色所迷，月余不出现事"。更有甚者，"卓偶染小疾，貂蝉不解带，曲意逢迎，卓心愈喜"。虽了了数语,我们也要去想其中的细节,貂蝉之作为,与职业美女间谍,确无二致。

不仅如此,我们在天下第一艳女出场后,接下来的续演中,是否仍然感觉到美的存在,且去期待会有更进一步的发展?

【天大的事】

我们把此段文字中有关一个动乱时代的社会背景,与此时眼帘中这幕于惊艳未醒之中的杀人之戏,联系起来,就会发现,并非是这个编造的故事的合理性让我们会再有什么感动,也不会去完全相信是真的,那么,是什么原因,会让罗贯中去写这样一个故事?反过来看,如果是这个故事改变了历史,那么,因此无论从哪个角度去看,它都是一件天大的事。

是整个社会现实,以及董卓为乱,更皆有吕布这个如狼似虎"大耳贼",无人能敌,此二人联手,横行于世,致生灵涂炭,哀鸿遍野,于民众之心中共同发出的灭杀董卓的呼声,如那首民谣谶语般的神秘暗示:"千里草,何青春,十日上,不得生。"此处用的是拆字法,"千里草"即为"董","十日上"是一个"早"字。而有关董卓被杀的"凶兆",是在其死于非命前显示出来的:

王允与仆射士孙瑞谋诛卓,使计作假诏,却"令骑都尉李肃与布同心通士十馀人,伪着卫士服于北掖门内待卓。卓将至,马惊不行,怪惧欲还。吕布劝令进,遂入门"(《后汉书·董卓传》),而有关"天意"之昭示:"卓既死,当时日月清净,微风不起。"(《三国志·董卓传》注引《英雄记》语)也当然只一种"附会",但其所表达的,应该是一种对当时社会状况的共同认识,而这个"认识"本身,在我们于此的认识中,是表现为借助一个女子的形象来进行表达——董卓该杀,但有吕布,便无人能杀,所以有貂蝉出现。

有道是:"燕雀岂知鸿鹄,貂蝉元出兜鍪。"(宋辛弃疾词。注:兜鍪,即头盔,借指战士。如辛弃疾《南乡子·登京口北固亭有怀》词:"年少万兜鍪,坐断东南战未休。")毛本《三国演义》有诗赞曰:"司徒妙算托红粉,不用干戈不用兵。三战虎牢徒费力,凯歌却奏凤仪亭。"

一个仿佛"真仙女"一样的女子,天界下凡是形容,出现于那个乱世,并且做了一个孤独的战士,这是天意,也是历史?

是的,她很孤独,不仅在于其舍身救国的大义之举,显得与周围追名

逐利之徒格格不入，除了司徒王允。

【王允为何欲杀董卓】

但其王允欲杀董卓，很难说是完全为了匡扶汉室。在杀董卓后，王允居功自傲，"卓既歼灭，自谓无复患难，及在际会，每乏温润之色，杖正持重，不循权宜之计，是以群下不甚附之。"（《后汉书·王允传》）其在杀董卓前的中平元年（公元189年）为侍御史不久，在征讨黄巾军中获胜，从农民军中搜出一封中常侍张让的宾客所写书信，因此怀疑张让与黄巾军私通，并因此得罪张让，两次获罪入狱。大将军何进等替其求情，后被免罪释放。灵帝驾崩后其本于河内、陈留之间辗转，此时回京吊丧，便被大将军何进召见，"大将军何进欲诛宦官，召允谋事，请为从事中郎"（同上），可见其与外戚何进为同党。而"卓还长安，录入关之功，封允为温侯，食邑五千户，因不让"，后进士孙端劝说，"乃受二千户"。董卓死后，"允初议赦卓部曲"，因吕布数劝之，故而生疑，未办。在处理董卓旧部问题上，反复无常，"董卓将校及在位者多凉州人"，导致"百姓讹言，当悉诛凉州人，遂转相恐动"（同上），可见出自于官僚集团利益要大于国家利益的行为动机，难以与貂蝉相提并论。除此，当时的英雄们，曹操、袁绍、袁术以及刘备等人，无不以借天子之名，行争霸天下之实，与貂蝉相比，其为一女子，舍身救国，所图何在？

【貂蝉所图何在】

其取大义之行为，所表现出的理想化的境界，更不是为报司徒王允收留养育之恩的动机所能替代的。传说：貂蝉降生人世，其出生地三年间，桃杏花开后即凋；貂蝉午夜拜月，月宫嫦娥自愧弗如，匆匆躲入云中。貂蝉身姿俏美，细耳碧环，行如风摆扬柳，静时文雅有余，蔚为大观。

这些说法，虽然人云亦云，但其言说背后所表达的东西，却不是一下子能够说清的。

与常见的类似描写刻画女人之美的贯用抽象的比拟手法所不同的是，像这样的文字中有关貂蝉"细耳碧环"以及因使用过多而变得有些概念化的"行时如风摆扬柳"的细节，让我们在有关于此的模糊感觉中，确有一些具体的部分，变得清晰，从而将这个似乎很遥远的美人形象，拉近过来。

"细耳"就是耳朵小巧;"碧环",指细耳上戴有很大的碧绿色玉环,这是在对面部的描绘中,以大小比例反差引起的注意:即"对比(或相反)关系"中,"'对立'会使某一特殊的性质分离出来,使之得到突出、加强和纯化"。①

如纪连海对此的议论:"据说,能够'闭月'的貂蝉娘娘的耳朵极小,特别是耳垂,几乎无肉,未免难看。于是她就从耳环上弥补,经常戴那些镶有独粒大宝石的圆环耳环,不但看不出耳朵有缺陷,反而是细耳碧环。"②

此处观点中可以注意到的是,大小对比中的"弥补",如果恰到好处,不仅会化丑为美,另有的作用是,这个被弥补过的,有缺陷的地方引起人们注意力的集中,也就是对于今天的我们来说,可以从此处不寻常的描写中,发现貂蝉耳朵小小的"瑕疵"的重要性。

如果不是出自于有意的刻画,那么,正是这个"瑕疵",使这个被艺术化了的美女的真实性,得到了体现。

但是,有些问题并不是只有一个答案,如果我们对上面这个问题的条件做相反的假设,情况就会变得复杂起来。也就是说,如果是后人有意杜撰貂蝉耳朵小这一细节,那么,这意味着什么,或者说,这样做的话,有什么目的和用意呢?

【被创造的"弥补"缺陷的可能】

如我们前面所说,从美学上看,正因为试图"弥补"貂蝉耳朵小这一缺陷,以"碧环"的大来进行弥补,这样的做法,形成了大小的"对立",反而强调了其小耳朵的特殊性,并使之从一般性中分离出来,这也许是古代的宫廷美容师们,原先并没有预料到的,但是,艺术家们却发现并有意利用了这一细节。

那么,如果去有意设计这幅美人的立体图,并使之动起来,成为活的生命体的话,小耳朵会隐藏些什么呢?

如果它原先并不存在,是有人设计了它的话,这个问题是值得探讨的。

---

① [美]鲁道夫·阿恩海姆:《视觉思维》,光明日报出版社,1987年版,第114~115页。
② 纪连海:《叹说四大美人》,辽宁人民出版社,2009年版,第166页。

【对比，使貂蝉之美得到充分的强调】

我们还是去看另一番景象：天下大乱，三年不下雨，因干旱而使田野万物失去生机的时候，有县令还在说，树叶还没落光，就不叫旱，征税还要继续，老百姓都没法活了。但是，"三年春（初平三年），连雨六十日"（《后汉书·王允传》），在董卓于这年四月被杀前，这连续下的大雨，也应是一种反常。

还有就是貂蝉于此之前的出现，在天不降甘露的时节里，怎么会有"得饮玄天露，何辞高柳寒"的蝉呢？这也是在形成对比中的异象。

再有就是，董卓的肥硕、粗鄙和凶残，同细腰纤巧，如曹植《洛神赋》中的描绘的，"髣髴兮若轻云之蔽月，飘飖兮若流风之回雪"，"秾纤得衷，修短合度。肩若削成，腰如约素"如此模样的现实中的汉时美女的最高级别，只有貂蝉够得上，其被置于董卓掌中，同样形成极具反差的对比，但正是这种对比，使貂蝉之美得到充分的强调。

【她是心灵于美的理想】

不过，要是强调的话，应该有被强调的内容。而这个内容以美的外在形式而存在，却让我们难以说明。

正如我们前面所说的，那个与社会存在而言的"义"和"勇"，在理论中存在的完善，只有在此动乱之时，恰逢其时地被凸显出来，是一种必然，只有它是不可战胜的，这个概念的外化，选择了貂蝉作为替身，实际上并不是她作为个体存在的真实性，在后世连篇累牍的考证中，还有就是那些戏曲野史和传说中，有千奇百怪的故事情节的衍化，能够与之等同的。

这种情况的必然发生，实际上恰恰证明，之所以会有百家奇谈，莫衷一是，是因为这个虚构的形象的真实性，是难以被否定的——她是心灵于美的理想。

【只有虚幻中的完美，无可比拟】

只有心灵中的存在，她才是无可比拟的，其惟一性在于，以"义"和"勇"的概念外化，其完善本身，是摈弃其他可能的有关于同一形象的个性存在。

事实上，关于这一点，我们在现实生活中会有所感悟：即便是按照最

苛刻的标准去挑选美女,无论从相貌、身材和气质各方面去衡量,够得上的美女,并不可能只是一个。选美中的冠军,在人们的评议中,也会出现仁者见仁,智者见智的情况。所谓评委,他们手中并不只有一把惟一的尺子,这把人们想象中的"公平"之尺,就具体而言,纯属子虚乌有。

我们每个人心中,其实都有一把尺子,而它们因人而异,各不相同。所谓共同的认识存在的可能,在具体表现出来时,也就是我们把自己的那把尺子拿出来时,它们不可能整齐划一,但在长短上,会有所接近,也就是相对趋同的可能,因此,同一性本身,绝不可能直接转化为个别性存在的尺度。

因此,我们会发现,只有在虚构中,貂蝉才会通过心灵的感受而存在。

在现实中,她只是一个被说得抽象的概念,因为只有这样,她才有可能是完美无瑕的。

也就是说,任何个人心目中真实的貂蝉,其实都是以他们各自阅历和经验的积累,通过个人的想象去形成,这种想象可以延伸得很远,超越时间的界限,在极尽可能的无限之中,尽情地施展,让那个只有在虚幻中的完美,无可比拟,并因此而认为,这才是真,是真的貂蝉,但很不幸的是,这个我们心目中完美的貂蝉,是无法复制的,而最根本的原因是在于,她(作为概念)在现实中是不存在的,没有任何具体的形象可以直接等同于概念中完美的无限。

是那只不合时宜的蝉的出现,还是它幻化为美的外形的存在:她的细耳碧环,给我们似近似远,却永远不会消失的美,让我们却意外地发现,罗贯中及其更多的不知名的巧夺天工之手,在他们所感受到的艺术天然的驱动力下,绘制美的画卷时,竟然有一两处惊人的细节,正是它泄露了天机。

第四节   肉体政治的统治:自为之中貂蝉之美

【她究竟长什么样】

我们通过书面语言,像《三国演义》中对貂蝉形象的描写,还有戏曲,如元明两代的杂剧以及现代版电视剧,从百度中就可以搜索出中央电视

台版电视剧《三国演义》中，由演员陈红扮演的貂蝉；还有那首由王建作词，谷建芬作曲的电视剧插曲《貂蝉已随清风去》，其中就有"为报答司徒大深恩，撴舍这如花似玉身"之句。另外还有1987年香港亚视利智版《貂蝉》，台湾中视潘迎紫版《貂蝉》，中国大陆陈凯歌导演，陈红版《蝶舞天涯》，陈红饰貂蝉。还有更早1958年李翰祥导演，林黛版《貂蝉》，港台电视剧张敏版《貂蝉》等。对貂蝉都做了形象化的诠释。再有就是百姓口口相传的貂蝉，如前所述，纵然生动，便始终都存在有一个老问题，却常常让我们难以回答。

貂蝉如此之美，那么她究竟长什么样？

戏曲和电视剧，虽然是由真人扮演，但毕竟千人千般模样，要看真的貂蝉，我们仍然只能从那些最接近于那个时代的古人们的描绘中去认识。《三国演义》中另有一首描写貂蝉的诗：

> 红牙催拍燕飞忙，一片行云到画堂。
> 眉黛促成游子恨，脸容初断故人肠。
> 榆钱不买千金笑，柳带何须自宝妆。
> 舞罢隔帘偷目送，不知谁是楚襄王。

此处之楚襄王，最早出现在宋玉《高唐赋》中："昔者楚襄王与宋玉游于云梦之台，望高唐之观，其上独有云气，崒兮直上，忽兮改容，须臾之间，变化无穷。王问玉曰：'此何气义？'玉对曰：'所谓朝云者也。'王曰：'何谓朝云？'玉曰：'昔者先王尝游高唐，怠而昼寝，梦见一妇人曰：'妾，巫山之女也。为高唐之客，闻君游高唐，愿荐枕席。'王因幸之。去而辞曰：'妾在巫山之阳，高丘之阻，旦为朝云，暮为行雨，朝朝暮暮，阳台之下。'"此为后世暗喻男女性爱之事"巫山云雨"一词的由来。

【语言的局限】

宋玉另有《神女赋》，有关于神女之貌，"王曰，'状何如也？'玉曰：'其始来也，耀乎若白日初出照屋梁；其少进也，皎若明月舒其光。须臾之间，美貌横生；晔兮如华，温乎如莹。五色并驰，不可殚形。'"这是总体的感受，而"详而视之"者，"振绣衣，披裳，不短，纤不长，步裔裔兮曜殿堂，婉若游龙乘云翔"。于是王命其"为寡人赋之"，玉曰："唯唯。"于是有细节

上的描绘如"貌丰盈以庄姝兮,苞湿润之玉颜。眸子炯其精郎兮,多美而可视。眉联娟以蛾扬兮,朱唇的其若丹"等句。而有关于如此之仙女,《神女赋》序中对其的评价,却有"性合适,宜侍旁,顺序卑,调心肠"之句,这不能不让人觉得不协调之处,于此,留待稍后再说。

如前面所引《三国演义》中这首描写貂蝉之美的诗,诗以比拟、暗示,尽其可能以调动我们的感官,却不能让我们像看电视那样,能够很轻松地看见一个活生生的貂蝉。

以诗歌本身所极尽之能事,除了让我们感觉得到诗所带给我们的意境之美外,如前面所引宋玉对神女的描绘,以其"详而视之",神女之目、眉、唇,丰盈之体态,"苞湿润之玉颜",应该是具体的,其惊艳之句,倒是让人赞叹其才华,但美不胜收的诗句本身,对那个巫山神女究竟是何模样,仍然是难解其详。

这似乎有些不可理喻,但事实如此,宋大才子所耗笔墨,难以直接等同于画,其诗如画,只是形容,由此似乎只能说,是诗本身的局限,同时也就是语言本身的局限,才会有这样的尴尬。

诗显然不像雕塑和绘画,"通过石头和颜色之类造成可视的感性状态"。也不同于音乐,"通过受到生气灌注的和声旋律"来让我们体会到美,"显现一种内在的外表"。"所以诗人的创造力表现于能把一个内容在心里塑造成形象","因此,诗把其他艺术的外在对象转化为内在对象"。[1]

显然,我们原先那种希望通过书面语言或口头语言,以"兴叹不足而歌咏之"的诗,去看见貂蝉究竟长什样的企图,如同楚襄王问宋玉,神女"状如何也"?虽以宋玉之才,极尽繁词丽句铺张之能事,终不能完整地复原神女之真实形象。如同貂蝉,没能留下一张照片,终为憾事,只是这样的遗憾,只可作为段子,编成短信去发,却不能当真。

【诗给我们的想象留下余地】

但是,话又反过来说,通常我们又会发现,即便是有了照片,照见到真人时,也会觉得"画不如人",因此再去感叹悔生不在当时,要是真有时空隧道多好之类的感叹,可做笑谈倒是不错。

---

① 黑格尔:《美学》第三卷下册,商务印书馆,1982 版,第 56 页。

不过，似乎正是因为这种语言的局限，给我们的想象留下余地。

貂蝉以后的两千多年，后人皆以其为天下第一艳女，是一种共识，虽然也包括人云亦云的盲从，也就从"观念上"去附和别人的说法，但是，这是经不起问的，如果去问，貂蝉之"艳"从何而来，第一又从何谈起？恐怕就会有这许多的话。

这个问题，也许通常只会在一问之下，不了了之，似乎并没有什么实际的意义，恐怕的确如此。但是，如果我们试图对历史和那些有关美的东西，有一番了解的话，这个问题就可以成为别有意味的开头。

【宗法制度和"家"的概念】

如果想要开始的话，我们先从前面引述的宋玉对巫山神女之美的描绘中，有关"性合适，宜侍旁，顺序卑，调心肠"之句，做一下较为深入的分析：

中国社会至迟在西周，开始形成宗法制度。这是一种复杂的，以血缘关系形成身份等级而建立起社会政治秩序的制度。周初已经出现了"宗子"、"大宗"等名称。《诗经·大雅·枝》中有："大宗维翰……宗子维城"，"大宗"和"宗子"，均指贵族中根据血缘关系对族人拥有管辖和处置权的人。《左传》所记的周初商朝遗民的"宗氏"和"分族"，有可能就是宗法制度下的血缘团体。

周代《仪礼》和《礼记》，是其宗法内容的完整记载。宗法制度法氏族社会父系家长制演变而来，王族和贵族按血缘关系分配国家权力。周代宗法制度中，将宗族分为大宗和小宗，周王自称天子，称为天下大宗，其余除嫡长子以外者，称为别子，被封诸侯，称为小宗。在以别子为始祖的宗族中，别子的继承人又被称为大宗。大宗都对别子的所有后裔拥有管辖和处置权。父权家长制家庭，实行"一夫多妻制"，并在诸妻中分别嫡庶。

据《独断》(东汉蔡邕)记载："天子后立六宫之别名"为"三夫人：帝喾有四妇以象后妃四星，其一明者为正妃，三者为次妃也。九：夏后氏增以三三而九，合十二人。春秋天子取十二，夏制也。二十七世妇：殷又增三九二十七，合三十九人。八十一御女：周人上法帝喾，正妃又九九为八十一，增之合百二十人也。天子一取十二女，象十二月。三天九嫔。诸侯一取九女，象九州，一妻八妾。卿大夫一妻二妾。士一妻一妾"。而汉代独尊儒术，董仲舒之"三纲"论中，"夫为妻纲"，这就很明确地表达出，有关妻子对丈夫的"顺序卑",是一种国家的政治制度,而不仅仅是家庭关系中的秩序。

事实上,"家"的概念,在周朝,是一个政治单位。如《孟子·梁惠王下》中所说:"万乘之国弑其君者,必千乘之家;千乘之国弑君者,必百乘之家。"即以战车的单位为标准来区分家的大小。而有关儒术对以周礼为构建社会秩序的蓝本的思想,应该说在汉代是作为国家政治的理论基础的。由此,我们可以理解本节中的一些相关问题。

【身逢乱世的貂蝉,却获得相对自由】

我们可以注意到《三国演义》中司徒王允在自家的后花园牡丹亭畔,遇见家中歌伎貂蝉时的一段对话:"司徒王允归到府中,寻思今日席间之事,坐不安席","至夜深月明,策杖步入后园","忽间有人在牡丹亭畔,长吁短叹。是夜允听良久,喝曰:'贱人将有私情耶',貂蝉答曰:'贱妾安敢有私'。此处王司徒口言'贱人',而貂蝉则自称:'贱妾'",二人关系,其实如同父女,"其女自幼选入府中,教以歌舞,年方二八,色伎俱佳,允以亲女待之。""妾"乃旧时女子自称时的谦词。

古乐府《孔雀东南飞》中即有"妾不堪于驱使,徒留无所施"之句,反清之革命志士黄花碧血党人"三林"(即林文、林觉民,林尹民)之一林觉民,在其《与妻书》中,引其妻所言,"望今后有远行,必以告妾,妾愿随君行"之语,可见有关于退而称"妾"不称"妻"之口语背后,尊卑之秩序,所代表的政治力量的影响,其延续千年而难以禁绝于一时。

两千多年前的东汉末年,身逢乱世的貂蝉,于各种政治力量的对抗以及农民作为社会底层者的起义反抗中,使那个专制帝国一统的秩序遭到破坏的间隙,被赋予重任,担当大义,救国于难,在其行为上,必然需要获得相对的自由。

这种自由不是指其上具体行动中的自由,而是指精神上所需要的那种具有自我觉醒意识的,从原有社会关系所决定的社会地位中得到解脱的,所依靠的精神力量支撑的存在。

【逾越于其低微身份的可能】

貂蝉在那个时代社会秩序的禁锢中,樊篱重重,不仅只是男尊女卑的限制,其身份地位,以歌伎的职业而言,也是社会最底层者。

董卓位居国相，"……寻进卓为相国，入朝不趋，剑履上殿"（《后汉书·董卓传》）。杀董卓，这应该是需要跨越多重等级（至少是伦理观念上的）所为的一种犯上行为。于此，不是为报"大人恩养"所能与之相提并论的，而是"近见大人两眉愁锁，必有国家大事"，才能使其逾越于其低微身份，勇于其所为。

应该说，对于貂蝉，救国于难之大义，就是那个使其自身个性得到解放的精神力量的支撑。但从另一面看，对于司徒王允而言，则仅只是出自于政治，具体来说，是出自于其所在的官僚集团的利益需要，使用了一种在历史上惯常使用的阴谋手段，即以所谓"粉脂作甲胄"。

【政治需要的操纵手段】

有一本古代的兵书《六韬》，传说为周文王时姜望所著①。该书卷二"武韬"有关"发启、文启、文伐"中，有关"文伐"之"第十二节"中，有"养其乱臣以迷之，进美女淫声以惑之"，因此而有"美人计"。使用此计的古代故事，举不胜举，最早可以追溯到周幽王戏诸侯，以博美人褒姒一笑，神志错乱，被归于天意所为。

还有吴越之争中，越王勾践听从大夫范蠡之计，在为勾践所败后，卧薪尝胆的同时，献美人西施，令其色令智昏，并离间了夫差与其肱股大臣伍子胥的关系，从而使越国反败为胜，导致吴国灭亡。

在此，"美人计"似乎仅是一种战争攻伐之"策术"，但事实上，则是一种被政治需要所操纵的手段。

《三国演义》中有关对貂蝉身世的介绍："其女自幼选入府中，教的歌舞，年方二八，色伎俱佳。"而貂蝉在戏中的自我介绍是："妾蒙大人恩养，训习歌舞，优礼相待，妾虽粉身碎骨，莫报万一。"其"训习歌舞"，显然并不是司徒王允大人仅为自娱才这样做的，其与貂蝉的关系，虽然是"以亲女待之"，不是纳为姜室那种，而之所以"优礼相待"，似乎没有明显的理由。

---

① 《六韬》书名，最早见于《庄子·徐无鬼》："纵说之则以金版六韬"，唐代成玄英《庄子疏》引司马崔说："《金版》《六弢》，皆周书篇名，或曰秘谶也。本又作《六韬》，谓太公六招：文、武、虎、豹、龙、犬也。"《六韬》正式确切署录，始见于《隋书·经籍志》："周文王师姜望撰。"唐、宋诸志都同《隋书》记载。此处1977年山东临沂银雀山西汉墓中出土的文物已有《六韬》的残简，说明此书在西汉前已经流传。见《兵书战策》，巴蜀出版社，1936年版，第106页。

貂蝉很快反应出对王允所愁之事的关切和领悟，表明其对王允之礼遇优待的回报，早就做好了心理上的准备，这实际上可以说，司徒王允早就把貂蝉当做我们现在所说的"女间谍"进行培养了，让人不明白的是，史家所著，为何往往要隐隐约约地对此进行遮掩呢？

当然，有些话也不能说得那么绝对，也许，王允养歌伎在原先也可能是一种雅的表示，这在东汉末是士大夫们普遍的一种时髦之举。

【歌伎是妇女逐渐丧失个人力量和文化地位的产物】

歌伎是指以歌舞为业的女子，与妓女不同。《旧唐书·白居易传》中有记载"初，居易罢杭州，归洛阳，于履道里行故散骑常侍杨凭宅，竹木池馆，有林泉之致。家妓樊素、蛮子者，能歌善舞"。此处之"家妓樊素、蛮子者"，倒是有些不同于仅以歌舞为业的"歌伎"，因此大诗人白居易也常受指责在家中蓄伎，但其所为的确是为个人所需要，倒是没有错。

《广韵》曰："妓，女乐。"可见最初"伎"与"妓"相通。古代乐舞杂技艺人，乐人称之"倡"，伎人称之"优"，后并称。

《史记·魏其武安侯列传》："蚡所爱倡优巧匠之属。"更早的时候，有战国齐桓公时管仲设"女闾"。《战国策·东国策》中记载："齐桓公中七市，女闾七百。"明代谢肇淛《五杂俎》，是一本记掌故风物的博物学著作，其中就有："管子治齐，为女闾七百也。征其夜合之资，以佐军国。"

清人纪昀《阅微草堂笔记》中说："娼族祀管仲，以'女闾'七百也。"也就是齐桓公批准管仲成立国家经营的妓院，此为娼妓制度的起源。

《韩非子·难二》记："昔者齐桓公宫中两市，妇闾二百，被发而御妇人。"再有就是勾践置"独妇山"，东汉袁康《越绝书》（外传·记地传第十）记："独女山者，勾践将伐吴，徙寡妇致独山上，以为死示士示，得专一也。去县四十里，后说之者，盖勾践所以游军士也。"也有说是勾践为军士提供纵欲取乐的。如宋人李昉等编《太平御览》卷四十七引东汉人赵晔《吴越春秋》："独女山者，诸寡妇淫佚犯过皆输此山上。越王将伐吴，其士有忧思者，令游山上，此喜其意。"看来勾践精于此道，不仅送西施于吴王，作为暗箭，还设"独女山"，以求获将士肯为其用命的功效。

而这些"官妓"，实际上是由西周奴隶制受奴隶主控制的"家妓"演变而来的。而管仲设国家妓院，是有政治目的的，如清代褚人穫辑《坚瓠集》（续集）中说："管子治齐，置女闾七百，征其夜合之资，以充国用。此

即'花粉饯'之始也。"即以此而收"花粉税"，是管仲广开财源，延揽人才，安置女俘，缓解社会矛盾之举。

与此情况相似的是，西方民主发祥地古希腊雅典，作为奴隶的妇女是社会最无助的阶层。当时有许多女童是被贩卖为奴的，她们中有些是从"类堆"中捡出来的。雅典那时流行"把女婴弃于户外使其冻饿而死"的习惯。法律规定："演奏笛子、竖琴和西塔拉琴的女子，收费不得超过两德拉克马。"古雅典人剥夺妇女对重要事情的感觉甚至身份感。在出生记录和日常生活的一些场合，妇女连姓名也被剥夺。在母系血缘到父系血缘的转变中，妇女逐渐丧失个人力量和文化地位的性、社会和意识形态，对妇女的任何独立性行为进行严刑惩罚，以法律和"道德"的手段。①

虽然还没有证据表明古代中国的经济是基于奴隶制，而古希腊经济则的确如此，但奴隶在春秋时代，仍是普遍存在的。"一个奴隶与一只狗的价值差不多。皂、舆、隶、僚、仆、台、围、牧八种职业处于社会底层。这个阶层的女性成员有妾、女工、女乐。"②

【王允另有所图】

对前面引用《三国演义》中对司徒王允与貂蝉关系的介绍中，说到"允以亲女待之"，这是基于作者罗贯中对貂蝉角色的界定，表明二人之间不存在貂蝉从歌伎变成王允之妾的情况。

当然，这或与王允个人的品性有关。《后汉书》卷二十六记载，"允少好大节，有志于立功，常习诵经传，朝夕试驰射"。"允性刚棱疾恶"，并有论曰，"故推卓不为失正"，并没有关于其与女色有关的正面或负面的记录。

正因为如此，一位"少好大节"，"刚棱疾恶"的前高级官僚，除去有关性格方面的"刚棱"，也就是过分自负，为人不讲情面的缺陷外，其蓄养歌伎貂蝉，是早有准备为其所从事的政治服务的。这也是这一历史时期

---

① 许倬云：《中国古代社会史论——春秋战国时期的社会流动》，广西师范大学出版社，2006 年版，第 15～16 页。

② ［美］理安·艾斯勒：《神圣的欢爱：性、神话与女性肉体的政治学》，社会科学文献出版社，2009 年，第 106～121 页。

社会发展所反映出的政治制度对女性的奴役，是其行为背后的社会政治经济关系的体现。

从这样的视野去认识，我们就会发现，貂蝉这样一位处于社会底层的女子，虽然被司徒王允所优待，但这种优待并不是一种仅仅出于王允大人的乐善好施的好心肠，而是另有所图。也正是以貂蝉之聪明，才会对迟早有一天会到来的，供王允大人"驱使"的情况，而惴惴不安。于是，才有其于深夜于牡丹亭，"长吁短叹"之举。

按理说，这一情节本有唐突之处，试想，一个年方的二八少女，正值青春年华，竟会在深夜为"国家大事"而"长吁短叹"，实在让人不解。

应该说，其受王允大人之"恩养"，欲以为报，进而对将会到来的机会，留心注意，故对王允大人"察颜观色"，才有其在被王允大人发现后，脱口而出"近见大人两眉愁须，必有国家大事，又不敢问"之语。而其于深夜不寝，一般而言，不符合其身份与"礼制"，倒像是一种有心伺机等待，从故事情节于此的前后发展来看，这一行为的动向，可以明显地看出来。

可貂蝉为何要这样急切或热心于司徒王允大人的"驱使"呢？固然我们不能排除其为报王允大人之恩，更有为救国于难的取大义之心怀，但是，如果仅是如此，我们就只是从概念的一般性上，去认识这一人物。

也就是说，如果仅是如此，我们就很难从中得到美的感受。

【古人的共识】

应区分的是，这种所谓美的感受，不是指那种出于"一般性"的，而不是出于个性的"概念外化"。即对有关美的概念的一般性外化，是指我们在前所引用的那些若干对貂蝉外貌的每个细节和其行为的描写。这些描写，实际上并不能引起我们对于美的真实和生动的感受。

需要强调的是，貂蝉之美的"艳"，作为古代美女中的"天下第一艳女"，如此的评价所突出的美的形式，是无法在上述的那些描写中得到具象化的再现的。

"貂蝉送酒与布，两个眉来眼去。""布请貂蝉坐，貂蝉假意欲入。""布欣喜无限，频以目送貂蝉，貂蝉亦以秋波送情。"

这是《三国演义》中描写貂蝉与吕布初见时的"表演"。与此可以比

较的是，貂蝉见董卓时，"笙簧缭绕，簇捧貂蝉舞于帘外"，还有在后来，貂蝉为董卓"执檀板低讴一曲"，轻歌曼舞，以"情"入境。

在吕布知道貂蝉已被董卓纳入相府后，布"入卓卧房后窥探"，却被貂蝉发现，"故蹙双眉，做忧愁不乐之态，复以香罗频拭眼泪"。而在吕布没有看见的时侯，对董卓却是极力使其"为色所迷，月余不出理事"。在"卓偶染小疾"时，"貂蝉衣不解带，曲意迎奉"。可见周旋于二人之间，游刃有余的功夫和用心之深。

但问题也正在于此——如果我们仅仅是停留在对貂蝉绝佳媚功的评价上，又如何来对其绝伦之"美"进行评价呢？

要知道，并不是我们作为现代人，有意去这样评价"闭花羞月"的貂蝉，确实是古代四大美人之一，而是在于，这是古人的"定论"，我们需要考察的是，为何古人会有这样的共识呢？

貂蝉之美在于"艳"，是被深隐于以《三国演义》为主的，两千多年杂说百家的描绘之中的，在那些艳词丽句之中，这个"艳"字被挖掘出来，其实是有目的的。

【这种"主动性"的作用】

事实上，如果我们去仔细品味上面所引用的《三国演义》中，貂蝉周旋于董卓与吕布之间这段故事情节时，就会发现，罗贯中似乎并非过分渲染，且所用字数不多，对这样一位大美人而言，几乎可以说是"不动声色"的描绘。

有一个"现场感"的问题，被忽视了。即我们若是去身临其境，就会发现一个与书面语言的无声无息所不同的情景：在此幕好戏中，貂蝉的大放异彩，如前面所引宋玉《神女赋》中所叹："其始来也，耀乎若日初出照屋梁，其少进也，皎若明月舒其光。"这种景象，只能是貂蝉的外貌之美所引起的，与前面有关貂蝉行为之"主动"近乎于"献媚"相联系，这种"主动性"的作用，应该是如此最佳效果中最主要的因素。

也就是说，只有这种"主动性"，才会使其美呈现出"艳"，即只有"形神皆备"，才能成就如此近乎于真的危险的欺骗。

仅以貂蝉舍身取大义，是很难解释这种"艳光四射"的"内心世界"的全部内涵的。

【被唤醒了的自我】

事实上,貂蝉作为社会最低阶层的歌伎、女乐,固有其职业性表演的一面,其被"训习歌舞",也是为有朝一日的这一幕做准备的。但是,这些与实际情况相比,是不能让人信服的。然而,要是我们从更大的意义上讲,也就是其行为的目的,被解释为是为救国于难,而不惜舍身取义的话,同样带有相当程度上的概念化趋向。

在此,也许只有对貂蝉形象的个性化认识为出发点,才能对此有接近于真的认识。

也就是说,只有将貂蝉的行为与她个人存在的社会性相联系——以其表现,必然出自于其身份被同样假设发生了变化,使之与此重大行为相适应,而这种身份变化的暂时性假设所解除的,恰恰正是那种原因,来自于政治统治对女性精神,甚至是身体和性的压迫,但同样重要的是,这种解除,只有政治出于自身的需要而同意,才能做到。

这个说法,我们可与前面的所说相联系,是会有所理解的。

在那个时刻的貂蝉是自由的,因而是自为的。

她因此而被唤醒了自我,恰如"惊鸣宛转掌中身,只疑飞过洞庭春"的一只暂时获得自由的小鸟,虽然只能在"画堂"中飞,却也有"一片行云"那样的轻盈和自在,这种需要与其身份所处环境相比较后,才能体会到的感受,是其精神使美的观念,从诗的内在性的描绘中被释放出来,成为生动的可感受的外在之具象。

第五节　道德和宗教规制中爱的缺失:貂蝉形象的隐喻

【貂蝉与吕布的关系,似乎与政治已脱离了干系】

在有关貂蝉的历史资料中,其与吕布本为夫妻的说法,具有相当的数量。

直接来源是《三国志·蜀书·关羽传》中注《蜀记》,关羽向曹操多次"乞娶"吕布部将秦宜禄之妻杜氏,被曹操抢先占有。有明代人胡应麟,读书不细,误认为关羽欲取吕布之妻,还有唐代著名鬼才诗人李贺《吕将军歌》"溢溢银龟摇白马,傅粉女郎火旗下"。有人便认此于猎猎风中火

红之旗下,随吕布上阵的"傅粉女郎",便是貂蝉。

　　而《后汉书·吕布传》注引《英雄记》:"建安元年(公元196年)六月,夜半时,布将河内兵都萌反,将兵入布所治下邳府,诣厅事阁外,同声大呼,布不知反为难,直牵妇,科头,袒衣,将相从溷上排壁出,诣都督高顺营。"又:"布欲令陈宫、高顺守城,自将骑断太祖(曹操)粮道,布妻谓:'宫顺素不和,将军一出,宫顺必不同心共守城也,如有蹉跌,将军当于何自立乎? 妾昔在长安,已为将军所弃,赖得庞舒私藏妾身耳,今不须顾妾也。'布得妻言,愁闷不能自决。"可见吕布临阵,确有妻妾相随,此为貂蝉形象之影子。

　　《三国演义》第十九回"下邳城曹操鏖兵,白门楼吕布殒命",曹操攻下邳,吕布欲断其后路,留陈宫、高顺守城,其"复入内对严氏说知此事",严氏之"泣曰",如同前段所引《英雄记》中的记载,让"布闻言愁闷不决,入告貂蝉。貂蝉曰:'将军与妾作主,勿轻身自出'"。

　　貂蝉这样说,含意不明,其与吕布的关系中,似乎表现出与政治已脱离了干系,正因为如此,才有在此之后的许多说法。

【以此表明貂蝉的平民身份】

　　吕布此时又是因为女人,听从了妇人之言,而误了卿卿性命。

　　出不了城,吕布向袁术求救,袁术却因曾经的双方子女婚姻问题,怪吕布"赖我婚姻",即以吕布未将其女嫁于其子为借口,不愿出兵相救,吕布冒险出城,"将女以绵缠身,用甲包裹,负于背上,提戟上马"。欲冲出重围,却未获成功。

　　元杂剧《连环计》中,王允路遇收留貂蝉,其唤王允为爹,却不能将自己有丈夫事情告知,她和吕布由于黄巾之乱分离,三年后发现吕布正在京师,她"在后花园中烧炷香,对天祷告,愿俺夫妻们早早的完聚咱"(《连环计》第二折),吕布则在明知道貂蝉"原来在老宰辅处"而发誓"要杀了那老贼(董卓),夺回貂蝉,才称俺平生之愿"。

　　还有就是元代《三国志平话》,主要以长篇历史故事为内容,其刊刻年代,为至治年间(公元1321～1323年),其中有貂蝉自述:"贼妾本姓任,小字貂蝉,家长(丈夫)是吕布,自临洮府相失,至今不曾见面。"与此内容相近似的元杂剧《夺戟》云:貂蝉小字红昌,原为布配,以离乱入宫,掌貂蝉冠,故名;后作为王司徒义女。

元代无名氏《锦云堂美女连环计》中，有关貂蝉配与吕布为妻的内容，大致相同。

而有关貂蝉身世的陕西米脂说，有康熙二十年《米脂县志·舆地第一·古迹》中载："貂蝉洞，在（米脂）城西艾蒿湾（今艾好湾），亦俗传也。"而该地民间历来有貂蝉在貂蝉洞降生，羞花闭月的故事，且有民谚曰："清涧石板瓦窑堡炭，米脂的婆姨绥德汉。"因此有传说貂蝉乃米脂人，吕布为绥德人。这个传说，让此二人的关系被追溯为原是同乡，间接佐证了二人原为夫妻之说。

一般而言，这种见之于对正史中记载的变相引用，致野史又被演绎，更在戏曲、故事中粉墨登场，其中有几分真，几分假，很难说清。

而我们这里的问题是，无论有关貂禅与吕布为夫妻之说是否为真，貂蝉与吕布的这一层亲近关系被假设后又被演绎，再被那些以此为真的人们所渲染，除了似乎有些部分确实来自于历史资料的原因外，定然还有其他原因，才会让人们做此类宣扬，而乐此不疲。

事实上，正如貂蝉这一形象因为杂闻百说的相互矛盾，而致其本身也充满了矛盾一样，将貂蝉与吕布拉上关系，似乎还隐藏着人们内心的这样一层意思：

貂蝉身为女人，毕竟难离人间儿女情长，其不至于孤单一人而不为人妻，以此表现貂蝉与其原平民身份相符的一面。

【与人物身份的相近，成为传诵她的理由】

貂蝉不可能真的就是天上仙女下凡，更不是生于大户人家之女，她需要被民间传诵，因此要有传诵她的理由。

当然，这样一种身份上的相近，首先来自于其身为歌伎，或为婢女，或为妾，皆为社会底层的人群之中；其次，其舍生救国于难之举，虽为大义之举，王允大人也断不会让自己亲生的，身份高贵的亲生女儿去做的，也只有貂蝉这样身份的人，才会接受派遣。

这种传诵，应该来自于人们的所谓在赞誉之余的同情，而同情，则应当具备的条件，首先就是身份的相同或相近，才有可能发生的彼此人生境遇大致相同，即因"你是我们中的人"而产生的亲情或乡情。

不过，这些似乎都不是主要的。貂蝉被传为与吕布为妻，当然《三国演义》中，她最后事实上也做了吕布之妾，并不是什么好事，且与上述那种

同情她的情感，是自相矛盾的：易反易复的吕布，有的是小人心，并不是什么好人，其亦为虎狼之人，这似乎是让貂蝉形象又受到了多一处的玷污，但不要忘了，貂蝉与吕布二人原为夫妻，至少让我们因此会感到不同于其舍生取义行为的地方，是在于前者有人们所熟悉的情感，而后者没有。

在此意义上讲，这二人原为夫妻之"貂尾"，不但不是一种多余，而且确实是一种必然的补充。

【让这个形象因为情感而被温暖】

无论怎样去看《三国演义》，我们会有感觉，这是一本关于男人的书，写的多是男人之事，更多的也是让男人们看的书，书中出现不多的几位女人，就连曹操所臆想之"铜雀春深锁二乔"的大乔、小乔，也只是隐约的影子。少数不多几位女人的出场，也只是作为一种毫无生气的陪衬。如刘备之妻，关云长千里走单骑，赵子龙大战长板坡所欲救甘、糜二位夫人，这二位女士，也都只是一个本色式的角色。而为表现曹操枭雄本色之"奸"的一面，《三国演义》中有描写他因发现张绣的婶娘（张济的遗孀）长得漂亮，便纳入帐中，以及似乎说是有其父必有其子的曹丕乘乱纳甄氏，也只是一种体现了男人在性的欲望驱使下的"偶尔露狰容"。

但是，对貂蝉的描写，可以说几乎都是正面的，并且下足了功夫。貂蝉因《三国演义》而出名，卓然独立于千秋，其个人事迹虽然也仅仅只是做了被司徒大人所操纵的实施"美人计"的主角，以美色代替利剑，其形象本身，虽然在不同时期以及不同的艺术作品或民间传说中，都有不同：在民间传说中，无论将其与关羽还是吕布相联系，都是一种意在彰显的体现，而不是为了把这个形象抹黑。

当然，将其与吕布相联系与将其与关羽相联系所不同的是，前者宁可让貂蝉与吕布这个以不义为行为宗旨的小人有牵连，并因此而会对其形象有一定的影响（貂蝉之大义之举与此是矛盾的），但这些好事者置之不顾，以世俗之自然和质朴的取向，让这个形象因为情感而被温暖，让这个人物被置于符合其自身社会属性的存在之中，让我们审美观在那种来自于田野的温情中发生改变。

值得可惜的是，有关于此的戏曲故事等并没有在此有过多的挖掘，并因此而使我们的审美感受于杂乱、矛盾之中，仅有一种短暂的愉悦，随后就会被冲散。

【但这只有通过对缺失的发现，才会有所认识】

言及于此，我们再回到有关貂蝉形象的主流认识上来，包括对于貂蝉身世主要解说，以《三国演义》给我们所留下的东西，作为主要研究对象，也就是对艺术美本身的探讨，却并不能仅通过对形式感受，如对有关貂蝉之"艳"，去人云亦云，就算是亲眼所见，如我们在模特儿走秀的 T 台上，对形式美的感受，都未必能做出正确的评价，更何况我们这些后来者，对貂蝉姑娘，谁都没有见过，又怎么去发表高见呢？

这种情况其实很好理解，比如我们对评选出的"中国小姐"，"世界小姐"，并不以为然，故有眼见也并非为实之说，不足为怪。

那么，作为中国古代四大美人之一的貂蝉，她的评委们都是谁呢？

是的，我们这里正是要说，这个对古代美人所进行的选美，其标准是什么呢？

以前面几节中的讨论方式，在本节中，我们是有收获的，也就是我们似乎又有新的发现路径：

正因为以正说貂蝉而言，有关于其本人身世中情感生活描写的缺失，这种缺失对于描写人物，尤其是描写女人而言，其缺失本身的隐喻，却让我们找到了那种首先是起于同情，然后加之于关注，在关注中向她走近，她在我们面前嫣然一笑，会让我们因此而进入她原来是如此丰富的情感世界，这种情况如果是可能的话，我们除了惊叹于她的美之外，还会有什么别的呢？

正是这种缺失本身，成就了貂蝉形象的完美。

也就是我们通过对她作为美的形象的感性认识，感觉到她应有的完美，但这只有通过对缺失的发现，才会有所认识。

反过来说，如果美的形象，本身已然地存在，并没有什么缺失，我们反而因此没有比较（和那个因缺失而必然产生的对这个缺失进行弥补的想象中完美相比较），因此而缺少必要的空间，我们也就没有可能去认识到那部分缺失的东西。

【否定的力量让我们参与了审美中的创造活动】

然而，这里重要的是她的形象作为美的完整，已缺失部分作为"应有的东西"，即本身应属于其必然构成部分，却被不协调的外在客观力量所否定，是这种否定的力量让我们参与了这个审美中的创造活动，而参与行

为正是形成心灵的理想的必然。

这个否定的力量，来自于当时的道德和宗教。也可以说部分来自于它们在精神领域中的统治。当然，道德和宗教的存在和发展，是与社会的政治经济发展有必然联系的。

如果说东汉末年自汉安帝后农民贫困还是一种慢性的过程，那么，至汉灵帝时则变得急剧化。在土地私有制中，农民的耕地在不断地零碎化，并因此而使个人失去土地，只能成为地主和豪强的附属民和奴婢。

农村中这种遍布豪强的坞壁，它们都是有部曲的作战单位。自汉光武帝，以今文经学为基础，倡导妖妄的谶纬之学，以证明皇权受于天命。《后汉书》特立《方术传》，方士以各种符合朝廷提倡的妖术、符咒骗人。

【东汉末期的宗教】

东汉末期佛教开始流行，方士把神仙术与《老子》中的"谷神不死"，"玄牝之门"相结合，将神仙术改称为道教，方士改称道士，老子被尊为道教的教主。汉桓帝还派宦官到苦县祭老子，又在宫中立黄老浮屠祠。以方士神仙为本质的道教，经汉桓帝认可成为公开的宗教。

《后汉书·襄楷传》中记载，最早出现的道教是汉顺帝时琅琊人宫崇，到宫廷献上他的老师于吉所得神书——《太平青领书》一百七十卷。书中以"专以奉天地顺五行为本"。汉献帝时，琅琊道士于吉流寓吴郡城，烧香读道书，用符水为人治病，孙策部下诸将和宾客，有三分之二信奉于吉，致孙策为免其妖言惑众，将其斩首于众。

太平青领道教派中有一派叫五斗米道（即天师道），为汉献帝时张鲁的祖父张陵（即道教所谓天师张道陵），在蜀郡山中造道书所创，其徒党祭酒（传授《道纪经》），鬼吏（为病人祝祷）等，用法术给人治病，仅量三张纸，却要五斗米的报酬。张角的道教叫做太平道，也是太平表领道的一支。张角自称大贤良师，手切九节仗直，符涌咒，教病人叩头忏悔，给病人符水喝，十余年间，青徐幽冀扬衮豫八州，信徒多至数十万。

【荒淫皇帝汉灵帝】

与此形成鲜明对比的是，历史上有名的荒淫皇帝汉灵帝刘宏（公元156～189年），其公元168年即位，正是其在位期间，中圣六年（184年），爆发黄巾军起义。

汉灵帝之"灵"字,在谥法中被解释为"乱而不损曰灵"。而其本人,受中常侍王甫和太中大夫程阿谗言,于光和元年收宋皇后玺绶,其不久忧虑而死,并导致其父以及兄弟全部被杀。

该皇帝之荒淫,如《资治通鉴》载:"是岁(光和四年,公元181年),帝作列肆于后宫,使诸女贩卖,更相盗窃争斗;帝著商贾服,从之饮宴为乐。"其人发奇想,在后宫修建商业店铺,让宫女们行商贩卖,于是,引发后宫中相互盗窃争斗之事屡屡出现,其著商人服,与行商的宫女们一起饮酒作乐。并且,他在西园玩狗,狗的头上戴文官的帽子,身上披绶带。还有就是其人手执缰绳,亲驾四头驴拉的车子,在园内来回奔驰,以致京城洛阳的人竞相仿效,使驴的售价与马价相等。

灵帝还好积蓄私房钱,收集天下各种奇珍异宝,每遇进贡,皆选出珍品,送管理皇帝私人财物的中署,并将此命名为"导行费"。因重用宦官,"由是宦官无所惮畏,并起第宅,拟则宫室"。一次,灵帝想登永安宫的望台,宦官们怕自己的宅第被发现,便借口劝阻:"天子不应登高,登高则会使人民流散。"灵帝竟信以为真,从此不登楼台亭榭。

而其为修宫殿,"诏发州郡材木文石,部道京师"。而宦官们则乘机对送来的材木文石,百般挑剔,并强自州、郡官贱卖,价格仅为原价的十分之一,州、郡不能完成定额,又重新购买,但宦官们仍不肯接收,致使"材木道至腐积"。而各地刺史、太守乘机私增百姓赋税。

更荒唐的是,此皇帝亲自卖官,要向他的西园进献财物,才能出任三公。有个叫崔烈的,通过汉灵帝的乳母进献五百万钱,因此当上司徒,在正式任命那天,灵帝竟"顾谓亲幸者曰:'悔不少靳,可至千万'"。

公元189年,汉灵帝命丧,终年三十四岁。

【肉体政治的统治,在此动乱时代会失去平衡】

皇帝的荒淫之风蔓延整个官僚阶层,而百姓们生活在饥饿和贫困之中。在这动乱的时代,道德的力量会被忽视,并受动摇或削弱。而宗教的兴起,是人们于苦难之中幻想与尘世的解脱有关,但也应与各种异于正统的异端思想乘乱而生,有一定的关系。

在这里,我们会发现一种构建中国古代社会制度的伦理关系的现实存在与理想之间的矛盾以及其存在的否定和悖反。土地兼并的日趋严重和外戚、宦官、地方豪强势力所形成的庄园经济,日益破坏着国家赋税制

度,并因此形成政治经济势力,动摇着汉王朝的统治。

至东汉末年,皇帝的存在只具有象征的意义。与之相应的,正统的儒家伦理规范,已在社会生活中遭到破坏,首先是皇帝本人荒淫无度行为的影响,导致官僚阶层更腐败。佛教乘此传入并兴起,且有五斗米教等异端宗教,在社会底层形成很大影响。所谓儒家仁爱的道德观念,被社会现实的矛盾不断破坏,而情感作为个性的存在,也正因为如此才有可能于禁锢的社会伦理关系的束缚之外,有某种异于通常的显露。

肉体政治的统治,在此动乱时代会失去平衡。其表现为异常的严酷和在某种情况下的放松,应该是一种相互交替出现的状况。宗教和异端思想的兴起,证明了政治体制的崩溃所需要的社会精神的公共领域的空白,需要及时地填充。而个人精神的追求,则会存在对其自然状态的回复。

【以其个人情感表现为主题的努力】

貂蝉在取大义救国于难的作为中,试图显示的应该是那个公共精神领域中"仁爱"的道德观念的存在,那个对于天下众人之爱,是仁的表现。"仁者爱人",是指爱一切人。但现实的社会状态,正好与此相反。貂蝉舍身侍奉董卓,在于离间其与吕布,目的在于最后将其除掉。贯穿其间的,当然不包括个人之爱,但其个人情感是抹不掉的。

由于貂蝉形象的塑造过程,其精神世界的存在,似乎仅在于大义的充填,并以此为支撑。当然,也有说貂蝉是为报司徒王允的恩养,也就是如《三国演义》中从其出场到吕布白门楼殒命,其最后一次出现,是他欲依陈宫之计,欲骑出于屯外,留陈宫、高顺守城。

吕布将往,在告知其妻严氏后,其间闻知而哭泣,"布闻言愁闷不决,入告貂蝉,貂蝉曰:'将军与妾作主,勿轻身自出。'布曰:'汝无忧虑,吾有画戟、赤兔马,谁敢近我?'乃出谓陈宫曰:'操军粮至者,诈也。操多诡计,吾未敢动。'宫出,叹曰:'吾等死无葬身之地矣!'布于是终日不出,只同严氏、貂蝉饮酒解闷。"故身后人叹曰:"恋妻不纳陈宫谏,枉骂无恩大耳儿。"由于吕布难舍貂蝉,不纳陈宫计,后来果然殒命白门楼。貂蝉则于此后,便再无下文。这是一个有头无尾的故事,就人物形象的塑造而言,似乎是一败笔。

貂蝉终其一生,似乎是与吕布做了夫妻,但仅只是妾。且这场感情戏是假的，至吕布死而落幕，貂蝉被当做一个走过场的小人物似的，没有来处，也无去踪。其明明扮演救汉室天下的重要角色，却让这种重要性忽重忽轻，难以自圆其说，因此有后世杂说百家的续貂之作。

而我们从这些戏曲杂说中，还有口口相传的百姓故事中所了解的吕布与貂蝉同出于一乡，且后为夫妻的种种情节演绎，发现出漏洞百出，但同时会发现，隐于其中的欲使貂蝉之美个性化的努力之目的，这种努力以其个人情感表现为主题，如元杂剧《连环计》中，这二人本为夫妻，且貂蝉对吕布一往情深，为司徒王允发现后，便主动促成了这对小夫妻的团圆，有道是：

枉着你佳人受尽相思怨，早两个携手挨肩，共枕同眠。则待要宝骓骝再接紫丝鞭，怎肯教锦鸳鸯深锁黄金殿。美前程，新姻眷，一任的春风院宇，夜月庭轩。

吕布杀了董卓，反间计大获成功后，这貂蝉倒是得到个功成名就，被封国君的结局：

吕布讨贼建首功，封王出镇幽燕地。其妻貂蝉亦国君，随夫之爵身荣贵。

貂蝉之个人情感归宿于吕布，以历史的眼光，是不好的，因为吕布是个小人。而以审美之眼光，其个人情感得到体现，则是其个性的体现，因情感的到位，则有十分的展现，使这个形象因此而变得完满。

正是因为貂蝉这个形象在原有的故事中，缺失于情感的力量，我们在审视中，除了在惊险的情节中赞叹其多变的演技，并精心于每一细节的操纵，如一无形之利器，杀人于无声之中，这个形象如同无感情的工具一样，虽然有极其美艳之色，但我们却难以感受到，或者是不会更多地注视其本人之美，这无疑是审美中发现的让人怪异的缺憾。

【充满个性的"艳美"】

以貂蝉之美，其本人应该拥有体现其个性的情感。后世的添附纵然与当时的社会状态，尤其是政治制度下的道德伦理，宗教信仰大有不同，

让这种添附更多表现为画蛇添足的人们的个人的想法,以其各个不同时代的特色,似乎是后人以他们对自己所处时代的感受,赋予了这个形象离她本色越来越远的很多东西。

这种做法,往往并不被普遍认同,同时会带来很多批评,但需要注意的是,人们的审美态度,"与其说是态度还不如说审美是行动,即创造与再创造"。而对于情感作用,应该被认为"在审美经验中,情绪的以认识的方式起作用",而"审美的优先性是认识的优先性"。①

的确如此,无论怎样我们都无法摆脱个人情绪去对事物进行认识,更不用说依靠感性去体验美了。

貂蝉之"艳美"从何而来? 在这里,我们可以说应该来自于对自身之性的感受的升华,来自于个性空间的丰富,而这与东汉末年那个动乱的时代,是格格不入的。

但正是这种缺失,如《三国演义》这部以正统思想所创作的艺术品所回避的,动乱时代会有限度地松弛约束力,宗教在精神创造生活方面的统治,表现为异端邪说乘乱世的兴起,却似乎代替不了真正的世俗生活。

貂蝉这个色技俱佳的女性理想化人物,其情归何处? 是一个谜。也许正是如此的迷局,让她所施展的媚术演变成我们想象中充满个性之"艳美"。

至此,我们将结束与此有关的讨论,向隐于历史之中的这位"天下第一艳女"告别。然而,也许我们实际上是在向一位被后世过多附会和渲染的"艺术形象"告别,而那位不知姓名,隐藏在貂蝉身后的女子,历史上应该确有其人,又该让我们如何去认识,并生出何种感叹呢?

有唐骆宾王《在狱咏蝉》诗小序,且借用于此:"声以动容,德以象贤。故洁其身也,禀君子达人之高行;蜕其皮也,有仙却羽化之灵姿。""有目斯开,不以道昏而昧其视;有翼自薄,不以俗厚而易其真。"因此让我们有"庶情沿物应,哀弱羽之飘零"的言说。

只是那只孤蝉的存在,在真说假唱中,仍有似曾相识之感,其所言表的"无人信高洁,谁为表予心"倒是在提醒我们的审美,应有何种之心境。

---

① 　[法]保罗·利科:《活的隐喻》,上海译文出版社,2004年版,第318页。此处前两句话由作者转引自古德曼《艺术的语言——符号理论研究》,第241～246页,第248页。

第三篇

自我外在的理想化实现：古代诗歌中的昭君之美

【昭君光明汉宫】

历史上歌咏昭君的诗，或者说以"昭君出塞"为题诗，其数量之多（据不完全统计，古代诗人们的作品有700多首）是其他在历史中被传诵的美女们所远远不及的，这是一个很奇特的现象。

有关于王昭君的故事，见于《汉书·匈奴传》和《后汉后·南匈奴传》，这些都是正史，应当可信。《后汉书》载：

> 昭君字嫱，南郡人也。初，元帝时，以良家子入选掖庭。时，呼韩邪来朝，帝敕以宫女五人以赐之。昭君入宫数岁，不得见御，积悲怨，乃请掖庭令求行。呼韩邪临辞大会，帝召五女以示之。昭君丰容靓饰，光明汉宫，顾景裴回，竦动左右，帝见大惊，意欲留之，然难于失信，遂与匈奴。生二子，及呼韩邪死，阏氏子代立，欲妻之，昭君上书求归，成帝敕令从胡俗，遂复为后单于阏氏焉。

昭君字为王嫱，"南郡人"的说法，欠具体。文颖①注《汉书》中认为昭君是"本南郡姊归人"。

宋代《太平寰宇记》卷一百四十八载："兴山县，本汉姊归县也……香溪在邑界，即王昭君所游处。王昭君宅，汉王嫱即此邑之人，故云昭君之县，相村连巫峡，是此地。"王昭君以"良家子"，被选入宫，却被先置身于"掖庭"，而"掖庭"，汉初以前叫"永巷"，汉武帝太初元年（公元104年），改名为掖庭，是宫中的旁舍，宫女们被选入宫后，未分配到各宫前居于此

---

① 文颖，字叔良，南阳人。汉末为刘表荆州从事，后入魏，为甘陵府丞。文颖《汉书注》对地理、名物制度广有涉及，而地理方面尤为突出。

处,等待皇帝的召幸。

　　李贤①注引《汉宫仪》:"婕妤以下皆居掖庭。"婕妤,即妃嫔的称号,皇帝所有的妾,总称为妃嫔。西汉初,设美人、庚人、八子、七子、长使、少使等妃嫔称号。汉武帝时,增设婕妤、婳娥、傛华、充依。汉元帝时又增设昭仪。其中昭仪地位最高,爵比诸侯,婕妤视上卿,比列侯。

　　当然,我们尚不知道昭君初进宫时,被授予何种妃嫔的称号,地位如何。一般来说,应该是居于很低的地位。而呼韩邪(?～前31),为西汉后期匈奴单于,其名为栾鞮稽侯珊。其于竟宁元年(公元前33年)正月,第三次朝汉,自请为婿,即请求当汉元帝的女婿。而在此之前的甘露三年(公元前51年正月,其朝见宣帝于甘泉宫,还有就是其于五凤二年(公元前56年)秋,未败右屠耆单于,但五凤四年夏,又被其兄及郅支单于击败,引众南近汉朝边塞,遣子入汉,对汉称臣,欲借汉朝之力保全自己。因此,汉家皇帝对此女婿,虽然尚不知以何女嫁与之,但有后宫佳丽众多,皇上本来就顾幸不及,因而便下诏随意以五位宫女赐予。

　　由于昭君被选入宫后,在掖庭三年,未能得到皇帝的临幸,于是向掖度令私下讲情,要求参加此次竞选,被选中,但在皇帝和呼韩邪面试时,结果却大出汉元帝预料,看惯了美人颜的皇帝,见到昭君,竟然大为惊叹。

　　"昭君丰容靓饰,光明汉宫,顾景裴回,竦动左右。"皇帝后悔,想留下昭君为自己所用,但是,已经来不及了,"然难于失信",皇帝金口玉言,岂能随意改变。有关昭君此段经历中的另一个故事,源于晋人葛洪《西京杂记》:

　　元帝后宫既多,不得常见,乃使画工图其形,案图召幸。宫人皆赂画工,多者十万,少者亦不减五万。昭君自恃容貌,独不肯与。画人乃丑图之,遂不得见。

【问题出在画工毛延寿身上】

　　这应该是昭君在掖庭一待三年的原因。在后来是匈奴呼韩邪单于入朝,要求当汉家皇帝的女婿,消息传开,想必是给了昭君一个出头的机会。

---

　　①　李贤(公元652～684年),字明允,唐高宗第六子,武则天次子,上元三年(公元676年)尝诏集诸儒张大安等注《后汉书》。

后匈奴入朝,求美人为阏氏,帝按图以昭君行。及去召见,貌为后宫第一,善应对,举止闲雅。帝悔之,而名籍已定,方重信于外国,故不复更人,乃穷按其事。(同上)

之所以发生画工所作画像,与所画之人有这样大的出入,问题出在画工毛延寿身上。

画工有杜陵毛延寿,为人形,丑好老少,必得其真。安陵陈敞,新丰刘白、龚宽,并工为牛马飞鸟众势。人形好丑,不逮延寿。下杜阳望、樊青,尤善色。同日弃市,籍其家资,皆巨万。京师画工于是差稀。(同上)

皇帝因为竟然有胆大的画工如此所为,待送走了呼韩邪,便下诏杀了毛延寿和其他京师画工,该等人竟以假画欺君,胆大妄为,结局不善。

这段故事,让我们得见昭君之美,的确艳冠群芳,其艳"光明汉宫",让见之者无不于其"顾景裴回"时,"竦动"之,即因惊奇而有慌乱的样子,让昭君之美,有亲临所见之感。当然,于此我们还了解到昭君出塞后,嫁给呼韩邪单于的情况,但有关于昭君的历史,似乎也就仅限于这个片段,并无更多的曲折,这倒是有些让人不明白的地方。

【分明怨恨曲中论,却并不一定可以固定】

历史记载的王昭君,仅有如此短短数言,如何会引得后世众多志士仁人,文人骚客,不惜笔墨,对其大加赞叹,且多有慷慨之词,而又对其倾言以倍加怜悯之意,并以此使昭君之美,为世人皆知,而有那些起伏跌宕的诗意中,所展现的奇异之美,让人目不暇接,眼花缭乱,这种情况,从古至今,是绝无仅有的。有代表性的,如杜甫七言律诗《咏怀古迹》:

群山万壑赴荆门,生长明妃尚有村。
一去紫台连朔漠,独留青冢向黄昏。
画图省识春风面,环佩空归夜月魂。
千载琵琶作胡语,分明怨恨曲中论。

此诗以"怨"为主题，是清楚的，但却并非仅有单一的意象和情绪表达。此诗中所言的，汉元帝"画图省识春风面"的误读，与昭君似于环佩所响之处，仅有空归于月夜之魂，并非皇帝对此会有什么伤感，而是作者自己感受的添附，并因此而意在引起我们通感的把握，是让人称道的。

"琵琶"与"胡语"的结合，同声而异象，又未尝不是一种让人于联想中所生伤感之外，另有一种诗意的新奇，或兴或叹，或赞或惜，诸多情绪交织，又怎么可能去说清？而所谓"分明怨恨曲中论"，却并不一定可以固定。

昭君因负君命，远嫁塞外，应被寄予更多的同情，但并非仅限于此。此处诗人所书，已分明让所追求的诗意，独立而出，并因此以其引起的美感，让我们被其感动：塞外之旷远、荒凉，与宫中月夜的静处，环佩之声响起，恍然之间，竟如有灿烂的春风之面，近于眼前，但又于瞬间而过。昭君之美，呼之欲出，却又模糊不清，但在我们的感受中，她已分明让很多问题有了答案：正如其最初展现于汉元帝和呼韩邪单于及众人面前的美，"光明汉宫"，是一切问题的出处，也是最终的归结之处。

第一节　美于情感的意义：谁人识得昭君面

【历史上的这一天】

昭君离别汉宫，是在公元前 33 年的某天，历史上并没有关于这一天的清楚记载。昭君抱着琵琶"掩面零涕"，而有"薰莸共器之羞"（明太祖之子朱权编集《神奇秘谱》，成书于明初洪熙乙己年，即公元 1425 年，其中有《昭君怨》等）。这样的描写是否准确，很难说。因为昭君虽然主动请行，远嫁呼韩邪单于，远行塞外，临别故乡，而有伤感之意，在于人之常情。一个"怨"字应有多重含意。

这一天长安城出现了颇为壮观的景象：汉元帝"礼赐如初"，而所谓如初者，有"锦帛九千匹，絮八千"，"锦绣绮縠杂帛，皆数倍于黄龙时"。尚有"衣被百十一袭"，"黄金玺綟绶"，"冠带衣裳"（《汉书·匈奴传》），还有安车羽盖，华藻驾驷，玉具剑，佩刀，饮食什器等等，由此应该组成一个十分庞大的车队，在车毡细马的簇拥下，昭君头戴红暖兜（后人称之为

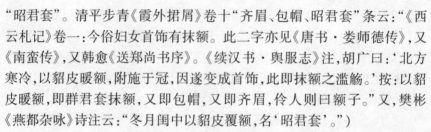

"昭君套"。清平步青《霞外捃屑》卷十"齐眉、包帽、昭君套"条云："《西云札记》卷一：今俗妇女首饰有抹额。此二字亦见《唐书·娄师德传》，又《南蛮传》，又韩愈《送郑尚书序》。《续汉书·舆服志》注，胡广曰：'北方寒冷，以貂皮暖额，附施于冠，因遂变成首饰，此即抹额之滥觞。'按：以貂皮暖额，即群君套抹额，又即包帽，又即齐眉，伶人则曰额子。"又，樊彬《燕都杂咏》诗注云："冬月闺中以貂皮覆额，名'昭君套'。"）

　　身披红斗篷的昭君，是否真的引发长安城万人空巷，争相目睹天姿国色的景象，不得而知。

　　一般来说，深宫女子，百姓是难得所见的，但皇帝嫁宫女和亲于匈奴的盛事，引来万众注目，也应该是可以想见的情形。更何况这呼韩邪单于，系已过不惑之年的须发花白之老者，足以让长安城市井巷议之热闹一番。

　　不过，这种情形，长安城的百姓也并非第一次见到，汉朝皇帝的和亲之举，几乎成为历朝皇帝所承袭的重要"政治举措"，因此，这样的一天，其实也并没有什么特别。

【后来有一个叫石崇的人】

　　是的，这样一天，如果不是后来有一个叫石崇的人，以一首《王昭君辞》，开穿凿历史之风的先河，成为以此为主题的咏史的先例，那么，它许会变得悄无声息，不再被人记起。昭君远嫁塞外，致使"是时边城晏闭，牛马布野，三世无犬吠之警，黎庶干戈之役"（《汉书·匈奴传》）之功，也许会被漠风、荒沙无边的空旷所埋没。

　　那是离这一天差不多三百多年后的西晋，一位当时极富盛名的穷奢极欲的人石崇，有美妾绿珠，善吹笛，又善舞，因而作舞曲《明君》伴舞，而明君即指昭君。石崇作《王明君辞并序》说：

　　王明君者，本是王昭君，以触文帝讳，故改之。匈奴盛，请婚于汉，元帝以后宫良家子明君配焉。昔公主嫁乌孙，令琵琶马上作乐，以慰其道路之思，其送明君，亦必尔也。其造新曲，多哀怨之声，故叙之于纸云尔。"

　　其中所言"昔公主嫁乌孙"之事，是另一位在昭君之前同负和亲之大任的公主，即汉武帝时江都王建之女细君。《汉书·西域传》记载："公主至其国，自治宫室居，岁时一再与昆莫会。置酒饮食，以币帛赐王左右贵

人。昆莫年老，言语不通，公主悲愁，自以作歌曰：'吾家嫁我兮天一方，远托异国兮乌孙王。穹庐为室兮旃为墙，以肉为食兮酪为浆。居常思土兮内心伤。'"石崇以细君之悲怨，推想昭君出塞，"亦必尔也"，是因为史书对细君公主之"怨"有记载，而于昭君的情况，并无言明，所以历史记载的这个叫石崇的人十分奇怪，身为朝廷命官竟然去行强人之事，进行拦路抢劫，独一无二，富甲天下却又有一腔才情，进行穿凿附会，却叙说悲戚哀怨，对昭君个人的遭遇，寄予了深深的同情，获得了成功，因此而成为后世以昭君不幸为主题的，系列咏史诗的先驱。石崇《王昭君辞》曰：

> 我本良家女，将适单于庭。
> 辞别未及终，前驱已抗旌。
> 仆御涕流离，猿马悲且鸣。
> 哀郁伤五内，涕位沾珠缨。
> 行行日已远，遂造匈奴城。
> 延我于穹庐，加我阏氏名。
> 殊类非所安，虽贵非所荣。
> 父子见凌辱，对之惭且惊。
> 杀身良不易，默默以苟生。
> 苟生亦何聊，积思常愤盈。
> 愿假飞鸿翼，乘之以遐征。
> 飞鸿不我顾，伫立以屏营。
> 昔为匣中玉，今为粪土尘。
> 朝华不足欢，甘与秋草屏。
> 传语后世人，远嫁难为情。

此诗之意境并不高，但其以第一人称语气写成，十分特立独行地使昭君的个人形象被突出起来，因此而使这种以自我而有的个体存在，获得了后世的认同。仔细分析会发现：正是因为在此诗所表现的个人情感所具有的独立于政治意志以及官僚阶层整体意识之外的异质，在当时社会精神生活中所鲜明的个性，因最接近于昭君生活的年代，初奉为一种可能的真实，不是没有原因的。

所谓"苟生亦何聊，积思常愤盈"的不满，已超出了"怨"的界限，如此之言,足见其个性是鲜明的。而"父子见凌辱,对之惭且惊"的描状,与"虽贵非所荣"观点,虽为后世所争议,亦有"大不敬"之嫌,可见并非是无关深痛之痒,似有切肤之痛。当然,其"昔为匣中玉,今为粪上尘"之语,含有对匈奴的蔑视,在某种意义上,代表了因饱受其侵挠之苦的某种狭隘的民族观点,又未尝于其时代而言,不能不说是那种社会整体的情绪反映。这固然与和亲之政治意义有所抵触,但对于连身世尚且不明的宫女王昭君而言,又有何种根据去阐释其对所负君命能够理解,并要求其必须要去深明大义,为民族利益,去做个人牺牲呢?

当然,对此可以做某种解释的是,《后汉书》中关于"昭君入宫数岁,不将见御,积悲怨,乃请掖庭令求行"的说法,并因此而有的解说是:昭君出于对宫闱之内的斗争和腐败的失望,又有画工毛延寿,因王昭君不肯贿赂予其,在给她画像时,故意在脸点上了一颗"丧夫落泪痣"(此事并无正史可考),使其在掖庭三年,不得见御,因此昭君自然的选择是,与其空老于宫中,不如孤身远行于塞外,嫁给匈奴单于,也不失为尊贵,这毕竟是一个改变其原有身份的机会,因此和亲于塞外,并非其个人有什么牺牲,而是其人生的一次重大且正确的决择。

如此之说,并非在于其难以言之成理,而是在于"穿凿附会",仅为一种可以被在某种程度上接受形成的说法,是因为昭君出塞,从其事实上形成的历史影响来说,汉朝边境至少因匈奴不再袭扰,有了几十年的和平环境,虽然这并非可完全归功于其一人,但其人毕竟对这一事实的形成构成了重要影响。

【曹禺的《王昭君》,以结果来反推原因】

以结果来反推原因,有剧作家曹禺先生所作《王昭君》五幕历史剧。其于"献辞"中言:"敬爱的周(恩来)总理先前交给我这个任务,写王昭君历史剧,我领会周总理的意思,是用这个题材歌颂我国各民族的团结和民族之间的文化交流。"可见于此所阐明的昭君的重要性,已远远超过其个体存在所局限的意义。曹禺《王昭君》第一幕:

　　昭君:难道我必须在这里等待,等待到地老天荒? 一个女人是多么不幸,生下来,从生到死,都要依靠人,难道说一个女人就不能像大鹏似的一飞就是九千里? 难道王昭君我,一生就和这后宫三千人一样?"

　　这应当是从结果去寻找原因的一种表现,因为固然昭君的个人心境、思想也许确有这种大鹏之志所存的可能,但毕竟以其个体存在,与国家利益之间的联系(即胸有大志的具体指向),缺少必要的因果关系,其不甘于自陷于高墙深宫之内,并不必然与心思报国之志,有合乎那个时代现实的历史逻辑。在缺少这一应为坚硬的整体支撑后,"为了'汉胡一家'长安派遣她来;我迎她到了草原"(曹禺《王昭君》第三幕)呼韩邪单于的内心表白,显得难以合乎情理,是一种过高的要求。在剧的结尾,昭君姑娘把那床从汉朝带来的,象征与呼韩邪定情的"合欢被",送给了一个"受灾的老头",在粉碎叛乱后,这床实则象征"汉胡一家"的合欢被,随着那位神秘的,最后变成金色大雁的"受灾老头"飞走了(曹禺《王昭君》第五幕剧终),让一切都合乎被假设的历史的理想化归宿,却在同时让其自身变得要飘浮起来。

　　石崇的《王昭君辞》,是粗浅而缺少精致的美感的,但其"穿凿附会"的成功,是在于以异于政治意志和士之官僚阶层的通常观念,描写了昭君的悲戚和怨恨,并因为这种相异性,使其个性化存在,变得合乎艺术真实(在取向上仅为多种可能性之一),有消极的一面,却因此使"自我"被突出。正因为如此,昭君因此而有别于其他和亲的汉家女。一句"我本汉家子",使昭君从历史的帷幕后走了出来,其艺术之真和历史之真,被这种个性化的自我表白的假设合而为一。一千多年以后,现代历史剧《王昭君》,却在寻求艺术之真中,让那个"个性化的自我",退隐于概念的概括之中,这种难归于逻辑的一种表面性的首尾相联的呼应,其中的细节演绎,让那个本身并不牢靠的假设,变得更加虚妄。

【被张扬成一种历史存在的美】

　　但是,昭君"光明汉宫"之美,被后来张扬成为一种不容否认的历史存在,这是什么原因呢?

　　也许有一点,可以给我们的寻找提供一些线索和印证:千年昭君墓仍然存在,唐杜佑①《通典》卷一百七十九记载:"金河有长城。有金河,上承紫河及象水,又南流入河。李陵台、王昭君墓。"这是最早提及此事的正史。

---

　　①　杜佑(公元735～812年),唐中叶宰相,史学家,字君卿,京兆万年(今陕西西安附近)人,其著有《通典》,为典章制度专史。

探寻中国古代四大美人之美

　　宋人乐史①著《太平寰宇记》卷三十八"振武军金河县"条下说："青冢在县西北,汉王昭君葬于此。"与上述记载相同,并说因墓上草色常青,故曰"青冢"。

　　并有传说,昭君先后为呼韩邪单于和其子之妻,为汉匈两个民族的和平相处做出了贡献,因此得到了双方的敬重,青冢之存在,即是证明,这应该是事实。而有关汉朝在昭君出塞这一年改元为竟宁,也是有正史记载的,因此,昭君和亲于匈奴的影响,是历史所公认的。

　　汉代以宗室女或宫女冒名宗室女和亲者,并非昭君一人。仅以《史记》《汉书》《后汉书》和《资治通鉴》等正史记载,除昭君外,汉代汉宗室女成冒名的宋宗室女,嫁匈奴冒顿、老上、军臣单于以及嫁乌孙王者有十余人,其中有名的为细君和解忧。

　　细君是江都王刘建之女,刘建因谋反,于元狩二年夏自杀。按汉律,谋反者妻女须没入宫为奴婢,因此细君出嫁时名为公主,实为地位低下的奴婢。但其与汉武帝血缘较近,是西汉和亲公主身份最高的一位。细君有两个丈夫,先为莫昆,后是岑陬。细君在乌孙只生活了四五年,便去世了。解忧是楚王刘戊的孙女,刘戊是吴楚七国之乱的首事者之一,于景帝三年兵败自杀。刘戊是汉高祖侄孙,血缘关系上比细君与汉武帝要远。其在乌孙先后有三个丈夫:岑陬、翁归靡和狂王。汉宣帝甘露初年,她上书请求回国,"年老思土,愿得归骸骨,葬汉地"。汉宣帝派人迎归,其于汉宣帝甘露五十一年回到长安,年已七十。

　　很显然,在王昭君之前和亲的汉宗室女,包括细君和解忧,都没有历史记载或相关的文字,去描述她们的美貌如何,多数连姓名都没有留下,就是同王昭君一起被汉元帝赐给呼韩邪单于的五位宫女中的其他四位,也是没有留下姓名,更不用说对她们的身世、长相会有记载。

　　事实上,西汉和亲的使者中,对王昭君的记载最为详细。但是,历史记载除了有关于其在匈奴后来又嫁给呼韩邪的长子复株单于雕陶莫皋,其与呼韩邪生有一子,名伊屠智伢师,后为匈奴右日遂王。与雕陶莫皋生有二女,长女名须卜居次,次女名当于居次("居次"意为公主。)呼韩邪单于在娶王昭君后不久,即公元前31年,就去世了。

---

　　①　乐史(公元930～1007年),字子正。北宋平宜黄县人,仕宦六十余年,《太平寰宇记》为其所著地理学著作,全书二百卷。

王昭君去世后，确被厚葬，但今呼和浩特市南郊之"青冢"，是否确为其墓地，不得而知。除此以外，未见其参与匈奴政事的记载，其本人是否的确主动有所作为，致使汉匈边界有数十年和平景象，无法确认。

当然，昭君在匈奴生活数十年，其既为两任单于之妻，作为汉匈和亲使者身份的存在，本身就有象征意义，于汉匈之和平相处，起到了一定的稳定作用，是肯定的。昭君卒于何年，不得而知，但其在匈奴的时间，以上述情况而言，数十年是有的。恰逢期间汉匈关系中，汉之实力占尽上风，且自呼韩邪入朝称臣，娶昭君为妻以来，其因与郅支单于争战，"左伊秩訾王为呼韩邪计，劝令称臣入朝事汉，从汉求助，如此匈奴乃定。"（《汉书·匈奴传》）以及后来继子复株絫若鞮单于即位后，政治上无更大作为，复娶昭君为妻，因此有了相对而言够长的时间，于历史而言形成了汉匈和平相处的局面。

因此，这可以说是历史将具有偶然性的机会给了王昭君，使其以平常宫女，成为与国家利益相关的人，这应该是有关于昭君之美的"级别"，即评价标准形成的根源之一。

【石崇的富有和传奇美女绿珠】

前面提到的《王昭君辞》作者石崇，有最后因保爱妾"绿珠"，不为他人所夺爱，而引来杀身之祸的奇闻故事，《晋书·列传第三》记载："崇字季伦，生于青州，故小名齐奴。少敏惠，勇而有谋"。"年二十余，为修武令，有能名"，因"伐吴有功，封安阳乡侯"，而该人"在郡虽有职务，好学不倦"，这倒是不同寻常之处，后"拜黄门郎"。

"武帝以崇功臣子，有干局，深器重之。"然而让人匪夷所思的是，其"在荆州，劫远使商客，致富不赀"，竟以官员身份，行强人之所为。却官运亨通："顷之，拜太仆，出为征虏将军，假节、监徐州诸军事，镇下邳。"石崇在朝里投靠的是贾谧，每逢贾谧要出门，即在路边"降车路左，望尘而拜，其卑佞如此"，其性格"任侠无行检"。在徐州为官时，"与徐州刺史高诞争酒相侮，为军司所奏，免官"。但时隔不久，又"复拜卫尉"。不知道是否因其不择手段敛积财富，以致富甲天下，不管这其中有多少难以确知的缘由，但其富有是惊人的："财产丰积，室宇宏丽。后房百数，皆曳纨绣，珥金翠。"使其可以"丝竹尽当时之选，庖膳穷水陆之珍"。

石崇"与贵戚王恺、羊琇之徒以奢靡相尚"，敢与贵戚王恺斗富，而王恺乃晋武帝之舅父。

王恺饭后用糖水洗锅,石崇使用蜡烛当柴烧;王恺做了四十里紫丝步障,石崇便做了五十里的锦步障;"崇涂屋以椒,恺用赤石脂。崇、恺争豪如此"。

石崇有别馆"金谷园",郦道元《水经注》对此有所记载,"清泉茂树,众果竹柏,药草蔽翳",园内筑百丈高的崇绮楼可"极目南天"。石崇和当时的名士左思、潘岳等二十人结成诗社,号称"金谷二十四友"。

而以这一切荣华富贵所簇拥的,是一位传奇绝色美女绿珠。"崇有妓曰绿珠,美而艳,善吹笛。"但石崇最后竟因此召来杀身之祸:起因是"孙秀使人求之",是说有个叫孙秀的人,向其索要绿珠,石崇不答应,"秀怒,乃劝伦诛崇、建"。《晋书》的记载,似乎于理是有些不通:孙秀字俊忠,琅琊(山东临沂)人,世奉五斗米道,是一个道徒,找石崇要绿珠,与其身份有些不符。而这孙秀,少为司马伦小吏,善谄媚,"作书疏得伦意",因而得宠。为司马伦杀贾谧登帝位而出谋划策,后为齐王司马冏等谋起兵诛司马伦时所杀。也许其索要绿珠,只是一计。

"八王之乱"中,贾谧被诛,"崇以党与免官"。因"崇甥欧阳建与伦有隙",孙秀才"使人求之"。

"崇尽出其婢妾数十人以示之,皆蕴兰麝,被罗縠,曰:'在所择。'"但使者不答应,并劝其曰:"君侯服御丽则丽矣,然本受命指索绿珠,不识孰是。"说所谓美人,不过是因为你石崇给她们好看的衣服,她们才漂亮的,不要不识时务,既奉命指名要绿珠,是强索硬要,没有道理可讲的。但石崇不干,"崇勃然曰:'绿珠吾所爱,不可得也。'",使者再劝:"君侯博古通今,察远照迩,愿加三思。"这话倒并非恶吏嘴脸,自有一番道理,但此时石崇却不作理智的思考,"崇曰:'不然。'"而"使者出而又反",可想而知,因此触怒孙秀,"秀怒,乃劝伦诛崇、建"。

当赵王伦派兵来时,"崇正宴于楼上,介士到门。崇谓绿珠曰:'我今为尔得罪。'绿珠泣曰:'当效死于官前。'因自投于楼下而死。"寥寥数语,已足见绿珠报恩行为在盲目前提下的勇烈,而石崇绿珠将会做出后面行为的暗示以及其在大祸将临时以从容作态,充分表现了此人性格的复杂。

【舞曲《明君》】

当石崇被"车载诣东市",准备被行刑时,其与使者的对答,成为警世

恒言是："奴辈利吾家财。"而使者答曰："知财致害,何不早散之?"这位使者,断非凡俗之辈。

从以上记载看,石崇是一个性格复杂,个人操行不一,对其行为难以说清的奇人,其为官至富,又为强盗,然而又博学有才,又表现出有情有"义"的地方,但"雅"与"恶俗","义"与"奸佞",让人难以想象地被"混为一谈",捏出了这么一个人,确也是天下之大,无奇不有。

然而,此人却牵引出历史上有名的美女绿珠,又因绿珠而使昭君之美,被昭示于世,其一生竟莫名其妙地与这两大美人相关联,又是怪事一桩。

重要的是其所作《王昭君辞》,此人从昭君的事迹中,有关于美,读出了什么,又希望让后人去读出什么呢?

绿珠善舞《明君》,这个问题或可变成,从绿珠之舞,又可以读出什么呢? 杜牧有诗《金谷园》:

> 繁华事散逐香尘,流水无情草自春;
> 日暮东风怨啼鸟,落花犹似坠楼人。

绿珠之美是可以被崇尚和怀念的,"落花犹似坠楼人",美被分离出来,离开她曾经依附的奢靡恶俗,离开她所生存的社会,那些政治争斗的污秽黑暗,如一片落花那样,无所傍依,不再攀接,于寂寥之处,更无需有人伸手将她承接。

绿珠的身影似已隐去一切真实的人间之事,成为可以被观赏者于美的通感的一种概括。

宋乐史所著《绿珠传》言:"绿珠者,姓梁,白州博白县人也。""绿珠生双角山下,美而艳。越俗以珠为上宝,生女为珠娘,生男儿为珠儿。绿珠之字,由此而称。""晋石崇为交趾采访使,以真珠三斛致之。"史家乐史,以正说之言词,为此"本为良家子"的婢女歌伎立传,使本为无名之女子,因她的美,而入册于史,这本身就是一道奇观。其因何在?

"绿珠之没已数百年矣,诗人尚咏之不已,其故何载?"是的,其故何在:"盖一婢子,不知书而能感主恩,奋不顾身,其志懔懔,诚足使后人仰慕歌咏也。""今为此传,非徒述美丽"(同上),而是因关于节妇的榜样之故,所谓"绿珠含泪舞",但若以此为归纳,是万万不足的。

绿珠善舞《明君》，绿珠与昭君，又有何联系呢？虽然表面看来如此难以相关的两位美人，却如真实的存在一般，被联系起来，其纽带为舞曲《明君》。

【昭君之"重"与绿珠之"轻"】

"我本汉家子"和"我本良家女"，是《明君》词的两个不同版本开头起句，但二者的联系以及因这种联系所还原的，有关对美审视中必然经历的洗净心灵的第一步，是富有通感的。《王昭君辞》中，描写昭君"仆御流涕别，辕马悲且鸣"的离乡之伤怀，绿珠姑娘何尝不是如此？"殊类非所安，虽贵非所荣"于绿珠，则是"虽富非所荣"，歌伎与欣赏她的人，确实"殊类非所安"。而"今为粪上尘"，语句虽粗，但说的倒是实话，只是石崇笔下的昭君被比喻为"粪上尘"，那么，谁是绿珠这朵美丽之花的"大粪"呢？此公或许以此粗口自嘲罢。

有关的情况还远不止于此。后世的诗人们，是先知道绿珠，还是先知道昭君呢？有关吟诵昭君之"怨"的纷纷韵律之文，如何就信了石崇笔下所言，而这个同时以其财富让后世所触目惊心的巨富之人，与诗人们所自命的情商，应是如此的格格不入，显然不能以一个"义"字之理，如宋朝的"理学"那般"以理杀人"，去"杀了"如绿珠这样一个可被同情的女子。

昭君之"重"与绿珠之"轻"，在后世人们的"理义"观之中，是怎样被分离后又联系起来的呢？

虽然以昭君出塞而发感慨者，也许并没有在书写昭君之事时想到绿珠，对于"美"，我们在失去"她"时，是这样分外清楚地感到了"她"的存在。

昭君出塞，汉朝失去了"她"后，有汉元帝的后悔"画图省识春风面"，做了总结，但这种失去，却让后世得到了如此这般省略了真实细节的美，而如此之美，却因这种省略而成为一种可被更多附会的主题。

这个主题被夸大的限权所忽视，是因为曾经于不经意间被发现的历史，赋予人生个性存在的意义，恰好于自身命运的逻辑，是那个偶然的起点，因而有了最大值的无限可能。

昭君之"重"，在于她以"美"所蕴含的情感意义，所留下的宏大空间，让后世所有借此倾诉感情的力量，足以通过"国家利益"或"民族兴亡"说法的分量，来予以展示那个理想化的"自我"。

　　而绿珠之"轻"，她为一个本不该为其殉情之人，轻掷了如花似玉的年华，仅三斛明珠可买的一生，如此孱弱轻飘，难以把握，从百丈高的崇绮楼上坠下，只有风会去轻轻托起……

　　也许风真的能够托举如此之"轻"的美，再也无法增加些什么，没有人会忍心再去增加哪怕一丝的分量——正因为这种感觉的反衬，如绿珠那样仅仅局限于一个可以被轻易忽略的个性之美，才这样让人不易忘怀。

【美在诗人的描写中，不再受到时间的局限】

　　我们可以去寻找哪些关于美的理论，来解释那些隐于昭君之美背后的情感呢？

　　从结果去寻找原因：可以从若干如前所引的历史资料中去发现，但必定所获甚少。也许还有很多更接近于事实真相的历史记载没有被引述进来，没有被发现，但可以肯定的是，具体于个人历史的真实，是不可能再被还原出来的，这并非历史有意的伏笔或隐蔽，而是它本质的真面貌。

　　只有与此相应的被抽象的概念，才能与之相适应。

　　历史把昭君之美留到现在，让我们至今仍然可以感觉到她奇异之美的震撼力，那么，她必定已脱离于个人肉体生命的局限，她的美在那些诗人的描写中，不再受到时间的局限。

> 朝发披香殿，夕济汾阴河。
> 于兹怀九逝，自此敛双蛾。
> 沾妆疑湛露，绕脸状流波。
> 日见奔沙起，稍觉转蓬多。
> 胡风犯肌骨，非直伤绮罗。
> 衔涕试南望，关山郁嵯峨。
> 始作阳春曲，终成苦寒歌。
> 惟有三五夜，明月暂经过。
>
> ——南朝梁沈约《昭君辞》

　　此作状景写物，以锻炼极工和严格合于声律的字句，细致工整，意境悲凉、旷远，虽然其诗意之起，来自于昭君出塞之主题，但其目的在于追求诗自身的形式之美：以荒原特有的壮美与个人之渺小所形成的对比，引发

联想,使审美对象负载作者所抒发的情感,这首诗无疑是一个开始。

　　当然,不能说前面所谈到的,是以诗而颂昭君之美的最早作品,有人考证出,西汉焦延寿①在其所著的《易林》中,有两首咏昭君诗:"昭君守国,诸夏蒙德。异类既同,崇我王室。"(《萃之临》)"长城既立,四夷宾服。交和结好,昭君是福。"(《萃之益》)将昭君所起的作用,等同于捍卫国家的将士,其人生价值的提升,是其得以名载于史册的原因,"昭君是福",因此而有万人称颂的可能,虽未言及其美貌绝伦,但毕竟成为有关于此的诗作主题之骨干。

　　　　我本良家子,充选入椒庭。
　　　　不蒙女史进,更失画师情。
　　　　蛾眉非本质,蝉鬓改真形。
　　　　专由妾命薄,误使君恩轻。
　　　　啼零渭桥路,叹别长安城。
　　　　夜依寒草宿,朝逐转蓬征。
　　　　却望关山迥,前瞻沙漠平。
　　　　胡风带秋月,嘶马杂笳声。
　　　　毛裘易罗绮,毡帐代金屏。
　　　　自知莲脸歇,羞看菱镜明。
　　　　钗落终应弃,髻解不须萦。
　　　　何用单于重,讵假阏氏名。
　　　　駃騠聊彊食,筒酒未能倾。
　　　　心随故乡断,愁逐塞云生。
　　　　汉宫如有忆,为视旄头星。
　　　　　　　　——隋薛道衡②《昭君辞》)

　　①　焦延寿,西汉梁(今河南商丘县南)人,字赣。为梁敬王赏识,官任郡吏察举,补小黄令(小黄,为西汉陈留郡之属县,今河南兰考附近),著有《易林》、《易林变占》,《隋书·经籍志》载有其撰《易林》十六卷,是当时有名的易学家。
　　②　薛道衡(公元540～609年),隋代诗人,字玄卿,河东汾阴(今山西万荣)人。历仕北齐、北周。隋时任内史傅邸,加开府仪同三司。炀帝时,出为番州刺史,改任司隶大夫。他和卢思道齐名,在隋代诗人中艺术成就最高。有集三十卷已佚。今存《薛司隶集》一卷。事迹见《隋书》《北史》本传。

　　以此诗之长名，所咏昭君出塞之前后故事，多处可见其功力，时有异彩之处。"蛾眉非本质，蝉鬓改真形"所言之意在于道出"质本洁来还洁去"的良家女子心声，以及天然去雕饰的审美观，更皆有身为宫中女的幽怨之意，让我们易于感受到昭君天生丽质的原有模样被毁损后的心境。

　　"自知莲脸歇，羞看菱镜明"，此处"歇"，应解为"消失"，而"菱镜"即古代以铜为镜，映日则发光影如菱花，即谓之"菱花镜"，诗句意为自惜红颜易老，更有塞外风沙雨雪加之于昭君，由此而有的"羞看菱镜明"的心态行为，情景交融。

　　而"心随故乡断，愁逐塞之生"，可谓佳句，但整首诗作于昭君之美并无更多增色，其笔触于细处，在于添加了这一主题的分量。

> 明妃风貌最娉婷，合在椒房应四星。
> 只得当时备宫掖，何曾专夜奉帏屏。
> 且疏从道迷图画，知屈哪教配虏廷。
> 自是君恩薄如纸，不须一向恨丹青。
>
> ——唐白居易《昭君怨》

　　"椒房"也叫做"椒室"，西汉未央宫皇后所居殿名。因以椒和泥涂墙壁，取温暖、芳香、多子之义，故名。此诗流畅而韵律和谐，易解且意味悠长。

　　所谓"君恩薄如纸"，却并非元代戏曲家马致远后来的名作《汉宫秋》中那般与此相反的极致：汉元帝和昭君之间情爱的缠绵不尽，则无疑可称之为"君恩浩荡"。此处所言，并不是一种出自于昭君之意的责备，而是出自于一种更为复杂的幽怨之情，"不须一向恨丹青"，也并非完全在责怪画工毛延寿，由此可见界于似与非之间的诗人笔力，让昭君形态生动跃然于纸上，使所谓"明妃风貌最娉婷"的赞语，也应该是出自于最善于以"意"与"工"皆而有之描绘人物的，古代最伟大诗人的总结性发言，应有的妙处体现。

　　"明妃风貌最娉婷"，使我们似乎由此找到了有关昭君之美的"最"字，和使其被并列为"四大美人"之一的出处。

　　但仅只如此，话还没有说完：实际上这首诗反映了另一个重要的情

况,即且不论白居易此首《昭君怨》写得是不是最好,除此以外,还有其他的问题被引出,如此之若干以"怨"字为主题的昭君诗,本身实际上是另有主题的,也就是都有言外之意,或者说是借题发挥,白诗是其中之一,不好说是开始,还是结束,但于此可以发现,这正是以"昭君怨"为主题的诗作长盛不衰的原因。

【自古以来士子们的共鸣】

如此的说法,也许有不好理解的地方。何以佳人之"怨",会让诗者才子们,长此以往而喋喋不休?但仔细寻思,便会发现,比如我们常说"郎才女貌",其实是要有人欣赏的。士子们的"郎才",与佳人们之"女貌",有相同的属性,无人赏识,便会生"怨"。诗人们"怀才不遇",与美女们"寂寞宫中老"的"花自飘零人自去",使一个"怨"字,有了同一根源,即"君恩"虽然浩荡,却无幸被顾及,让"怨"同出于心声。而有所谓"我自有心向明月,无奈明月照沟渠"的表达最为直接和明白。

正因为昭君之美所提供的情感意义,与自古以来士子们的尽忠报国之心相关联,才能如此长时间地引起他们的共鸣之声不绝于耳,也因为昭君身为弱女子,被假设为是为了国家利益,远嫁塞外边地,保大汉数十年边境平安,其功可被认为非有卫霍可比,由此而为共"怨"有之,有诗为证。

> 羞貌丹青斗玉颜,为君一笑靖天山。
> 西京自有麒麟阁,画向功臣卫霍间。
> ——宋刘子翚[①]《明妃出塞图》

刘子翚不仅是位诗人,还是当时有名的儒佛双修的社会名流。朱熹早年从刘子翚游,后学佛,从禅学学到了如何思辨,《朱子语录》中,对此有所提及。刘子翚此诗写得气景壮美,豪气满怀,"为君一笑靖天山"可谓红颜竟可护江山,英雄因此不可不折腰。

---

① 刘子翚(公元1101~1147年),字彦冲,一作彦仲,号屏山,又号病翁,学者称屏山先生,建州崇安(今属福建)人。宋代著名理学家,朱熹就是他的学生,诗歌造诣颇高。风格比较清新明快,著有《屏山集》。《四库全书总目提要》称其"风格高秀,不袭陈因"。其五言诗感慨含思,"幽淡卓练,及陶、谢之胜,而无康乐繁缛细涩之态"(《宋诗钞·屏山集钞序》)。

第二节　美的形式显现：昭君之美作为哀挽诗的理想

【西汉的和亲政策】

西汉王朝的和亲政策，自高帝九年（公元前 198 年）起，"和亲之论，发于刘敬"（《汉书·匈奴传》）。

高帝七年（公元前 200 年），刘邦被匈奴四十万大军围困于平城（今大同）白登山，后刘邦以财赂单于阏氏才解了"白登之围"，"乃使刘敬结和亲之约"。但此时之"和亲"，并非等同后来的以汉宗室女出嫁匈奴单于之"和亲"。

"乃使刘敬奉宗室女翁主为单于阏氏，岁奉匈奴絮缯酒食各有数约为兄弟以和亲，冒顿乃少止。"（《汉书·匈奴传》），这是因为后来匈奴背约，陈豨等汉将将反，虽派大将樊哙出征，收复了部分失地，但冒顿"常往来侵盗代地"，"于是高祖患之"（同前），不得已而为和亲之策，汉宗室女"翁主"，是见诸记载的第一位汉朝出嫁匈奴和亲的公主。"翁主"并非姓名，而是诸侯王女儿的称谓，可见此第一位和亲的女子，连姓名都不为人知。

然而，西汉的和亲之策，成效并不大。匈奴至冒顿单于时，最为强盛，后有老上单于，军臣单于，使其进入鼎盛期。"以故冒顿得自强，控弦之士三十余万"。所谓"控弦之士"，即拉弓、持弓、引弓的士兵，以每户每五人中能征用一位来计算，冒顿时匈奴人口有约一百五十万，而被其所灭东胡，也有控弦之士十余万。且冒顿"西击月氏，南并楼烦、白羊河南王，悉复收秦所使蒙恬所夺匈奴地者，与汉关故河南塞，至朝那、肤施，遂侵燕代"。（同前）

正因为匈奴日渐强大，所以西汉的"和亲"政策收效甚微。匈奴单于礼物照收，汉家宗室女照娶，但仍时常袭扰汉朝边境。据相关史料统计，此期间以"和亲"使命而出嫁于匈奴的汉宗室女约有十二十位（数字难以统一）。

【西汉的强盛】

至汉武帝时，汉匈开始全面的战争，汉共发动三次对匈奴的大战，河

南之战(也叫漠南之战),河西之战和漠北之战。

此时的西汉,已经有近七十年的休养生息,其间有"文景之治",实行"轻徭薄赋",休生养息的政策。文帝二年(公元前178年)和十二年,分别两次"除田租税之半",租率最终减为三十一下税一。文帝十三年,全免田租。且文帝以节俭著称,宫室内车骑衣服不增添,衣不曳地,帷帐不施文绣,更下诏禁止郡国贡献奇珍异宝,并大力发展农业,文帝曾多次下令劝课农桑,恢复天子"籍田"制度,即于每年春耕,汉文帝都要换上农民衣服,举行"联亲耕,后亲桑"的农事活动。根据户口比例,设置三老、孝悌、力田若干人员。给予他们赏赐,以鼓励农民生产。景帝时实际三十税一,成为定制。

景帝二年(公元前155年),把秦时十七岁傅籍给公家徭役改为二十岁始傅。弛山泽之禁,促进农民的副业生产,以及盐铁生产。废除严刑苛法,如诽谤妖言法,妻孥连坐法,停止断残肢体的肉刑,减轻笞刑。

由于文景两代的"与民休息",发展生产,使社会经济获得显著的发展。流民还归田园,户口人数迅速增长,列侯封国大者至三四万。且农业生产增长,使粮价大为降低。《汉书·食货志》载:"京师之钱累巨万,贯朽而不可校。太仓之粟陈陈相因。充溢露积于外,至腐败不可食。"

而此期间,因国家财力雄厚,西汉对外交往主要交流手段,就是赏赐与之相邻的各国以财物,以换来暂时的和平相处。"汉朝的全部对外政策似乎都建立在礼品尤其是贵重物品的交换上",而对于"汉朝实行摆阔与施恩政策"的一个具体的统计是,其赠品数量自公元前51年,至公元前1年,每年的"散丝"和"丝"的数量,分别从每年六千斤和八千卷,增至每年三万斤和三万卷[①]。

由此可见,"和亲"政策的主要措施乃是天朝大国慷慨大方的馈赠,而并非以送汉家宗室女为主要求取"和平"的主要手段。然而匈奴为游牧民族,其强盛后兴起,致使其对西汉皇帝所赐之物,并不满足,是因为其本质乃是在于以掠夺农耕民族为主要生存和发展方式。

【汉匈之间的三次大战】

汉武帝发动对匈奴的三次战争,可以说是建立在雄厚的财力人力资

---

① [法]谢和耐:《中国社会史》,黄建华、黄迅余译,江苏人民出版社,2008年版,第109页。

源基础上的。元朔二年(公元前 127 年)，卫青引兵北上，追击侵犯上谷(今河北怀来东南)，渔阳(今北京密云南)的匈奴骑兵。卫青出云中，沿黄河西进，对占据河套及其以南地区的匈奴楼烦王、白羊王所部进行袭击，全部收复了河南地。汉武帝采纳主父偃建议，在河南地设朔方、五原两郡，筑朔方城，移民十多万屯田戍边。

元朔五年，卫青率军出朔方，进入漠南，反击匈奴右贤王。李息等出兵占北平(今内蒙古城西南)，牵制单于、右贤王，策应卫青主力。卫青出塞二三百公里，长途奔袭，突袭右贤王的王廷，俘敌一万多人，右贤王北逃。次年二月和四月，卫青又两度率骑兵出定襄(今内蒙古和林格尔西北)，歼匈奴军一万多人，迫使匈奴主力退到漠北一带。

元狩二年(公元前 121 年)三月，霍去病率精骑万人，出陇西，越乌鞘岭，进击河西走廊的匈奴。其以突袭，长驱直入，在短短六天内连破匈奴。后翻越焉支山(今甘肃山丹县大黄山)，行千余里，与匈奴鏖战于皋兰山下，歼敌九千余人，斩杀匈奴名王数人，俘浑邪王子及相国、都尉多人。

同年夏，霍去病率精骑数万，出北地郡，绕道河西走廊之北，迂回深入一千多公里，远出敌后，由西北向东南出击，大破匈奴各部。在祁连山与合黎山之间的黑河(今弱水上游)，与河西匈奴主力决战，杀敌三万多人，共俘匈奴名王五人及王母、王子、相国、将军等百余人，收降匈奴浑邪王部众四万，全部占领河西走廊地区。汉因此战武威、酒泉、张掖、敦煌四郡。

元狩四年(公元前 119 年)，汉武帝遣大将军卫青，骠骑将军霍去病，各率五万骑兵，分两路深入漠北，并组织步兵数十万，马匹数万，以保障作战。卫青部出定襄后，得知单于并未东去，遂自领精兵疾进，令李广、赵食其从东路迂回策应，行千余里，穿过大漠，与早已布阵的单于本部接战。

卫青以武刚车(兵车)环绕为营，稳住阵脚，随后出五千骑，与匈奴战。至日暮，大风骤起，沙石扑面，卫青乘势指挥骑兵从两翼包围单于，单于骇于汉军威势，率精骑数百，突围向西北逃窜。

卫青追击至颜山(今蒙古人民共和国抗爱山南面一支)赵信城，歼敌近两万，烧其积粟还师。霍去病出代、右北平后，在大漠中北进两千余里，追击匈奴至狼居胥山(约在今内蒙古克什克腾旗西北至阿巴嘎旗一带。一说在今蒙古人民共和国乌兰巴托以东)，斩杀匈奴北车旨王，俘获屯头王、韩王第三人，将军，相国、当户、都尉第八十三人，匈奴士卒七万余人。因而有霍去病"封狼居胥"的典故，从此解除匈奴袭扰边境之困，匈奴因

此开始走向衰落。

昭君出塞之时,正值匈奴五单于内乱,实际已不可能对西汉边境构成大的威胁。有首诗正是从这一角度来说的:

> 汉道初全盛,朝廷足武臣。
> 何须薄命妾,辛苦远和亲。
> ——唐东方虬①《王昭君》

这应该是对历史有所知的诗人所表达的疑惑,这也是其他人云亦云的诗作通常所忽视的一个问题,而这恰恰是另一个重要问题的开启之处。

如前所述,因汉武帝时对匈奴用兵,已使西汉国力同时受到巨大的消耗,虽然在随后的数十年间,有所恢复,其强盛之势并未有大的减弱,且匈奴此时已处于衰落之势,呼韩邪来朝,系因其内乱,双方力量的对比,西汉之占有优势,因此,有关和亲之举的实际作用,受到质疑,是可以理解的。

【被有意忽略的昭君和亲的政治作用】

从另一方面说,安抚边邻之策,即便是以贵重礼物和赐予汉宗室女的方式进行,也同样可以是一种出于政治上的考虑。而问题的关键在于:在汉匈两家实际只能以和平方式相处做邻居的大趋势下,昭君和亲所起的政治作用被有意忽略,至少是如《汉书》等正史,对昭君出塞后的情况,并没有具体的反映,但后世若干诗人们,却以诗极力予以"补充",诗似乎可以在无根据的情况下,以猜测和想象来替代,这无疑是很奇怪的一种现象。

> 汉家天子镇寰瀛,塞北羌胡未罢兵;
> 猛将功臣徒自责,蛾眉一笑塞尘清。
> ——唐汪遵②《昭君》

---

① 东方虬,生卒不祥,武则天时为左史。尝云百年后可与西门豹作对。陈子昂《寄东方左史修竹篇书》,称其《孤桐篇》骨气端翔,音韵顿挫,不图正始之音,复睹于兹。今失传。存诗四首。

② 汪遵(约公元877年前后),字不详,宣州泾县人,公元866年擢进士第,与许棠同乡。

　　"蛾眉一笑边尘清"，虽含有对"猛将谋臣"自责的讥讽或怀疑之意，但对昭君和亲的实际作用，是从正面大加肯定的。同时还可品味出的是，对"汉家天子镇寰瀛"的天下局势，以"塞北羌胡不罢兵"现象，表示在大局之下天下并非太平的看法，同时也含有对汉朝和亲政策潜在的非议。

　　然而，有一个情况的出现也许是此诗的作者所预想不到的，其他诸如此类的诗作者们也有这样的雷同。

　　昭君之美不同于凡俗，正是因为她的美貌的实际作用，所谓"蛾眉一笑塞尘清"的功效，足以让"猛将功臣徒自责"，因此她的美，接受了时间的考验和评价，成为漫漫历史中天下最美的女人。

　　欲对此有进一步的说明，我们要再回到两千多年前，进行另外一番考察，但仔细寻找会发现，在正史上记载昭君生平者，少之又少，其更详细的事迹，几乎没有。其中一个似乎不为人所注意的问题就是，有关汉朝和亲的女子们，她们姓氏名谁，为什么会隐于历史的视野之外，而不为我们所发现？

【杰出的和亲使者解忧】

　　事实也许并非完全是这样，昭君之前，西汉派往和亲的女子中，也有在历史记载中，表明其以主动的政治行为，为两国之和平做出贡献的女子，如解忧。

　　《汉书·西域传》记载：汉在细君公主去世后，"复以楚王戊之孙解忧为公主，妻岑陬"。西汉与乌孙和亲，自汉武帝始，为解除边患，实施联合西域各国，夹击匈奴，以"断匈奴右臂"战略。

　　自汉武帝发动三次大的对匈奴作战的战役后，匈奴受到沉重打击，但并没有完全解除北方的威胁。早在公元前138年（建元三年），张骞第一次西域之行，其实所负使命，就是联络大月氏，东归故地，夹击匈奴。公元前119年（元狩四年），张骞第二次奉命出使西域，目的是为联络乌孙。

　　乌孙原居于祁连、敦煌一带，依附于匈奴，后西迁至塞地（伊犁河流域）。"户二十万，口六十三万，胜兵十八万八千八百人"。"不田作种树，随畜逐水草，与匈奴同俗。"亦为游牧百放。其"民刚恶，贪（狠）无信，多冠盗，最为无信"（《汉书·西域传》）。

　　乌孙后与匈奴发生矛盾，便"不肯复朝事匈奴"(《汉书·张骞传》)。张骞建议："蛮夷恋故地，又贪汉物，诚得以此时厚赂乌孙，招以东居故地，汉遣公主为夫人，结昆弟，甚势宜听，则是断匈奴右臂也。"(同上)乌孙在西域诸国中最为强大，"最为强国"，和其结盟，可以带动西域诸国向汉。即"既连乌孙，自其西大夏之属皆可招来而为外臣"(《汉书·张骞传》)。

　　公元前105年(元封六年)，西汉江都王刘建的女儿细君，以公主身份嫁与乌孙昆弥猎骄靡，但同时匈奴也遣女嫁乌孙。乌孙人习俗，以左为贵，匈奴女为左夫人，而细君为右夫人。细君公主嫁猎骄靡后，"昆莫年老，欲使其孙岑陬尚公主。"(因猎骄靡的儿子早死)，但"公主不听，上书言状。天子报曰：'从其国俗，欲与乌孙共灭胡。'"(《汉书·西域传》)细君遂嫁猎骄靡之孙军须靡。但细君于公元前101年(太初四年)去世，在乌孙生活只有四五年。朝廷即以楚王刘戊之女解忧嫁与军须靡。

　　解忧公主从公元前101年(太初四年)出塞，到公元前51年(甘露三年)回长安，在乌孙整整生活居住了五十年。在此期间，西域各国与西汉的联系日益密切，从而有公元前60年西域都护府的设立。

　　解忧公主远嫁乌孙后，在漫长岁月中始终不忘其政治使命，完成了乌孙与汉的联盟，实现了"断匈奴右臂"的计划。解忧公主嫁军须靡后不久，军须靡死，其叔父之于翁归靡位为昆弥，号肥王，解忧公主再嫁肥王，生三男二女。其与翁归靡生活期间，至汉宣帝元康二年(公元前64年)，共有36年。这期间，乌孙国力最为强盛，且与西汉关系最为密切。

　　昭帝末年，匈奴西伐乌孙，且先派四千骑占领西域门户车师，与车师联合举兵，共袭乌孙，并派出使者，威胁乌孙交出解忧公主，以绝乌孙与西汉的关系。临此危局，解忧公主上书昭帝言："匈奴发骑田车师，车师与匈奴为一，共侵乌孙，唯天子幸救之！"(《汉书·西域传》)。汉朝接此书，正"议欲击匈奴"时，昭帝死。宣帝继位，"匈奴复连发大兵击乌孙"，夺取了乌孙的车延、恶师等地，并虏掠人民而去，解忧又与翁归靡上书，求西汉派兵，乌孙"愿发国半精兵，自给人马五万骑，尽力击匈奴"(同上)。西汉因此"大发十五万骑"，田广明将四万骑出西河，范明友三万骑出张掖，韩增三万骑出云中，赵充国三万余骑出酒泉，田顺三万余骑出五原，凡五将军，十五万大军，由东面击匈奴。乌孙昆弥翁归靡亲率翕侯以下五万余骑，西

攻击匈奴,东西夹击,大获全胜。翁归靡率军攻入右谷蠡王廷,俘虏了单于的叔父、嫂嫂、公主以下三万九千人,马车驴骡骆驼五万余匹,羊六十余万只(《汉书·西域传》)。而东线汉军奔袭二千余里,"匈奴闻汉兵大出,老弱奔走,驱畜户远遁逃"(《汉书·匈奴传》)。

此次打击,致使"匈奴民众死伤而去者,及畜户远移死亡不可胜数"。此后,"匈奴遂衰耗,怨乌孙"(同上)。匈奴后虽怨恨乌孙,再次派兵侵扰乌孙,但因天降大雪,"一日深丈余",使其因失败而再受打击,致使"丁令乘弱攻其北,乌桓入其东,乌孙击其西","凡三国所杀数万级,马数万匹,牛羊甚众,又重以饿死,人民死者什三,畜户什五"(同上)。匈奴因此一蹶不振,国力衰弱,丧失了"百蛮大国"的地位。至此,汉朝北方威胁基本解除,"匈奴不能为边寇",而"边境少事矣"(同上)。

公元前60年(神爵二年),匈奴西部日逐王先贤掸,"率其众数万骑归汉",汉封其为归德侯(《汉书·匈奴传》)。公元前57年(天凤元年),匈奴五单于争立,致匈奴分裂为二,郅支单于率众西迁,呼韩邪单于款于五原塞,对汉称臣。

由此可见,解忧公主促使乌孙与汉联盟,夹击匈奴,最终基本解除北方边患,起到了很大的政治作用。解忧公主在乌孙期间,派遣其子女到长安,加强了乌孙与汉中央政权的关系。如公元前69年,解忧遣其长女史到长安"学鼓琴",宣帝天凤年间(公元前57年～公元前54年),其"将侍子"送到长安,后朝廷派卫司马魏和意,副侯任昌送侍子回乌孙。

解忧公主在乌孙期间,西汉先进的冶铁技术传入乌孙。乌孙曾经"兵刀朴钝,弓弩不利",后来"颇得汉巧"(《汉书·陈汤传》)。解忧的子女,后来大多地位很高。其长子元贵靡,后来做了乌孙的大昆弥,次子大乐是乌孙的左大将,小女素光嫁给了乌孙贵族若呼翎侯为妻。其中尤以元贵靡对乌孙的政治影响大。

公元前64年(元康二年),翁归靡上书,主动提出"愿以汉外孙元贵靡为嗣",并请"和亲",汉宣帝以解忧公主的侄女相夫为公主,许配元贵靡。但相夫行至敦煌,因翁归靡死,乌孙改立军须靡的匈奴妻所生子泥靡为昆弥,汉宣帝召还相夫。泥靡继位,号狂王,复娶解忧公主为妻。因狂王"暴恶失众","为乌孙所患苦",解忧与汉使魏和意、任昌合谋,于酒席中刺杀狂王,因剑刺斜,狂王负伤而逃。狂王之子细沈瘦起兵,包围解忧和汉使于赤谷城数月,后西域都护郑吉率西域各国之兵解围,细沈瘦退兵

而去。

西汉朝廷对此次出现的乌孙政治危机，还是支持解忧的，因而派破羌将军辛武贤将兵一万五千人至敦煌，欲作征讨。

【神奇女子冯嫽】

另一位杰出的女性，解忧身边的侍女冯嫽，在此时发挥了重要作用。"初，楚主侍者冯嫽能史书，习事，尝持汉节为公主使。行尝赐于城郭诸国，敬信之。号曰冯夫人。"（《汉书·西域传》）冯嫽常作为解忧派出的使者，"行赏赐于城郭诸国"，这一方面表明解忧作为昆弥夫人，积极参与政治事务；另一方面，冯嫽虽为女子，但作为乌孙朝廷的使者，无异于钦差大臣的身份，其干练的外交才干，得到了当时人们的公认，因而有"敬信之"的情况，并普遍对其敬称"冯夫人"。

冯嫽嫁乌孙大将乌孙右为妻，因乌孙右与乌就屠关系密切，"都护郑吉使冯夫人说乌就屠"，乌就屠被立为昆弥，但此时其对汉军深怀恐惧，对于冯嫽出使前来，更加恐慌，称其自愿放弃王位，"愿得小号"。冯嫽担当如此重大政治事务，引起了汉朝廷的重视，于是"宣帝征冯夫人，自问状"（同上），并派遣使者竺次、甘延寿送冯嫽回乌孙，并让其同时兼任为使节，"冯夫人锦车持节，诏乌就屠诣长罗侯赤谷城"，重新立解忧之子元贵靡为大昆弥，并赐印绶（同上）。一场重大的政治危机就此解除。

后元贵靡病死，此时解忧公主已年过七十，"上书言年老思土，愿得归骸骨，葬汉地，天子闵而迎之，"（同上），可见礼仪之重。这时是甘露三年（公元前51年），解忧"时年且七十，赐以公主田宅奴婢，奉养甚厚，朝见仪比公主。后二岁卒"（同上）。

解忧公主之所为，可谓大智大勇，让人闻之而有惊心动魄之感，其功勋卓著，其为国家之利益，甚至将其子女，亦尽数献于实现大汉政治策略的行为之中。其以七十岁高龄，孤身回到故土，大汉天子深感其忠义，念其功高，亲自迎接其荣归。解忧一生可谓功德圆满，可歌可泣，但有一点，让我们有些疑惑：就是如此杰出的一位女性，为何后世竟无予以关注，若干诗人，竟少有吟咏之作。

玉帛朝回望帝乡，乌孙归去不称王。

天涯静处无征战，兵气销为日月光。

——唐常建①《塞下曲》之一

此诗意韵深重，内涵沉厚，但并无我们常见的昭君诗那般，有关于对公主个人之美貌和魅力的赞颂，以此我们可以将其归为女能人，是以智慧和果敢，而并非以其美丽，在历史上留下其身影的。然而，就是这样的作品，仍然是少之又少，如常建这首诗，几乎是一种和者甚寡空寂之音。

对于这种情况，或许可以找到另外的一些其原因来予以解释，比如昭君在匈奴时间较长，且一直未回归汉土，最后葬于大漠，留有"青冢"的种种传说，从而让历史有机会记住她。

【历史的印记"青冢"】

"青冢"是昭君通过历史给我们留下的印记，两千多年后，仍清晰可见。清代宋牧仲②在《筠廊偶笔》说："王昭君墓无草木，远而望之，冥蒙作青色，故云青冢。"近人张相文③之《塞北纪游》也说："塞外多白沙，空气映之，凡山林村草，无不黛色横空，若泼浓墨，昭君墓烟霭蒙笼，远见数十里外，故曰青冢。"

有更早的唐朝大诗人，杜牧见证了"青冢"于时间长河中的留存，其有《青冢》诗道：

---

① 常建，生卒不详，唐代诗人。字号均不详，有说邢台人，或说长安（今陕西西安）人。开元十五年（727）进士。天宝中，任盱眙尉。后隐居鄂渚的西山。其诗意境清迥，语言洗练而自然，艺术上有独特的造诣。其诗多为五言，常以山林、寺观为题材，也有部分边塞诗，有《常建集》，其五言名作《题破山寺后禅院》有句："曲径通幽处，禅房花木深。"

② 宋牧仲，即宋荦（1634～1713）字牧仲，号漫堂、西陂、绵津山人，晚号西陂老人、西陂放鸭翁。汉族，河南商丘人。商丘雪苑六子之一，著名诗人，书画家、文物收藏家和鉴赏家。顺治四年（1647），应诏以大臣子列侍卫。逾年考试，铨通判。康熙三年（1664），授黄州通判，累擢江苏巡抚，官至吏部尚书。康熙帝誉为"清廉为天下巡抚第一"。

③ 张相文（公元1866～1933年），革新中国地理学的先驱，教育家。字蔚西，号沌谷。江苏泗阳人。在上海南洋公学、北京大学等长期任教。1901年出版中国最早的地理教本《初等地理教科书》《中等本国地理教科书》。1908年出版中国最早的自然地理学著作《地文学》。1909年在天津发起成立中国最早的地理学术团体中国地学会，并当选为会长。次年创办中国最早的地理刊物《地学杂志》。还著有《泗阳县志》《佛学地理学》《南园丛稿》和《地质学教科书》等。

青冢前头陇水流，燕支山上暮云秋。
蛾眉一坠穷泉路，夜夜孤魂月下愁。

哀怨，沉郁，以立于千秋之孤独，让后人莫不为此感怀神伤。当然，诗作本身包含了作者所刻意渲染的，于此外独立的诗意之美感，昭君和葬其香魂"青冢"，在诗中，只是一个"题目"。

所谓"蛾眉一坠穷泉路"，无疑是沉郁之中，有关于美的形式存在，所体现细节，以"青冢"的真实，可以去引发相关的联想，而仅以这个细节本身，是不够的。但惟有如此，那个美的形式的完整，我们才可以让想象去弥补。"燕支山上暮云秋"，只是后来者可以感受的，和作者具有通感的主观心态，全诗所构成的一幅画的完整，在无形中悄然完成了它自身独立的美。"夜夜孤魂月下愁"，并不仅只是在言叙一种哀怨，而是因此可以成就一番景象，让人惊竦，但无不体现了凄美之绝。

与此相比较而言，如解忧公主，于历史记载中其政治上的功绩，虽有具体的描述，但对我们而言，除可对此事实有所认知外，其本人并没有具体的形式存在，留给后世的人们。

当然，我们于此会有的感动，并对解忧公主深怀敬意，但不可能对她的容貌、气质，言谈举止等，有具体的感性认识，并因此去体会其个性化的存在。倒是冯夫人"锦车持节"，汉家（公主）之威仪、端庄，跃然于纸上，《汉书》这样的历史著作中，倒是少有这样的出自于史学家笔下的形象化文字，因此，我们相关于此的话题，似乎只能归功于诗解，昭君之美于诗中的存在，被放大，其根本原因似乎只是在于：是诗人们描写了昭君。

这种情况的出现，也许是偶然。从石崇这个穷奢极欲之人，以简朴的文字，描写昭君出塞的情形开始，后世的人们，便竞相以此为主题做诗，但这个开始，为什么会是石崇，他又为什么会作《王昭君辞》，伴舞于其宠姜绿珠，他本人和他的作品之间，看起来有些风马牛不相及，显然不合于我们通常所依循的理性的逻辑，但这是事实，这也许正是艺术独立的特征。

【精心的政治策划】

解忧公主在错综复杂的政治活动中紧张地穿梭，立身于刀光剑影之中。为什么她会这样竭尽全力，为西汉与乌孙联盟，而不惜刺杀其第三位丈夫狂王？她当初从大汉出嫁时带到乌孙的侍女冯嫽，也很让我们怀疑：

冯嫽"能史书、习事"，且"尝持汉节为公主使"，不寻常之处在于，作为侍女，这与她的身份不符，其常做的事，应主要是照顾主人的生活起居。"能史书，习事"，在当时，是一般女子做不到的事，且相关"史书"之事，以及"习事"所指，应是指政治事务是不允许女子从事的，即便是依匈奴风俗可以这样做，冯嫽的这种本事又是从何处学来的呢？

一般看来，这应当是一种有目的的政治策划。正如解忧所负政治使命，完全可以从她的所作所为中看出来。即便是刺杀狂王，后来的"车骑将军长史张翁"，因不满解忧之所为（没有成功），有对其极为不恭的举动："张翁捽主头骂詈。"（《汉书·西域传》）但后来，西汉朝廷还是积极对她的这一作为给予了支持和配合，即出兵至敦煌，准备"征讨"。如果仅是一种解忧出于个人利益的政治争斗，汉朝廷这样做，是不应该也是不可能的。有关情节可谓步之惊心，但这些故事已并无诗意可言。

【形式之美】

在这里，有关诗意之说，应该作有局限的"形式之美"的界定。在此，可引用黑格尔在其《美学》一书中所举的一个例子：即公元前五世纪希腊历史学家希罗多特的《历史》第七卷，所叙述的希腊人抵御波斯人入侵的一段英勇事迹：

> 诗的内容很简单，史是一句枯燥的叙述，"三百个斯巴达人在这里和四千敌军进行过战斗"，但是有意思的是要刻个墓志铭，使当代人和后世人知道这一英勇事迹，所以碑铭采取了诗的表达方式。

正因为此处有关于碑铭以"形式"而有的表现，即"碑铭要显得是一种创作"（诗），让内容保持它原有的简单面貌，而表达出来的话却是有意作出来的：

> 过路人，请传句话给斯巴达人，
> 为了要听他们的嘱咐，我们躺在这里。①

---

① ［德］黑格尔：《美学》第三卷下，商务印书馆，1981 年版，第 21 和 22 页间之页注（1）。

也就是说,通过诗对"墓碑"之碑铭,这个"形式"的艺术化制作,我们似乎感性地接触到了那场力量悬殊的英勇之战的氛围,是多么不可思议的壮怀激烈和气贯长虹,这是诗不同于历史之处。

借用在这里,有关昭君之美,是不是可以说,正因为有如此之多的诗歌艺术制作的作用,使其成为"四大美人"之一。这样的结论,也许过于简单,但应该是一个事实。

与前面说过的解忧公主和冯夫人的情况相比较,一个同样简单的结论是,正因她们没有像昭君那样,引起诗人们的注意,从而引发出他们竞相吟咏的热情,所以有关她们的美,我们不得而知,虽然她们的事迹功业,已让历史所记载,而同样不可磨灭,但诗与历史记载不同的是,有关昭君形象所获得的独立存在,是以美而让我们去认知的。

当然,这并不是说,诗中的形象是描写美人的,丑人不写。而是指诗所表现的形象本身的完整,使其具有独立存在的个性,即是完美。对于诗中的昭君,以她作为个性存在本身,她的美是其特征,而不是因为她的美貌,诗才去描写她的。

也许本段文字中,关键问题正在于此,即昭君之美被认同,虽然是一种以此为主题的系列诗作相互影响,起到了相当的作用,但诗人们为何要在"昭君怨"的主题下,刻意描绘她的美貌呢? 或者说,昭君之美为什么会成为"昭君怨"主题的主要内容呢? 这应该是我们试图寻求隐藏在其后的若干问题的一个重要提问。

【美就是感情的被触动】

解忧公主的胆略和冯夫人的智慧,没有成为她们形象的特征而被体现;而昭君之美,因为历史没有记录或隐去了她在匈奴的若干事迹而被诗人们所忽视,但"昭君怨"却成为她的美的内涵,以美来形象化她的"怨"的根据,其根本原因在于:这是诗的表现手法。惟有如此,才能触动我们的情感,使我们的感性认识得到满足。

　　披庭国色世所希，不意君王初未知。

　　欲行未行始惊惋，画史乃以妍为媸。

　　　　　　　　　　　　——宋王炎①《明妃曲》

　　此诗言因画工毛延寿之误，致使汉元帝后悔"省识春风面"之误，其意境落于俗套，但关于昭君之美在被传诵中的影响，则由此可见一斑。

　　自矜骄艳色，不顾丹青人。

　　那知粉缋能相负，却使容华翻误身。

　　上马辞君嫁骄虏，玉颜对君啼不语。

　　北风雁急浮云秋，万里独见黄河流。

　　纤腰不复汉宫宠，双蛾长向胡天愁。

　　琵琶弦中苦调多，萧萧羌笛声相和。

　　谁怜一曲传乐府，能使千秋伤绮罗。

　　　　　　　　　　　　——唐刘长卿②《王昭君歌》

　　此诗句中有对于昭君之美的形象之再现："纤腰"与"双蛾"，"妖艳"添"粉缋"，"琵琶"和"羌笛"，并无关于昭君出嫁塞外，和亲匈奴所起政治作用之评述，仅以昭君之美的具体细节和形式上的描写，去再现其"不顾丹青人"之矜持和因容华玉貌而误身的愁怨之情，而对刘长卿这样功力深厚的诗人而言，此诗同样并不出色，但诗人对惯用之技术，于此虽然运用娴熟，却仍有滥用之嫌，不过，倒是可以说明我们的问题：有关于昭君之美已掩盖了其他实质问题，而仅以"美"为诗歌的表现，在描写刻画中试图触发人们的审美情感，但对于历史真实而言，又有何意义呢？

　　①　王炎（公元1137～1218年）字晦叔，一作晦仲，号双溪，婺源（今属江西）人。乾道五年（1169）进士。乾道末，调崇阳县主簿。历知临湘县，通判临江军。庆元间，历任太学博士，秘书郎，著作佐郎兼实录院检讨，著作郎，军器少监，军器监兼权礼部郎官。嘉泰元年（1201）罢，主管武夷山冲佑观。后起知饶州，改知湖州。嘉定二年（1209）罢，再奉祠。累官中奉大夫、军器监。嘉定十一年卒，年八十一。《宋史翼》有传。炎与朱熹交谊甚笃。有《双溪集》二十七卷，词有《双溪诗馀》一卷。王炎平时留心医药，且有著述。

　　②　刘长卿（公元709～约786年），字文房，宣城（今属安徽）人。唐代著名诗人，善五律，工五言。官至监察御史。与诗仙李白交厚，有《唐刘随州诗集》传世，其诗五卷入《全唐诗》。

第三节　美被价值决定的存在：被虚拟的昭君爱情故事

【《汉宫秋》】

有一件历史学家并非会刻意考证，实际上也可能是纯属偶然的事。

将昭君嫁于呼韩邪单于的汉武帝，在昭君踏上远出塞外的路途数月后，即"崩于未央宫"。《汉书·元帝纪》记载："竟宁元年春正月，匈奴虏韩邪单于来朝。"其前来是为请求和亲之事，汉元帝"赐单于待诏掖庭王嫱为阏氏"，并且"其改元为竟宁"，但"五月壬辰，帝崩于未央宫"。

竟宁元年即公元前33年，应劭①对"竟宁"的含义解释为："呼韩邪单于愿保塞边竟（境）得以安宁，故冠之也。"汉元帝于该年五月死，其终年四十三岁，于七月，葬渭陵。而昭君出塞，经冯翊、过北地、然后通过上郡北上，到达西河，自此西行抵朔方，再由此往东北折去，经过一年多的时间，于第二年初夏，才到达五原。因此，元帝死时，昭君还在路途上。

> 戎途飞万里，回首望三秦。
> 忽见天上雪，还疑上苑春。
> 王痕垂泪粉，陇首望沙尘。
> 唯有孤明月，犹能远送人。
>
> ——唐张文琮②《昭君词》

---

① 应劭（约153～196年），东汉学者，字仲远，汝南郡南顿县（今项城）人。父名奉，桓帝时（147～167）名臣，官至司隶校尉。劭少年时专心好学，博览多闻。灵帝时（168～188）被举为孝廉。中平六年（189）至兴平元年（194）任泰山郡太守，后依袁绍，卒于邺。应劭博学多识，平生著作11种、136卷，现存《汉官仪》《风俗通义》等。《风俗通义》存有大量泰山史料，如《封泰山禅梁父》篇记述泰山封禅轶事，《五岳》篇详载了岱庙，都有很高的史料价值。辑入《后汉书·祭祀志》，为应劭所引用的马第伯《封禅仪记》，是中国最早的游记文学作品之一。

② 张文琮，字不详，贝州武城人。生卒年不详，约唐太宗贞观十四年（604）前后在世。好自书写，笔不释手。贞观中，为治书侍御史。永徽初，献文皇帝颂，优制褒美。拜户部侍郎神龙中，累迁工部尚书，兼修国史。韦后临朝，诏同中书门下三品。旬日，出为绛州刺史。累封平原郡公，卒。有文集二十卷。

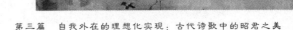

　　此诗即言路途万里，皆有四季春夏秋冬之变化，说明出塞路途上所经历的大致时间，应在一年以上。而昭君尚未到塞外匈奴王廷，汉元帝已死，此似毫无相关的两件事，却让人想起另一件事，即元代马致远的《汉宫秋》，以汉元帝和昭君之恋情为主线，繁衍出奇词丽句和俚语俗话的完美融合并以曲折情节结构而成的戏剧杰作，在隐约之间，与我们上面所说的情况，似有相关性。

　　当然，在元代这位伟大剧作家写《汉宫秋》之前，有关帝王和妃子雷同于世间凡俗之恋，已有唐朝诗人白居易《长恨歌》所写的，唐玄宗与杨贵妃"在天愿为比翼鸟，在地愿为连理枝"，类似于市井乡间皆有之儿女情长，作为示范，以此为题材，不足为奇，但马致远除有可能受《长恨歌》的影响外，是不是对上面所说的历史记载有所猜测，成为创作《汉宫秋》的主要原因，这很难说。

【君王若问妾颜色，莫道不如宫里时】

　　当然，以上也仅只是臆测。但《后汉书》的记载与此有关联的地方是："呼韩邪临辞大会帝召五女以示之。昭君丰容靓饰，光明汉宫，顾景裴回，竦动左右。帝见大惊，意欲留之，而难失信，遂与匈奴。"（《后汉书·南匈奴列传》）其中"意欲留之"，应该是马致远的根源。

　　《汉书》也有"帝悔之"之说，"而名籍已定，帝重信于外国，故不复更人。"（《汉书·匈奴传》）问题是汉元帝于此事发生后不久，数月后即亡，一般而论，汉元帝应该在此以前已疾病缠身。然而，一位病入膏肓者，尚有心贪色，让人生疑。且不仅是一般情况下的"心有所动"似的后悔，而是雷霆震怒，追问究竟，"乃穷案其事。画工皆弃布，籍其家资皆巨万"。此为《西京杂记》所记，此书为掇拾小说一类，并非正史，其所说与前面正史所记的矛盾是，此时病入膏肓的皇帝，应是心有余而力不足，且不宜发怒，而《西京杂记》所言，至少与数月后汉元帝即亡的实际情况，有情理上的不通之处。

　　当然，也许有另一种解释，即汉元帝是在短期突然发病而亡的，毕竟上述正史并未记载汉元帝的死因。如果这样，马致远这幕《汉宫秋》中所描写的皇帝的相思病，似有了合乎情理的根据，虽然这种相思病也来得太猛烈了。

探寻中国古代四大美人之美

（驾引内官上，云）咱家汉元帝，自从明妃和番，寡人一百日不曾设朝，今当此夜景萧索，好生烦恼。且将这美人图挂起，少解闷怀也呵。

［中吕粉蝶儿］宝殿凉生，夜迢迢六宫人静。对银台一点寒灯，枕席间，临寝处，越显的吾当薄幸。万里龙廷，知他宿谁家一灵真性。

——元马致远《破幽梦孤雁汉宫秋》第四折①

汉元帝会因患相思病而亡？这当然有些荒唐，就真有与昭君之恋情，虽然出自于元代"关、马、郑、白"四大戏剧家之一马致远的生花妙笔，仍然免除不了对此的怀疑。

但是，我们在怀疑之余却会发现，这种情况会使另一种认识得到加深：即昭君之美可谓惊人应为不过，她把有着后宫三千佳丽的汉元帝弄得失魂落魄，虽不是真有其事，但七分假中也许有三分真。

这三分真，倒还有别处的印证：即王昭君有两位兄弟，和亲侯王歙，以及骑都尉展德侯王飒，后来出使匈奴，祝贺乌累单于初立，时间是天凤元年（公元14年），在王莽为帝时。

"天凤元年，云（即王昭君之女伊墨居次云）、当（即匈奴用事大臣左骨都侯须当，为云之婿）遣人之西河虎猛制房塞下，告塞吏曰欲见和亲侯。"于是，"莽遣歙，歙弟北骑都尉展德侯飒使匈奴，贺单于初立，赐黄金衣被金帛"（《汉书·匈奴传》），且二人多次复使匈奴，王飒后来还任中部将归德侯，他们在王莽时多次扮演汉匈和亲的重要角色。

天凤元年距昭君出塞时（公元前33年），已有四十余年，此时昭君应已去世，因为史料于此时无昭君活动的记录。

汉平帝时，元寿二年（公元元年）初，昭君之女须卜居次云，奉单于命遣汉，"入侍太后，所以赏赐甚厚"（同上）。而此表时，对于汉匈两家的和亲政治，昭君的存在或曾经的存在是一个重要的可利用的条件。

昭君之兄是受到汉家皇帝的器重，有可能自昭君出塞时及以后就开始了。这其中汉元帝对昭君"意欲留之"的好印象是此事的一个影子，即有可能爱屋及乌。从史料上看这应是事实，即除了政治上的考虑外，个人喜好的因素未尝不是一种选择的原因。

《汉书》留下了班固对汉元帝的评价，班固的"外祖兄弟为元帝侍

---

① 《元人杂剧选》，顾学颉选注，人民文学出版社，1998年版，第132页。

中"，有可能于元帝左右行走，因此，他们（班固的"外祖兄弟"）"语臣曰：元帝多才艺，善史书，鼓琴瑟，吹洞箫，自度曲，被歌节，分节刌度，穷极幼眇，少而好儒"。（《汉书·元帝纪》）可见有此艺术细胞的汉元帝多愁善感，因而对绝代美人王昭君一往情深，并因此患上相思病，不是没有可能。

> 汉使却回凭寄语，黄金何时赎蛾眉？
> 君王若问妾颜色，莫道不如宫里时。
>
> ——唐白居易《王昭君》

由此诗亦可见上述君王和宫女之恋的影子。白大诗人一句"君王若问妾颜色，莫道不如宫里时"以所拟的昭君之怨口吻，道尽缠绵无尽的情意，然又并非仅及于此。诗的言外之意是对汉家君王薄恩寡情的一种间接的否定，这主要反映在，昭君仍然在幻想皇帝还在思恋她，那么旁人又怎能言及其他？

【消除了与审美对象之间的"疏远性"】

也许，这应当是我们所寻找的某种答案的解秘之处。

由"帝意欲留之"而起，所能演衍的，是有关昭君之美的评价尺度。不在于汉元帝与昭君是否真的有一段恋情，也不论汉元帝在单于临辞大会上得见昭君后，是否还有时间和机会与昭君发生情爱方面的关系以及这种所谓的情爱是否存在其合理的"感情基础"，这种似乎事出有因的故事情节，有可能带给我们审美的感性认识的"形式"和"内容"，消除了与审美对象之间的"疏远性"，这样的故事情节所实现的，是让我们进入其间，进行自我创造，以完善对美的感受，这个过程让我们可以在想象中置身于其中，一切似乎历历在目。

"君王若问妾颜色，莫道不如宫里时。"此语似在耳边环绕，悄然婉转，且有泣声相伴，如此声色动人，足以感人于万千，其言语委婉悦耳，却又似有刻骨之痛——

> ［随煞］一声儿绕汉宫，一声儿寄渭城，暗添人白发成衰病。
>
> ——《破幽梦孤雁汉宫秋》（同前）

这种恨别离愁的通感,无疑会将人生拉扯进去,使离别因为距离(塞外距故土之遥远)、愁绪(塞外之空旷无边、荒凉而少有人烟之孤独。)因为生离死别在空间上的渺小与广大的对比找到了比附,足以引发的联想,并因此而使我们因同情而生的怜惜被放大,成为在此之后的那个被隐喻的价值观念。如亚当·斯密在其名著《道德情操论》中所说:当一个人"把自己摆到整个民族的位置上时,他立即感到,如果流血牺牲能实现如此有价值的目的,他就无论怎么浪费自己的鲜血也不过分"。而这种"伟大、高尚和崇高的合宜性的基础上,当我们开始观察这种效用时,不容置疑,它给予了这些行动一种新的美感"。①

这是一种转化,即我们由此引起的同情被认同后,从而以价值的标准形成了对美的真切感受。

这样的说法也许过于抽象。但是我们只要反过来想:诗人、戏剧作家们所力求达到的,以情感的动人所渲染的借助于汉元帝和昭君之间的情感故事,或者是昭君对故土、亲人的情感表露,无非在于通过感动别人而感动自己,那么,这种感动的产生当然来自于我们对昭君个人命运的同情,而这种同情之所以是有价值的是在于美的存在。更进一步说,因为价值若是与整个民族的利益相关,比之于那种纯粹的个人爱情故事,其美的存在会被置于众美之上,这是无疑的。

当然,这并不是说,古人似乎是按照上述理论去创作了"四大美人"之一的王昭君形象,而是相反,因为昭君之美不仅相关于个人命运,才由此可能获得更多的正面推举。

【历史与诗人们不谋而合】

仔细比较我们在前一节说过的,同样是和亲使者,同样担负重大政治使命,且功勋卓著的汉家公主细君、解忧和侍女冯嫽,她们的美丽未被纳入如"四大美女"之文化系列而得以更广泛地传诵,也许是历史的一种误读,但不能说是一种共同的偏好,因为美首先是客观的存在,而不能对此予以否认,问题也许正出在这里。

虽然有情人眼里出西施之说,但毕竟东施绝不可效颦于西施,西施之美是不可替代的。

---

① 〔英〕亚当·斯密:《道德情操论》,商务印书馆,2006年版,第239~240页。

　　诗人们对昭君的吟诵，都要极力回避，甚至是有失偏颇地对昭君在历史上的政治功绩进行夸大，但诗作中很少提及具体的事迹。如此看来，也许同样存在偏颇，因为历史对此缺少具体的记载，所以难以找到相应的素材，问题也就出在这里。

　　昭君在匈奴数十年，因汉匈两家在当时的历史条件下，只能维系暂时的和平，昭君恰逢这样的政治气候，所以其在匈奴的作为波澜不惊，难以达到记入史册的标准。其所做的工作，包括其两个兄弟为后来的和亲政策不断地往返于汉匈之间，其女也曾入长安侍奉太后，可以间接地肯定，正是昭君架起了汉匈两家联盟的桥梁。但这些事迹，包括具体的情节却被忽略，其中的原因除上述情况外，还有什么其他的情况被隐藏着呢？

　　以"昭君怨"为主题的塞外诗人们的存在以及若干诗作本身，很少有具体涉及昭君为国家利益，而不惜牺牲个人之利益之作为的情况，虽然也有观点认为其出嫁塞外，正是其个人成就功名的机会，但这种具有典型男性思维倾向的说法，实不能成立。

　　对一位远离故土的女子而言，语言不通，举目无亲，而欲融入风俗习惯多有不同的匈奴社会，其中困难可想而知。在一般情况下，女性出嫁塞外并不是什么好事，试图弥补历史空缺的诗人们也都这样认为，而昭君意欲所为无非是以其弱小而担负国家利益需要的使命，其具体所为并没有被记载，这种情况似乎是历史与诗人们不谋而合的选择。

　　正因为如此，即并非政治才干和具体的政治性行为，昭君的形象，才具有因更接近于普通女性们的思想境界，而获得更广泛的认同，从而使昭君之美的概念更具有概括性，诗人不约而同地合谋，昭君之美在众美之上，她实际有限的存在，可以成为包容众多比附的希望中存在的美。

　　　　天下为家百不忧，玉颜锦帐度春秋。

　　　　如何一手琵琶曲，青草离离尚未休。

　　　　　　　　　　　　　　　　——元虞集①《昭君出塞图》

---

　　①　虞集（公元1272～1348年），字伯生，号道园，人称邵庵先生。官至翰林侍讲学士、通奉大夫，元代著名学者、文学家、诗人，与杨载等并称为"元代四大家"。

　　此诗所体现的融合氛围，似乎是与元代所特有的社会环境中人们的希望有关，似涉及昭君为汉朝的和亲政策所做出的贡献，但并不突出于此，而是以"玉颜锦帐度春秋"的和谐、安宁来平衡那种患得患失的"怨恨"情绪。

　　从相反的角度看，纵然"青草离离尚未休"，亦有无尽的惆怅，但以"天下为家"的目光来看，"玉颜"与"锦帐"是可以被等价的，足以安心，那么，昭君之美的价值于此当然是不容否定的。显然"天下为家"只是一种心怀，希望如此或已然如此都是相对于其个人的境遇而言，并不一定要涉及个人的政治功绩。"玉颜"之形式美的标识仍是其主要描写对象。

【昭君之《怨词》】

　　诗人们似对于西汉的和亲政策很少有表示赞同的，虽然对于昭君的行为寄予了最大的同情，且在赞许之外，对于因国家政治需要将重任负于一女子的肩上，表达了不平和讥讽。

> 明妃远嫁泣西风，玉簪双垂出汉宫。
> 何事将军封万户，却令红粉为和戎。
>
> ——唐胡曾[①]《汉宫》

　　以红粉和戎是一件看来并不光彩的事。虽然有盲目地将国家安危仅视为以兵戎相见属男人们的偏见，但其"何事将军封万户"，却是难得一见的不平之鸣。然以昭君为"红粉"之代表，以美之形式去概括，她和她们的行为意义被忽略了。

　　昭君当然不知道，她远去塞外的路途，还有在匈奴生活的数十年时间，以及最后所葬之地的"青冢"，都成了后世之人以借以抒发感情的承载物。出塞的路途的确很遥远，昭君从此再也没有从原路回来过。这样的路途，是不是真的走了一年多时间，没有人测算过，很多事只能在后人们的猜测中存在。因此，这支由呼韩邪单于率领的迎亲队伍，原先在历史

----

　　① 胡曾，邵阳（今属湖南）人。生卒年、字号不详，咸通中，始中进士。尝为汉南节度从事。高骈镇蜀，辟为书记。曾居军幕，每览古今兴废陈迹，慷慨怀古，作咏史诗三卷（唐才子传作一卷。此从全唐诗）。

中也是悄无声息的，只是起于那个叫石崇的人的想象，如唐代吴兢①《乐府古题要解》中说：

始，武帝以江都王建女细君为公主，嫁乌孙王昆莫，令琵琶马上作乐，以慰其道路之思；其送明君亦然。晋文王（讳）昭，故晋人改为明君。石崇有妓曰绿珠，善歌舞，以此曲教之；而自制王明君歌，其文悲雅。

可见石崇作《王昭君辞》，出之于推测，送明君时应有"琵琶马上作乐"，可以慰藉其道路所思之苦，只是弹奏琵琶曲时是不是真的有一只大雁，为昭君之美艳和凄恻之琴声所动，从天上掉了下来，因而成就昭君"落雁"之容的美誉，这样的事看来也只能推测，可以肯定的是，如果没有这样的事，这个绝妙的比喻倒是让人很难凭空想出。

有关于昭君之《怨词》，则定然是后人伪托之作。有传为东汉蔡邕②所作《琴操》中记载，昭君恨帝始不见遇，心思不乐，心念乡土，乃作怨旷思惟歌曰：

秋木萋萋，其叶萋黄，有鸟处山，集于芭桑。
养育毛羽，形容生光，既得行云，上游曲房。
离宫绝旷，身体摧残，志念没沉，不得颉颃。
虽得委禽，心有徊惶，我独伊何，来往变常。
翩翩之燕，远集西羌，高山峨峨，河水泱泱。
父兮母兮，进阻且长，呜呼哀哉！忧心恻伤。

① 吴兢（公元670~749年），史学家，汴州浚仪（今河南开封）人。武周时入史馆，修国史，迁右拾遗内供奉。唐中宗时，改右补阙，累迁起居郎，水部郎中。唐玄宗时，为谏议大夫，修文馆学士，卫尉少卿兼修国史，太子左庶子，也曾任台、洪、饶、蕲等州刺史，加银青光禄大夫，迁相州，封长垣县子，后改邺郡太守，回京又任恒王傅。著有名著《贞观政要》，其著以尚简和直笔而被称为"良史"。

② 蔡邕（公元133~192年），字伯喈，陈留（今河南省开封市陈留镇）圉人，东汉文学家、书法家。汉献帝时曾拜左中郎将，故后人也称他"蔡中郎"。博学多才，通晓经史、天文、音律，擅长辞赋。灵帝时召拜郎中，校书于东观，迁议郎。曾因弹劾宦官流放朔方。献帝时董卓强迫他出仕为侍御史，官左中郎将。董卓被诛后，为王允所捕，死于狱中。蔡邕著诗、赋、碑、诔、铭等共一百零四篇。

　　因此诗虽有所记载,却难肯定确系昭君所作。其中"虽得委禽,心有徊徨",出语粗鄙,带有对异族的蔑视,所泄之愤,也难以想象会出自于女子之手笔,且其整首诗之功力,也非上乘,但历代文人墨客于此却并未有所否定,只是因循旧说,再加上有关昭君的琵琶声让一只大雁从天空上掉下来的情节作非现实主义的表现,只是让人若往实处想,会认为有些不太可能,不过,可以问下去的是,如此应景之作其写作之动机又是怎样的呢?

　　这应该是有关昭君之美的描写者们去添附补足于完美所欠缺的那一部分,只能伪托:一方面是因为昭君的形象中有其怀抱琵琶的细节,这琵琶的用处是于出塞的路上,弹一曲《怨词》可"慰其道路之思";另一方面也在于表明昭君之才艺情怀,这显然是与其美的"内涵"有关。只是对于琵琶,东汉刘熙①所作《释名》有记:

　　批把本出于胡中,马上所鼓也。推手前曰批,引手却曰把,象其鼓时,因以为名也。

　　可见此乐器在当时为外来之物。杜佑《通典》中说,批把"疑是弦鼗之遗制"。释智臣《古今乐录》②中言:"琵琶出于弦鼗。"《宋书·乐志》:"秦苦长城之役,百姓弦鼗而鼓之。"因此琵琶是在有柄的弦鼗上加以弦线,用以弹奏的乐器。昭君出塞,怀抱琵琶,因而有关于此的诗作甚多。

> 浑成紫檀金屑文,作得琵琶声入云。
> 胡地迢迢三万里,那堪马上送明君。
> 　　　　　　　　——唐孟浩然《凉州词》

　　所谓"紫檀金屑文",即用天然紫檀木制成的琵琶,饰有金的琐细花

---

① 刘熙(生卒年不详),或称刘熹,字成国,北海(今山东昌乐)人,官至南安太守。东汉经学家,训诂学家。据《三国志》记载,吴人程秉、薛综、蜀人许慈都曾从熙问学。著有《释名》和《孟子注》,其中《释名》是我国重要的训诂著作,在后代有很大影响。
② 《古今乐录》,中国古代音乐著作。为南朝人释智臣所著,全书十三卷,但已佚失(《新唐书·艺文志》),部分散见于《乐府诗集》《太平御览》《初学记》,是研究汉魏时音乐发展的重要资料。

纹为唐代风尚。而此去塞外"三万里"使实际上确实遥远的距离，在想象中更被夸大了，而从唐代远望，更添旷远与缥缈之感。

> 琵琶马上弹，行路曲中难。
> 汉月正南远，燕山直北寒。
>
> ——唐董思恭[①]《昭君怨》

固有琵琶曲，马上行路似更难，月为汉朝月，人却已入燕山寒。诗中意向，可独立成画，因此而生成的，应是别样的美感。昭君之美，只是具象的负载之物。

千里之行，及于塞外，昭君安身立命于匈奴王廷的生活，究竟怎样，历史并无过多记载，似乎仍然只是诗人们的想象：

> 明妃一顾已倾城，紫台远去转娉婷。
> 鸣驼嘶马杂羌语，夜夜朝朝那可听。
> 天低海水西流处，独有琵琶堪唤语。
>
> ——清胡稚威[②]《琵琶怨》

于此感叹之人，却只是离汉时之月更远。然"鸣驼嘶马杂羌语"的情境，在感觉中将一种近似的真推近。

只是此类诗作过多地拥挤，如南宋洪迈[③]《容斋随笔》中所言："又有《王昭君》南宋三绝句云：'绝艳生殊域，芳年入内庭。谁知金屋宠，只是信丹青。''几岁后宫尘，今朝绝国春。君王重恩信，不欲遣他人。''极目

---

① 董思恭，生卒年不详，唐诗人，苏州人。高宗时任中书舍人。初为右史，后知考功举，坐事流死岭表。《全唐诗》录存其诗十九首，《全唐诗补编》存其诗一首，多为咏物写景之作，词藻富丽，对仗工整，甚为时人所重。今传《董思恭集》。

② 胡稚威（公元1696～1758年），即胡天游，初姓方，名游，后改姓胡，名骙。其诗雄奇瑰伟，首开清诗奇诡之风，是清代文坛的重要人物。

③ 洪迈（1123～1202），南宋饶州鄱阳（今江西省鄱阳县）人，字景卢，号容斋，洪皓第三子。南宋著名文学家。其学识渊博，著书极多，文集《野处类稿》、志怪笔记小说《夷坚志》，编纂的《万首唐人绝句》、笔记《容斋随笔》等等，都是流传至今的名作。

胡沙满,伤心汉月圆。一生埋没恨,长入四条弦。'①令人读之,缥缥然感慨无已也。"

【在感动中,具体的内容消失了】

昭君诗写到后来多无新意,但诗人似乐此不疲,是因为昭君之美可助兴起的诗意吗? 果真如此?

当然,更为重要的是,也许昭君之美以其形式的概括而存在,视之者无,却又真实存在,其空灵之处可视为自由想象的空间,因此诗人们恃其才,以怀才不遇而与昭君怨均起之君恩难顾的雷同,而有如同声之同鸣,仔细想来确实是绝无仅有的奇观。

> 汉家青史上,计拙是和亲。
> 社稷依明主,安危托妇人。
> 岂能将玉貌,便拟静胡尘。
> 地下千年骨,谁为辅佐臣。
>
> ——唐戎昱②《咏史》

此诗以直笔对汉朝和亲政策进行了抨击,"安危托妇人"之句,虽足见其激烈、忿忿然愤懑之状,但政治上有书生之见的嫌疑,倒是没有常见的那种诗意的矫情。

艺术作品引起情感上的共鸣,或者说艺术品被努力创造出来,就是为了能够触动人们的情感,因此借助各种具体的事物及其发展变化的情节作为内容,但是,这种借助的高明,也仅只在于以能够引起人们的感动为限。其实,那些让人们感动的内容,其"基本的确定性却不因此就显现出来,仍然仅仅是我的一种主观感动,在这种主观感动里面,具体的内容消逝了,就像跻在最抽象圆里一样"。③

---

① 此为宋文同诗。文同(1018~1079年),字与可,号笑笑居士、笑笑先生,人称石室先生等。北宋梓州梓潼郡永泰县(今属四川盐亭县)人。著名画家、诗人。文同以善画竹著称。

② 戎昱(公元744~800年),唐代诗人,荆州人,登进士第。卫伯玉镇荆南,辟为从事。建中中,为辰、虔二州刺史。存诗一百二十五首,明人辑有《戎昱诗集》。其诗语言清丽婉朴,铺陈描写的手法较为多样,意境上大多悲气纵横。

③ [德]黑格尔:《美学》第一卷,商务印书馆,1979年版,第39页。

　　反过来说，如果没有感动，所有的具体内容涉及的事物及其发展变化的情节，都不再是重要的。这些问题涉及关于美学理论问题，很有些费解，但如果我们要对所谈论的问题有一个清晰的认识的话，似需要借助理论的指导。

　　因为我们在这里谈论昭君之美，而这个似乎于我们而言的谜一样的美人，揭开她的面纱让她绝伦的美色照亮一切，包括眼前的世界和我们的心灵，这就需要做很多准备。

　　那个谜底并非伸手可及，在我们自以为触及了她的面纱时候，在揭开之后却会发现空无一物，这是很令人吃惊的。

　　在人们几乎众口一致的赞扬声中，我们也许会被其中某个声音所打动，正因为这个打动我们一刹那间，会发现昭君的形象渐渐明朗起来。

> ……
> 君王若问妾颜色，
> 莫道不如宫里时。
>
> ——唐白居易《王昭君》

　　是因为诗，诗的叙说，有这样的一刹那的闪现，真是这样吗？

【外在事物中的自我创造】

　　与此时可以比较的是，有欧阳修所写的昭君诗，能够触动我们如同前面有过的那种感觉吗？

> 汉宫有佳人，天子初未识；
> 一朝随汉使，远嫁单于国。
> 绝色天下无，一失难再得；
> 虽能杀画工，于事竟何益？
> 耳目所及尚如此，万里安能制夷狄？
> 汉计诚已拙，女色难自夸。
> 明妃去时泪，洒向枝上花；
> 狂风日暮起，飘泊落谁家？
> 红颜胜人多薄命，莫怨春风当自嗟。
>
> ——宋欧阳修《再和明妃词》

宋代罗大经①《鹤林玉露》对此评论道："古今赋昭君词多矣，惟白乐天，'汉使却回寄凭语，黄金何日赎蛾眉？君王若问妾颜色，莫道不如宫里时。'前辈以为高出众作之上，亦谓其有恋恋不忘君主之意也。欧阳公《明妃词》自以为胜太白，而实不及乐天。"

同此论者，有明代瞿佑②《归田诗话》中言："诗人吟昭君者多矣，大篇短章，率叙其离愁别恨而已，惟乐天'汉使却回寄凭语，黄金何日赎蛾眉？君王若问妾颜色，莫道不如宫里时'不言怨恨，而惓惓旧主，过人远甚。"

二人结论大致相同，叙其理由，却各自不同：前者囿于对君恩不忘之纲常礼教，似却也有隐于其言之后的"不忘君主之意"，并非一定是君臣关系，也可以说成是男女之情涉于其间？

而后者关于"不言怨恨，而惓惓旧主"之论，以白乐天诗之新意的开拓，为其"过人远甚"的理由，实际上也仅只是一个方面的问题。

白居易此诗其实不在于诗意的开拓，"不怨恨"却于言中多有情怀，固然是一种对其形象的塑造过程，以"由爱而生"之理，不仅是指人生，也相关于美的形象，是一种建设性的趋向。然而此诗更为重要的取胜之处是在借用昭君的口吻，在不停顿的动态中，从实景"汉使却回凭寄语"到虚拟之情状"君王若问妾颜色"，所表达的内心感受和愿望为"莫道不如宫里时"，且此处"宫里时"之昭君绝色"光明汉宫"那般，自然是另一番情景，虽未言及一字，已使其"美"跃然于纸上。

也正因为白居易诗未直笔描绘昭君的"美"，给我们留下的想象空间，使我们"在外在事物中自我创造（或创造自己）"③得以实现，这正是其"过人远甚"的原因。

---

① 罗大经（公元 1196～1252 后）字景纶，号儒林，又号鹤林，南宋吉水人。宝庆二年（1226）进士，历仕容州法曹、辰州判官、抚州推官。在抚州时，因为朝廷矛盾纠纷被株连，弹劾罢官。此后再未重返仕途，闭门读书，博极群书，专事著作。大经有经邦济世之志，对先秦、两汉、六朝、唐宋文学评论有精辟的见解。著《易解》十卷。取杜甫《赠虞十五司马》诗"爽气金无豁，精淡玉露繁"之意写成笔记《鹤林玉露》一书。

② 瞿佑（公元 1347～1433 年）字宗吉，号存斋。一说钱塘（今浙江杭州）人，一说山阳（今江苏淮安）人，元末明初文学家。著作有《存斋诗集》《闻史管见》《香台集》《咏物诗》《存斋遗稿》《乐府遗音》《归田诗话》《剪灯新话》等二十余种。

③ ［德］黑格尔：《美学》第一卷，商务印书馆，1979 年版，第 39 页。

第四节 美存在的意义表达：民族作为"类"的整体象征

【王安石《明妃曲》二首】

北宋著名政治家王安石，有《明妃曲》二首，很有名也很重要，现照录如下：

其一

明妃初出汉宫时，泪湿春风鬓脚垂。低徊顾影无颜色，尚得君王不自持。归来却怪丹青手，入眼平生几曾有。意态由来画不成，当时枉杀毛延寿。一去心知更不归，可怜着尽汉宫衣。寄声欲问塞南事，只有年年鸿雁飞。家人万里传消息：好在毡城莫相忆。君不见咫尺长门闭阿娇，人生失意无南北。

其二

明妃初嫁与胡儿，毡车百辆皆胡姬。含情欲说独无处，传与琵琶心自知。黄金杆拨春风手，弹看飞鸿劝胡酒。汉宫侍女暗垂泪，沙上行人却回首。汉恩自浅胡自深，人生乐在相知心。可怜青冢已芜没，尚有哀弦留至今。

王安石于北宋熙宁二年（公元1069年）官至宰相，推行均输法和青苗法，实际上是远远超越于其所处时代的变法。其中一攻创制为"青苗钱"，即政府在载种禾苗的季节贷款给农民，秋收后还款附加两成利息。而"均输法"让各转运使，将应当送往开封的物品在当地出卖，再去买那些在京城不易到手的货物从中牟利。这是在距九百多年前，"中国即企图以金融管制的办法操纵国事，其范围与深度不曾在当日世界里任何其他地方提出"。①

---

① 黄仁宇：《中国大历史》，生活·读书·新知三联书店，2007年第2版，第152~156页。

　　王安石所写的《明妃曲》，[①]正像他所推行的改革一样标新立异，有不同凡响的卓识高见，但同时又饱受争议。比其稍晚时的北宋诗人、书法家黄庭坚曾于其书法论著《山谷题跋》中，对王安石的《明妃曲》赞曰："荆公作此篇，可与李翰林（李白）、王右丞（王维）并驱争先矣。"

　　此诗一出，在当时文人圈内引起较大反响。欧阳修、司马光、梅尧臣、曾巩等名家纷纷唱和。不过，后人对此诗非议也不少，尤其是"汉恩自浅胡自深，人生乐在相知心"之句。南宋的范冲[②]对宋高宗论及此诗时说："且诗人多作《明妃曲》以失身胡虏为无穷之恨，读之者至于悲怆感伤，安石为《明妃曲》则曰：'汉恩自浅胡自深，人生乐在相知心'，然则刘豫（公元 1130 年金国所立的伪齐儿皇帝）不是罪过，汉恩自浅而虏恩深也。今之背君父之恩投降为盗贼者，皆合乎安石之意，此所谓坏天下人之心术。孟子曰：'无父无君，是禽兽也。'以胡虏有恩而遂忘君父，非禽兽而何？"[③]且于其所著《王荆公诗注》中用此番过激之言的李壁也认为上述诗句，系王安石为求新奇而偶然导致失言。

　　宋代因同样患于边境的外族袭扰，所以有较强烈的民族主义情绪，虽不能仅以狭隘来解释，但上述囿于理学范围的观点，完全是从解析王安石诗中之"理"的角度出发的。郭沫诺先生所写的《王安石（明妃曲）》[④]对此予以解释道："然而照我看来，范冲、李雁湖、蔡上翔以及其他人，无论他们是同情王安石也好，诽谤王安石也好，他们都没有惜得那两个'自'字。那是自己的'自'，而不是自然的'自'。'汉恩自浅胡自深'，是说浅就浅他的，深也深他的，我都不管，我只是要求的是知心的人。"此说当然也有基于当时"新思想"，主张妇女解放的"主义"，而以此以圆王安石之说的

　　① 蔡上翔：《王荆公年谱考略》（卷七），上海人民出版社，1974 年版。蔡上翔 1717～1810）字元凤，别号东墅，抚州金溪（今江西省金溪县东门镇蔡家村）人，清代学者、文学家、史学家。著有《东墅文集》二十卷、《王荆公年谱考略》二十五卷（另附《杂录》二卷）。
　　② 范冲，生卒年不祥，南宋史学家，范祖禹长子，曾主持修宋神宗、宋哲宗两朝实录，《四库全书总目录提要》中有朱震、范冲《左氏讲议》的记载。官至刑部尚书，资政殿学士，有"三范修史"之说，"三范"即为范镇、范祖禹、范冲。
　　③ 李壁：《王荆公诗注补笺》，李之亮补笺，巴蜀书社，2002 年版。李壁（？～1222），字季章，号石林，又号雁湖居士，又号石林，谥文懿。眉之丹棱（今四川省丹棱县）人，南宋历史学家李焘之子。一生著述近千卷，如《雁湖集》等。有《王荆公诗注》五十卷，其引证广博，笺注详备。
　　④ 郭沫若：《王安石的〈明妃曲〉》，转引自马冀：《围绕王安石〈明妃曲〉的争论及其价值》，《内蒙古大学学报〈哲学社会科学版〉》，2009 年第 4 期。

印迹,但王诗中"人生乐在相知心",以其独立自成其意,所表现的有关于人性化的描写,的确同样是超越于那个时代的社会意识的。

【意态由来画不成】

其实王安石的这两首诗,在关于昭君之美的笔力体现上,确有不同于在此以前的诗作之处:一句"泪湿春风鬓脚垂",引来后人多种解释。

"春风"即为"春风面"的省略,新艳如初的春风之面,却为泪水所湿,"鬓脚垂"的形态,不同于通常所见古代诗歌中对女子发鬓所做文章,也与昭君所处时代女子多"直眉曲鬓,与世竞新"[1]中的"曲鬓"不同。其在具体描写泪水沾湿了鬓边之发,"故有春风吹拂而仍低垂不起"。[2]

当然,此句并非难以理解,而是有关昭君形象于王安石之新异变更中,其容貌一改过去那种仪态端庄,低眉顺眼的程式化描写。

昭君之泪自然与其"忧怨"有关,但以"鬓脚垂"所表现的那种似未经梳妆的慵懒,似早起未醒之态,很像现代派之自然主义手法,但这番形状,从另一个角度看,又未尽合于情理:昭君以这样随意未经梳妆的面容去面见天子,是不太可能的。

由此可见,王安石诗中的昭君之美,完全来自于这位标新立异的改革家心目中的另一人:"低徊顾影无颜色",已然有宋朝女子苗条婀娜,衣着却似那随意淡妆的影子。

这种于审美而言的表现形式,在其于强调意态之动人,以此,"尚得君王不自持",足以让君王难以自持,这种自然主义趋向,导致诗中所谓"当时枉杀毛延寿"之语,可以被解为,实际并非为这位索要贿赂的画工翻案,而是有关于昭君之美的绝妙曲笔:"意态由来画不成",所谓意态万方,虽有毛延寿之画笔,他想要认真去画,也难以摹写其状。

王安石的诗多受非议,多与其"现代派"的写法有关,但于今天的我们看来,却是再自然不过。但是,我们仍然要回到本文的主题上来,即如王安石诗中的昭君,又如何是最美的古代女子之一?

---

[1]　沈从文:《中国古代服饰研究》,上海人民出版社,1997 年版。
[2]　许隽超:《〈明妃曲〉"泪湿春风鬓脚垂"试解》,《北方论丛》,2006 年第 2 期。

【诗中的美人不是王昭君】

的确,于王安石此诗中的昭君之美,可称之为于或浅或深的忧伤之中,慵懒却被泪水打湿的娇艳如春风之面容,鬓脚因湿而下垂,在顾影徘徊中已有千种风情万方意态,这位在王安石笔下其实是宋朝的绝色美人,却很难说敢比古今,于无数佳丽中堪称第一。

是的,王安石笔下的这位美人不是王昭君,所以她不能称之为天下最美之人。

王安石笔下的这位美人,在表现一种自然,于这种自然的状态中让审美得到愉悦,又何必与汉恩自浅胡自深相关? 胡"恩"是匈奴单于在政治需要之外,以人之常情而有的另一种关怀的体现,同样让人将功利置之度外。

"人生乐在相知心",这是女性趋于内心情感世界常态的表达,而有关于"美"的显现,也同样是在情感世界中才能得以形成,这首诗由此而塑造的艺术之美,以新开辟的意境打破了传统昭君诗的局限,使昭君之美因此而独立存在,不可更替,这也正是荆公之此作所追求的,以其独立存在的惟一性,而体现出那个"最"字所要表达的排斥性,于此而归于同一。

因此,我们可以解释有关于昭君之美,何以成为美女评选中最高标准的参照物的原因。

这首先是那些描写昭君之美的诗所希望达到的目的,是其一直追求的理想状态,让我们原来的结论会被再引向深入。

固然是诗人把昭君写得最美,但其实是那些诗所表现的美,是其必然追求的目标,这个目标的代名词,就是王昭君。

如果非要比的话,其实就是说,有没有在那些如此众多的描写王昭君的诗以外,还有哪些美女比王昭君更漂亮呢?

不过,我们也许没有注意到,而这其实是在说,还有哪些关于美女的题诗,写得更好呢?

所谓"文王第一,武王第二"之说,针对前面所说的情况而言,无论在哪种情况下,如果企图尝试这种比较的话,其实是难以进行的。

仅就自成一体的昭君诗而言,此昭君和彼昭君的比较,固然会有差别,但这种现象本身,不但不会让我们对昭君的印象被削弱,反而更加固了我们原有的那个认识:在诗人们拥挤的嘈杂之声中,那个高高在下的美神,也许只有她于现实中的莅临,才会让这一切平静下来;她曾在想象是那样崇高和遥不可及,但又在众人的言语中仿佛近在咫尺,让我们也只有

在努力中，才会对她的美有所见识。

【这个民族以美而有的象征】

这是很奇怪的，诗人们会把一个在历史中真实的王昭君，变得虚幻，是因为她的美，而并非因为她的历史功绩。

这也许是一种巧合。

历史中有关于王昭君在出塞后，就不为她娘家的人们所晓，她在塞外的"鞍马白沙暮，旆裘黄草青"（宋吕本中《明妃》①）于异族中的生活怎样，数十年汉匈边境安宁的日子，应当与她的作用是分不开的，但她又是具体怎样与那个六十多岁的匈奴老单于呼韩邪相处的呢？

历史记载中，只是说王昭君后来又嫁了呼韩邪老单于与其匈奴妻子所生的儿子为妻，这种做法与汉家的规矩并不相同，难以猜测当时的人们对此会有什么想法，而后世之人对此只能深表同情。

宋代虽有经济文化的空前繁荣，却比历史上任何大的朝代边患都严重，但对于汉朝的和亲之举却多有否认。

> 昭君停车泪暂止，为把功名奏天子。
> 静得胡尘唯妾身，汉家文武合羞死。
> ——宋释智圆《昭君辞》②

宋诗"以文字为诗，以议论为诗，以才学为诗。"（严羽《沧浪诗话》）在这样的话语中，我们似乎很难见到关于昭君之美的影子，但情感在这样的言说中，如"静得胡尘唯妾身"，却并非没有感动。

此类诗中常见的以男性为主的父系社会行为现范，往往会于不经意之处显露出其约束力的存在，但后世之人，在宋人之"松桂风格，莺花文

① 吕本中（公元 1084～1145 年），字居仁，号紫薇，为南宋初道学家、诗人和词人，世称东莱先生，寿州（今安徽省寿县）人，诗属江西诗派。

② 释智圆（公元 976～1022 年），字无外，自号中庸子，钱塘（今浙江杭州）人，俗姓徐。有杂著《闲居编》五十一卷，仁宗嘉祐五年刊行于世。智圆诗，存于《闲居编》卷三七至五一。《闲居编》无单本传世，惟见《续藏经》。

才,江山气度,风月情怀"(宋邵雍《题自画像诗》)①中,却往往会去忽略那些规则的强硬约束中的残酷。

像汉朝曾经有过的那样,游牧民族对农耕文明的掠夺和破坏,始于其本性。宋代士子对此怀有切肤之痛,所谓昭君之美,在此一时期的诗作中无非是这个民族对其整体面貌基于自我肯定的一种概括,没有理由去假设"她"会丧失。

昭君距宋代已有近千年之遥,这种概括性的象征意义在后来的传承中并不可能丧失。

当然,我们于此似乎想知道的是,这个民族的象征在失去时会有什么情况出现。

虽然表明她的存在是从来就有的:昭君远嫁匈奴单于,并不意味着某种屈服,但在被假设的丧失中,她的美的价值却反而会被提升,因为这种因她而起的假设通过传统而被继承,是不可丧失的,其在某种意义上的丧失,即意味着整体最终失败,因此她的美的必然存在,是不容否定的。

虽然有上面的说法,但我们仍然很难找到昭君之美,比如在宋代,那个实际距昭君所处时代已有近千年之遥的后世,诗人们去重塑昭君之美的原因。

如果这样做是出于社会和时代的需要,对于宋代的诗人们是不可回避的话,昭君之美存在的意义表达,因其基于社会对昭君诗的认可,那么她的美演变成有关于这个民族整体形象的象征,而并非仅相关于个人的存在,则应如我们前面所说的。

---

① 邵雍(公元1011~1077年),字尧夫,又称安乐先生、百源先生,谥康节,后世称邵康节,与张载、程颐、程颢、周敦颐并称为"北宋五子",北宋著名理学家。著有《皇极经世》《伊川击壤集》《观物内外篇》《渔樵问对》等书。

【士子的"怀才不遇"与"佳人命薄"实质相同】

这种情况，也许起始于一种偶然：

> 汉使南归绝信音，毡庭青草始知春；
> 蛾眉却解安邦国，羞杀麒麟阁上人。
> ——宋盛世忠《王昭君》①

麒麟阁为汉代阁名，用于供奉功臣画像，由汉武帝建于未央宫中。宋朝经历北宋（公元960～1127年）和南宋（公元1127～1279年），历时370年，重文轻武，经济和文化高度发展，军事上却积贫积弱。

北宋有靖康之耻，公元1127年，金国军队攻入开封，宋徽宗、宋钦宗二帝被俘，北宋灭亡。

而南宋公元1138年定都临安（今浙江杭州），偏安于江南，长期向金称臣纳贡，后为蒙古所灭。

以诗而论，有文天祥"人生自古谁无死，留取丹心照汗青"这样的万古流芳之绝唱，成为民族精神的象征，亦有千年为人们所熟知的岳飞之《满江红》："三十功名尘与土，八千里路云和月。莫等闲，白了少年头，空悲切。靖康耻，犹未雪，臣子恨，何时灭。"其诗句气贯长虹，势不可当。

还有宋末三杰的宰相陆秀夫和太傅张世杰负帝投海之壮烈，还有旷世诗才辛弃疾，同时也是一名真正军人，生于南宋时因而有"醉里挑灯看剑，梦回吹角连营"的真实经历，其诗中也有与我们此处所议相关的地方："元嘉草草，封狼居胥，赢得仓皇北顾。四十三年，望中犹记，烽火扬州路。"（辛弃疾《永遇乐·京口北固亭怀古》）其于豪放阔大、高旷开朗中，称道的是霍去病之"封狼居胥"，忽略的是昭君和亲之功，与同唱大江东去的苏轼相比，后者则有：

> 谁作桓伊三弄，惊破绿窗幽梦。新月与愁烟，满江天。欲去又还不去，明日落花飞絮。飞絮送行舟，水东流。
> ——宋苏轼《昭君怨·金山送柳子玉》

---

① 盛世忠，宋代诗人，生卒年不详。字景韩，清源（今福建泉州）人。与胡仲弓（苇航）有交。有《松坡摘稿》，已佚。事见《江湖后集》卷一四。

此处《昭君怨》已演变为一个词牌名,词中内容与昭君之事并不相关,而是一番离情别绪之吟咏。然而苏轼确有专门言及昭君的词:

> 昭君本楚人,艳色照江水。楚人不敢娶,谓是汉家妃。谁知去乡国,万里为胡鬼。人言生女作门楣,昭君当时忧色衰。古来人事尽如此,反覆纵横安可知。
>
> ——宋苏轼《昭君村》

这首词与相关描写昭君的诗相比并无出色之处,与其本人有关对美人描写的佳句,如"自古佳人多命薄,闭门春尽杨花落"(苏轼《薄命佳人》)相比,大诗人对昭君题材的诗,没有什么更多的创新。

清代袁枚《随园诗话》:"有佟氏姬人名艳雪者,一绝甚佳,其结句云:'美人自古如名将,不许人间见白头。'此与宋笠田明府'白发从无到美人'之句相似。"此段言论中的"不许人间见白头",被后人将其与苏轼"闭门春尽杨花落"句相连,成为"闭门春尽杨花落,不许人间见白头"。对仗甚工,意境幽远,但可惜并非完全出自苏轼手笔。

宋代诗人在一种创立盛世、却积贫积弱的社会氛围中,因有边患不断而深感切肤之痛,士子的"怀才不遇"与"佳人命薄"之境遇实质上相同,靖康之耻犹胜以汉家和亲之屈辱,于其时所泛滥才情的"情长"柳永,在"倚红偎翠"和"浅斟低唱"中,沉溺于莺歌燕舞和烟柳画桥的惨绿愁红,以"豪苏腻柳"中的"细腻",以一幅繁华景似梦的唯美主义趋向的宋朝虚脱的面容,弄得金国之完颜亮读罢《望海湖》"有三秋桂子,十里荷花"之句,隔年遂携六十万大军南下攻宋,可以说是这本来与世无争、游戏人生的诗引来的祸。

如柳永词一般之蝴蝶鸳鸯梦,只关乎于红男绿女,与这位已距千年之遥的古代美人昭君并无关系,而如王安石的昭君诗,与此在题材选取上的不同所反映的与政治的间接关系,代表士人阶层两种不同的人生观及其价值取向,但其审美观念都不可能脱离那个时代中人们的实际眼光,他们在这一点上却是相同的。

王安石昭君诗中对于美的表现,其自然主义趋向与宋代社会人们的审美观相符合,从这一点上说,却也并非标新立异,只是有些"赶时髦",这倒是与王安石改革家的身份相符。

【唐代的昭君身影】

在此之前，唐朝所创造的古代社会典盛的繁华，到了宋代，是一种继续，但却已无盛唐的气度。

> 汉家秦地月，流影照明妃。
> 一上玉关道，天涯去不归。
> 汉月还从东海出，明妃西嫁无来日。
> 燕支长寒雪作花，蛾眉憔悴没胡沙。
> 生乏黄金枉图画，死留青冢使人嗟。
>
> ——唐李白《王昭君》（其一）

于流畅中，诗之韵律所扩大的是平静和广大。"燕支长寒雪作花"之句是太白惯有的奇异笔法，而我们于其整首诗中并没有读出那种于顿挫中出现的过激之词，而这往往是此类诗作中多有出现的诗人们打断正在叙述之事，在诗中表达个人看法的常见做法。但此诗却表现了一种融合的宽容气氛，在这种气氛中，昭君之美的形式同样被放大，因此而不同于宋代诗作中，个性化被局限于其个人感受的有限范围的偏狭。

> 合殿恩中绝，交河使渐稀。
> 肝肠辞玉辇，形影向金微。
> 汉地草应绿，胡庭沙正飞。
> 愿遂三秋雁，年年一度归。
>
> ——唐卢照邻《昭君怨》

此五言律诗，属对工整，音韵和谐，形式完美。以"乡愁"为主题，通过词字间的相关联形成细微的变化，有节制地体现了所描写对象的重要性。"肝肠辞玉辇，形影向金微"，将昭君之形影与皇帝的标志物"玉辇"相关，与家乡方向的"金微"相随，这本身就是一种被放大了的个人形象。虽有"合殿恩中绝"之句，却在整首诗中，并不突出和延续此句的含意，因为以诗句并无接续，如同"交河使渐稀"般，渐远渐去的昭君身影，终归于大形无象，只有"愿遂三秋雁，年年一度归"的心愿，让人于依稀难辨中感到她时时的存在。

【美的显露在黯然中被谈化】

宋朝以后是其他少数民族的天下。继辽、金和西夏之后的元朝尚武轻文，但以文化而论则不得不受到汉文化的融合。

> 忍辞汉月戴胡天，雁带边声落马前。
> 地出黑河非故国，草生青冢自常年。
> 朔风寒雪涸双鬓，旧恩新旧写四弦。
> 闻道至今魂不返，夜深直上气苍然。
> ——元王逢①《题明妃图书乡先达陆子方诗后》

此诗后有王逢自注："青冢在黑河旁，夜四更，气苍然直上，江阴万户完仁山为余言。"②这条有关昭君墓上有愁云愁雾直上云霄的记载，虽有一种被神秘化的趋向，但为其诗的注解，也间接道出了主题。"夜深直上气苍然"，确实意境苍凉沉郁，并且有些让人寒意顿生，惊魂未定之感。而孤魂不返，有千古难了之心愿。"雁带边声落马前"，将"离愁"化为逼真的具象，前途凄凉，而步步回望，昭君之心境，犹此诗所描写的景象那般，有那样多的难以言表之处，只是因此而让美的显露在黯然中被淡化，并没有得到表现。

> 延寿丹青本狂君，和亲犹未敛边尘。
> 穹庐自恨嫔戎主，泉壤相逢愧汉臣。
> 玉骨已消青冢底，香魂犹绕黑河滨。
> 愁云暗锁天山路，野草闲花也怨春。
> ——元耶律楚材③《过青冢次贾博霄韵》

---

① 王逢（公元 1319～1388 年）字原吉，号最闲园丁、最贤园丁，又称梧溪子、席帽山人，江阴人，元明之际诗人。学诗于延陵陈汉卿，有才名，作《河清颂》，为世传诵。所著《梧溪集》七卷，记载宋元之际人才、国事，多史家所未备。诗三卷。

② 四库全书本，《梧溪集》卷一。

③ 耶律楚材（公元 1190～1244 年），元大臣。字晋卿，号玉泉老人，法号湛然居士。蒙古名为吾图撒合里。出身于契丹贵族家庭，生长于燕京（今北京），世居金中都（今北京），是辽太祖耶律阿保机的九世孙。现存于世的有《湛然居士文集》共十四卷。

耶律楚材由金入元，备受重用，却也有亡国之痛。诗中所道昭君之"怨"无法排解，就是"野草闲花也怨春"，但其意境并未脱离此类诗的旧套，但从中我们可以感受到的元诗吟咏此类题材时，所带有的那种特有的沉郁之色难以与唐宋诗中那种色彩合谐、情致气韵皆备的状况相比。在这种似乎单色调的背景中，被关联的形象缺少变化和生动，于审美而言低于唐宋时的成就。这也是当时元代统治残酷的现实状况，并非出于作者本意的流露和折射。

　　　　玉貌辞金阙，貂裘拥绣鞍。
　　　　将军休出战，塞上雪偏寒。
　　　　　　　　　　——元杨奂①《酬昭君怨》

杨奂此作偏重于后半段的反讽之意，对昭君形象的描写虽于同时期的元代诗人的沉郁风格之外，略有添色，"貂裘拥绣鞍"，自然是雍容华贵的汉家公主应有风貌，但此诗仅以此而雕刻和装饰诗中的人物，因重外在之物的渲染，人物自身之美无疑会因此而受到干扰和削弱。

【昭君之美实为"无形"】

历代以昭君怨为题材的诗很多，唐宋水平最高。在诗意与诗的素材中昭君本人的形象之间，其实是有距离的，这固然是诗自身存在的特性所决定的，但是这些诗形成的那个于我们讨论的话题相关的结论，即昭君为古代四大美人之一，是不是诗人所极力推举的结果，却并非是我们所要证明的。

这是很耐人寻味的事。历史上有关昭君的故事记载并不多，且大多雷同，而关于昭君出塞后的情况，虽有元代马致远的《破幽梦孤雁汉宫秋》，现代郭沫若和曹禺的《王昭君》，但作为戏剧即为虚构。虽然历代诗人也同样是在各自的想象中虚构了昭君的形象，昭君被评价为古代的四大美人之一，而这个结论，如果是这一系列的韵律文章所形成的话，那么，

①　杨奂（公元1186～1255年），又名知章，字焕然，乾州奉天人。生于金世宗大定二十六年，卒于元宪宗五年，年七十岁。早丧母，哀毁如成人。金末，尝作万言策，指陈时病；欲上不果。元初，隐居为教授，学者称为紫阳先生。其著作很多，有《还山前集》八十一卷，《后集》二十卷等。

我们却只是从这个已经被确认的事实,或者说是被公认的现象去反过来寻找原因,能够得出的认识,由一首似乎不太有名的昭君的诗,点破了其中一二。

> 明妃未出汉宫时,秀色倾人人不知。
>
> 何况一身寸汉地,驱令万里嫁胡儿。
>
> 喧喧杂虏方满眼,皎皎丹心欲语谁。
>
> 延寿尔能私好恶,令人不自保妍媸。
>
> 丹青有迹尚如此,何况无形论是非。
>
> 穷通岂不各有命,南北由来非尔为。
>
> 黄云塞路乡国远,鸿雁在天音信稀。
>
> 席成新曲无人听,弹向东风空泪垂。
>
> 若道人情无感慨,何故卫女苦思归。
>
> ——宋曾巩①《明妃曲二首》(其一)

曾巩此诗是为和王安石《明妃曲二首》而作。该诗整体上成就不如王诗,但其中有言,"丹青有迹尚如此,何况无形论是非",关于"有迹"与"无形"之论,正点出了我们所论问题的"机关"。

昭君之美实为无形之大象,因此可包容天下杂论于此的人,让他们去借题发挥。这种消除了局限性的对美的观念的形成,其所相对的审美对象,无疑是不可逾越的,是美的形式的理想化存在,这当然不是所说的那两句诗的本来意思,而是我们从中可以得到的某种程度上的印证。

---

① 曾巩(公元1019~1083年),字子固,世称"南丰先生"。建昌南丰(今属江西)人,后居临川(今江西抚州市西)。曾致尧之孙,曾易占之子。嘉祐二年(1057)进士。北宋政治家、文学家、散文家,"唐宋八大家"之一。在学术思想和文学事业上贡献卓越。一生用功读书,家里藏书二万余卷,他一一加以校勘,至老不倦。收集古今篆刻五百卷,编为《金石录》。所著文集《元丰类稿》五十卷现存于世,有《四部丛刊》影元本。曾编校过《梁书》《陈书》《南齐书》《列女传》,整理过《战国策》《说苑》,另有《续稿》四十卷、《外集》十卷,宋后亡佚。

第五节　整体构筑中所被提升的美：因她而充盈

【《汉书》】

著《汉书》的班固,生于汉光武帝建武八年(公元 32 年),卒于汉和帝永元四年(公元 92 年),是东汉史学家班彪之子。其所著虽不能与司马迁之《史记》相比,但历来为史学家和苏轼等文人所推崇。东汉大儒马融在《汉书》问世不久,就随班固的妹妹班昭诵读《汉书》,"《汉书》始出,多未能通者,同郡马融伏于阁下,从昭受读"(《后汉书·列女传》)。

该书是中国第一部纪传体断代史,主要记述上起西汉的汉高祖元年(公元前 206 年),下至新朝的王莽地皇四年(公元 23 年),共 230 年的史事。但《汉书》之古字古词的典雅远奥,与《史记》的平畅口语化风格,形成了鲜明的对照。《汉书》中汉武帝以后的史事,原始史料丰富,历来为史家所重视,其开创的正史体例为历朝官修正史所借鉴,均以断代为史,其文字虽然艰深难懂,但其典雅优美的历史记载,以至古人有以读《汉书》下酒的典故。

这里我们想说的是,以班固这样的史家所具备的惊人知识含量,如其《汉书·地理志》《汉书·沟洫志》中,所描述的全国 300 多条水道的源头、流向、归宿和长度,是《水经注》出现以前内容最丰富的水文地理著作。《汉书》正文中还记载了 153 座重要山岳和 139 处工矿物产位置分布的情况:有屯田记录、水利渠道的建设;有人口统计资料 113 个,是我国最早的人口分布记录,也是当时世界上最完善的人口统计资料。《汉书》在《地理志》《西域列传》和《匈奴传》中,所记载的边疆地理、人文资料,也是前所未有的。

问题是,就是这样一部严谨、正统、内涵丰富的历史著作,在我们仔细寻找有关昭君出塞的相关资料时,却会发现有不少难解之谜。

有关昭君何时而亡和其子被杀之谜,《汉书》中并无记载。

【昭君再嫁是因为负有使命】

昭君于竟宁元年(公元前 33 年),被汉元帝"赐单于"。但其出塞后,对于其在塞外匈奴的情况,便再无直接的记叙。只是提到,其在匈奴与呼韩邪生有一子伊屠智牙师,后"为右日逐王"。昭君后来又嫁给呼韩邪与其匈奴妻子所生的儿子复株絫若鞮单于为妻,生有二女,"长女云为须卜居次,小女为当于居次"。(《汉书·匈奴传》)而复株絫若鞮雕陶莫皋,其为呼韩邪的两位匈奴妻子之一的大阏氏所生之长子。

在立谁为单于问题上,呼韩邪的另一位匈奴妻子,即其所娶的呼衍王二女之长女颛渠阏氏,对此却表现了政治上的贤能:"呼韩邪病且死,欲立且莫车",其母颛渠阏氏曰:"匈奴乱十馀年,不绝如发,赖蒙汉力,故得复安。今平定未久,人民创艾战斗,且莫车年少,百姓未附,恐复危国。我与大阏氏一家共子,不如立雕陶莫皋。"

虽然大阏氏对此表示了反对,"且莫车年少,大臣共持国事,今舍贵立贱,后世必乱",但是,"单于卒从颛渠阏氏计,立雕陶莫皋",并约定以后其应"传位于弟",即其以后应传位于且糜胥(同上)。

由此可见的是,在呼韩邪死后,有关立谁为单于的国家重大问题上,单于之原匈奴妻的意见,起到决定性的作用,颛渠阏氏地位最尊,其意见被采纳,而在此问题上,并未出现昭君与此相关的活动记载。

昭君后嫁大阏氏之子雕陶莫皋为妻,虽有违汉家伦理,但因有在此之前的细君,也是在乌孙昆莫王死后,在是否嫁给其孙子岑陬的问题上,公主不听,上书言状,天子报曰:"从其国俗,欲与乌孙共灭胡。"(《汉书·西域传》)

汉家天子不仅要求细君下嫁岑陬,且说明了"欲与乌孙共灭胡"的政治使命,因此,昭君只能面临相同命运。

昭君嫁给呼韩邪后,又再嫁其子雕陶莫皋,在辈份上,与大阏氏有上、下之尊卑,这是屈辱的,但"从其国俗",是无可争辩的天子之诏命,难以违抗。

而有关于此,昭君内心的想法,《后汉书·南匈奴传》记载:"昭君上书求归,成帝敕令从胡俗,遂复为后单于阏氏焉。"由此可见,昭君和亲,是确实负有使命的。

【《汉书》的曲笔】

但是,在呼韩邪死后,在立谁为单于的重大问题上,昭君未能表现出具体的作为。一方面可能是由于其在呼韩邪诸位妻子地位置较低的缘

故，还有一个原因，可能对于立谁为单于这样的问题上，昭君未发表意见，是一种政治的明智之举。即不干预的态度，应该是国与国交往中的原则。当然，于此处的有关匈奴重大政治活动的记载，省略了对昭君情况的说明，可以理解为是《汉书》的曲笔，有其用意。

然而，昭君一生中惟一的儿子伊屠智牙师，作为呼韩邪六个儿子中最小的幼子，虽然后来被封为右谷蠡王，但并没有当上单于而呼韩邪的其他五个儿子，都当过单于。

关于伊屠智牙师的情况，《汉书》也并无其他更多的记载。《后汉书·南匈奴传》于此，倒是有进一步的说明。

初，单于弟右谷蠡王伊屠智牙师以次当左贤王，左贤王即是单于储副。单于欲传其子，然杀智牙师。智牙师者，王昭君之子也。

伊屠智牙师的同父异母哥哥栾鞮舆，欲改变原有的单于位传弟之俗，不愿意将单于之位传给与有汉人渊源的幼弟，欲传位给自己儿子，于是设计把弟弟伊屠智牙师诛杀。

《汉书》在此省略了如上述《后汉书》记载的，有关于昭君之子伊屠智牙师被杀的史实。且《汉书·匈奴传》中的记载，与《后汉书》有较大出入，"单于咸立五岁，天凤五年（公元 18 年）死，弟左贤王舆立，为呼都而尸道皋若鞮单于"。于舆后单于位的传承情况，没有记载。

舆确实后来与汉交恶，"呼都而尸单于舆既立，贪利赏赐，遣大且渠奢与云女当（户）［于］居次子醯椟俱奉献至长安"。开始是为了向汉示好，但是，汉朝此时是王莽当政。

【王莽其人】

王莽是个反复无常、行事古怪的人，不知道什么原因，匈奴的这次和亲政策的具体措施，会让王莽派兵胁迫，欲将昭君之女云和其丈夫当劫持，"莽遣和亲侯歙与奢等俱至制虏塞下，与云、当会，因以兵迫胁，将至长安。云、当小男从塞下得脱，归匈奴"（同上）。云逃脱后回到匈奴。

但是，奇怪的是她的女婿当却到了长安后，被王莽封为单于，也就是立为匈奴伪皇帝，汉朝的儿皇帝，并且，"欲出大兵以辅立之"（同上）。

这次突然的变故使汉匈两家一下子从延续了数十年和平相处，正式复归为剑拔弩张的战争状态。王莽征调大军，却指挥不灵，"兵调度亦不合，而匈奴愈怒，并入北边，北边由是坏败"（同上）。后果是严重的。

《汉书》并没有交代这次导致双方长期以和平局面破裂的重大变故的起因,可以有的合理猜测是,很可能确实是舆杀了昭君之子伊屠智牙师,而舆此举,无疑是对汉采取敌对政策的表示,故王莽决定先下手为强,铲除舆,故而有拜云之婿为单于,且决定出兵辅立之的举动。

在此以前,汉匈两家的和亲政策,一直执行得很好。

如囊知牙斯,即乌珠留单于绥和元年初立,即"遣子右股奴王乌鞮牙斯入侍"于汉(《汉书·匈奴传》),按某些说法,所谓"入侍",即带有对"和亲"政策继续进行表态,以且"人质"作为担保的性质,因此其在位期间与汉仍保持友好关系。在后到舆时的变故,完全是因其个人因素造成,因为此时的匈奴,其实力仍然不足与汉相抗衡。

依一般情况而论,舆杀昭君之子伊屠智牙师时,昭君应已去世,或被贬。当然,不仅是《汉书》,《后汉书》对此也没有提及。

当然,如果假设在舆即位后不久,就杀了伊屠智牙师,而此时昭君已不在人世,如此算来,王昭君在匈奴生活的时间,为自竟宁元年(公元前33年)至绥和元年(公元前8年),也只有二十五年,而不只通常说的有四五十年之久。

若再依此计算,其第二次嫁给雕陶莫皋的时间为建始二年(公元前32年),"呼韩邪立二十八年,建始二年死。"(同上),其与雕陶莫皋共同生活了23年,生有两个女儿。但作为单于的妻子时间,只有十三年。"复株絫单于立十岁,鸿嘉元年(公元前22年)死。"(同上)致使昭君作为匈奴单于妻子的政治地位丧失。

在随后的十三年里,其政治的作用,应该是有很大削弱的。也许正因为如此,对于昭君之子被杀,或者说舆敢于杀伊屠智牙师,而立其子为储,都是由于对汉、匈两国的国家关系而言,昭君的和亲使者的地位,也应同时丧失,或者说,昭君于其时,已去世,因此,舆的做法,不是没有原因的。

对于上述情况,像《汉书》这样以正统观念著称的正史,没有记载和没有间接的说明,也是可理解的。

【昭君何时而亡】

那么,是不是因此可以说,前一阶段因有呼韩邪的其他匈奴妻子,政治地位较高,致使昭君在匈奴难以有所作为,而后一阶段,在丧失了匈奴单于妻子的政治地位之后,实际上处于被废置的地位,更无从对匈奴的上

层政治活动施加影响？

　　但是，其作为西汉和亲使者，因所负政治使命，就即便是丧失了匈奴单于妻子的政治地位，只要其仍在匈奴继续生活，且其子女，大女儿云，其女儿后来嫁给匈奴用事大臣右骨都侯须卜当，还有小女儿当于居次，嫁给匈奴贵族当于氏，其中大女儿云，有一定的政治地位，而在此后，汉朝并未再派公主和亲，因此，就即使昭君已去世，或已逐渐失去和亲使者，仅以此而论，昭君为和亲所做贡献，仍是不可否认的，只不过，这种有限的作用，过去未被我们正确认识。

　　有关正史如《汉书》，对昭君何时而亡和其子被杀的相关情况缺少记载，但是，野史对此有一些说法。

　　唐吴兢在《乐府解题》中说："昭君恨帝始不见遇，乃作怨恩之歌。单于死，子世达立，昭君谓之曰：'为胡者妻母，为秦者更妻'，世达曰：'欲作胡礼'，昭君乃吞药而死。"

　　如依此说，昭君是在第二任丈夫雕陶莫皋死后，（鸿嘉元年，即公元前22年），面临再次嫁给其子的选择时，请求归汉，未被允许，服药而亡，其年应为三十多岁。

　　因为此段记载关于昭君第二次被命再嫁其前夫儿子时，不可能发生于呼韩邪单于死亡前，所以有此之说。

　　有人认为，王昭君可能死于呼韩邪单于第七个儿子舆单于即位之初，即绥和元年，其子伊屠智牙师被杀，应该是其生命中被打击最大的事件，当然，说其自杀，仍缺乏确切依据。这种说法，和我们前面所说，基本相同。

【昭君子女和两位兄弟的贡献】

　　此外，《汉书》中有关于昭君的两位兄弟以及其两个女儿为汉匈和亲所做贡献的记载。

　　据《汉书》记载，在乌珠留若鞮单于死后，即建国五年（公元13年），在立谁为单于的问题上，昭君女儿伊墨居次云，因匈奴用事大臣右骨都侯须卜当，为其之婿，"云常欲与中国和亲，又素与咸厚善，见咸前后为王莽所拜，故越舆而咸为乌累若鞮单于。"（《汉书·匈奴传》）

　　咸系乌珠若留鞮之弟，若为按辈分，云应为其侄女，但其系乌珠留单于之女，且又为须卜当的丈母娘，其意见为立咸为单于，原因在于其被王莽所拜,故"越而舆立咸为乌累若鞮单于"。而云之所这样做,是为化解汉匈两家因王莽当权后,汉朝边疆出现的新的危机。

建国一年,"西域车师后王须置离谋降匈奴,都护但钦诛斩之"(同上)。但后来须置离之兄,车师后国辅国侯孤兰支,率部叛逃匈奴,紧接着,汉朝驻西域屯垦部队发生兵变,戍已校尉史陈良等,"助略戍已校尉吏士男女二千余人入匈奴"(同上)。王莽于是"招诱呼韩邪单于诸子,欲以次拜之",先是"拜咸为孝单于"。

后立咸之子助,"拜助为顺单于"等,"大分匈奴于十五单于"。这种分化瓦解,看似高明的做法,引起乌珠留单于的愤怒:"先单于受汉宣帝恩,不可负也。今天子非宣帝子孙,何以得立?"(同上)不承认王莽的皇帝地位,并"将兵入云中益寿塞,大杀吏民,是岁,建国三年也"(同上)。

自此,多年和平的汉匈边境,又开始了战争。

王莽欲征调二十万大军,备足三百天军粮,任命十部将帅,兵分十路远征奴匈,后有严尤上谏反对,王莽不听进谏,但其征讨匈奴的计划,并来实现。

公元13年,乌珠留单于死,昭君之女云和其女婿须卜当拥立咸接任单于,咸单于在云和须朴当的劝说下,与汉和亲,并告知汉朝,要求见王昭君的哥哥侯王歙。

于是,"莽遣歙,歙弟骑都尉展德侯飒使匈奴"(同上),并谎称咸单于在长安入侍的儿子登还活着,从而企图把先前反降匈奴的陈良等27人换回,全部诛杀。

咸知其子已在此之前被杀,遂起兵攻汉,王莽无奈,只好在第二年(公元15年),再派和亲侯王歙等,把在京的匈奴王即右厨唯姑夕王,连同被杀的咸单于登等人的灵柩,送还匈奴,并劝说单于改变国号,改匈奴为"恭奴",改单于为"善于",赐新印绶,且封须卜当为"后安公",当之子男奢为"后安侯"。

但匈奴接受了赏赐后,仍然大肆侵略汉朝边境,王莽于是又遣"五威将军"王咸率伏黯、丁业等和亲侯王歙等,又以购汉朝原来准备购买叛将陈良等的金银财宝,交给王昭君的女儿云和女婿须卜当,"令自差与之"。此事办后,王莽闻之,竟然大喜,"赐歙钱二百万。悉封黯等"。双方之和亲,如此竟几乎同于游戏。

咸单于在天凤五年(公元14年)死。其弟舆即位,贪图王莽金钱赏

赐,即遣王昭君女儿云及女婿当,外孙男奢充当和亲使者,而王莽遣和亲侯王歙艾人,并以武力把匈奴使团劫持至长安,"云、当小男从塞下得脱,归匈奴"。王昭君的大女儿云和须卜当儿子一起逃回匈奴,并未到长安。

后来,须卜当到长安,王莽"拜为须卜单于,欲出大兵以辅之"(同上)。但王莽的军队竟然不服从调遣"兵度调度亦不合",舆单于闻之大怒,发兵大举进攻汉朝边境,须卜当病死长安,而此时王莽因绿林军攻入长安,被一个叫杜吴的商人所杀,也许是在乱军之中,王昭君的女儿云和须卜当之子奢被杀。"会汉兵诛莽,云,奢亦死"(同上)。

然而,在此后"更始二年,汉遣中郎将归德侯飒,大司马护军陈遵使匈奴,授单于旧制汉玺绶,王侯以下印绶",并送还昭君女儿云和其女婿当的灵柩以及所"馀亲属贵人从者"(同上)。

而舆单于因此而"骄",称覆灭王莽,因有匈奴在边境兴兵配合,才获成功,因而愿意再次出兵,"会赤眉入长安,更始败"(同上)。可见王昭君之兄王飒在王莽后的政治舞台上仍然起了很大作用,只不过看怎么去认识。其后来串通匈奴,颠覆更始帝刘玄,对错功过是有些难以评说。

从以上历史记载可以看出,王昭君的女儿和在汉朝的两个兄弟,应该说是秉承了她的使命,为汉匈和亲尽了最大的努力。他们的所作所为,是在一个特殊的时期被历史所记录的。

【昭君怨,也许是真的】

王莽是历史上最具争议的人,其既为大儒,又是篡汉者。其托古改制,推行新政,又崇尚简朴,其政策有体恤民情的一面。但其为政,又姿意妄为,暴戾无度。此人在历史上的确可称之为奇人,他的一些做法,除觉得荒唐外,真让人忍俊不禁:其对匈奴的外事政策,竟如同儿戏一般,他企图戏弄匈奴单于,却让自己吃了大亏,最后的死法实在难看:其被一个莫名其妙的商人杀死后,尸体被众人肢解取之,还有人把他的舌头割下来吃了,这真是令人难以想象的中古时代文明与野蛮所交织出的一幅奇特景象。

于这样的混乱中,我们似可以明显地感到,至少于王莽时即公元8年到公元23年,王昭君已不在人世了,当然,也可能其独自寡居而默默无闻。

《史书》所记载的情况是，其女云后来指挥并亲自实施了汉匈和亲政策。但是，我们从另一方面可以看到昭君和亲行为所带来的影响。

汉匈两国均以昭君为双方友好的象征，昭君的女儿和她的两位兄弟，在昭君以后的时代，均为汉匈实施和亲政策主角，参与了双方国与国之间关系中的重大政治决策以及具体实施，由此对这段历史留下了重要的影响。这一幕汉匈和亲的大戏，的确在历史断续的记载中，被演绎得惊天动地，如此一说，应不为过。

因此，因某种怀疑而起的历史传说，似有间接的依据：无论是《汉书》，或者是《后汉书》等正史，都有些惜墨如金似的，没有半点有关于昭君在出塞后，参与政治事务的记载，但是，按匈奴风俗，妇人亦可对政事拥有一定的发言权，这点倒是与当时社会制度相对先进的汉朝的男尊女卑不同。那么，这其中必有难以言说的隐秘。

昭君后来也许真是生活得不怎么样，也有可能死于自杀。

昭君之怨，也许是真的。

这种至少可以解释为人之常情的，对故乡思念，其实并不一定与其所肩负的和亲使命相悖。

……

> 青冢前头陇水流，
> 燕支山下暮云愁。

杜牧所描绘的昭君墓一直被保留了数千年之久，不论墓中是否真的埋有这名千古之绝代美人的骨骸，或者仅有香魂存于其中，人们都一直这样相信，即使当初汉时的匈奴人，作为一个民族已经消失，但他们或许已将自己血脉与汉族或其他民族融合为一体，由此或可以对西汉的和亲政策，从善意的角度出发，做出这样一个富有想象力的假设。

和亲可以让两个不同种族的人们，在融合彼此于生理意义上的各自存在后，成为一个难分你我的共同体。

【青冢的象征】

这应当不是后世诗人对此事的吟咏，所能完全做到的。

> 岁岁金河复玉关，朝朝马策与刀环。
> 三春白雪归青冢，万里黄河绕黑山。
> 　　　　　　　　　——唐柳中庸①《征怨》

青冢在此诗中已被作为一种象征，与曾经的战争场景相关联，在雄浑的格调中将视野放得更加广阔。在历史中曾经有过的游牧民族与农耕文明的冲突，可能留下的记忆符号中，昭君之美被留下，青冢就是证明。

那么，一名曾经征战的武士兵卒，他们在后人的眼中，与他周围的场景构成了整体，而青冢的存在是这个整体所不可缺少的。对诗意的美的追求，让我们会因青冢的存在幻化出昭君之美，正是在这个整体构筑中所被提升的，她从而反过来提升了那种充盈的美感。因此，这首诗与常见的昭君诗不同，它为我们开启了另一个欣赏昭君之美的视角。

> 玉关春色晚，金河路几千；
> 琴悲桂条上，笛怨柳花前；
> 雾掩临汝月，风惊入鬓蝉；
> 缄书待还使，泪尽白云天。
> 　　　　　　　　　——唐上官仪②《王昭君》

与前首诗相比较，这里完全是另一番景象，所谓"风惊入鬓蝉"的奇异之句，让我们于开始的缭乱之色的感受中，忽然有了一丝不易觉察的惊醒；"琴悲桂条上"，这里悲凉可以挂起来，挂在桂花树的枝条上，也就有着无形的柔软，是对意识中声音和视觉的幻象或通感，有点像如今的西班

---

① 柳中庸，生卒年不祥。名谈，字中庸。河东（今山西永济）人，大历年间进士，曾官鸿府户曹。与卢纶、李端为诗友。《全唐诗》存诗十三首。

② 上官仪（约公元608～665年）字游韶，陕州陕县（今河南省陕县）人，生于江都（今江苏省仪征市）。贞观初，擢进士第，诏授弘文馆直学士，累迁秘书郎。文并绮艳，仪擅五言，格律工整，内容多为应制奉命之作，歌功颂德，粉饰太平，形式上追求程式化，词藻绮丽婉媚。因其位显，时人多仿效，世称上官体。

牙现代绘画之父达利的名画,那个可以挂起来的柔软的钟。是的,这一切应该是一个典型的抒情环境,会与什么人相关呢?

看似无人,那我们只好自己去想,惟有一句"缄书待还使",让我们去想那个在驿道上的使者,他走过荒凉的沙漠,还有漫漫青草的草原,而在风沙之中,一切都将模糊起来,什么样的香魂,于此番天地间的狂野过后,被悄然无息地埋下,就像什么也没有发生过。

是的,这番景象会让我们想起昭君。"泪尽白云天",则又分明是于此过后,仍然挥之不去的,一位身在异乡女子,以她的似乎不可停止的愁思,在让美于理想中静止成为一幅静物画。

【有个叫姊归的地方】

自西汉甘露元年(公元前53年)前后,是汉匈关系转变的一个重要时期。

在长江三峡有个叫姊归的地方,当时的南郡姊归县宝坪村(今湖北省兴山县昭君村),昭君出生,其父王襄。昭君出生的地方,有一条香溪。汉元帝建昭元年,元帝下诏征集天下美女补充后宫,昭君由此被征入宫,但似乎有什么不对的地方。

《汉书·元帝纪》文颖注云:"昭君,本南郡姊归人也。"但《后汉书·皇后纪·序》曰:"《汉法》常因八月算人。遗中大夫与掖庭承及相工,于洛阳乡中,阅视良家童女十三以上,二十以下,姿色端丽,合法相者,载还后宫,择视可否,乃用登御。"

"洛阳乡中"与那个叫姊归的村子相距千里,昭君是如何被选入宫的呢? 不得而知。

《琴操》曰:"王昭君者,齐国王襄女也。昭君年十七时,颜色皎洁,闻于国中。襄见昭君端正闲丽,未尝窃看门户,以其异于人,求之皆不与。献于孝元帝,以地远,既不幸纳,叨备后宫,积五六年。昭君心中怨旷,伪不饰其形容。元帝每历后宫,疏略不过其处。"

从地理上看,齐国与姊归,实为南辕北辙。《汉书·地理志》记载:"齐地,虚危之分壄也。东有淄川、东莱、高密。"《汉书·高五王传》记载:"齐悼惠王肥,其母高祖微时外妇也。高视六年立。"

齐国首府在今山东临淄,国家幅员如此广大,昭君之美"闻于国中",确实有些难以想象。

但传说中昭君出生地在姊归，如今有可供游人参观的昭君村，证明了传说的真实，于此，我们又有什么话可说呢？

> 万里黄云塞草枯，琵琶无语明月孤；
> 玉关回望将军寨，锦帐氍毹夜博卢。
>
> ——明童轩①《明妃怨》

仍然只是一种想象中的假设：哪怕"玉关回望将军寨"，又怎能在历史的重重掩盖中，对这样一位遥远汉朝的绝色佳人评价得清楚，成败与是非，究竟是谁人之功，又是谁人之过？

【为君一笑靖天山】

> 欲洗铅华尽，那须画手工。
> 玉颜翻自误，不似旧图容。
>
> ——宋严粲②《昭君怨》

"欲洗铅华尽"之句，用在昭君身上，虽属恰当，但也有不尽然之处。因为正是若干诗人之笔墨，点画出了昭君之美，虽有借题发挥之嫌，却在艺术的创造和继续之中，她的生命获得了一种永恒。有道是，这般纷纷攘攘的难停息，却也只是身前身后事之视之若等闲。

其实在这些声音之中，往往会有一个声音，会让我们都沉静下来，那必然是对我们都有所触动的东西。

> 一身归朔漠，数代靖兵戎；
> 若以功名论，几与卫霍同。

---

① 童轩（公元 1425～1498 年），字士昂，江西鄱阳人。明代天文学家，景泰二年进士，官至吏部尚书，精通天文历法。其诗雅淡绝俗。其著作有《清风亭稿》《纪梦要览》等。

② 严粲，字坦叔，一字明卿，学者称华谷先生，邵武（今属福建）人。羽族弟。登进士第。精《毛诗》，著《诗缉》三十六卷。诗文集已佚，仅《两宋名贤小集》存《华谷集》一卷。事见《诗缉》卷首林希逸序及自序，明嘉靖《邵武府志》卷十四，《闽中理学渊源考》卷八有传。

　　这是如今刻在青冢石碑上的一首诗，为清代满族诗人彦德所做。于此作中，昭君形象在与功名有关的价值论中，其美的形式退隐于次要，其内容的丰富和成熟，调整并开拓了视野，这固然造成了疏远的感受，但却更接近于理想，此一类型的诗作还有，清代女诗人张溎英《昭君二首》之一：

　　　　莫怨丹青误此生，天地艳质靖边尘；
　　　　请看万古轮台月，照尽长门绝代人。

　　略显于诗中的女性口吻，在展开的视野中，有"万古轮台月"所照尽的"长门绝代人"作比较，昭君的"天地艳质"并未被误，以此而"靖边尘"，虽然作为手段而论会有争议，但不妨溢于此诗中的情怀之壮阔，大不同于被囿于闺中之"怨"的那般局限。

　　　　羞貌丹青斗丽颜，为君一笑靖天山。
　　　　西京自有麒麟阁，画向功臣卫霍间。
　　　　　　　　　　　　——元吴师道 ①《昭君出塞图》

　　"为君一笑靖天山"，这种于离情中表达的决别之意，是可以重现昭君之惊世骇俗的美丽的，她让我们再次感到了向她的靠近，似语无言。"画向功臣卫霍间"，因此而可以让后世之人略去那些历史中纷纭的变化和细节，让我们去感受情感的冲击，由此可见诗歌之"铅华"，又何偿不能体现更真的历史？
　　上面的文字，只是在两千多年后，我们与昭君的后来者们一样，去附丽她的光彩，并就此而生的深深怀念之意。

---

　　①　吴师道（公元 1283～1344 年），字正传，婺州兰溪（今属浙江）人。其诗文清丽，著作有《战国策校注》《兰溪山房类稿》等。

第四篇

美在古典意义上的终结：杨贵妃形象的理想化诠释

【盛唐气象】

> 海上生明月，天涯共此时。
> 情人怨遥夜，竟夕起相思。
> 灭烛怜光满，披衣觉露滋。
> 不堪盈手赠，还寝梦佳期。
>
> ——唐张九龄《望月怀远》

这是在距"安史之乱"发生前十九年，"开元之世清贞任宰相"三杰之一，被罢知政事的张九龄的一首诗①，其诗意婉约深长，物色与意兴浑然一体，尤其一句"海上生明月，天涯共此时"意境开阔宏大，所显出的盛唐气象，历来为人所称道，而成千古绝唱。

然而，耐人寻味的是从如此的诗作中，我们似很难寻见唐朝达到最辉煌的巅峰时代后，有即将开始衰落的迹象。

【大唐帝国的巨大存在】

唐朝拥有广阔的国土面积，复杂的民族构成，多样的风俗，这个巨大帝国的管理，有其精巧而复杂的机构和政治制度，仅从按《周礼》模式设计的长安城，就可以很直观地感觉到其礼仪秩序的存在和运行。

---

① 张九龄（公元678～740年），字子寿，一名博物，韶州曲江（今广东韶关市）人。长安年间进士。官至中书侍郎同中书门下平章事。后罢相，为荆州长史。著名政治家、文学家、诗人、名相。举止优雅、风度不凡。自张九龄去世后，唐玄宗对宰相推荐之士，总要问"风度得如九龄否？"其诗歌成就颇高，独具"雅正冲淡"的神韵，其《感遇》《望月怀远》等诗更为千古传诵之。有《曲江集》二十卷传世。

长安城东至西约长 9.7 公里,自北至南为 8.2 公里,呈长方形,南北走向的林阴道有 14 条,东西走向的有 11 条,宽 70~150 米,路旁挖有壕沟,沟边上种树木。上述林阴道画出 110 个筑墙的坊里,两个有运河通达的大集市,而在京城的北面皇城与宫城分别置于两道围墙之内。① 其建筑模式反映了《周礼》国都模式的共同点,体现在:(1)宫城内的宫殿配置,从南到北具有外朝、中朝、内朝的"三朝制"构造;(2)西南的宫殿以及在宫殿之南配置官衙区("前朝");(3)祭祀祖先的宗庙和祭祀土地、谷物的社稷配置("左祖右社");(4)方形的城墙构造,外郭城的东、西、南面城墙各有三个城门,皇城、太极宫南有三个城门;(5)直通各门的道路数(南北九道)等。从皇城东到外郭城东墙的三坊,与皇城西到外郭城西墙的三坊,都构成了纵十三坊,表示着一年即十二个月加闰月。皇城前横四列,纵九列的坊,也可以说是表示了《周礼》中记述了的四季和九轨(九条大道)等。②

这样一座都城,其面积为今日西安市的八倍,南北驰道宽五百尺。日本于 8 世纪经营奈良和京都时,仿效长安城的设计,但规模要小得多。并且连朱雀门及朱雀大道的名称,"幽雅可颂,也照样可以采用"③。

这个当时的国际上最大城市,居住人口有一百多万,并居住有数以万计的外国使节、僧侣、武士、学者、艺人和人数众多的商旅。7 世纪下半叶,吐蕃占领河西、陇右时,中西交通被切断,居于长安城的外国使团人数多达 4000 人。④

这样的庞大帝国,其社会政治、经济军事和外交等各个方面,只能依据严密而井然有序的制度运行,才能得以保持其持续性的存在和发展。

李世民创建了唐朝的典章制度。在隋朝的基础上,对于军事、财政、法律、礼仪、职官等各方面,集大成式地制定了完备的制度。《唐六典》是李林甫主持官修的古代中国第一部行政法典;《唐律》作为法典虽然庞博复杂,但逻辑结构严密、空前完备,如此建立在理性基础上的社会秩序规

---

① [法]谢和耐著,黄建华、黄迅余译,《中国社会史》,江苏人民出版社,2008 年版,第 198 ~200 页。

② [日]沟口雄三、小岛毅主编,孙歌等译《中国的思维世界》,[日]妹尾达彦著《唐长安城的礼仪空间——以皇帝礼仪的舞台为中心》,江苏人民出版社,2006 年版,第 467~472 页。

③ 黄仁宇志:《中国大历史》,生活·读书·新知三联书店,2007 年版,第 118 页。

④ 何森:《盛世之谜——中国历史十大鼎盛时代》,新华出版社,2008 年版,第 51~152 页。

则体系,包括儒教的礼仪制设,风俗习惯等,确保了社会生活和各个方面得以稳定和安宁。

【画意中的《丽人行》】

极度的强盛和繁荣所必然带来的极度的奢华侈靡,首先从宫廷生活表现出来的,这二者之间的必然联系,让人困惑,却很难以解释清楚。杜甫的《丽人行》有这方面具体的描写:

> 三月三日天气新,长安水边多丽人。
> 态浓意远淑且真,肌理细腻骨肉匀。
> 绣罗衣裳照暮春,蹙金孔雀银麒麟。
> 头上何所有? 翠微盍叶垂鬓唇。
> 背后何所见? 珠压腰衱稳称身。
> 就中云幕椒房亲,赐名大国虢与秦。
> 紫驼之峰出翠釜,水精之盘行素鳞。
> 犀箸厌饫久未下,鸾刀缕切空纷纶。
> 黄门飞鞚不动尘,御厨络绎送八珍。
> 箫鼓哀吟感鬼神,宾从杂遝实要津。
> 后来鞍马何逡巡? 当轩下马入锦茵。
> 杨花雪落覆白苹,青鸟飞去衔红巾。
> 炙手可热势绝伦,慎莫近前丞相嗔。

此诗讽刺杨国忠兄妹的骄奢淫逸,不发议论,状物写景和描绘人物,语极铺张,讽意自见。

另有开元天宝年间张萱的绘画杰出作《虢国夫人游春图》,与此诗相印证,再现唐玄宗宠妃杨贵妃的三妹虢国夫人及眷从盛装出游,而致"道路为(之)耻骇"(《新唐书·杨国忠传》),"居同第,出骈骑,相调笑,施施若禽兽然,不以为羞,道路为耻骇。"(同上),言杨国忠与其堂妹虢国夫人有私情,而不耻其行为为人所知的情况。此画华贵瑰丽,花团锦簇,浓艳而不失秀雅,画面上洋溢着雍容的盛唐风貌。

画与诗的含意并非相同,由此而引出本章所写的主要人物:杨贵妃。

杨贵妃并未出现在上面所说的这幅画中。另有元代钱选《贵妃上马图》,和明代仇英《贵妃晓妆图》,以及清代康涛《华清出浴图》,这些画都属于类型化的仕女画,其特征在于体现画意的抽象之美。从画中我们其实很难看出杨贵妃实际长相如何。

似乎唐人并无画杨贵妃的。因此,有关文字中对其形象的描绘,很难让今天的我们,有直接冲击视觉的实际感受了。

【杨贵妃形象所具有的象征意义】

有关于盛唐的衰落起始于安史之乱,已是公论,虽然这并不等于说是安史之乱造成了大唐由盛转衰。

当然,安史之乱自公元 755 年至公元 763 年,历时八年,导致唐帝国边境的防御受到极大的破坏。阿拉伯人虽然在安史之乱前,已占领疏勒,但安史之乱直接导致唐对帕米尔的控制权丧失。大唐的主要盟友回纥,公元 757 年扩张至甘肃,由此控制着甘肃中部与吐鲁蕃之间全部地区。吐蕃政权一直是唐朝的劲敌,其时已乘机进犯青海及甘肃。至安史之乱结束时,吐蕃已进驻位于黄河上游的宁夏,劫掠甘肃东部皇家马场的马匹。在安史之乱结束后不久,自公元 790 年位于玉门关以西的领土全部脱离唐朝控制。在东北方面,7 世纪末统治朝鲜的新罗宣布脱离唐朝独立。南诏国自公元 750 年开始扩张,于公元 827 年占领红河流域与河内。①

当然,最根本的危机是来自于唐帝国内部的原有制度的逐渐崩溃,即重心在于"均田法"所推行的土地法规,出现"均田的授田法不能与人口相提并改"②,这种情况导致"均田法"与税法的相关性被削弱,税收减少危及政权的维系。而从相反方面,私人庄园的扩大和寺院田产的膨胀,必然形成地方豪强势力的强化,使中央政府的控制力受到影响。而更为重要的原因是唐朝各藩镇节度使,以其权力代替中央政府对各州的控制权,是唐帝国被最终肢解的直接原因。

这些情况,显然并非是安史之乱直接造成的,却以安史之乱为危害后果。同样,在安史之乱中因逃至马嵬驿的唐玄宗,被由其太子李亨所带领的两千飞龙禁军和陈玄礼所指挥的一千士兵,以兵变相威逼,"太子未

---

① ［法］谢和耐著,黄建华、黄迅余译,《中国社会史》,江苏人民出版社,第 215～216 页。
② 黄仁宇志:《中国大历史》,生活·读书·新知三联书店,2007 版,第 128 页。

决"的说法,只是一种掩盖。兵变由陈玄礼负责指挥,先杀宰相杨国忠,玄宗不得不下诏让杨贵妃自缢。因此使这位绝代佳人,与大唐如此重大的政治事件相关联,应该也是一种偶然。

也许正因为这种偶然,使杨贵妃形象所具有的象征意义,成就其不可替代的四大美人之一的地位,这倒是需要花一番功夫去揣度的。

我们需要揣度的是,历史的言说包括正史或野史的纪实性笔法,传说中的虚构和夸大、戏剧的篡改和重塑以及诗的理想与浪漫,所统一的对杨贵妃形象概括,怎样演变为以"美"来进行归结的?

正因为如此,必然需要涉及杨贵妃长什么样,她的美为什么能超越于同时代或在其身后所有的美丽女人,并以实际可能伤及她们的自尊心情况下,做此"危险"的立论,并似乎已得到若干个世纪,古代、近代和现代的人们的公认,虽然人云亦云,但无人敢与之比肩,而这种现象本身(是的,有关"四大美人"的说法,与其说是具有说服力的结论,不如说是一种人人都同意这种说法的现象。)又是如何形成的呢?

对于这种文化现象,我们以有关美学理论会去解析,能够得出什么样的结论其实并不重要,重要的是这种探求本身,或许能让我们通过对他人和社会的认识来认识自己。

【英雄时代的虚幻回归】

贵妃之美是盛唐气象的形象代表。那个巅峰时代中的女子个人,和女性作为一个类的群体,她们的美,被概括为杨贵妃之美时,美的古典意义已经因此而终结。正如因此而有的象征,被史家公认为盛唐以一个绝代美人的死,而开始了由鼎盛转向衰落的第一步。

杨贵妃被赐自缢,似乎是历史在选择方向时,对个人命运予以强制的必然。她被时代所抛弃,与她的"美"所具有的象征一起被抛弃,是因为这个"美"所言说的盛唐气象正在消失,因此使其存在的内涵必然被剔除,而最终成为徒有其表的空壳,不再具有任何实际意义。

她,或者是她的"三郎"唐玄宗,都不再是"神话时代的英雄那种是社会整体的具体的尖峰"。在英雄时代,那种"还没有形成一种完全固定的秩序"的状态,并且"个人生命特点在他做决定和现实决定"之间,前者是主要的，①这情况已不复存在，就是皇帝也不行（似乎做出决定的是陈玄礼和他的士兵，但其实并非如此，而是他的身后的力量）。但贵妃是这样认为的，唐玄宗也是这样认为的，因为他是皇帝，所以，这是悲剧。

因此，我们对上面所说的问题进行归纳后，新的疑问是，贵妃之美何以在那种与实际存在的社会状况不相对应的情况下（盛唐已远离古典意义上的英雄时代千年以上），发生和存在？而这一切可以让我们想起和可能找到的，只能是那个时代，它的特殊性是盛唐气象的内在本质所衍化出的英雄情结所致。

正因为唐代人创造成了他们的伟大帝国，征服了他们可能征服的一切敌人，这种巅峰状态中的自我力量，在想象中被无限放大，成为一种对英雄时代怀念，并于理想中得以复归，才有了唐玄宗和杨贵妃在《霓裳羽衣曲》中，所体验到的"胜却人间无数"的情感世界。它的内在可以让人忘却尘世的烦恼，"从此君王不早朝"，在这种想象中，与自我力量相对抗的其他存在会被忽视，虽然它们都真实地存在着。

一切都不会维持得太久，是叛军逼唐玄宗从他的梦中醒来，走出被囚困的情感世界，但为时太晚，一切不幸皆因如此。

第一节　自信中被放大了的自我：贵妃之美的自然属性

【仓廪丰实和以肥为美】

> 长安回望绣城堆，山顶千门次第开。
> 一骑红尘妃子笑，无人知是荔枝来。
>
> ——唐杜牧《过华清宫》

千里之外的岭南荔枝在驿站间以快马传递，等于动用国家专用紧急信息传递渠道，竟为送来杨贵妃爱吃的、易于变质而失其色味的荔枝。有

---

① ［德］黑格尔：《美学》第一卷，商务印书馆，1979 年版，第 246 页和第 243 页。

李肇在《唐国史补》①中的记载佐证："杨贵妃生于蜀，好食荔枝。南海所生，尤胜蜀者，故每岁飞驰以进。"如此轻易动用国家机器，竟为博妃子一笑，实在是大厦将倾的先兆。

有亡国之君周幽王，为博妃子褒姒一笑，点燃用于通报敌军来犯紧急军情的烽火，其所为与唐玄宗动用驿点快马送荔枝之举，有雷同之处。他们都在千年之后，留下了坏名声。

但是，李隆基这位皇帝，其作为超过了历史上所有的皇帝。开元盛世，的确是丰饶富裕的。与现今为政者都喜欢以数字说明问题一样，有专门研究此段历史的人，在故纸堆中找出了一组数据：

唐玄宗天宝年间（公元742～755年），官方所存天宝十三载（754）档案记录，全国人户约962万户，人口约5288万人。但综合史料推测（主要是因税收而漏报的人口），公元8世纪中叶，唐朝全国实际人户超过1340万户（《通典·食货·丁仲》），实际人口超过7000万人。与当时世界上其他国家相比：8世纪时，东法兰克福王国从塞纳河到莱茵河之间的人口只有200～300万；而直到16世纪，地中海地区的人口只有5000万至6000万；北非人口也只有300万。唐玄宗时期人口繁盛，反映了当时以农业经济为主的情况下，其总体经济实力于世界而言的强大。②

另外，在公元587～608年间，唐朝实际已完成了大运河整修，将黄河、渭水流域与长江流域连接起来，直达杭州。此水路网于公元608年再加上一条大运河，全长1500公里，宽约60米。两岸设皇道，沿途设中继站，从洛阳通向长安的路上建有若干个大粮仓，其最大的位于洛水与黄河之交汇处，可储粮2000万石，即12亿升。③　而天宝八年（719），官仓存粮共有9600万石（《通典·食货》）④。

当时的政治家、文学家元结说："开元天宝之中，耕者益力。四海之

---

①　李肇（公元813年前后在世）唐宪宗元和中前后在世。累官尚书左司郎中，迁左补阙，入翰林木为学士。元和中，坐荐柏耆，自中书舍人左迁将作监。著有《翰林志》一卷，《国史补》三卷，并传于世。

②　以上资料引自2007年4月25日，清华大学历史系教授兼系主任张国刚，在清华大学图书馆报告厅的演讲，载于《新华文摘》，2007年第15期。

③　[法]谢和耐著，黄建华、黄迅余译，《中国社会史》，江苏人民出版社，2008年版，第198～199页。

④　《通典》，唐杜佑撰，共二百卷，是中国历史上第一部体例完备的政书，书成为贞元十七年（公元801年）。

内，高山绝壑，耒耜亦满。人家粮储，皆及数岁。太仓委积。陈腐不可较量。"（《元次山集》卷七《问进士》）① 因此而物价很低，开元十三年（725），"东都斗米十五钱，青、齐五钱，粟三钱。"（《资治通鉴》卷二一二）。《唐六典》中列举的开元时期前来朝贡的藩国数，有七十余国。② 对此情况以记史实著称的诗圣杜甫写道："忆昔开元全盛日，小邑犹藏万家室。稻米流脂粟米白，公私仓廪俱丰实。九州道路无豺虎，远行不劳吉日出。齐纨鲁缟车班班，男耕女桑不相失。"

开元盛世时的唐朝，富裕之中的歌舞升平，似乎是理所当然的。在这盛世的歌舞中走出了一位女人，名叫杨玉环。

其实关于杨玉环这个名字，也是颇具争议的。有关正史对此记载不明：新旧唐书均称杨贵妃为太真娘子。唐代郑处海《明皇杂录》③说："杨贵妃小字玉环。"同时代的郑嵎在《津阳门诗注》④却说："玉奴，太真小字也。"《全唐文》⑤中《容州普宁县杨妃碑记》又说："杨妃，小名玉娘。"此处就有三种说法。

而有关名字中的"奴"字，为唐代习俗中惯以在小孩名后添加，以此为爱称。因此若将"奴"字去掉，杨贵妃之名为"杨玉"。而在对其姓名中的"环"作解时，有人发现，"环"字含有肥和丰硕的意思。即如《旧唐书》中，对唐玄宗的二哥李成义形容为"仪形环伟"，《新唐书》说他"仪貌环

---

① 元结（公元719～777年），唐政治家，文学家。字次山，河南（今河南洛阳）人。天宝进士，曾参与抗击史思明叛乱，立有战功。现存有明郭勋刻本《唐元次山文集》，今人孙望校点有《元次山集》。

② 以上资料引自2007年4月25日，清华大学历史系教授兼系主任张国刚，在清华大学图书馆报告厅的演讲，载于《新华文摘》，2007年第15期。

③ 郑处海（约公元844年前后在世），字廷美（《旧唐书》作延美），郑州荥阳人，宰相郑余庆之孙，郑汀之子，文辞秀拔，为士友所推。太和八年（公元834年），第进士。仕历侍郎等。撰《明皇杂录》二卷，《新唐书本传》为世盛传。

④ 郑嵎（约公元89年前后在世），字宾光。人中五年（公元851年）举进士及等，著有《津阳门诗》一卷。津阳为华清宫之外阙，嵎于逆旅中询问父老以开、天旧事，为诗百韵，盛行于世。

⑤ 《全唐文》，清代官修的唐五代的文章总集，共一千卷。嘉庆十三至十九年（公元1808～1814年），由童诰领衔，阮元、徐松等百余人参加编纂，共收文章18488篇，作者3042人，每位作者都附有小传。

重"。并且，对于此字的使用，如记述在唐代以前南朝史事的正史《梁书》①，对南梁安陆王萧大春容貌的形容，即称："天性孝谨，体貌环伟，腰带十围。"可见"环伟"的尺寸在于"腰带十围"。

而在唐玄示天宝十年(751)，唐与大食爆发怛罗斯之战，有一个叫杜环的成为敌军俘虏，其在中亚、西亚及地中海等大食占据地区停留十年，于公元 767 年由海路返回中国，将其经历见闻写成《经行记》，其原本已佚。现有他的族叔杜佑在《通典》及《西戎总序》中引述部分内容，后经王国维根据明代嘉靖本《通典》，将其中引用的《经行纪》原文辑录成书，名为《古行记校录》。该书中记有："名亚俱罗，其大食王号暮门，都此处。其士女环伟长大，衣裳鲜洁，容止闲丽，女子出门，必拥蔽其面。"因此而有说法："环"字是形容唐时男女肥硕和仪容有丰采。

而这个说法，同时引出了我们所要讨论的一个问题：杨贵妃之美若以"肥"来概括，其"姿质丰艳"，以致有关整个唐代以肥为美的审美标准，其真实情况以及这种氛围或称语境，究竟意味着什么呢？

【贵妃是怎样被唐玄宗发现的】

虽贵为大唐第一夫人，杨贵妃是不是真的叫杨玉环，尚不能完全肯定。而其名"太真"，是因为唐玄宗为以曲线方式迎娶儿媳杨贵妃，由高力士从中周旋，让杨贵妃主动上书请求出家为道，为其亡母念经尽孝，在公元 740 年，唐玄宗册封其为"太真"，因此，"太真"是道号，而非其名。

当然，对于杨贵妃是不是高力士推荐给唐玄宗的，只有民间传说，于史料中并不可考。

这高力士为一代贤宦，与唐玄宗相始相终，可谓忠诚。高力士(687～762)本名冯元一，祖籍高州良德霞洞堡(今广东电白县霞洞镇)人。曾祖冯盎，祖父冯智玳，其父为冯君衡，曾任潘州刺史。高力士幼年时入宫，由高延福收为养子，遂改名高力士，受当时女皇武则天赏识。后侍玄宗，累官至骠骑大将军，进开府仪同三司。

这高力士身为宦官，却做大将军，倒也不仅有虚名。有人引据考古发

① 《梁书》为姚察(公元 533～606 年)和姚恩廉(公元 557～637 年)父子所著，是记述南朝时期史事之正史，于唐朝初年成书。姚氏父子，先后五次奉诏，历时五六十年，撰成《梁书》和《陈书》。

掘,证实高力士身高一七五左右,[1]有度量,文武双全,《新唐书》载;"高力士,冯盎曾孙也。"而盎乃威震岭南的民族英雄冼夫人的孙子,高力士应为其六代孙。《高力士神道碑》说他骑射"一发而中,三军心服"。唐玄宗曾说:"力士上直,吾寝则安。"(《资治通鉴》卷二一三)

但对于杨贵妃最初是怎样被唐玄宗发现的,《资治通鉴》中却说:"初,武惠妃薨,上悼念不已,后宫数千,无当意者,或言寿王妃杨氏之美,绝世无双,上见而悦之。"(《资治通鉴》卷二一五)也就是说,唐玄宗是因为听有人议论杨贵妃之美,然后自己去发现的。

但是,这里的"或言",是不是听高力士所说,难以考证。《新唐书·杨贵妃传》:"开元二十四年,武惠妃薨,后廷无当帝意者。或言妃资质天挺,宜充掖廷,遂召内禁中,异之,即为自出妃意者,丐籍女官,号'太真',更为寿王聘韦昭训女,而太真得幸。"情况大致相同,因此有关高力士献媚,推荐杨贵妃给唐玄宗之说,尚不足为据。

不过,有关高力士的祖籍,是高州良德霞洞堡,或唐潘州(今广东省高州市城区),《新唐书·高力士传》记载:"高力士,冯盎曾孙也。圣历初,岭南讨击使李千里上二阉儿,曰金刚,曰力士,武后心其强悟,敕给事左右。"可见高力士家乡应在岭南,与杨贵妃并非传说中的同乡,但不排除其听到有关于杨贵妃"资质天挺"后,向玄宗进言推荐的情况。

不过,有一个情况似可以对此予以排除:杨贵妃在此实际被唐玄宗看中之前,已为寿王李瑁之妻,如高力士主动献言,则在不知唐玄宗态度的情况下,是有人伦及以言犯上大罪的可能的。

由此看来,似可以说杨贵妃当初的确是因"恣质丰艳",而被唐玄宗发现的。

【以肥为美的尺度】

当然,即便是以肥为美的唐朝,以皇上的审美眼光也不可对于"肥"的尺寸没有把握的限度。这里所谓的"肥",应当是人类共同的审美观念自原始时代逐步被淡化,但始终不会完全消失的观念,即"以大臀为美的标准",是因为"美的东西既受人拥戴,就和性选择发生了关系",而"生殖

---

① 陕西省考古研究所《唐高力士墓发掘简报》,载于《考古与文物》,2002 年第 6 期。文中并未提及高力士遗骸是否存在。

功能既为种族竞存的前提"，在与"胎养和母道的基本条件"相联时，"臀部大，表示骨盆也大"，"才可以容许大的头颅的通过"。因此"世界上高级的族类都是有大的臀部的"，而"一个赞美大臀的民族也往往赞美一般身体的肥胖"①。

在此，我们应该注意到，李氏皇族的血统，可以考察的是，李渊为李昞的长子，为李昞与独孤信第四女独孤元贞（杨坚妻独孤伽罗之妹）所生。而李渊娶纥豆陵氏（其父为隋定州总管神武公纥豆陵毅，其母为周武帝宇文邕之姐襄阳长公主），生次子李世民。李世民自己的妻子长孙氏，其祖父为北周左将军鲜卑族长孙凹，而长孙一族，为鲜卑族（拓跋郁律有两子：老大沙莫雄，老二什翼犍，所以沙莫雄的大儿子拓跋嵩是拓跋郁律的长孙，被赐为"长孙"氏），而长孙氏是唐高宗李治的亲生母亲，其父李旦，是武则天第四子，长孙氏为其祖母，为李隆基之曾祖母。

当然，这并不是说李氏皇族的少数民族血统，与关于盛唐气象中以肥为美的审美标准的形成有直接的关系，以及由此想到的，在盛唐气象中各民族融合的海纳百川式的局面，与整个社会生活中所形成的大唐之雍容气度，有某种必然的联系。但是，与这番景象相适应的，那种对于女子之美的健硕丰满，在华丽中所显露的性感应该是一种自然形成的氛围。

唐朝似乎是另类的：丰肥秾丽的形象与热烈放恣、自信张扬的行为相联结，与传统审美观中对窈窕淑女的含蓄内向的认同是有很大不同的。我们似或可以解释为唐朝的繁荣昌盛、丰衣足食，以百姓有条件吃饱穿暖，从而保持健康丰满的体格，以及唐朝开放兼容，国力强盛，文明发达，人们因此而充满自信等原因。

【三千宠爱在一身】

但是，即使如此，唐玄宗身为皇帝后宫佳丽无数，为何独独看中杨贵妃，以致于"三千宠爱在一身"，弄得"六宫粉黛无颜色"？

问题或许出在纯系个人爱好上。虽然皇帝的眼光具有绝对的权威，并完全可能在很大程度上左右的人们的审美观，如同"楚王好细腰"一般，以及如近代对缠足的畸形审美偏好。但是，如果以这样的审美观念作

---

① ［英］霭理士：《性心理学》，商务印书馆，1997 年版，第 78~79 页。

为社会的审美标准，其背后的原因是不能用一两句话就能够说清的。

以唐玄宗对贵妃的宠爱，即便是当时的社会以肥为美的风尚，我们仍不能得出结论说，皇帝是这个社会整体观念的当然代表。当然，或许有很大可能是皇帝的偏好引起了社会审美观念某些变化，却并不能说这种来自于皇帝个人的偏好，即等同于当时社会的审美标准。

【是那种形式上的完满】

看来事情只能反过来说，贵妃之"肥"与我们在通常意义上理解的含义是不同的，其内涵所包括的应该是使之为美，而成为一种最高形式上的完满。玄宗虽有后宫佳丽三千，也只为其所动，并不能与之分离，而有白居易之千古流芳的《长恨歌》：

> 汉皇重色思倾国，御宇多年求不得。
> 杨家有女初长成，养在深闺人未识。
> 天生丽质难自弃，一朝选在君王侧。
> 回眸一笑百媚生，六宫粉黛无颜色。
> ……

"回眸一笑百媚生"，是在刹那间而有的被惊魂的感受。这种在瞬间完成的概括，显然是在于美的形式本身所具有的凝聚力，以及因此为我们面对审美对象，被开放出想象空间，以有限而可以体会无限的存在，而这种意境，显然并非一般的以肥为美的语境中，仅以"肥"而可被称之为"美"的，那种畸形视野中的所见。

"六宫粉黛无颜色"，是与此相对应的一种可以被其带动的感觉，并产生联想的情形。在群芳之中，贵妃独艳于众人，如日月所出，而群星黯然无光，那么，她的"肥"的尺寸，也必定是在比较中被限度，而不可能破坏到有关美的和谐性比例。

当然，有的说法，把此种现象归之于贵妃修炼的"媚术"，虽然我们并不清楚其被选入宫中以前，其身世中的具体细节，包括是否有人教授，或是否存在这种专门取悦帝王的宫中女子的必修课，但是可以肯定，在唐玄宗因武惠妃死后，其间虽有江采蘋，是高力士在福建省莆田县发现的一个郎中的女儿江采萍，后取名为江采蘋，容貌才学出众，荐到宫中，但并未得

到专宠。

【骊山初会，尽显一切于天遣】

唐玄宗与杨贵妃骊山初会，是在听人说起儿媳漂亮后，萌发念头后的所为，显然此时唐玄宗对杨贵妃之美，已有了相当的了解。这种具有伦乱意味的行为，虽有一定的刺激性，但毕竟身为皇帝，甘冒天下之大不韪，必定是这情欲之事，有了美的巨大魅力的驱动，让一切于此之外的存在都被置于脑后。

就是那个起始于华清池的令人魂牵梦萦的时刻，成了大祸将临之前的开始。所谓肤若凝脂，艳如天人贵妃，因之而尽显一切于天遣。

这是开元二十八年十月，李隆基幸临骊山温泉宫，与姿色冠代的杨贵妃住了十八天。但《资治通鉴》只有简单的记载："十月甲子，上幸临骊山温泉，辛巳，还宫。"

这样的故事，正史是不会记载的。《新唐书》卷五《玄宗纪》记载："十月甲子（开元二十八年），幸温泉宫，以寿王妃杨氏为道士，号太真。"此处以曲笔，透露出了人们传说中的故事情节：因为在温泉宫批准册封杨氏为道士，自然二人要见面，而此时杨贵妃还是玄宗的儿媳，这事自然来得蹊跷，正如人们传说的那样，父子兄弟争妃之事情，自历朝皇家后宫并不鲜见，更何况在风气开放而形成特有氛围的唐朝，还有就是李氏皇族杂混的少数民族血统，如此等等因素的作用，让玄宗觉得可为，自然他人还有什么话说？但在温泉宫册封杨太真，让人很容易产生联想：温泉宫为皇帝个人享受时的处所，其私密性本身就很可以说明问题。

依常理而论，二人并非此一次就成其好事，人们有理由联想到高力士为贴身太监，于是就说是其揣摩透玄宗心事，想办法找来了贵妃，以便其幸临，这也并非没有可能。但如果是高力士先提出来，肯定有冒犯太子和违背人伦的嫌疑，因此，这样的事，剩下的最大可能就是玄宗先有示下，否则，高力士就是敢想，也断不敢做。

【情感世界与大唐宏伟的宫殿，谁更真实】

玄宗是在什么时候初次见到杨贵妃的呢？不得而知，显然不是在骊山温泉宫第一次见面。玄宗不会荒唐到仅听人说儿媳漂亮，就打起想要占有的主意。按说要见儿媳，会有一些私下的个人场合，例如在婚礼上，

应该已有所见。皇帝有后宫佳丽三千,又有江采蘋,但他的眼光却停留在杨贵妃身上,不愿意再移开,这其中有什么不同寻常之处,是我们难以发现和理解的。

唐玄宗(685～762),在开元二十八年(740年)时,已有五十五岁,有点老了,其审美眼光会不会有问题,是有些让人怀疑。从更确切的意思上讲,唐玄宗所审出的这位天下第一美女,是否真的得到了当时人们的认同?确实需要考证。

我们可以把视野放开,再去看一下这个中国古代社会中最为富足和强盛之朝代,在开元年间所达到盛况,那种盛唐气象,究竟是怎样的。

> 长安大道连狭斜,青牛白马七香车。
> 玉辇纵横过主第,金鞭络绎向侯家。
> 龙衔宝盖承朝日,凤吐流苏带晚霞。
> 百丈游丝争绕树,一群娇鸟共啼花。
> ……
>
> ——唐卢照邻《长安古意》

卢照邻为初唐四杰之一,诗中所描写的景色并非完全同于开元年间的情况,但初唐经李世民的"贞观之治",已接近繁荣的鼎盛,而卢诗以初唐诗人特有的魏晋文笔之瑰丽,恰好符合我们欲对此盛况有直观感受的需要。

那时的长安城是世界上最大的城市,宫殿巍峨,大街上人头簇拥,人们衣着光彩流溢,在如此宽阔的马路上,宝马香车,络绎不绝;那些女子,虽不像皇帝宫中的宫女们那样华丽,但她们在开放的氛围中,以来自于天性中对美的追求,穿着长袖短襦,还有曳地的长裙,腰部束以"抱腰",头上插戴花钗的"步摇",行走起来衣袂飘逸,环佩丁当。她们在自己脸上额间,点一个红色或黄色的"花子",当然,她们也许是些贵族女子,引领着新潮时尚……而如此景色,所洋溢出的是充满生气且昂扬向上的,而这一切都体现了这个时期人们的自信。

是的,大唐在开元年间是充满自信的,而正是这样自信,可以对我们在上面有关杨贵妃"媚"的讨论,有所点题。

显然,以这样自信,会导致被放大了的自我,包括大唐本身。

在以自信审视被放大了的自我时,自信本身也被夸大了。

在唐玄宗和杨贵妃二人的情感世界,与大唐宏伟高大的宫殿那种壮观的景色之间,谁更真实? 这是唐玄宗,这位唐代最为杰出的英明统治者所感困惑的。

【盛世英主唐玄宗】

唐朝的神龙元年(公元705年),中宗李显即位,重建唐国号,但政权却旁落于皇后韦氏手中。中宗去世后,韦后立温王李重茂为帝,是为少帝。

公元710年7月21日,临淄王李隆基与太平公联合发动政变,杀韦后与安乐公主等,拥其父李旦复位,是为唐睿宗。李隆基被立为太子,睿宗退位,李隆基于公元712年即位,是为玄宗。

不久太平公主发动宫廷政变,李隆基与郭元振、王毛仲、高力士等人先发制人,赐太平公主死,尽诛其余党,改元"开元"。

后玄宗任用姚崇、宋璟、张九龄三位贤相,革新政治,限制佛教,实行轻徭薄赋,劝课农桑,兴修水利,大力发展农业生产等政策,其措施使得其时"吏治精明,赋役宽平,刑罚清省"。

开元初年,唐玄宗为表率节俭下令将宫中过于豪奢的乘舆服饰,金银器玩,统统拿出去销毁。过去织成的锦绣衣物皆染皂色,规定今后禁止采集珠玉,不得纺织锦绣衣布,裁撤两京织锦坊。如此过激做法,确实起了一定的作用,但为时不久。

也许是宿命中不可逾越的规律,唐玄宗在其后期却变得穷奢极欲,其半生节俭半生奢,我们可以发现这其中的变化,自然与大唐经其致力发展经济,盛况空前,客观条件促使了玄宗的变化,其个人走到晚年,政治上的努力有所放松,似乎也是情理中的事,也可以说是体制本身的问题,包括自张九龄罢相后,任用"口蜜腹制"的李林甫和杨国忠为相,杨氏一族因此而鸡犬升天,紊乱朝纲,虽非贵妃的直接过错,但其间接影响是很难以否认的。

【另一个世界的新奇】

一切变化似乎都来得很快,这种在国家和个人的作为都发展到一个顶峰时,其必然的归宿,似乎就是寻找另一个世界的新奇。

内在的情感世界无疑是躲避自我的最好去处。从个人看,这也许并没有什么错,但玄宗身为皇帝,其行为的表率作用对唐王朝而言,则无疑是一场灾难。

　　问题是,在这种盛极而转成萎靡的状态中,那种昂扬向上的"以肥为美"的精神境界,似已不存在。那么,是否此时的"肥"的内涵,本身也在发生变化,而变成与性直接相关联的东西,丰满肥硕所意味的情色?

　　但事实并不是这样。有一个看起来不为人所注意的细节:杨贵妃在成为唐玄宗的宠妃之前,与其夫寿王李瑁,已生育二子。但在与玄宗相伴随后,自开元二十八年骊山相会(公元740年),至公元756年唐玄宗因安史之乱撤离长安,在马嵬驿陈玄礼率军哗变,杨贵妃被赐自缢而死时止,前后共计十六年,其与玄宗竟没有生下一子,我们可以推想虽然玄宗年龄已老,但也只是过六十的人,生育能力应该还有,而唐玄宗一生共有子女五十九个,比后来清朝的康熙皇帝五十五个子女的纪录还多四个,可以说是历史上生育子女最高产的皇帝,其性能力应有异于常人之处,但其与杨贵妃这样一位艳光四射,性感动人的天下第一美女相伴,竟无一个子女,如此"连理枝",却不结果,实在让人费解。

　　不过,对唐玄宗与杨贵妃之间的情爱关系,尚有别的解说:安禄山心怀异端,却在皇帝面前表现得极为忠诚,不仅大献殷勤,还献春药"助情花",玄宗受用后很高兴,因此而有言:"此花可比汉之慎血胶(汉代的春药)"。此花大小如粳米而色红,每当寝处之际,则含香一粒,助情兴,筋力不倦,此事记载于《开元天宝遗事》,①并且,此时南方也进献了一种叫合欢果的春药,这个名字,首先就让玄宗与贵妃很是喜欢,玄宗对贵妃所说的私密话,也成为后人的传说:"此果似知人意,朕与卿固同一体,所以合欢。"

　　唐玄宗还命画工把二人宽衣解带后,合欢一体的场景画下来。如此景象,说明二人交合频繁,在性能力上,当然不会有什么问题。"从此君王不早朝"的说法,对此是有影射的,在这种情况下,或许是有避孕药,要不真的就是玄宗纵欲过度,而难以再使贵妃受孕。

---

　　① 《开元天宝遗事》,系史料笔记,二卷。五代王仁裕撰,成书于后唐时期。王仁裕,字德辇,生于唐广明元年(公880年),卒于后周显德三年(公元986年),天水人,官至兵部尚书等。其《开元天宝遗事》中有《随蝶所幸》《助情花》《风流阵》等篇,描写玄宗宫禁秘闻。

如果我们暂时把此类故事放在一边，而去看另一番景象，却会发现，那种似已被涂抹不清的美之形象，又渐渐地清晰起来。唐玄宗竟然是一位天才的作曲家，对音乐的热爱有可能更多地成就了他与贵妃长达十六年的两相厮守。这主要是在于，与之相应和的杨贵妃是一位舞蹈奇才，无论任何曲子，均能随曲而舞出曼妙奇异的舞步和身姿。

《旧唐书》有记载，玄宗曾经建过"宫廷乐队"，选拔子弟300人，宫女数百人，并亲自为指导（指挥）。有白居易诗为证："缓歌曼舞凝丝竹，尽日君王看不足。"（《长恨歌》）在如此之舞中，贵妃将她的美于变化中，不再是一种有限的理解和诠释，大唐之盛景因其一人之舞，而可美不胜收？

第二节　超越于现实的情感：贵妃之美的概括性

【个性张扬的贵妃】

杨贵妃爱吃荔枝的说法，见于《资治通鉴》卷二一五，天宝五载："妃欲得生荔枝，岁命岭南驰驿致之。"这是一个著名的故事，由此可见贵妃自恃皇帝宠爱，被放大其在吃这方面的个性，但似乎也有一种以试玄宗"爱心"深浅，有意拨弄一番的意味，按通常说法，这是美女折磨她的男朋友常用的手段。当然，这个故事中的杨贵妃，是拿国家机器的功能和自己的价值相比较，因此不得不落下骂名。

有关杨贵妃使性子，以张扬其个性，还有的如《旧唐书·杨贵妃列传》记："五载七月，贵妃以微谴送归杨铦宅。比至亭午，上思之，不食。高力士探知上旨，请送贵妃院供帐、器玩、廪饩等办具百余车，上又分御馔以送之。帝动不称旨，暴怒笞挞左右。力士伏奏请迎贵妃归院。是夜，开安兴里门入内，妃伏地谢罪，上欢然慰抚。"这是一次杨贵妃使性子和皇帝斗气的过程。杨贵妃不知做错了什么，被皇帝一怒之下，送回其兄杨铦家。至于为什么不送其父杨玄琰家，看来也只是皇帝一怒之下的略施惩罚，因为送丈母娘家，那就会变成一种正式的行为。

但送去没多久，玄宗就后悔了，让高力士送去衣服、供帐、器玩和廪饩（公家供给的粮食之类的生活物资），足足有百余车，浩浩荡荡，开进杨铦府，但皇帝仍觉得不行，又吩咐将御馔（皇帝自己的食品）送去给贵妃，但还是不行，皇帝虽不言语，却发怒笞杖左右，只有这高力士体贴皇帝，去杨铦府"伏奏"请回。到了晚上，一行被折腾了好久的人，从"开安兴里门入内"，杨贵妃"伏地谢罪"，皇帝才由怒转为"欢然慰抚"。

对杨贵妃而言，这样做无疑是一种冒险，因为这种情况其实很危险，只是经过此事，杨贵妃以女性特有的方式，验证了自己的价值以及其与唐玄宗的感情。

《杨太真外传》还记载了另一件事：天宝九载二月的一天，杨贵妃因"上旧置五王帐，长枕大被，与兄弟共处其间"，即玄宗为叙与宁王李宪的兄弟情，与其共寝，却发生了"妃子无何，窃宁王紫玉笛吹"这样的事。

此本系女子撒娇作嗔之举，却"因此又忤旨，放出"。即因此又得罪了玄宗，忤旨的说法有些严重，是否含有玄宗担心贵妃会与宁王有染的意思在内，不得而知。而更为恰当的解释是，玄宗认为贵妃这样做，不合于礼仪规矩，且对兄弟感情会有不好的影响，因此，贵妃又被送回家（没有送到什么地方）。

贵妃让送她来的中使张韬光转呈皇帝："请奏：妾罪合万死。衣服之外，皆圣恩所赐，唯发肤是父母所生，今当即死，无心谢上。"并剪下自己的头发，交给张韬光献给皇上。"韬光以发搭于肩上以奏"，"上大惊惋，遂使力士召回以归"。

像这样的事，如同寻常百姓两口子闹别扭，虽无特别之处，但此处亦可见杨贵妃并非那种矜持的贵族女子做派，而因此显出其性格的自由和俗家女子样的泼辣，敢作敢当。虽为双方心里都有算计的小把戏，却更惹得玄宗因有所见其另一面而倍加爱怜。这样的故事情节，于看似平常的细微之处，让我们如同面对一幅美的画时，其中有了可以看出的变化，喜怒哀乐可以被感知，让人因为可以去理解而受感染。

当然，更多的真事是难以寻觅并将它们复原的。有关贵妃唐玄宗之间的故事，事实上无不经过后人的加工。

此类禁宫秘闻为史家所制，其实也有让人怀疑的地方。只不过这样的加工会使一些情节变得生动起来，但我们想说的是，杨贵妃之美，正是体现在其自我个性张扬的行为，这些具体的行为细节，亦为艺术，即美的形式的完整性的形成是与其个人的表现分不开的。

【超越于社会秩序控制的爱情】

这种似乎无拘无束的个性张扬，如杨贵妃似乎仅需要受皇帝权力的制约，其实就是在她在那个时代，以致在以后的封建朝代中，都是再难以想象和十分罕见的。

并不是没有如她一样的美人，做不到"常使君王带笑看"，更不是因为在美的实际存在上，不可能没有人长得像她一样好看，而仅只是因为个性化的完美表现，应由其社会性所决定。

也就是说，个人行为在社会秩序已经基本完备的情况下，她个人的自由应该受到限制，而这一点，恰恰就是杨贵妃个人悲剧命运的根源——正因为她的行为失去控制，至少是被认为其以美色把皇帝引入情感世界后而荒废国事，这是社会所不容的。

然而，也就是因为贵妃和唐玄宗二人情感世界的存在，逾越了应有的边界，必然要受到现实社会秩序的控制。

而事情的结局往往出乎我们意料的是，正因为这二人超越于社会秩序控制的爱情，这个异乎寻常的情感世界的存在，以它异样的瑰丽和迷离，成就了杨贵妃在中国古代美人系列中的排名地位的不可动摇。

用通常的话来说，也只有她，能够得到让唐玄宗的"真情"表露，这种表露因超越现实（即便是盛唐，社会秩序的控制是不可脱离的）而成为一种跨越各个时代，在今天仍旧使我们如又见桃花面那般，对此能有所认知的独立存在。但是，这种存在的可能也正因为恰恰根植于盛唐，这个相对开放自由的整个封建时代最鼎盛朝代，因它的存在的不可复制，致使用权唐玄宗与杨贵妃的爱情，同样再难重演，二人爱得死去活来，而并不仅仅是与性和政治权力相关，以这种"真情"的表露，对古代中国而言，也只是有大唐时才能做到，且也只有在大唐发生这样的事，才能使人相信。

【大唐的由盛而衰的标志，选择了她】

与盛唐相关联，杨贵妃是幸运的，但不幸的是，大唐的由盛而衰的标志，选择了她，那个与她绝色之美至少是在形式上相关的"社会责任"，似乎毫无根据，但又是这样不容争辩地强加在她的头上，幸有伟大诗人白居易的《长恨歌》，让她与唐玄宗的情爱故事，所呈现的情感世界的独立存在，是不可消除的，作为洗刷她的清白的证明，让今天的我们可以进入其中，去体会它的丰富和真实。

　　唐玄宗前半生不辞辛劳地建立了那个时代的人们所能想象的最大功绩。当然，开元盛世的形成这样的成功，并不是他一个人的功劳，他仅只是一个社会整体存在的象征。他手中的权力本来是社会全体成员所共同拥有的，但在权力的实现过程中，他个人的作用的不可否认是在于他把皇权的无尚权威做了与之相反的、世俗化的表达。正如同他对皇帝的爱情的认识和真情表露一样，这二者本来可以使一个人，或一个时代，实现其完美的存在，但是，唐玄宗把二者本应有的存在的同时性，进行了人为割裂和对立，把它们分别去与他的前半生和后半生相对应，这是他的"唯心"主义，必然要被现实的客观存在所抛弃的悲剧结局的根本原因。

【她被从"红颜祸水"言论的围绕中解救出来】

　　史说杨贵妃专宠而不干政，《旧唐书》说她："太真资质丰艳，善歌舞，通音律，智算过人，每倩盼承迎，动如上意。"这里可以去注意其中的评语之一：贵妃"智算过人"，也就是说贵妃智力不比寻常，所以其身处宫闱之地，近于帝王身边，虽为富贵地，亦为险境，其受专宠是因为"天生丽质难自弃"，但伴君如伴虎，以其心机主要目的应在于自我防护，玄宗虽为英明之主，但既为皇帝，是脱不了其本来为"虎"之本性的。

　　然而，这样说来，仍有些感觉不足：杨氏兄弟因贵妃的关系，纷纷获得官位，不学无术的杨国忠，官至宰相，身兼四十余职，杨铦、杨锜、杨钊也得到格外宠遇。贵妃三姐妹皆"赐第京师，宠贵赫然"（《资治通鉴》）卷二一五）。

　　天宝七载（公元748年）冬十一月，唐玄宗在华清宫避寒，宣布以崔氏为韩国夫人，裴氏为虢国夫人，柳氏为秦国夫人，三人皆有才色，唐玄宗呼之为"姨"，出入宫掖，并承恩泽，势倾之天下。这种一人得道，鸡犬升天的情况，很难说不在贵妃的"智算"之中，其知道欲擒故纵，声东击西之术，因此导致杨国忠等人祸乱朝政，并非有什么有说服力的材料，可以证明其无过。

　　然而历史上的人们，对她似乎更多的是寄予了同情，这其中当然首推白居易之《长恨歌》，其中对贵妃与玄宗爱情的描写和赞美，把她从若干"红颜祸水"言论的围绕中解救出来，一个"情"字如何了得，以致大唐之辉煌前程为此而葬送。

云想衣裳花想容，春风拂槛露华浓；

若非群玉山头见，会向瑶台月下逢。

——李白《清平调三首》之一

诗意所幻化出的景象，会成为一个让我们的注意力去专一的特写，是一种替代，也是一种掩盖：在春风拂面般感触到美的临近时，会让我暂时忘却许多可以言说，或不可言说的世事，它们纷至沓来而导致纠缠不清的烦恼，想必身为万人之上的皇帝，要想躲过似乎无穷无尽的政事或家事的缠绕，绝对是难办的事，也只有见得美人面，就可如同进入另一个世界一般，这种审美的愉悦，是有通感的。

她所凝视观赏的，是我们不能看见的；这时却有一位衣着极为华丽的女子，走了过来，她的装束，超过众人之上；最后一位，捉蝴蝶的女子，髻上插芍药花，身披浅紫纱衫，她右手举着刚刚捉来的蝴蝶，其身姿于丰硕健美中，又显出窈窕婀娜。整卷画的气氛，的确少了些盛唐气象中的热烈和秾丽，但是，作为回忆，我们希望在这样的名画中找到的哪一位。更像贵妃呢？

【把她们在画意中的存在加在一起，会不会有一个杨贵妃的出现】

仕女于仕女画中的存在，她们脸庞的近似，说明她们作为个人的存在，只是一个符号。只有杨贵妃，但即便是她，我们就连对她的名字，也还有模糊不清之处，更何况其对她本人的了解。

因此把上面那些女子们，在画意中的存在加在一起，会不会有一个杨贵妃的出现？

但她的脸庞，仍然是不能清晰的。

若是凭这幅可以在想象中存在的画，或者是否后世的名家中，有明代佚名之作《千秋绝艳图》，那么飘逸的裙摆，服饰敷彩妍丽，人物长眉细眼；还有明代仇英所画《贵妃晓妆图》，着色明艳，贵妃坐于闺中，只是身体略丰颐于其他女子。她们早上起来，听乐、梳妆、采花、簪头，我们可以从画中的表达，体会到铺张和豪华之外，图意所展示的美于花团锦簇中显现。但是，我们以如此图画，真的要到唐朝（穿过时空隧道），到那些宽阔繁华的大街上，也一定找不到杨贵妃，就是有幸进入大明宫，仰视到贵妃羞花之容，肯定会大吃一惊，原来如此，却并不能去怪画家，这又是何道理？

【牡丹的红艳是美的一种形态,贵妃把它体现为一种完整】

意在形先,这是中国画的特别之处,这可以在王安石赞美王昭君,且并不责怪画家毛延寿的那首诗来说明,即所谓"意态由来画不成"。我国古代画家和哲人,早已将"形"与"意"分开,画鸟、虫、鱼、兽有工笔画,与真物相比,可以精确到毫厘,如宋朝的坏皇帝兼好画家赵佶,不爱江山爱丹青,所绘工笔画花、鸟、虫,"以物观物",史称得"宣和体",追求自然真实效果,所画之鸟可以作为标本图,可见并不乏功力,像西方绘画那样,画得如同真物一样。但对于人物画而言,中国画却是以写意为主,这样的分别,似另有审美意识上的深刻原因。这便是上面所说的,以所写之意,去随人的"意态"变化而变化,对那种难以固定的,人的内在意识的反映,力求于有限的不变之中,去表现无限的存在,因此只有舍弃对"形似"的追求,而求"神似",这种审美上的追求,可与我们在此谈说的有关贵妃之美的问题,有相通的地方。

这种相通主要体现在,以唐玄宗的眼光去看,杨贵妃之美如李白所言：

> 一枝红艳露凝香,云雨巫山枉断肠；
> 借问汉宫谁得似,可怜飞燕倚新妆。
>
> ——李白《清平调词三首》之二

如牡丹的红艳自然是美的一种形态,只不过贵妃把它体现为一种完整。与汉宫之赵飞燕相比,有语出于苏轼"环肥燕瘦"中"燕瘦"的轻盈之美,应为美的另一形态。而玄宗眼中对性感丰颐视为美的观念,与他的胸怀气度,也可以说是大唐的气度,不无关系。

《杨太真外传》中称贵妃"微有肌也",此言事出有因,是一个与此有关的小故事。

唐玄宗因读《汉成帝内传》,恰遇贵妃来到,她问玄宗看什么书,玄宗开玩笑说,"莫问。知则又殢人。"殢：即有困于纠缠之意。而这贵妃便是抢了书自去看,见上面写的是,"汉成帝获飞燕,身轻欲不胜风。恐其飘翥,帝为造水晶盘,令宫人掌之而歌舞。又制七宝避风台,间以诸香,安于上,恐其四肢不禁"。

可以看出,汉成帝之所为也在于揶揄之意,玄宗见贵妃认真地吃起醋来,就乘势而问:"尔则任吹多少?"即揶揄贵妃之肥,因此有评论"盖妃微有肌也,故上有此语戏妃"(《杨太真外传》上卷)。杨贵妃之肥,实际上也只有用丰颐来形容,因此,玄宗的眼光仅从形式上看,对美的感受,是不会出错的。

【小垂手后柳无力】

但是,若对此细究,贵妃胜出于其他后宫佳丽,而独享专宠,还在于其懂音乐?

这其实也是一种形式,即以音乐之形式,通向的则是情感相生的内在感受。

除《霓裳羽衣曲》外,唐玄宗另创作有《紫云回》,"玄宗尝梦仙子十余辈,御卿云而下,各执乐器,悬奏之。曲度清越,真仙府之音。有一仙人曰:'此神仙《紫云回》。今传受陛下,为正始之音。'上喜而传受。寤后,余响犹在。且,命玉笛习之,尽得其节奏也。"

唐玄宗作为快60岁的老人,竟有如此之活跃的创作灵感,虽然每有所创,皆曰有仙人传授,如"又制《凌波曲》",是因为在东都,"玄宗在东都,梦一女,容貌艳异,梳交心髻,大袖宽衣,拜于床前。上问:'汝何人?'曰:'妾是陛下凌波池中龙女。卫宫护驾,妾实有功,今陛下洞晓钧天之音,乞赐一曲以光族类。'上于梦中为鼓胡琴,拾新旧之曲声,为《凌波曲》。龙女再拜而去。及觉,尽记之。"

这段看似有些胡乱编排的"神话",倒是有一个转变,也就是玄宗此时已是"洞晓钧天之音"的人,可见玄宗之旺盛创作力,来自于对自己是天才的感觉,越来越多地表现为一种被放大了的"自我",当然,更在于有贵妃会因此而舞出仙人之美。这舞便似:

……

飘然转旋回雪轻,嫣然纵送游龙惊;
小垂手后柳无力,斜曳裾时云欲生;
烟峨敛略不胜态,风袖低昂如有情。

……

——白居易《霓裳羽衣歌》

　　这真是惟妙惟肖描写歌舞的妙笔，白居易之伟大，并不仅限于可写《卖炭翁》之平易的现实之作，应当还在于如此处所表现的状物写情之天才，情景交融，细致入微，一句"小垂手后柳无力"，无限风情皆显于此，与亲眼得见贵妃之绝色的李白相比，李大诗人在想手中的神来之笔，同为描写舞者之绝笔。也可以说，与《长恨歌》之不朽一起，让贵妃之中国古代四大美女之位置，得以成就，与这两大诗人的抬举之功，是不可分的。

　　在如此这番景象中，旁边之人，定然没有话说，后来之人，更无话可说，这自然是天上人间的一幅美景。

【贵妃在古典意义上英雄精神的复活】

　　史载，唐玄宗少年时，即有非常之表现，足以证明英雄出少年之说。

　　《旧唐书》说玄宗"垂拱元年秋八月戊寅，生于东都，性英断多艺，尤知音律，善八分书。仪范伟丽，有非常之表"。可见其年少时，也是一位英气逼人的美男子，且在其未成年时，"天授三年十月戊戌，出阁，开府置官属，年始七岁，朔望车骑至散堂，舍吾将军武懿宗忌上严整，诃排仪仗，因欲折之，上叱之曰：'吾家朝堂，干汝何事，敢迫吾骑从！'则天闻而特加宠异之，寻却入阁。"（《旧唐书·玄宗本纪》）

　　小小男儿，竟有如此胆略和气魄，连武则天都不仅不怪罪于他，反而"特加宠异之"。而在武则天被迫退位后，中宗李显复位，皇后韦氏效法武则天，干预朝政，并与安乐公主联手，准备对李旦（中宗李显同母兄弟，即睿宗）等人大开杀戒，李隆基决定与姑姑太平公主发动政变，将韦氏集团一举扫灭。

　　但随后太平公主也似乎要效法武则天，在睿宗让位后，李隆基果断下手，亲自率兵除掉了太平公主和她的手下骨干几十人，将倾向太平公主的官员全部废黜，公元713年，唐玄宗把年号改为开元，表明自己励精图治，再创唐朝伟业的决心。

　　唐玄宗后来果然实现了自己的目的。他应该是一位在激烈的政治斗争中目标远大，智慧过人的英主，更应该是一位英雄，像他的先祖一样。

　　这些让我们可以隐约体会到，这就是那种始于唐太宗李世民的，开天地之伟业的古典意义下英雄精神的复活。虽然他们都在打下江山后，在随后的政治矛盾中，淡化了那种个人英雄主义的显现，但这种精神仍留在在其骨子里。

　　直到杨贵妃出现，美人和江山，都能让一个英雄复活，这真是历史开的一个玩笑，如此英主，不仅为美人而折腰，还差点把整个江山都丢了。

　　然而，这是他的真性情所致，并以此而终结那种具有最大可能的概括性的美的存在。因为古典意义下的英雄精神，只是对于开元盛世的巅峰而言的，一个虚幻的假设，那样的情景不会再有，英雄精神也就不会再因假设而存在，世事是这样纷繁复杂，美的最大的概括性，同样不会再作为假设而存在。

第三节　确实遇见倾国色：贵妃之美的审美价值

【李白的《清平调三首》】

　　有一个常见的现象，也就是对某些事情的认识，我们不经意间，会受到习惯性思维的影响，这当然实际上也包括，某些习惯性思维本身，其存在的目的和意义就是意图影响我们。这应该是一个不断扬弃旧有，而在不断发展的认识论逻辑上的一个悖论。比如像有关杨贵妃之《长恨歌》，似乎没有人会去问，白居易为什么要写它呢？

　　这个问题看似简单，真要回答起来还是颇费周折的。在没有找到论据以前，也许我可以做一些假设。

　　或许是因为"题材"重大，因此而可使作品的价值有所保证；或许是诗人被真实的情感所激发，但有关于此，是难以具体化的。因为即便五岁时就能写出"离离原上草，一岁一枯草，野火烧不尽，春风吹又生"的长安的老住户白居易，在没有太大可能接触到这个题材中人和事的情况下，这种所谓的"真情实感"，确实让人会有所质疑。

　　这种情况不适用于李白，李白御前侍驾，其恃才而放浪不羁，真难想象他如何去躬身迎奉，因此而作《清平调三首》，虽为上品，却难以说此即为太白诗之力作。而李白是否真的信手拈来，不得而知，我们作为后人，也只有信其为真，若非如此，则岂不枉负了诗仙"斗酒诗百篇"之名（此乃杜甫给他戴上的桂冠）？

名花倾国两相欢，长得君王带笑看。

解释春风无限意，沉香亭北倚栏杆。

——李白《清平调三首》之三

有关此诗的创作过程，有晚唐韦浚的《松窗杂录》①说："开元中，禁中初重木芍药，即今牡丹也。得四本：红、黄、浅红、通白者。上因移植于兴庆池东沉香亭前。会花方繁开，上乘照夜白，太真妃以步辇从。诏特选梨园弟子中尤者，得乐十六部。李龟年以歌擅一时之名，手捧檀板，押众乐前，将欲歌之。上曰：'赏名花，对妃子，焉用旧乐词为？'遂命龟年持金花笺，宣赐李白《清平调》辞三章。白欣然承旨，犹若宿醒未解，因援笔赋之。"

李白入内宫，赋诗给皇帝和妃子作乐，"欣然"与否可想而知，于诗中不谈政事，却对宫廷生活体察入微，此宫体诗作，抒情运气之间，已极尽绮靡香艳，情丝绵绵之能事。

当然，也有人辨伪说，李白入京供奉翰林是在天宝初年，此时太真尚未被封为贵妃，只是作为女道士"潜纳宫中"，不可能如此公然随侍玄宗左右。待到太真在天宝四年被册为贵妃时，李白早已离开长安，不可能参加"赏名花，对妃子"的盛会，如此等等。

但《清平调三首》，确有太白诗风，虽其中有关"借问汉宫谁得似，可怜飞燕倚新妆"的典故是否运用得当（《清平调三首》之二）的问题的提出，来自于《松窗杂录》中有关高力士对贵妃点出该句中的暗讽之意时所说的话，"异日，太真妃重吟前词，力士戏曰：'此为妃子怨李白深入骨髓，何反拳拳如是？'太真惊曰：'何翰林学士能辱人如斯？'力士曰：'以飞燕指妃子，是贱之甚矣！'太真妃颇深然之"。

因赵飞燕之"燕瘦"，如换在玄宗时，定然不会被看上，这是原句之意，但依高力士之言说，赵飞燕淫乱宫廷，害怕别的嫔妃怀孕生子，"生者就杀，堕胎无数。"与其妹赵合德逼汉成帝两次杀子，最后成帝死于赵合德床上，朝野震动。赵氏姐妹为使皮肤白嫩，竟用一种"息肌内"药丸，塞入

<hr />

① 《四库全书总目提要》中有，《松窗杂录》一卷。按此书书名，撰写者因人而异各本不同。《唐志》作《松窗录》一卷，不著撰写人。《宋志》作《松窗小录》一卷，题李浚撰。《文献通考》作《松窗杂录》一卷，题韦浚撰。

肚脐,虽用后肤如凝脂,肌香甜蜜,却能破坏子宫,致人不孕(贵妃未生子,与此有关?),二姐妹因此使成帝不能自持,不施云雨不罢手,直到精力耗尽。李白用此典故,从赵飞燕的这些淫乱作为来看,确有对贵妃贬低之嫌,但从诗句的整体上看,也只是在对赵飞燕和杨贵妃的美进行其形式上特征不同的比较,并无他意。高力士被记录的言论,也只是戏说,并不能当真。

《清平调词三首》是很有名的,广为传诵,诗在相当程度上,将李杨之事定调为一种情感上苟合的诗意画情,但在精细上,实有所欠。有人考证辨伪,不是没有道理的。

关于李太白性格上的问题,是说其是否肯为此奉迎之作,但对其个人经历的全面考察,也许因其素有远大的政治抱负,因此而取悦于皇帝,乃有目的之作为,不是没有可能,再说玄宗之政治作为,在起初,也应为李白所折服。

当然,此诗也确为上品,而李太白肯为此作,倒也还说明另一个问题:即唐玄宗与杨贵妃二人之关系,的确可以入诗,并且能写出好诗,李白自己是一个开始,他同时也就成了此类题材的开拓创意之人。

而真正集大成者,非白居易之《长恨歌》莫属。其诗作之平易通俗,为世人所公认,其主张"文章合为时而著,歌诗合为事而作"的写实风格,讽喻态度,会让人们往往忽视了其所具有的浪漫主义才情,而这些都有在他的代表作《琵琶行》和《长恨歌》等诗作中,表露无遗。

【白居易为什么要写《长恨歌》】

《长恨歌》显然不能特之为史实性作品,也并非可归叙事诗范畴,这首诗应该是关于唐玄宗与杨贵妃爱情故事的一幅长篇杰作。

问题是,白居易为什么要写《长恨歌》呢? 这与他作品所重点关注的社会贫民百姓生活,有很大的不同。而随后的另一个问题是,写这样一个应该很难有实际体验的作品,往往会很难入手,也很可能会流俗,但事实正好相反,《长恨歌》无疑是一部伟大的浪漫主义作品。

这部作品背后所隐藏的思想,或者说在读过此作多遍以后会产生的认识是:玄宗与贵妃之事,被剔净了旁枝杂叶,在一个牢固而明确的主题上,这二人具体的生活细事,感情之枝端末梢,均被忽略,惟独歌颂了"天长地久有时尽,此恨绵绵无绝期"的爱情主题。

对上面的问题做一个替换，也许会更清楚些。

白居易以唐玄宗和杨贵妃为原型，会不会不当呢？当然，事实是最好的回答，《长恨歌》的成功，对此应是予以否定的。由此我们会联想到那些与此类似千古流传的爱情故事，梁山伯与祝英台，汤显祖之《牡丹亭》，外国如莎士比亚之《罗密欧与朱丽叶》，他们的平民身份与《长恨歌》描写的帝王有所不同，因为身份的平等性的欠缺，会使这二人的"爱情"被打上问号，因为这样的题材，会丧失有关于爱情存在的基本定义和规律，即平等是爱情的基础。

"汉宫重色思倾国"，这是《长恨歌》的首句，而此句的微讽之意，却并非将全诗建立在讽喻的基调之上。其意在保持一种客观的态度，但另有他意的是，这样写，加重了这二人感情的审美价值。这种价值被以美足以"倾国"而强调出来的，而"汉宫重色"则说明有关于贵妃之美的出众，是在一个什么样的氛围中出现和其本人被选中为妃。

"回眸一笑百媚生，六宫粉黛无颜色。"在刹那间的明暗对比中，如此鲜明地突出了贵妃的美，可以从那些有关"姊妹兄弟皆列士"的纷繁杂乱中独立出来，以如此的一个画面，成为美的形式的存在，仅仅在于引起我们审美认识中的愉悦。虽然诗的单句以及句与句之间流露出的思绪是复杂的，但对于贵妃之美的渲染倾尽其力，而这种尽力本身，即表明诗人对此充满了激情，这又是为何呢？

【被省略的和被歌颂的】

盛唐是一个伟大的时代，玄宗应为英明之主，以其个人经历和所作所为，在相当程度上代表了社会发展至此时，每个社会成员心中的愿望和理想，而在这种理想化的浪潮中，社会较之于过去的时代更高级的存在所具有的相对复杂性，却被省略了，这种省略，是在精神上，企图去与社会秩序尚未完全建立的远古英雄时代相提并论，这主要来自于盛唐气象中的那种壮怀激烈，豪气冲天，热烈奔放的情怀。它们掩着了社会其实存在着另一面的严峻和冷酷，要去面对，则必须以不带感情色彩的严肃理性，不仅是每个社会成员理应如此，就是皇帝本人，亦应如此。

但现实中的唐玄宗，在有贵妃后，却忘记或有意忽视了他原先的那种做法的正确性。

唐代陈鸿①专门为《长恨歌》作传，取材于史事而加以铺张渲染，有劝戒讽喻之意。其言称"唐开元中，奏阶平，四海无事"，而"倦于旰食宵衣，政无大小，始委于丞相。稍深居游宴，以声色自娱"。这种以"声色自娱"的爱好，来自于"四海无事"，和"倦于旰食宵衣，政无大小"，对玄宗在此以前的政绩并无涉及。因此，对于白居易写作此诗的目的，只言："县尉白居易为歌以言其事。"

而其《长恨歌传》，写于唐宪宗元和年初，当时白居易任盩厔（在陕西省，今作周至）县尉，陈鸿与王质夫就居住在该县，因而与白居易相识，三人同游，话及唐玄宗和杨贵妃事，白居易遂作《长恨歌》，而陈鸿为《长恨歌传》。

但这篇传记，除了把唐玄宗与杨贵妃的故事讲了一遍外，与其他相似史料略有不同，基本上没有什么特别的地方。

当然，其中有些描写，成为后人所取的素材。其中有："诏高力士潜搜外宫，得弘农杨玄琰女于寿邸，即笄矣。"所谓即笄，即是说已到了成年。并对杨贵妃的形象有所描绘："鬓发腻理，纤称中度，光彩焕发，轻动照人，上甚悦。"对贵妃为"肥"的说法，可矫正为"纤称中度"，这在某种程度上，体现了贵妃所具有的美的自然力量。

而以此传可以探知的是，似乎是因为唐玄宗在华清宫沐浴后，心中思欲，而让高力士到外宫，即到民间去潜搜美女供其淫乐，碰巧找到了杨贵妃，这种说法，未免牵强，贵妃乃寿王李瑁之妻，潜搜之说不恰当，因为是用于唐玄宗儿子寿王身上。

还有就是如前说，唐玄宗是如何发现贵妃的，缺少交代，二人在此之前，至少也应有个眉目传情的过程，由此看来，白居易和陈鸿，均居于偏僻县城，对实际发生在之前的宫中禁闻，所凭借的，仅只是传说，并无可靠的其他依据。

【理性会在旋晕中消失】

还应该注意的是，对于《长恨歌传》与《长恨歌》本身的写作意义而言，有所相同的是，玄宗开始即被交代为一个荒淫的皇帝（并没有对其以

---

① 陈鸿，唐代小说家，字大亮，生卒年不详。贞元二十一年（公元805年）进士，登太常等，任为常博士，虞部员外郎主客郎中等职，《全唐文》存其文三篇。

往的功劳加以歌颂),白居易有什么样的好心情去写作这样一篇虽有讽谏之意,但终于对唐玄宗与杨贵妃的爱情予以充分肯定,且如此荡气回肠,感人至深的诗作呢? 如果其起初是为讽谏,那么后来的发展结果,实与其相悖。

但是,如果不是这样的话,诗人是因为在其中究竟发现了什么,虽未言明,《长恨歌传》也没有说清,陈鸿只是说,白居易写作《长恨歌》,不但感其事,"亦欲惩尤物,窒乱阶垂于将来也"。这不仅与此诗的面貌大相径庭,也与后来的多数观点,不相符合,实在是有些难以成立。

也许,做以下假设会有些说服力。

白居易以诗人感觉,而不是以政论之说,写作《长恨歌》,对感情世界的进入,会让他难以解脱,这是建立在一种对于美的理想化追求中的必然结局,情感之潮的奔涌而来,会让他和后来去读这首诗的人,有着难以遏制的冲动,这是一个巨大的旋涡,理性会在这种旋晕中消失;它同时又是一道又一道的排空巨浪,让一切试图保卫立于此岸去做安稳思考的抵挡,都被冲垮;然而它又是那幅沉静无声,有着美妙场景的画,让你在不知不觉中,忘记身后那个真实世界的存在,步入其中,有鸟语花香,花红日丽,妙音缕缕……这也许不是真的,或者说它根本就是假的,但你无论如何都希望,能够在此流连而不去。

【渔阳鼙鼓动地来】

诗人会在他自己所创造的美的形象面前,自我陶醉,如是庄周因智而迷:不知是他梦见蝴蝶,还是蝴蝶梦见了他。

……
　　骊宫高处入青云,仙乐风飘处处闻。
　　缓歌慢舞凝丝竹,尽日君王看不足。
　　渔阳鼙鼓动地来,惊破霓裳羽衣曲。
　　九重城阙烟尘生,千乘万骑西南行。
……

——白居易《长恨歌》

所谓一石入水惊破天,"渔阳鼙鼓地来",真是惊心动魄的一个大的转折,突然而至,那些"缓歌慢舞"慢到什么程度,让这一切在恍然中都似凝固不动,在完满中的人和那个景色,已融在一起,只是那一片从远处隐隐而来的,让脚下土地都微微颤动有渔阳鼙鼓,打破了这爱情之歌宁静,这种破坏,一开始就意味着毁灭,也就是悲剧的开始。

一切变化似乎是从意料之外而来。

安禄山起兵谋反,在此之前,很多人都看出来会有这场劫难。张九龄被罢相,是玄宗走向他原先那个自我的反面的开始。

张九龄多次预言安禄山必反,他最后一次对此采取措施是在开元二十二年。安禄山讨奚、契丹战败,张九龄奏请将其斩首,玄宗不从。

而后来的奸相杨国忠,不但看出安禄山会谋反,还逼反了安禄山。还有在此之前的宰相李林甫,也深知安禄山的反心,每次和安禄山讲话,都能猜透安禄山的真实心思,让其暗地惊服,但只有玄宗始终不信,这些人在他耳边说这样的话多了,他是基于自信,还是因为忙着和杨贵妃谈恋爱,来不及想这些事?

总之,安禄山果然反了,这是玄宗没有想到的。

安禄山、史思明几十万铁骑,杀奔长安而来,那个认玄宗做爹的安儿,如何就变成了这副豺狼相?

【安禄山和禁宫秘闻】

安禄山原先却是最会讨好唐玄宗的。《新唐书·逆臣传上·安禄山》有记载,安禄山:"腹缓及膝,奋两肩若挽牵者乃能行,作《胡施舞》帝前,乃疾如风。帝视其腹曰:'胡腹中何有而大?'答曰:'唯赤心耳。'"

可见玄宗喜欢安禄山本不是没有原因的,这种奉承,随机而变,可谓恰到好处。另有记载:"时杨贵妃有宠,禄山请为妃养儿,帝许之。其拜,必先妃后帝,帝怪之,答曰:'蕃人先母后父。'帝大悦。"如此大悦,是因为谁人不爱听巧妙的奉承呢?

也许因有此故,才发生那些有关于安禄山可以随意出入禁宫之地的传说。南宋袁枢《通鉴纪事本末·安史之乱》①中记载:"上尝宴勤政楼,百官列坐楼下,独为禄山于御座东,间设金鸡障,置榻,使坐其前,仍命卷

---

① 袁枢(公元1131~1205年)南宋史学家,字机仲,建州建安(今福建建瓯)人。著《通鉴纪事本末》四十二卷,为中国第一部纪事本末体史学著作,使"数千年事迹经纬明析",对后世影响很大。

帘以示荣宠。命杨铦、杨锜、贵妃三姐妹皆与禄山叙兄弟。禄山得入禁中,因请为贵妃儿。"

因有这种非常之宠信,后来才发生贵妃给安禄山"洗三"之典故。"洗三"为古代诞生礼,婴儿出生后第三日,举行沐浴仪式。

《资治通鉴》卷二百十一六记载:"甲辰,禄山生日,上及贵妃赐衣服、宝器、酒馔甚厚。后三日,召禄山入禁中,贵妃以锦绣为大襁褓,裹禄山,使宫人以彩舆舁之。上闻后宫喧笑,问其故,左右以贵妃三日洗禄儿对,上自往观之,喜,赐贵妃洗儿金银线,复厚赐禄山,尽欢而罢。自是禄山出入宫掖不禁,或与贵妃对食,或通宵不出,颇有丑声闻于外,上亦不疑。"

这种情况,确实闻所未闻。安禄山入禁宫,在贵妃处"或通宵不出",皇帝竟然不疑,或是佯装不疑,由此衍生出因二人关系暧昧,安禄山起兵多是要夺玄宗身边红颜的传说,看来也并非完全子虚乌有。

【唐玄宗为什么要如此宠信安禄山】

对于唐玄宗为什么要如此宠信安禄山,一般的说法,是在于安禄山手握重兵。唐朝节度使之坐大,确实是其政治体制上的一个致命的顽疾。这个问题,即使是在安史之乱后,也一直没有解决,以致后来独立的藩镇纷纷建号,史称"五代""十国"。

这样看来,唐玄宗对安禄山以"宠信"而困之,是因为有尾大不掉的顾虑,出于一定的政治目的,并非完全是个人的喜好。

对这种情况,反过来看,确有些让人奇怪:唐帝国在开元时因为鼎盛,国力空前强大,为何会有藩镇节度使日渐趋向独立的情况? 这应该是唐玄宗对原有旧制不加改革的重大失误。

所谓藩镇,藩是保卫,镇是军镇。唐玄宗李隆基在位(公元712～756年)时期,由于均田制瓦解,建立于其基础上的府兵制,也随之瓦解,因而开始实行募兵制,募兵制的恶性发展,形成了藩镇割据。这种体制的原因,还在于周边各族的进犯,因此而大量扩充防戍军镇,设立节度使,赋予军事统领、财政支配及监管内州县的权力。

唐玄宗时,共设九个节度使和一个经略使,其中特别是北方诸藩镇的权力集中更为显著,经常以一个人兼任两三镇节度使,安禄山就是身兼范阳、平卢、河东三镇节度使。

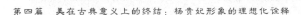

这种权力集于中央的乏力,体现在中央政府的监管和控制上,对于府、州、县为体系的行政系统与藩镇制度的交错情况而造成的混乱,缺少合理调整。

玄宗已接近垂垂老矣的状态,认为只要把一个位高权重的安禄山时常弄来京城管住,让皇帝本人时常亲眼看见他,大的乱子就不会出,但在目的与行为之间,玄宗往往是事到临头,又忘了原先的目的,这和他年迈昏聩有关。

而安禄山此人,《新唐书》说他,"忮忍多智,善亿测人情,通六藩语"。只可惜唐玄宗不是不明白,只是忙不过来,因为他正与杨贵妃如胶似漆,所以其过错,是难以抹平的。

【一个悲剧没有开幕前,早已经做好了上演准备,包括它的结局】

当然,至此我们可以很清楚地看到,一个悲剧在它开幕前,似乎就已经做好了上演准备,包括它的结局:从结果去找原因,可能会得出宿命的观点。似乎一切都是不可逆转,不可改变的,然而,如此结局,所引起的疑问,是在于让我们会再去仔细回想在此之前,事情发展过程中的每一个细节,包括杨贵妃究竟是怎样被唐玄宗首先发现的,这样的曾经被忽视的问题。

据说是因唐玄宗的女儿咸宜公主,嫁给杨贵妃的亲戚杨洄,在开元二十二年(公元734年)七月,在东都洛阳举行婚礼,杨玉环应邀参加,艳惊四座,应武惠妃的要求,唐玄宗下诏立杨玉环为寿王妃(当然,是寿王李瑁首先发现杨玉环的。)不过,对于唐玄宗在什么时候发现杨贵妃的,却无从查找依据。

......
翠华摇摇行复止,千乘万骑西南行;
六军不发无奈何,宛转蛾眉马前死。
......

——白居易《长恨歌》

盛唐的歌舞抵挡不了安禄山势力如奔流的铁骑,只能成为对他们暴发的狂野的引诱。唐朝雇佣兵一盘散沙,中原的刀枪原本都早已入库,怕是许多都已锈蚀。国中并无常建制的军队，只有临时召募，先是封常清挂帅，他是唐朝的名将，原为高仙芝部将，后入朝，唐玄宗封他为御史大夫。

但封常清开府库，招募新兵六万，因未经训练，不敌安禄山前锋，两战于洛阳，皆败。后只好率残部退至陕郡（今河南三门峡市西）。

随后，唐玄宗又任命荣王李琬为元帅，右金吾大将军高仙芝为副元帅，在长安募兵，并把在京的边兵及飞骑、扩骑禁军集中起来，共计五万，高仙芝接受封常清建议，率军进驻潼关，据险抗击，后却被以"拒战"罪名，为玄宗所遣边令诚赴军中斩高、封二人。而后来派出的大唐早先的名将哥舒翰，也战败做了安禄山的俘虏。

【马嵬坡这个终点】

唐玄宗只有逃离长安，逃到马嵬坡，这个李、杨二人爱情故事在人间的终点。

> ……
> 花钿委地无人收，翠翘金雀玉搔头。
> 君王掩面救不得，回看血泪相和流。
> ……

> ——白居易《长恨歌》

这应该是一片混乱中发生的事，即便是兵败之中，也是不正常的，看来君王已丧失权威，否则不会出现这样的情况，玄宗定然被挟持了。这番情景，如同整个中原和长安城一样，固有的秩序和稳定已被打乱，那种破坏的力量，无情地摧毁一切企图的阻挡。

"黄埃散漫风萧索，云栈萦纡登剑阁"的归途，是因为半壁江山已丢失，让唐玄宗如坠五里云中的那个情感世界的缤纷，已在瞬间失去，似乎现实中所见的一切，都已失去意义。

这样的一种归途，在现实中，于目的而言，是毫无希望的，无论是行至"峨嵋山下"，那些无精打采的随军，"旌旗无光月色薄"，还是"蜀江水碧蜀山青"，都只能让玄宗遗恨终生，可怜"圣主朝朝暮暮情"，看来这真的不会再有那种帝王宫中短暂的及时行乐，而以这种感受，使爱情的存在得到证明，是在失去后，才会发生。唐玄宗最后回到了大明宫，（安禄山也许

还留点面子给大唐，没有一把火把它烧了。）已不见故人，"行宫见月伤心色，夜雨闻铃肠断声"。

　　然而，《长恨歌》行文于此处时，却出现了一句容易引起歧义的话："马嵬坡下泥土中，不见玉颜空死处。"让后人多以此而说，杨贵妃并没有死于马嵬坡，而是让一个宫中的侍女替代她死的，要不是这样，后来怎么会找不到尸首？

　　——也许唐玄宗真的派人去找了杨贵妃的尸首，却没有找到。

　　不过，从诗的上下结构来说，此处的描写，可认为并非确切的实情，而是为后面有关玄宗与贵妃太虚之境中相见所做的铺垫。

【那是大唐皇帝唐玄宗内心世界中的美，也是大唐内心深处的美】

　　我们并不太明白，白居易为何要以接近整首诗一半的诗行，来表现唐玄宗和杨贵妃二人至虚幻之境中相见的情形。一般来说，这种略有宗教趋向性的描写，固然可以此强调和加重其所表现的主题，但对这个主题以表现爱情的悲剧式终结，却以神话般的传说，使其得以延续。

　　"归来池苑皆依旧，太液芙蓉未央柳。芙蓉如面柳如眉，对此如何不泪垂"。似真非真，这种幻化的景象，间有实物存在，应该是玄宗将眼中所见，当做人间仙境的那种希望，以求贵妃复生的愿望的强烈表现，在这种似梦非梦的状况中，却不可能长久。

　　"西宫南内多秋草，落叶满阶红不扫。梨园弟子白发新，椒房阿监青娥老。"在此又重新转为现实的情境，让时间在此以后，于恍惚之间，就过去了很久，当初玄宗组织的宫中乐队的成员，好多人头上都已长出了新的白发。

　　这种情感也许真的会感动天地，"忽闻海上有仙山，山在虚无缥缈间。楼阁玲珑五云起，其中绰约多仙子。中有一人字太真，雪肤花貌参差是"。

　　这应该是一个终极目标的完成，而这个完成的圆满，只有在想象中，在内在的情感世界，贵妃完成了她美的形象定格——

　　那是大唐皇帝唐玄宗内心世界中的美，也是大唐内心深处的美。

　　如此，杨贵妃在以仙界所比喻的理想的境界中，成为那个名号叫杨太真的仙子，成为天下第一美人，得到了充分的证明。

　　"天长地久有时尽，此恨绵绵无绝期。"这种天长地久，真到现在，还在影响着我们有关于此的审美。

第四节　被虚拟的身份平等：贵妃在真实距离中的美

【美的化身背后是谁】

天宝元年（公元742年）八月，唐玄宗下令召李白进京。在天宝二年暮春，因玄宗与杨贵妃于兴庆宫沉香亭赏牡丹，李白奉诏作《清平调三首》，因而以诗之传诵，明白地告知天下，李白见证了皇上和大唐帝国第一夫人之间的情爱，这样的禁宫秘事，那么当时天下的人们，和我们这些后来的人中，会不会有人去猜想，李太白与这绝色美人谋面，会有些什么样的奇闻逸事发生呢？因此而有捕风捉影之好事者，说李太白与贵妃之间有类似于"暧昧"的关系，又有什么有足够说服力的反驳呢？

当然，在这方面无论怎样深入挖掘，还是缺少过得硬的有关李太白与贵妃之间关系暧昧的蛛丝马迹。按说，"谪仙人"李白，喜欢的是神仙，但他也并非不能入俗。李白从来就有远大政治抱负，他作天下游，一方面是为了寻找建功立业的机会；而另一方，也在于结交诗友，宣扬他的诗名，其诗作《长相思》，以美人比喻他朝思暮想的玄宗（这倒是有些难以想象地痴迷于入仕），可见其"言情"即为言志，读来是让人为之动容：

> 长相思，在长安。
> 络纬秋啼金井阑，微霜凄凄簟色寒。
> 孤灯不明思欲绝，卷帷望月空长叹。
> 美人如花隔云端。
> 上有青冥之高天，下有渌水之波澜。
> 天长跟远魂飞苦，梦魂不到关山难。
> 长相思，摧心胆。
> ……

李白是盛唐的诗人，他的诗作和盛唐气象，在内在气质上是如此地一致，而李白《清平调三首》，以对李、杨二人情感基本所持的肯定态度，显然与杜甫《丽人行》中的暗讽有所不同。

　　杨贵妃既是美的化身，也是骄奢淫逸的渊薮，这两方面的混合，往往让人迷惑。有关于美即善的认识，于此会陷入矛盾。

【《长生殿》的钗盒情缘】

　　清代戏曲家洪昇，"一洗太真之秽，俾观览者祇信其为神山仙子"（朱彝尊《长生殿序》）[①]，而洪迈"尽删秽事"，是由于"余览白天乐《长恨歌》及元人《秋雨梧桐》剧，辄作数月有恶"。恶在此应解为不舒服，不愉快，其意在表明深受感动。

　　洪昇写《长生殿》，耗时长达十多年之久，几易其稿，在最后一稿定下"专写钗盒情缘，以《长生殿》题名"（洪昇《长生殿》自序）[②]。而《长生殿》，是在相距差不多千年以后，后人对杨贵妃形象的一次较为完整的重塑。

　　《长生殿》掀起情感高潮的是后半部，最能催人泪下的《冥追》《哭缘》《雨梦》《补恨》《重圆》几出戏，与白居易《长恨歌》后半部，有关虚幻中的仙界之李、杨二人重聚，有异曲同工之处。

　　洪昇密友吴舒凫，[③]对最后一出批评说："钗盒自定情后凡八见：翠阁交收，固宠也；马嵬殉葬，志恨也；墓门夜玩，写怨也；仙山携带，守情也；璇宫呈示，求缘也；道士寄将，征信也；至此重园结案。大抵此剧以钗盒为经，盟言为纬，而借织女之机杼以织成之。呜呼，巧矣。"

　　洪昇对杨贵妃形象的创造，使其脱胎成为另一个人，即戏曲中的"杨贵妃"，这种理想化的完成，与李太白当初定的调子"名花倾国两相欢"有关。

　　因为李白是盛世唐时的诗人，同时是自唐朝以后最伟大的中国古代诗人，仅因此，人们对贵妃之美，就会确信不疑。

---

　　① 朱彝尊（公元1629～1709年）清代诗人、词人，学者，字锡鬯，号竹垞，晚号小长芦钓鱼师，又号金风亭长。著述甚丰，有《经义考》《日下旧闻》《曝书亭集》等。编有《词综》《明诗综》等。其医著有《食宪鸿秘》三卷，系食物本草之类，现有刊本行世。以布衣授翰林院检讨，入直南书房，曾参加纂修《明史》。

　　② 洪昇（公元1645～1704年），清代著名戏曲作家、诗人。字昉思，号稗畦，又号稗村、南屏樵者。汉族，钱塘（今浙江杭州市）人。其名著《长生殿》的创作过程长达十多年之久，前后易稿三次。康熙三十六年，江苏巡抚宋荦命人安排演出《长生殿》，观者如蚁，极一时之盛。

　　③ 吴舒凫，即吴山，本名吴人，又名仪一，字王荼符、舒凫，杭州人。《牡丹亭》"吴山三妇"本，因出于其三位夫人相继评论的合订本，流传于世，有浪漫的传奇色彩。

除《清平调三首》外，李白在任待诏翰林一年半左右的时间内，还在随驾陪游期间，写下了不少类似的诗。

李白在《侍从游宿温泉宫作》中有："日出瞻佳气，葱葱绕圣君。"其中除讨好的说法外，并没有写到杨贵妃。《宫中行乐词》其一："小小生金属，盈盈在紫微；山花插宝髻，石竹绣罗衣；每出深宫里，常随步辇归；只愁歌舞散，化作彩云飞。"如此心旷畅意地写小宫女之丰姿仪态，倒是表现出李白好心情，这大概是与其政治抱负的实现有关，与因有幸伴君出行，而有所指望有关。

据孟棨《本事诗》[①]记载："尝因宫人行乐，谓高力士曰：'对此良辰美景，岂可独以声伎为娱，倘时得逸才词人吟咏之，可以夸耀于后。'遂命召白。时宁王邀白饮酒已醉。既至，拜舞颓然。上知其薄声律，谓非所长，命为宫中行乐五言律诗十首。白顿首曰：'宁王赐臣酒，今已醉。倘陛下赐臣无畏，始可尽臣薄技。'上曰：'可。'即遣二内臣腋扶之，命研墨濡笔以授之。又令二人张朱丝栏于其前。白取笔抒思，暑不停缀，十篇立就，更无加点。笔迹遒利，凤跱龙拏，律度对属，无不精绝。"

【心理距离说】

由此看来，李白侍奉皇帝，是有所畏的，而皇帝也有所"忌"，怕他在内宫待时间久了，知道的事情太多，传扬出去，这也是后来太白离开长安的另一个原因。至于李白与杨贵妃的关系，有人要去猜测，但实际上很难有实据。李白确实把自己奉诏入长安，看成他的一生政治抱负实现的一次最大的机会，事与愿违的是，却被召来侍奉李杨二人宫中行乐，这让"谪仙人"如何不时常大醉。

这里我们注意到美学上的一种理论，即"心理距离说"，在对杨贵妃形象的塑造上被不自觉运用的情况：也就是有关"距离是通过把客体及其吸引力与人的本身分离开来而获得的，也是通过客体摆脱了人本身的实际需要与目的而取得的"。[②] 在距离中，"尽删秽事"是可能的和必然的，

---

① 孟棨（生卒年不详），字初中，唐僖宗乾符二年（公元875年）进士，他的《本事诗》记录了许多诗歌政事。

② ［英］爱德华·布洛著：《作为艺术因素与审美原则的"心理距离"说》，载《美学译文》（2），中国社会科学院哲学研究所美学研究室编，中国社会科学出版社，1982年版，第96页。

李白诗中的贵妃形象，并不因为其得入禁宫，而让我们通过其诗去深入玄宗和贵妃的私密生活圈，并因此清除心理上的距离，这其中主要原因在于玄宗对李白而言，仍是一个实现自己政治抱负而被寄予最大希望的人，在这种理想化的境界中，虽在近处，但人和事均有雾中看花之感："云想衣裳花想容"，"云"与"花"的远和近，都因为变化，而不是那么清晰，并没固定的形态，因此而让我们可以有许多想象：

这种近处的"花"，在想象中被人为地推远而去，成为天上飘逸而轻盈的"云"，因此成为距离，许多眼前事，都将因此而被省略。

但是，有些事好像是不太容易被省略的。有人考证说，李白在进长安时（开元二十三年，即公元735年），向玄宗献上《大猎赋》，以"大道匡君，示物周博"希望得到赏识，而其中有："获天宝于陈仓，载非熊于渭滨。于是京猎徒，封劳苦。""且夫人君以端拱为尊，元妙为宝。"其中提到的"天宝"，是否就是杨贵妃？

【另一面】

唐玄宗于公元747年取消了以册封杨贵妃为天宝起始的计划，是因为当时的宰相韦坚，对唐玄宗与杨贵妃之间发生的荒淫之事不满，但其本人又受宰相李林甫密告其谋反，而被杀，导致许多有牵连的官员被杀、被贬谪和流放，皇位继承人李玙因此竟把妃子（韦坚之女）休了。

《资治通鉴》卷二一五载："坚始凿潭，多坏民家墓，起江、淮，至长安，公私骚然。及得罪，杜甫遣使江、淮，钩索坚罪，捕治舟使漕史，所在狱皆满。郡县剥敛偿输，责及邻任，多裸死牢户。林甫死，乃止。"

如此旷日持久的大肆捕杀的降罪行为，"裸死牢户"，极为恐怖残酷，而李林甫如果仅只是为铲除政敌，不至于在如此大的范围进行。

韦坚开凿谓水漕运，深得唐玄宗器重赏识，然而与此相关联的是，不仅在于"坚始凿潭，多坏民家墓"，而使"公私骚然"，还在于当时流传的民歌《得宝歌》，"得宝弘农野，弘农得宝耶！潭里船车闹，杨贵铜器多。三郎当殿坐，看唱《得宝歌》。"其唱词被怀疑有暗讽之意。

此歌却系韦坚令崔成甫作，用于漕运开通庆典上所唱。而《得宝歌》，又是在当时十分流行的《得体歌》基础上改写成的："得体纥那也，纥囊得体那。潭里船车闹，扬州铜器多。三郎当殿坐，听唱得体歌。"在庆典中出现"观者山积，京城百姓多不识驿马船墙竿，人人骇视"的情况。

这种"齐声接影,鼓笛胡部以应之"的众起而同声的唱法,因此歌以"得宝"暗喻唐玄宗得杨贵妃之意思,而使上述与韦坚有关的此次大清洗,被怀疑系李林甫按照杨贵妃的意思,或借杨贵妃名义进行的,而这样做,是在其被册封为贵妃后开始的,①因此,有关杨贵妃的"秽事",于此却反映出相涉于政治,而并非如通常所说的其专宠而不干政那么干净。

【自由和宽容的心怀】

> 少陵野老吞声哭,春日潜行曲江曲。
> 江头宫殿锁千门,细柳新蒲为谁绿?
> 忆昔霓旌下南苑,苑中万物生颜色。
> 昭阳殿里第一人,同辇随君侍君侧。
> 辇前才人带弓箭,白马嚼啮黄金勒。
> 翻身向天仰射云,一笑正坠双飞翼。
> 明眸皓齿今何在?血污游魂归不得。
> 清渭东流剑阁深,去住彼此无消息!
> 人生有情泪沾臆,江水江花岂终极?
> 黄昏胡骑尘满城,欲往城南望城北。
>
> ——杜甫《哀江头》

"人生有情泪沾臆,江水江花岂终极"的肯定,与"黄昏胡骑尘满城"的对比,这种矛盾在杜诗中并没有被解决。"忆昔霓旌下南苑,苑中万物生颜色"这种意象中的情绪,并非是一种为讽喻的铺垫,其自身仍可独立存在,而成为一种对美的形象的晕染。

如元稹《连昌宫词》对此种情形的放大:"楼上楼前尽珠翠,炫转荧煌照天地。"同样并非是为暗讽而有的为夸大。这是那种其难以自我否认的,来自于盛唐气象中的自信,从而对杨贵妃之美从正面予以肯定的"人所共见"似的赞叹。

---

① [美]艾龙:《李白诗中之谜——关于天宝丑闻的补充解释》,载《李白学刊》第一辑(纪念李白逝世1225周年),1987年,第127~132页。

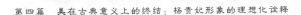

　　我们似乎有些难以想象大唐的诗人们或者是文人百姓,对他们的皇帝和他的妃子之间所发生的轰轰烈烈的爱情,更多的是赞叹还是在因此引发安史之乱后,对杨贵妃这位千古佳人"宛转蛾眉马前死"有所同情,以及所混杂的埋怨,但让人惊讶的始终是,大唐的人们对于君王与妃子的众多故事与诗词,从审美视角所开拓出的意境,并因此在这种意境中所表现的自由之心怀。

　　人们将他的皇帝的爱情故事,从各种角度进行歌咏,似乎有意去省略因此带来的兵祸灾难造成的痛苦,这些歌词的情调,几乎可以在另一种含义上视为对大唐由盛转衰的挽歌。

【被割裂的故事】

　　可以流传下去的东西,往往并不是人们有意的选择。有关李杨爱情主题的价值,自始至今,一方面,人们挖掘不尽,却获之甚少,比如帝之荒淫以及红颜祸水的历史教训,或者是对此所持的反对态度,即将历史的选择归咎于一个女人身上是不正确的,即将盛唐之衰落的原因归纳为,都是这个女人引来安禄山的二十万兵马,她最后被缢死于马嵬坡,是对这段历史予以的具体总结,这样的结论是对历史误读,如此等等。但事实上,如此种种说法,并不完全说明,作为至少仍使现代的人们被感动而拥有审美的愉悦的,有关李杨爱情故事的诗词和戏剧等,其价值的存在根植于何处。

　　另一方面,那种对历史的真实细节进行有选择的取舍,以艺术去塑造杨贵妃形象,但是,这些塑造对美的形象本身而言,往往都是很苍白的。

　　人们在众多艺术门类的创作:诗歌、戏剧、故事和历史学家们在选编历史资料过程中的再创作(实际也可以被称为"艺术",但因为于中国历史对"女人"的忽视而言,往往缺乏可信的资料)。除了对呈现出抱怨和赞美这样明显的冲突去加以调和,对审美对象本身,即对唐玄宗和杨贵妃内在的感情世界的进入,如同进入当初真实存在的禁宫一样,除了有园中花径(李白有幸踱步于此),或听见偶尔传来的男欢女爱的嬉戏之声泄漏于外,并不可能在那种宫闱之幕的后面,发现来自于社会关系的错综复杂,所反映的内宫人们真实的生活状态,这样的困难,成为人们只能以种种猜测去围绕宫墙之外的原因。

　　我们发现这个故事是被割裂的:对李杨的爱情,进行讥讽或赞叹、歌

颂，虽然难以独立成立，即使如我们前面所谈到的，如白居易之《长恨歌》，和洪昇之《长生殿》，因为审美需要，而对有关杨贵妃之"秽事"，进行了有意的删减，但仍然不避免其与历史的关系，同样，在历史学家的视野中，绕不开的是对李杨"爱情"的意义做出的解释，它们往往有相互矛盾之处，但又显示各自均有其独立存在的方向，却难以对方为自己的存在，找到理由。

【美犹如浮在水面上的冰山】

我们可以把杨贵妃称之为盛唐的美丽，因为那个泱泱大国的形象，是多彩和绚丽的，为此可以找到的比喻，只有杨贵妃。或者说，是因为历史和后来的人们，需要寻找这种比喻，才赋予了贵妃作为美丽的化身的全部含意。

而玄宗只是大唐由盛而衰的历史本身的象征，似乎因此而可以得出的，关于这个故事的全部价值意义，然而，我们已经感觉到，这是不够的。

李杨爱情的悲剧意义，核心当然应该是在于这个被毁灭的东西：现实历史中普遍存在的，爱情和她的主角，是不是真的具有价值。

这个问题，也许会把我们现在要说的，这个历史事故变得很复杂，而不便于展开，但是，我们对这个故事在感情上的认识和理性的分析，却同样绕不开这个面对的情况——那些"禁宫"的一道道城门为对于曾经存在的隐秘的解禁而打开。

美的存在和在她的形象的基础，犹如冰山那样，在海水的深蓝色下更为庞大的存在，会让我们惊叹。

【她获得的"身份平等"，是虚拟的】

杨贵妃的高祖杨汪是隋朝的上柱国，吏部尚书，在李渊起兵反隋中，杨汪被杀。其父杨玄琰，为蜀州司户。叔父杨玄璬曾为河南府士曹。杨玉环的童年是在四川度过的，十岁左右，父亲去世，她寄养在洛阳的三叔杨玄璬家。后来又迁往永乐（山西永济）。

这一段历史，实际上是有不明之处的，其一，是其父杨玄琰的死因；其二，是杨贵妃的是否有亲兄弟和姐妹，因为后来的韩国夫人、虢国夫人和秦国夫人，是否为杨贵妃亲姐妹，没有确切的依据。而宰相杨国忠，是不是其直属的从祖兄，名为杨钊。甚至有人考证说，杨贵妃乃四川汶川羌族

人；汶川与蜀川相邻，为了门当户对，掩人耳目，而把汶川姑娘杨玉环说成是杨玄琰女儿。而在历史上还有另外一位杨玄琰，其出生地是在山西蒲州。这位杨玄琰发须卷曲，面相似有印度人的血统，他才是贵妃的生父。

　　其中关于杨贵妃是羌族人的说法的理由是，由于羌族最早活动于甘肃一带，后因战争才迁往四川西部山区，在文化和体形上具有西域人的特征。羌族是善歌舞的民族，贵妃早年就善跳难度很大的胡旋舞（她是怎样学会的呢？如果此说不能成立的话）。这种舞是由中亚传入的，是一种快步的左旋右转舞。当时的长安，多数是胡姬表演这种舞蹈，贵妃能表演胡旋舞，还通晓音律，改编过《凉州曲》，而《凉州曲》本身就是过去羌人的活动区域凉州的曲子。贵妃还以弹西域的琵琶见长。①

　　以古代中国身世与身份的关系，身世不明确，往往在于对其身份确认的含混表达。杨贵妃未能封后，也许是这一原因的一个印证。有关的说法，包括玄宗对贵妃曾是自己儿媳这一情况有所顾虑，以及贵妃专宠不干政，对名号并不太在意，还有二人实为志趣相投和玄宗实际上对于政治和爱情区别对待，尚保持了一定程度上的清醒。

　　如此这般，只能是一种猜测，本身并无实据，而这种相关身份（身世和政治地位）的不确定性，对贵妃与玄宗被传诵千古的爱情主题，对其身份的省略或忽视，包括艺术创造中的更为明显地体现了对主题之外的历史细节的剔除，以反映盛唐时代的人作为那个类的整体的文明程度，有关《霓裳羽衣曲》中，将现实的舞者和理想中的人物合二为一者的杨贵妃，"态浓意远淑且真，肌理细腻骨肉匀"（杜甫《丽人行》）。是那个仅只是因为玄宗为追求个人爱情，所需要的一个假设的身份平等者，其获得的"身份平等"，是虚拟的，仅以"杨贵妃"之名为体现，在现实中所相对的政治制度中的地位，并不明确，是一种与政治虽有联系，但不尽相同的独立的文化张扬的表现。

　　洪昇在《长生殿·例言》中言："念情之所钟，在帝王家罕有。"以帝王生活与平常百姓生活的不同而言，前者往往孤立于社会生活的基本状态，而成为一种个别的缺少对社会生活本身的所反映的现象，但对于唐代的开元盛世而言，李杨之爱情故事，并不以突出奢靡的物质生活为基础，而是以自信和夸张的个性张扬为特色的理想主义为根本，在相当程度上体

---

　　①　杨惠芬：《杨贵妃身世又一说》，载《文史杂志》，2001 年第 3 期。

现了爱情的自由和身份平等为基本条件的特征,这种表现无疑具有那个时代大唐人追求的共同性,因而成为一种典型。

【一个鸡头人身的神】

开元三十年(公元742年),唐玄宗改元天宝。其在位四十六年,共用了三个年号,先天(公元712~713年),开元(公元713~714年),天宝(公元742~756年)。

"天宝"之名,与一个鸡头人身的神,"陈宝"有关。"作鄜畤後九年,文公获若石云,于陈仓北阪城祠之。其神或岁不至,或岁数来,来也常以夜,光辉若流星,从东南来集于祠城,则若雄鸡,其声殷云,野鸡夜雊。以一牢祠,命曰陈宝。"(《史记·封禅书》)

这真是一段很奇特的文字,"陈宝"常于夜间自东南飞来,以啼鸣唤醒人间的公鸡。这样的事情发生在秦文公时,他在陈仓得到了附有神灵之气的"石块","文公获若石云",被供奉于陈仓北阪城。并因此而有"陈宝",从东南方向"来集于祠城"。这样一个于黎明时报告天明的神,也被称之为天宝。

唐代司马贞撰《史记索隐》[1],对《史记》这段文字,进行了注释,其引《三秦记》云:"太白山西有陈仓山,山有石鸡,与山鸡不别。赵高烧山,山鸡飞去,而石鸡不去,晨鸣山头,声闻三里。或言是玉鸡。"且引《列异传》云:"陈仓人得异物以献之,道遇二童子,云:'此名为媦,在地下食死人脑。'媦乃言云:'彼二童子名陈宝,得雄者王,得雌者伯。'乃逐童子,化为雉。秦穆公大猎,果获其雌,为立祠。祭,有光,雷电之声。雄止南阳,有赤光长十余丈,来入陈仓祠中……"

另有《文选》[2]注引东汉应劭的注释是:"天宝,陈宝也。"晋尚书郎晋灼注:"陈宝,鸡头人身。"陈宝化为宝鸡,其最大功能不于预言吉凶,其源于上古时期鸟占的观念和习俗。

---

[1] 司马贞,字子正,唐河内(今沁阳)人。开元中官至朝散大夫,弘文馆学士,主管编纂、撰述和起草诏令等。唐代著名的史学家,著《史记索隐》三十卷,世号"小司马"。该书音义并重,注文翔实,对疏误缺略补正颇多,具有极高的史学研究价值,与南朝宋裴骃的《史记集解》、唐张守节的《史记正义》合称"史记三家注"。后世史学家誉称该书"价值在裴、张两家之上"。

[2] 《文选》,南朝梁萧统(公元501~531年),编选取先秦至梁的各体文章,取名《文选》,分三十八卷,为我国现存最早的诗文总集。

《尚书·皋陶谟》中有"箫韶九成,凤凰来仪"的记载,是禹兴舜之韵乐,引来凤凰,古人认为凤凰出现是天下太圣征兆。而《新唐书·百官志》记载:"赦日,树金鸡于帐南,竿长七尺,有鸡高四尺,黄金饰首,御降幡,长七尺,承以采盘,维以绛绝。"可见唐代赦免犯人时,所树鸡头状道具,且有驱邪除恶之象征意味。

因此,从以上引文说明的情况,天宝改元,在某种可被猜测的可能性上去理解,就是贵妃如凤凰飞来,取其祥瑞之意有关。但改元而准备登泰山举行封禅大典的计划被取消了,如李白说:"君王于是回霓旌,反銮舆。"(《李白集校注》上海古籍出版社,1980 年版,上册第 87 页)

李白在《大猎赋》中所言:"获天宝于陈仓,载非熊于渭滨。"而"非熊"并非所指在渭河边垂钓的吕尚,而是指那个来自于弘农渭河边的女子杨贵妃,且因玄宗是娶儿媳为妃,是为宫中丑闻,因而取消了封禅计划。①

【为大唐盛世报晓】

以杨贵妃而象征唐玄宗所得之"天宝",其实并非含有与玄宗本意相反的民间认识中的讥讽之意,但某种歧义的存在,或多或少是有可能的。为大唐盛世报晓的女神,这一象征最未能完成,是因为有马嵬坡之变的悲剧性结局。

然而,这种被推往极致的做法,即予以神化的过程,仍然是从正面的角度进行的,不同于褒姒被神化为与龙漦所化的玄鼋,与那种在形象上的丑恶和所设置阴森、诡异气氛不同。鸡首人身的神,与大唐每一个早上的开始,都是积极向上而壮丽的气象有关。唐玄宗将陈仓改为宝鸡(今宝鸡市),应认为所取之意为取其祥瑞,而并非取其"鸡"与"妓"谐意中的贬意。②

这只报晓的神鸡,预示天宝年重新开始的新纪元,有了其形式上的代表,但"芙蓉帐暖度春宵,从此君王不早朝"却是一种对这个假设的庸俗化注解,这是玄宗对自我形象的自我亵渎,从一开始,就仅只是这支挽歌

---

① ［美］艾龙:《史传·"云封"诗谜情含"天宝"年号——李白为许云封取名涉及唐玄宗封禅大典和天宝艳闻考》,《李白学刊》第二辑,上海三联书店,1989 年版,第 175~181 页。

② ［美］艾龙:《史传·"云封"诗谜情含"天宝"年号——李白为许云封取名涉及唐玄宗封禅大典和天宝艳闻考》,《李白学刊》第二辑,上海三联书店,1989 年版,第 175~181 页。

的主题在左右,直至这个悲剧结局的到来。

> 寝殿相连端正楼,太真梳洗楼上头;
> 晨光未出帘影动,至今反挂珊瑚钩。
>
> ——唐元稹《连宫词》

　　世俗与理想的冲突,现实对情感世界扩张的否认,却因此而使本来已有的存在必然地被鲜明起来,这个事实本身,正是美的形成和存在的必然规律。

第五节　悲剧母题的嬗变:贵妃之美在古典意义上的终结

【后来有仙山】
李义山的诗,历来被视为晦涩难懂:

> 海外徒闻更九州,他生未卜此生休,
> 空闻虎旅传宵柝,无复鸡人报晓筹。
> 此日六军同驻马,当时七夕笑牵牛。
> 如何四妃为天子,不及卢家有莫愁?
>
> ——唐李商隐《马嵬》

　　这里沿用《长恨歌》有关杨贵妃居海上仙山的说法,更进一步的是,似乎把这个神话故事,当做了事实来写。

　　宋人编《太平广记》①"杨通幽"条言:"玄宗幸蜀,自马嵬之后,属念贵妃,往往辍食忘寐。近侍之臣密令求访方士。"后来找到四川道士杨通幽施法求访,于神鬼之内,"九地之下",或于"九天之上,星辰日月之间",均不知贵妃去处,后终于"东海之上,蓬莱之顶,南宫西庑。有群仙所居,

---

① 宋代李昉、扈蒙等十二人奉宋太宗之命编撰的,取材于汉代至宋初的野史小说及释藏、道经等和以小说家为主的杂著,属于类书,全书五百卷,目录十卷,引书大约四百多种,可以说是一部宋代之前的小说、神怪故事的总集。

上元女仙太真者，即贵妃也"。

　　明代冯梦龙所著《情史类略》①"杨太真"条载："道士王舟者，诵咒呵笔，于画黄绢上画像，具五色帐，借烛还形。"使唐玄宗得与贵妃相见，后天将明，二人作别后，"上出帐回视，不复更见。惟玉环宛然在臂耳"。如此传说，将现实中的实体存在转换为精神世界无形之中的活体，所引起的当然就是人们于情感中感受到这个虚幻的形象，可以满足怀念之情的共鸣，这当然就是杨贵妃价值体现之所在。

【贵妃之死】

　　关于杨贵妃之死，唐诗人刘禹锡提出了与历史所记载被赐缢死不同的"饮金屑"而死的说法。

> 绿野扶风遗，黄尘马嵬驿。
> 路边杨贵人，坟高三四尺。
> 乃问里中儿，皆言幸蜀时。
> ……
> 群吏伏门屏，贵人牵帝衣。
> 低回转美目，风日为无晖。
> 贵人饮金屑，倏忽舜英暮。
> 平生服杏丹，颜色真如故。
> ……

——唐刘禹锡《马嵬行》

　　刘禹锡的这个说法，虽然如其所言来自于"乃问里中儿"的民间传说，却并无他证。

　　《旧唐书》卷五十一《后妃》上说："帝不获已，与妃诀，遂缢死于佛室。"《新唐书》卷七十六《后妃》上曰："帝不得已，与妃诀，引而去，缢路祠下，裹尸以紫茵，瘗道侧。"茵：即铺垫的东西，如褥子、毯子之类。瘗：即埋

---

　　① 《情史》一名《情史类略》，又名《情天宝鉴》，为明代著名文学家冯梦龙选录历代笔记小说和其他著作中有关男女之情的故事编而成的一部短篇小说集。全书共二十四类，计故事八百七十余篇。

葬。《资治通鉴》卷一二八:"上乃命(高)力士引贵妃于佛堂,缢杀之。舆尸置驿庭召(陈)玄礼等人视之。"更为具体的还有《玄宗遗录》(现佚)中的记载:

> 左右拥妃子行,速由军中过。至古寺,妃子取拥顶罗掩而大恸,心其罗付力士曰:"将此进帝。"左右以帛缢之,陈其尸于寺门,乃能解其帛。俄而气复来,其喘绵绵,遽用帛缢之,乃绝。挥使侯元吉大呼于军中曰:"赋本以死,吾属无患。"

此段记载见之于宋人所注《樊川集》其书卷二《华清宫三十韵》一诗"喧呼马嵬定,零落羽林枪"句下注引宋人刘斧《翰府名谈》中所引。①

而关于杨贵妃临死的情况,《杨太真外传》的记载,是龙武将军陈玄礼,"惧兵乱"而与众人乘"吐蕃和好事在驿门遮国忠诉事",而有军士大呼,"杨国忠与蕃人谋叛诗。"杀杨国忠后,"上乃出驿门劳六军。六军不解围,上顾左右责其故。高力士对曰:'国贵负罪,诸将付之。贵妃即国忠之妹,犹在陛下左右,群臣能无忧?伏乞圣虑裁断。'(另外有说法是:'贼根犹在,何敢散乎?')"

由此看来,是因为众将士先杀了杨国忠,后担心杨贵妃报复,或者是认为"祸"本身就是杨贵妃,所以非诛其而不能安定军心。而下面的细节倒是很清楚:

"上回入驿,驿门内傍有小巷,上不忍归行宫,于巷中倚杖敧首而立。圣情昏默,久而不进。京兆司录韦锷(见素男也)进曰:'乞陛下割恩忍断,以宁国家。'"这时的情形,当然很危急,六军敢杀杨国忠,若玄宗不同意杀杨贵妃,激起兵变,是必然的,玄宗此时恢复了他政治家的本色,"上入行宫,抚妃子出于厅门,至马道北墙口而别之,使力士赐死。"

【生死之际】

生死之际,贵妃表现出了顺从,"妃泣涕呜咽,语不胜情,乃曰:'愿大家好住。妾诚负国恩,死无恨矣。乞容礼佛。'"也就是要到佛堂前参拜,

---

① 吴在庆:《"今日不关妃妾事,始知辜负马嵬人"——马嵬变中的杨贵妃与后人的题咏》,载《东南大学学报(哲学社会科学版)》,2003年第6期。

恰好马嵬驿附近有一佛堂，"帝曰：'愿妃子善地复生。'力士遂缢之于佛堂前之梨树下。"

　　而另一插曲是，此时南方进贡荔枝已至，"上观之，长号数息，使力士曰：'与我祭之。'祭后，六军尚未解围。以绣衾覆床，置驿庭中，敕玄礼等入驿视之。元礼抬其首，知其死，曰：'是矣。'而围解。瘗于西郭之外一里许道北坎下。妃时年三十八。"可见杨贵妃被缢而死，并无掉包，因为有陈玄礼验尸确认。

　　《资治通鉴》卷二一八对此的描述，有所不同：军士杀了杨国忠等人后，玄宗"令收队，军士不应。上使高力士问之，玄礼对曰：'国忠谋反，贵妃不宜供奉，愿陛下割恩正法。'上曰：'朕自处之。'入门，倚杖倾首而立。久之，京兆司录韦谔前言：'今众怒难犯，安危在晷刻，愿陛下速决。'回叩头流血。上曰：'贵妃常居深宫，安知国忠反谋？'高力士曰：'贵妃诚无罪，然将士已杀国忠，而贵妃在陛下左右，岂敢自安！愿陛下恩审之，将士安则陛下安矣。'上乃命力士引贵妃于佛堂，缢杀之"。

　　此处出现的几个关键人物，其一为韦见素之子韦谔，韦谔本人不见有详细的记载，而韦见素是当时的宰相，兼兵部尚书，为当时名士，诗人和文学家，杜甫有《奉赠韦左承丈二十二韵》诗，其中有名句："读书破万卷，下笔如有神。"其中韦左承丈并非韦济，而是韦见素。[①]

　　《旧唐书·韦见素传》中，有关于韦见素在马嵬驿之变中的记录，"龙武将军陈玄礼惧其乱，乃与飞龙马家李护国谋于皇太子，请诛国忠，以慰士心。是日，玄礼等禁军围行宫，尽诛杨氏。见素遁走，为乱兵伤，众呼曰：'勿伤韦相！'识者救之，获免。"

　　而从这一段记叙中，可以发现，陈玄礼是马嵬之变中的关心人物，并非此事的主谋，其与"飞龙马家李护国"，一起"同谋于皇太子"李亨，至少得到了默许后才动手的。

　　"飞龙军马家李护国"，即李辅国，后于唐肃宗时成为当权宦官，本名静思，曾赐名护国。《新唐书·李辅国传》说他是相貌丑陋的太监，倒是少见成为近臣的。"陈玄礼等诛杨国忠，辅国豫谋。"陈玄礼与李辅国不同，其是随玄宗起兵诛杀韦后及安乐公主的亲信，后宿卫宫中，诛杀杨国

---

　　① 钟来茵：《再论"下笔如有神"是杜甫赠韦见素的诗》，载《杜甫研究学刊》，1959 年第 4期。

忠、贵妃后仍然表示效忠玄宗。

有一种说法是，太子李亨，即后来即位的唐肃宗，派李辅国拉拢陈玄礼，两由李亨率领的人马两千人，占了当时禁军三千人的三分之二，且其飞龙禁军，是禁军中的精锐。马嵬兵变后，玄宗入蜀，而李亨北上后在武灵武即位，是为唐肃宗，尊玄宗为太上皇。

【缢杀杨贵妃的原因】

安禄山叛乱，是以"数国忠之罪"为名的。《旧唐书·后妃》上记载："及禄山叛，露檄数国忠之罪。"《新唐书·安禄山传》也说其"反范阳，诡言奉密诏讨杨国忠"。

因此看来，诛杀杨国忠，并非李亨等人临时编造的一个借口，而是政治上的需要，对此，也并无多大争议。而缢杀杨贵妃，是这个事件的必然牵连，也是没有问题的。而李亨有政治企图，是这个事件潜在的政治原因，陈玄礼之作为，不过是出于情况紧急下的无可奈何之举，也是可以理解的。

但是，这种所谓出自于江山社稷的需要，似乎并不为后世人们所特别看重。

因为所谓"红颜祸水"之说，虽然以非理性的传统伦理观念，在现象与本质上进行借喻式的发挥，但在趋向上极易与这种出自于政治需要的缢杀杨贵妃的"正当"之说，发生混淆，因为后者虽然基于论说的理性，但在归责于杨贵妃的做法上，仍然是以先入为主的手段而嫁祸于"红颜"，与实际上由其社会地位和个人生存条件所决定的认识结论有所不同。

即便是杨贵妃这样的开元时期大唐的第一夫人，仍仅只是为唐玄宗解除精神上的空虚和生理上的需要的一个工具，而异同路人的只不过二人在艺术上的特有素质，为这种潜藏于其后的关系蒙上了温情脉脉的面纱。

李杨二人的爱情所要求的平等身份，于杨贵妃而言，封为"贵妃"，仅只是一种虚设，其始终未能封后，就是一种间接证明，也仅只是一种畸形的状态，如同这二人有违人伦的公公和儿媳之恋一样。

但是，值得奇怪的是，人们同样并不看重李杨爱情的真实性，以及在这个问题背后可能涉及的若干政治、社会问题，如《长恨歌》所要表达的，通过其悲剧形式的渲染，也并未让人们对二人情感获得普遍的认同，而在

其主要人物之一被毁灭后,对他们之间的爱情,却又并没有得出否认的结论,恰恰相反,人们的认识,由同情上升为欣赏,其悲剧母题发生了的至少是在两个方向上的嬗变,会让后人有所争议:

其一是,这种皇家的恋情故事,所反映的有关妇女之人格独立,自由解放的思想于封建时代(与中世纪的西方相似),在古代中国漫漫长夜中所闪耀出的光芒,其最可珍贵的寓意和相应的社会和思想基础,显而易见,却欠缺深入的发掘。

其二是,在历史的真实和艺术真实的关系上,以《长恨歌》和戏曲《长生殿》的选择,为最高艺术成就,但仍然在艺术性本身所应包含的社会和历史的概括性上,缺少更进一步的认识。但是,这两方面的所存问题,却让那种贯穿于始终的美形式得以突出,这是值得我们深思的。

【“贵妃不死”对爱情主题的升华】

《长恨歌》的选择和开创意义,在于其诗的整体结构,以超过一半以上的诗行,以“贵妃不死”对爱情主题的升华,通过虚拟情节的具象化去再现:“忽闻海上有仙山,山在虚无飘缈间。”而对虚幻之境的出现,被明确也加以说明,是由于“临邛道士鸿都客,能以精诚致魂魄”。

玄宗时即盛行道教,但宗教在此仅只是一个通向精神世界的方式或渠道。“精诚所致”来自于“情”,这种明确地以“实化虚”建立起的转换,在现实的客观世界和精神的内在世界之间,给我们以全面的视角,去进行交替感受。

“云鬓半偏新睡觉,花冠不整下堂来。”这应该是旧景重视,这种记忆的保留被希望所肯定,能够抚慰悲剧所带来的对人们心灵的创伤。

“含情凝睇谢君王,一别音容两渺茫。”这是现实感受与梦境的交合。而所谓“临别殷勤重寄词,词中有誓两心知。七月七日长生殿,夜半无人私语时”所表明的二人再相会的可能,与“贵妃不死”对爱情母题的强化,不仅仅是一个具体的过程,让人们因体会到坚实可靠而获得愿望实现的圆满感受,而且还在于这个“情”字所带来的“此恨绵绵无绝期”,“恨”作何解,“爱”又作解?

那么就是“怨”,是“生死离别”,纵然“天长地久终有时”,不绝仍然是被“情”字所牵引而入的那个内在的精神世界,因人类的存续,在如《长恨歌》所描绘的情境中,展现为过去的人们和现在的读者所共有的对爱情盟

誓的认同。

"在天愿作比翼鸟,在地愿为连理枝。"这是与民间相通的可以口口相传的祈语,也是经受过如此相同体验的人们的心声,这种以传统方式所掀起的情绪高潮,本身就是对美的形式的最高肯定。

当然,没有《长恨歌》的精彩,也许就没有李杨爱情故事的如此动人,而这种感受愈是强烈,其悲剧性越发地令人心痛。

【真实中的虚假,贵妃生死之谜】

《长恨歌》有一句诗,让人仔细读来时,有触目惊心之感:"花钿委地无人收,翠翘金雀玉搔头。"这实际上虽然可解为作者的想象,但其形象化的描写,再现出贵妃被缢而死时的情形:"六军不发",在于其仍可被称之为"军队",而不是散兵游勇,但军队已是"乱军",却蔑视皇威,"花钿委地无人收",狼藉一片,如此作为,其景象实为惨不忍睹。

前引《玄宗遗录》中有关杨贵妃被高力士用帛缢之,第一次没有死,又再缢第二次,是一个骇人的场面。

另有宋人委心子撰《分门古今类事》卷二,引《唐阙史》,①也同样记载杨贵妃被缢两次才死:"遂赐贵妃死于古佛庙,以帛缢之,陈尸寺门。既解气复来,遂再缢之乃绝。"而这段文字,不于今本。

《长恨歌》中还有两句诗,同样让人不解:"马嵬坡下泥土中,不见玉颜空死处。"从字面上看,似乎是说后来有可能唐玄宗派人寻找杨贵妃尸体,另外择地厚葬,但原先的墓内,并不见有贵妃的尸首,这应该是一个谜。

《旧唐书·杨贵妃传》说:"……上皇密令中使改葬于他所,初瘗时,以紫褥裹之,肌肤已坏,而香囊仍在,内宫以献,上皇视之凄惋,乃命图其形于别殿,朝夕视之……"《新唐书·杨贵妃传》与此大致相同,但无"以紫裙裹之,肌肤已坏"之说,只言:"启瘗,故香囊犹在。"

这些记载其实是有歧义的:一是贵妃尸体是存在的,香囊还在,是说尸体和香囊在一起;另一个意思是,只有香囊还在,贵妃尸体不见了。但二者有一个共同的地方:除香囊外,贵妃至少下葬时身上的首饰,应已无

---

① 宋委心子撰,金心点校,《新编分门古今类事》,中华书局1987年初版。《唐阙史》,唐代笔记小说,撰者为唐代高彦休。

存,因为即使是被赐缢死,下葬时也不可能被剥去的首饰,要不就是在乱军中,被士兵们抢去,但一般来说,贵妃的身份,不至于有此遭遇。那么,贵妃在马嵬驿下葬的坟墓,应该不久就被人动过,但为什么又要留下一个香囊?

这些有可能确实反映某些不为我们所知的历史真相的疑点,是引起后来人对杨贵妃马嵬坡之事猜测的原因。

而对于杨贵妃生死之谜,要提到一本书,也就是陈鸿所作《长恨歌传》的两种版本,其中通行的一种附见于白居易《白氏长庆集》中;另外一种见于明刻本《文苑英华》附录中,据称引自《丽情集》及《京本大曲》,其中两个版本均提到:"世所隐者,鸿非史宫,不知,所知者有《玄宗内传》今在。予所据,王质夫说之尔。"(《文苑英华》)本)"世所不闻者,予非开元遗民,不得知。世所知者,有《玄宗本红》在。今但传《长恨歌》云尔。"

【李商隐的《碧城三首》】

而有关于此,李商隐《碧城三首》中,有句:"武皇内传分明在,莫道人间总不知。"其中提到的《武皇内传》,即应指《玄宗内传》,因为当时唐人常把玄宗称之为"武皇",而把贵妃称之为"王母",但其句"莫道人间总不知"的说法,如指李杨二人之事,在当时是人所共知的,所谓"不知",有可能是一些尚未公开的秘密。因此,有人推测,根据李商隐诗《碧城三首》:

其一

碧城十二曲阑干,犀辟尘埃玉辟寒。
阆苑有书多附鹤,女床无树不栖鸾。
星沉海底当窗见,雨过河源隔座看。
若是晓珠明又定,一生长对水晶盘。

其二

对影闻声已可怜,玉池荷叶正田田。
不逢萧史休回首,莫见洪崖又拍肩。
紫凤放娇衔楚佩,赤鳞狂舞拨湘弦。
鄂君怅望舟中夜,绣被焚香独自眠。

其三

七夕来时先有期，洞房帘箔至今垂。

玉轮顾兔初生魄，铁网珊瑚未有枝。

检与神方教驻景，收将凤纸写相思。

武皇内传分明在，莫道人间总不知。

明代胡震亨认为："此似咏唐时贵主事。唐初公主多自请出家，与二教（指佛教、道教）人媟近。商隐同时如文安、浔阳、平恩、邵阳、永嘉、永安、义昌、安康诸主，皆先后丐为道士，筑观在外。史即不言他丑，于防闲复行召入，颇著微词。"①（《李义山诗辑评》）

三首诗与道教有关是可以肯定的。而诗中主角为女道士或女仙人在天上仙齐的生活，却又以诸多人间之物应景，女道士"于防闲复行召入"，并非绝对"清静"的微讽之意。因有"武皇内传分明在"之句，则可确指李杨二人之事，但依诗中所描写的情况，与杨贵妃当初为杨太真的情形不符，则应如同《长恨歌》一样，所指之事应为"海外仙山"之处，为虚幻之景，但因有"绣被楚香独自眠"，"七夕来时先有期"，又分明是写人间之事（女道士如此，实在有些荒唐。）故而以此推测贵妃于马嵬之变后，并未身死，而是住在一个"碧城十二曲阑干"的地方，会与玄宗在七夕时于江汉之处相会，而这个秘密，因有《武皇内传》记载，"莫道人间总不知"。

当然，以诗为史来考据，总是缺少必要的客观性和准确性。有关于马嵬坡之后，杨贵妃生死，可以有间接的证据如：《太平广记》卷三十三引《仙传拾遗》说，杨贵妃拜擅长"太阴练形术"，即死后复活术的申元讲道，是否有所暗示，否则没有必要把此突出起来。同书卷七十二引《红闻》说，明皇与太真曾向王旻"访求道术"，可能存在的疑问同上。而在《周秦行纪》中②，所记录的作者本人假托之奇遇，于汉文帝母薄太后庙所见相伴之女高祖戚夫人，汉元帝时时王嫱，齐潘淑妃，绿珠和杨太真，为最早的古代四大美人之雏形，其中有："太后语太真曰：'何久不来相看？'太真谨

---

① 胡震亨（公元1569年～1645年），明代文学家、藏书家，原字君鬯，后改字孝辕，自号赤蛇山人，浙江海盐原镇人，先世业儒，藏书万卷。

② 牛僧孺撰《唐代传奇》。

容对曰：'三郎数幸华清宫，扈从不得至。'"而接下来，太真的所言有些让人难解："太真曰：'妾得罪先帝（先帝谓肃宗也），皇朝不置妾在后妃数中，设此礼，岂不虚乎？不敢受。'却答辞。"

得罪肃宗是因为其当初对肃宗太子地位有所危及，容易现解，但有关"皇朝不置妾在后妃数中"，暗示她已做不成后妃，而不是她的妃子身份未变（而死于马嵬坡）。

当然，对以上情况予以否认的说法，恐怕最权威的是《旧唐书·后妃传》："上皇自蜀还，令中使祭奠，诏令改葬。礼部侍郎李揆曰：'龙武将士诛国忠，以其负国兆乱。令改葬故妃，恐将士疑惧，葬礼未可行。'乃止。上皇密令中使改葬于他所。初瘗时，以紫褥裹之，肌肤已坏，而香囊仍在。"很显然，若贵妃没有死，上皇是不会让中使去办改葬之事的。但是，"皇上密令改葬于他所"却表明，改葬是办了的，那么，贵妃墓于改葬后在何处呢？

至此而无下文。这仍是未解之谜，因而有难以计数的有关贵妃未死的论证和传说。

【贵妃墓中并无人】

如今的杨贵妃墓，位于陕西咸阳市兴平县西 12.5 公里的马坡，即兴平县马嵬镇西，是为杨贵妃的衣冠冢。

贵妃墓原是一个土冢。相传冢上白土香气宜人，滋润皮肤，淑女们纷纷拾取，使得封土被大量带走。为了保护其墓，使用青砖砌成了圆顶墓冢。墓园现有门楼一座，献殿之间，东西两侧的亭十二间，保存有唐、宋以来历代名人题咏石刻三十八块，占地约一公亩。

> 日色欲尽花含烟，月明欲素愁不眠。
> 赵瑟初停凤凰柱，蜀琴欲奏鸳鸯弦。
> 此曲有意无人传，愿随春风寄燕然。
> 忆君迢迢隔青天，
> 昔日横波目，今作流泪泉。
> 不信妾断肠，归来看取明镜前。
>
> ——李白《长相思》之二

李白此诗之难解在于,这位让其"长相思,摧心肝"(《长相思》之一)的佳人,究竟是谁? 有人解为其以"情诗"的形式,表达了政治上的抱负所寄托的对象,即当时的唐玄宗,但此说并无根据,也仅只是一种猜测,而以此比喻对贵妃之美的相思,倒是十分贴切,应胜于那些直接以贵妃为题的诗。

关于杨贵妃没有死于马嵬驿之说,俞平伯在《论诗词曲杂著》中认为,"白居易在《长恨歌》中写贵妃马嵬之死闪闪烁烁",而认定"贵妃根本未死于马嵬坡",且"则正史所载'赐死'之诏旨当时决不会有"。其证据在于,陈鸿《长恨歌传》中"使牵之而去"的记载,应该是"贵妃被使者牵去藏匿远地了"。因为"唐明皇回銮改葬,更证实贵妃未死(马嵬地)",而"白居易说得明白:'马嵬坡下泥土中,不见玉颜空死处。'觅尸竟乌有"。

日本学者大津郡在《郡志》中,说杨贵妃后来未死,而是逃到了日本,唐玄宗得知杨贵妃逃之到日本后,旧情难舍,心中思念,派遣特使送了两尊佛像给杨贵妃,并劝她回国,但其已心成死灰,从头上拔下了一根玉簪,让特使转送唐玄宗。日本文学作品中,还有南宫博《马嵬事变和杨贵妃的生死之谜》,渡边龙等的《杨贵妃复活秘史》,也都推断杨贵妃没有死而逃到了日本。

而在事实证据上,日本海沿岸有一个叫久津的渔村,以"杨贵妃之乡"而闻名,并有传说杨贵妃当年乘坐"空舻舟",漂泊至东瀛一个叫"唐渡口"的地方,这便是如今日本山口县久津村。1963 年,有一位日本姑娘向电视观众展示了自己的一本家谱,说她就是杨贵妃的后人。日本著名影星山口百惠,2003 年,接受记者采访时,曾自称是杨贵妃后代。

另外,还有一种更离奇的说法,台湾学者魏聚贤在《中国人发现美洲》一书中称,杨贵妃并未死于马嵬驿,而是被人带往遥远的美洲。

【大蓬山遗留的安禄山所雕石刻】

还有人考证,《方舆胜览》卷六十八,[①]称四川蓬州大蓬山"状如海中蓬莱",有可能就是白居易《长恨歌》中所言的"仙山蓬莱"。而王象之《舆地纪胜》卷一八八中言,[②]在大蓬山遗留有安禄山所雕石刻:"(大蓬山透明)岩有禅窟,岩壁上有安禄山题记曰:'大唐先天二年,岁在辛丑十月

① 《方舆胜览》,南宋祝穆撰,是中国古代地理总志。
② 《舆地红胜》,王象之编撰,为南宋中期的一部地理总志,共二百卷。

朔,安禄山嵌弥勒佛一龛。按先天二年即开元二(元)年,是时禄尚未显,祥见碑记门。"安禄山与杨贵妃之暧昧关系,人皆尽知,此人去天蓬山干什么呢? 该书同卷碑记说:"……以年月考之,禄山是时,年未十岁,不应入蜀祈福,此可疑一;……而开元二十四年,(张)守珪执禄山赴京师,不应在开元元年已曾入蜀,此可疑二。"

最早提到此处石刻的,是北宋元祐三年(公元 1088 年)营山进士雍沿所作《大蓬山十三咏》,其后有多人题咏,都不曾怀疑,直到南宋,虞允文守蜀,才命朱时敏作《安禄山辨》,并立碑于石刻侧,结论为姓名的偶同,但此说并无依据。因而有人认为石刻"是别人替安禄山祈福而凿的","且从凿造的年月,从干支有误这点,即可知是倒慎的。什么人会替这个叛逆祈福呢? 以安的情妇杨贵妃最为恰当。""这与凿窟的人不敢暴露身份有关。马嵬事变后,杨贵妃复苏潜匿,当然不敢暴露"①

此处所说,让人想起马嵬之变后,玄宗执意与太子分兵,且执意要入蜀,太子因此分兵北上,在灵武即位之事,莫非真的另有隐情?

当然,对于上述说法,又有人另考证出,杨贵妃在马嵬坡的确未死,是靠了与唐玄宗和杨贵妃均有密切关系的道士罗公元,以吐纳还魂之术,将杨贵妃救活,后入位于德阳市罗江镇南十五里的大霍山中宝峰寺,该寺系观音殿,原名"娘娘殿",殿前左右各有一株千年古柏,传为贵妃当初所栽。离寺不远处的古龙洞,是当年"罗真人(公元)修道处"。有《名胜志》记载:"大霍山,罗公远修道处。"《太平寰宇记》《蜀中广记》《茅亭客话》等可以佐证。

而杨贵妃亡命四川的依据,包括《旧唐书·杨贵妃传》载:杨贵妃之"父玄琰,蜀州司户"。其父在四川,老家的若干亲属也应在此。旧《灌县志》言其父,"生妃于蜀导江县"(古导江县,在今成都附近灌县境内)等。而杨氏一族在四川,特制是在成都一带有势力,有众多亲信。唐朝道教兴盛,玄宗与贵妃均好道。《新唐书·方技》和唐人郑綮《开天传信记》②,都有从罗公远学道的记载。《通志》③说:"罗公元,彭州九陇人。"唐玄宗

---

① 冯汉镛:《杨贵妃马嵬还魂之谜》,载四川省《文史杂志》,1995 年第五期。
② 《开天传信记》,唐郑綮撰。郑綮,荥阳人,进士及第,昭宗时为相。
③ 《通志》,共二百卷,北宋郑樵撰,其以毕生精力,历尽艰辛,所著《通志》,记上古至隋唐制度,对后世史学发展起到很大的影响。

"召见(罗公元)每问无不称旨"等。①

【无人再写《长恨歌》】

从上面的情况看,李杨二人的爱情故事,以及相关的马嵬之变后,杨贵妃的生死之谜已成为一种文化现象。不仅仅因为杨贵妃遭遇让人同情,以致后来的人们一直都在不断地续写这个故事的行为本身,实际上都是在以想象去完成,对审美对象完整性的补充。从《长恨歌》开始,修补、删节、矫正,杨贵妃形象的内涵丰富和复杂,已让千百年来的人们,绞尽脑计,费尽心机,然而大唐盛世和贵妃之美,已成为过去,人们所企图再现的,只能是各自所处的每个时代不同的精神面貌,以体现他们的时代各具特征美的理想。

有关美的理想,那个值得后人引以为自豪的盛唐,虽然社会制度和经济一样,在当时是高度文明和发达的,因此而有巅峰时期的盛唐气象,而杨贵妃之美,是盛唐气象于美之概括,这种概括本身因其所处的巅峰状态,在形式上复归于曾经之远古英雄时代,那属于胜利者的一切荣耀,以贵妃之美以象征,她因此而成为其必然走向衰落的终结和挽歌。从此再无倾城倾国色,无人再写《长恨歌》。

这只是一个事实,我们可以去仔细地想。

---

① 徐虎:《杨贵妃马嵬还魂之谜再说》,载《绵阳师范学院学报(哲学社会科学版)》,1996年第4期。